윤석중 연구

지은이 ● 김제곤
아동문학평론가. 인천영선초등학교 교사. 인하대, 춘천교대 강사. 계간 『창비어린이』 편집위원
장. 저서로 『아동문학의 현실과 꿈』(2003), 『한국 아동청소년문학 장르론』(공저, 2013) 등이 있
다.

아동청소년문학총서 04

윤석중 연구

2013년 9월 10일 1판 1쇄 인쇄 / 2013년 9월 23일 1판 1쇄 발행

지은이 김제곤 / 펴낸이 임은주
펴낸곳 도서출판 청동거울 / 출판등록 1998년 5월 14일 제406-2011-000051호
주소 (413-756) 경기도 파주시 문발동 파주출판도시 534-4 301호
전화 031) 955-1816(관리부) 031) 955-1817(편집부) / 팩스 031) 955-1819
전자우편 cheong1998@hanmail.net / 홈페이지 www.cheongstory.com

편집주간 조태봉 / 책임편집 김은선
출력 · 인쇄 재원프린팅 / 제책 정문제책사

ISBN 978-89-5749-157-7 (94810)
ISBN 978-89-5749-141-6 (세트)

이 도서의 국립중앙도서관 출판시도서목록(CIP)은 e-CIP 홈페이지(http://www.nl.go.kr/ecip)와
국가자료공동목록시스템(http://www.nl.go.kr/kolisnet)에서 이용하실 수 있습니다.
(CIP제어번호: CIP2013017718)

아동청소년문학총서 04

윤석중 연구

김제곤 지음

청동거울

머리말

　박사 논문을 손질해 책으로 엮는다. 아동문학에 발을 들일 때만 해도 내가 무슨 논문 같은 것을 써서 세상에 내보일 거라는 생각은 하지 못했다. 교사라는 직업을 택했을 바에야 이왕이면 좋은 교사가 되고 싶었고, 그 길에 아동문학이 든든한 후원군 노릇을 해줄 거라 생각했을 따름이다. 좋은 아동문학 작품을 많이 읽는다면 좋은 교사가 될 기본 소양이 저절로 길러지지 않을까 막연히 그런 생각을 한 것이다. 그 과정에서 아동문학에 새로운 눈을 뜨게 해준 여러 작가들을 만났다. 아스트리드 린드그렌, 필리파 피어스, 미야자와 겐지 같은 외국 작가들도 그러했지만, 현덕이나 이원수, 권정생, 임길택 같은 우리 작가들에게서도 아동문학이 지닌 힘과 생생한 감동을 맛볼 수 있었다. 그러나 일반에게도 널리 알려진 윤석중은 좀체 쉽게 다가가기 힘든 작가였다. 그것은 아마도 아동문학 공부길의 초입에서 갖게 된 선입견 때문이 아니었나 한다. 그는 내게 그저 '짝짜꿍' 풍의 가벼운 동요를 쓴 시인에 지나지 않았던 것이다.

　그런데 몇 해 전 어느 지방에서 열린 세미나에 갔다가 윤석중에 대한 새로운 이야기를 듣게 되었다. 그의 부친이 6·25 전쟁의 틈바구니에서 좌익으로 몰려 희생을 당했다는 이야기였다. 윤석중이 누군가? 그는 남한 아동문단의 거두로서 동심주의 문학의 대표주자로 일컬어지는 시인이 아니던가. 그의 문학은 누구나 인정하듯이 밝고 명랑한 세계를 그려왔다. 그의 생애 또한 그의 문학이 표방한 자리와 크게 다르지 않을 것이라 짐작하고 있던 내게 그의 부친에 대한 이야기는 다소 충격으로 다가왔다. 아버지의 죽음이 얼마나 큰 트라우마였으면 윤석중은 그 사실을 눈을 감는 순간까지 속 시원히 밝히지 못했을까. 밝고 명랑한 그의 동요들은 세대를 이어 많은 사람들에게 불리었건만, 정작 이 유명한 동요시인의 내면에는 분단과 전쟁이 할퀴고 간 역사의 깊은 상흔이 숨겨져 있었던 것이다. 이 사실을 알고 나자 시대적 슬픔이나 고통에 대해 무감한 줄로만 알았던 윤석중의 면모가 새롭게 다가오기 시작했다.

막상 윤석중을 논문 주제로 택한 것이 얼마나 무모한 일이었는가를 깨닫는 데는 그러나 많은 시간이 걸리지 않았다. 쉽게 구해지지 않는, 어디엔가 분명히 숨어 있을 방대한 자료를 찾는 일이 우선 어려움으로 다가왔다. 예상은 했지만 그에 대한 선행 연구들은 허술한 구석이 많았다. 수소문 끝에 가까스로 한 권 한 권씩 그의 동요집들을 손에 넣게 될 때마다 연구자로서 기쁨 같은 것이 없지는 않았지만, 그것을 참신한 관점으로 알뜰하게 정리하고 평가하는 일이 또한 예삿일이 아니라는 것을 깨달았다. 윤석중 문학의 본령에 다가가기는커녕 자료더미에 파묻혀 이것저것을 보따리에 쌌다가 다시 풀어 헤치는 일을 반복하다 제풀에 그냥 주저앉아버린 것은 아닌가 하는 자책이 든다. 아흔세 살로 생을 마감할 때까지 동요 창작과 어린이를 위한 문화운동에 적극적이었던 이 정력적인 작가를 감당하기에 나의 연구 역량은 터무니없이 왜소했고 무디

기만 했던 것이다.

　그러나 나의 연구가 단지 무망한 결과만을 낳은 것은 아니었음을 자부한다. 자료를 추적하다 보니 그의 부친은 식민지 시절 사회주의 운동의 최전선에서 맹활약한 인물이었고, 윤석중 또한 일반의 통념처럼 단순한 동심주의를 구가한 시인은 아니란 사실을 깨닫게 되었다. 해방기까지만 해도 그는 단순한 우파가 아니라 좌우에 모두 선을 대고 활발한 문단 활동을 펼쳤던 인물이었던 것이다. 무엇보다 간과할 수 없는 사실은 그가 '서울내기'로서 자신만의 장기와 재능을 유감없이 발휘한 시인이었다는 점이다. 특히 그가 표방한 명랑성, 공상성, 유년지향, 도시적 감각은 새로운 세기를 맞이한 우리 아동문학이 아직도 심도 있게 탐구하지 못한 영역이라는 점에서 중요한 의미를 내포하고 있다고 판단된다. 윤석중에 대한 긍정이든 부정이든 그의 작품에 대한 기왕의 논의들이 대개는 동심주의라는 단일한 프레임에 갇혀 있었음을 상기해 볼 때, 그의 문학에 대한 보다 면밀하고 새로운 인식이 필요한 시점이다. 모쪼록 내 연구가 윤석중을 새롭게 보려는 관점에 작은 초석이라도 되길 바랄 뿐이다.

　비록 어설픈 발걸음이지만 아동문학 연구의 길을 선택하고 밟아오는 과정에서 내게 큰 깨우침과 도움을 준 분들이 떠오른다. 윤석중 문학의 핵심이 무엇인가를 살펴보라던 최원식 선생님과 꾸준한 격려와 질책을 아끼지 않은 윤영천 선생님께 감사드린다. 이 분들 앞에 나는 언제쯤이나 떳떳한 제자의 얼굴을 보여 드릴 수 있게 될 것인가. 귀한 자료 제공뿐만 아니라 논문의 진행 과정에서 세세한 신경을 써준 원종찬 선생님께도 이 자리를 빌어 깊은 감사를 드린다. 역시 학위논문 심사과정에서 조언을 아끼지 않은 권혁준, 김명인, 김상욱 선생님들께도 감사드린다. 윤석중에 관한 귀한 자료와 함께 진심어린 격려를 보내준 노경수 선생님과 논문 막바지에 아낌없는 성원을 보내준 김환영, 이안, 김찬곤, 탁동철 형, 그리고 어려운 출판 여건에서도 책을 내 준 청동거울 조태봉 사장님께도 감사드린다. 무엇보다 논문을 쓴다는 핑계로 본의 아니게 가정에 소홀할 수밖에 없던 나를 끝까지 다독여준 아내에게 미안함과 고마움의 인사를 전하고 싶다. 이 모든 분들께 진 빚을 갚기 위해서라도 미력한 힘이나마 아동문학의 미진한 과제들을 풀어가는 데 보탤 것을 약속드린다.

2013년 7월
김제곤

| 차 례 |

윤석중 연구

제1장

서론

1. 연구목적

석동(石童) 윤석중(尹石重 1911~2003)만큼 일생 동안 꾸준하게 동요 작품만을 쓰다 간 이도 드물 것이다. 그는 90평생을 동요시인으로 살다 갔다.

> 아버지는 나귀 타고 장에 가시고,
>
> 할머니는 건너 마을 아젓씨 댁에.
>
> 고초 먹고 맴 맴.
>
> 담배 먹고 맴 맴.
>
> ―「집보는 아기」 노래」 부분[1]

어린이건 성인이건 이 노래를 모르는 사람은 거의 없을 것이다. 이 노래를 지은 윤석중은 자타가 공인하는 한국 동요계의 대가로, 그를 이야

---

[1] 『어린이』, 1928. 12, 58쪽.

기하지 않고는 한국의 동요를 이야기할 수 없을 정도로 그는 유명하다. 피천득(皮千得)이 이미 언급한 바와 같이 "동요하면 윤석중을 연상하게 되고, 윤석중 하면 동요를 생각"[2]하게 된다.

그렇다면 이토록 유명한 윤석중을 우리는 과연 제대로 평가하고 있는 것일까? 윤석중만큼 유명한 동요시인이 우리 아동문학계에 더는 없을진대, 그 유명세만큼 또한 그릇된 오해와 통념의 굴레를 벗어나지 못하는 동요시인도 더는 없는 것 같다. 그의 문학에 대한 평가가 오해와 통념의 굴레를 벗어나지 못하는 근본 원인에는 무엇보다 굴절된 역사 속에서 우리 아동문학의 주류 노릇을 해온 동심주의의 폐해가 자리하고 있다.

이른바 동심주의는 어린이를 순수하고 무구한 천사라고 보는 태도이다. 이런 동심주의는 특히 우리 아동문학에서 동요·동시란 무조건 작고 어여쁜 것, 아기자기한 꿈과 환상을 노래하는 것이라는 고정관념을 확대 재생산하는 데 이바지해 왔다. 그런 와중에 그 동심주의의 '전범'으로 떠받들어진 것이 바로 윤석중의 작품이다. 윤석중은 해방기에서 7차 교육과정에 이르는 시기까지 초등학교 교과서에 가장 많은 작품을 올린 동요시인으로서 그의 작품이 지니는 '정전'으로서의 위치는 타의 추종을 불허한다고 할 수 있다.

그러나 하나의 정전 혹은 전범으로서의 윤석중의 위치는 우리가 생각하는 것만큼 굳건하고 완전한 것이었다고 말할 수는 없다. 그것은 우리 아동문학의 전체 흐름 속에서 자연스럽게 합의된 결과로 자리매김된 것이라기보다 어디까지나 우리 아동문학을 지배했던 하나의 통념이라 할 수 있는 협소한 동심주의에 기반한 일방적 추종에 불과한 것이었기 때문이다. 그러므로 우리는 다른 한편에서 그러한 추종에 대한 반작용의

---

2 피천득, 「해설」, 『윤석중 아동문학독본』, 을유문화사, 1962, 1쪽.

목소리가 있었음을 지나쳐서는 안 된다. 동심주의자들에 의해 떠받들어진 윤석중은 그 대척점이라 할 수 있는 현실주의 진영에서 이른바 "짝짜꿍 동요"를 퍼트린 동심주의자요, 아동 현실과 동떨어진 자리에서 낙천주의만을 구가한 시인이라는 평가를 받아 왔다. 하나의 정전으로서 추앙받는 윤석중의 작품은 다른 한편에서 타기해야 하고 극복해야 할 유산으로 낙인찍힌 바 있었던 것이다. 그러나 윤석중 문학을 보는 상반된 이러한 태도는 공히 윤석중 문학이 가지고 있는 특장을 협소화하는 결과를 초래했다. 윤석중 문학의 핵심은 곧 명랑, 공상, 도시, 유년이라는 네 가지 핵심어들로 요약된다고 생각하는바, 이러한 요소는 미덕의 준거가 되기보다 주로 비판의 근거로 사용되었다. 윤석중 문학이 지니는 의미를 제대로 탐색해내기 위해서는 무엇보다 이 네 가지 핵심 요소들에 대한 평가가 새롭게 이루어져야 한다.

또 하나 간과할 수 없는 것은 그가 평생 동안 동요라는 장르를 추구했던 시인이라는 점이다. 동요는 음악성을 위주로 하는 문학 장르다. 우리 아동문학사에서는 동요가 동시로 발전해 나갔다는 인식이 널리 퍼져 있어 동요는 덜 된 시, 근대 문학 장르의 과도기 양식 정도로 치부되고 있는 실정이다. 그런데 윤석중이야말로 바로 이 동요라는 장르를 끊임없이 갈고 닦은 장본인이라 할 만하다. 동요는 가창을 전제로 하는 장르라는 관점 아래 윤석중이 표방한 동요시인으로서의 면모와 성과들을 살펴보는 것은 윤석중 문학의 실체에 접근하는 한 가지 방법일 것이다.

아울러 윤석중은 1920년대 초반 태동된 근대 아동문학 초창기에 작품 활동을 시작하여 2003년 작고할 때까지 90평생을 아동문학 활동에 매진한 작가로서 그가 평생 동안 추구해 온 동요문학은 일종의 국민시가적 성격을 지니고 있다. 동심주의라 치부되어 온 그의 동요에는 일종의 부성콤플렉스—부재하는 아버지(식민지 조국) 혹은 분열된 아버지(분단된 조국)를 탈피해 온전한 아버지(완성된 근대국가) 되기를 갈망하는—가 작동하고 있으며, 이것의 발현이야말로 그의 동요의 핵심을 이루는 근간이라 할 만하다. 그러나 이러한 그의 문학적 특질이 동심주의라는 고정된 프레임에 가려 전혀 탐구가 되지 않고 있는 실정이다.

마지막으로 지금까지 연구에서 아쉬운 점은 윤석중의 생애에 대한 탐색이 소상히 이루어지지 않았다는 점이다. 작가의 생애는 그의 문학을 이해하는 첩경이란 점에서 반드시 탐구되어야 할 사안이다. 그러나 지금까지 연구에서는 윤석중이 남긴 자전적인 글을 인용한 수준에 머물러 있는 형편이었다. 윤석중이 남긴 자전적인 회고 글은 그의 문학 세계를 이해하는 소중한 자료임에 틀림없지만, 이를 객관적인 검토 과정 없이 그대로 수용하는 것은 문제가 있다고 본다. 윤석중이 남긴 자전적 회고에 대한 객관적 검토와 함께 그동안 알려져 있지 않았던 자료들을 추가하여 윤석중의 생애를 새롭게 보완하는 일이 시급하다.

2. 연구사 검토

먼저 윤석중의 삶과 문학을 탐색하기에 앞서 지금까지 윤석중에 대해 어떤 평가와 논의들이 있었는지 간단히 살펴보자. 지금까지 이루어진 윤석중에 대한 논의는 윤석중 작품집의 서문과 발문, 그 작품집에 대한 서평, 윤석중 작품 세계에 대한 평문, 그의 작품 세계를 살피는 연구 논문 등으로 나누어 살펴볼 수 있다.

윤석중 작품집의 서문과 발문, 그리고 서평은 그의 작품 세계의 일단을 밝히는 기초 자료라는 점에서 의미를 지닌다. 윤석중과의 친분과 교유관계를 짐작할 수 있는 자료일 뿐더러 그의 작품 세계가 지니는 특징을 파악할 수 있는 참고 자료가 된다. 우선 윤석중 작품집에 수록된 서문이나 발문에는 이광수(李光洙)[3], 주요한(朱耀翰)[4], 박영종(朴泳鍾)[5], 피천득[6], 최정희[7]의 것이 있다. 이광수는 『윤석중 동요집』(1932) 서문에서 윤석중을 일러 "조선 아기노래시인의 거벽" "아기네 노래의 찬탄할 천재"란 찬사를 아끼지 않는다. 이광수가 윤석중과의 "친근한 인연"을 새삼 언급하는 것으로 보아, 두 사람은 깊은 교유 관계를 맺고 있었음을 알 수 있다. 주요한 또한 이 작품집에 이광수와 나란히 서문을 싣고 있는데 그의 글은 윤석중 초기 동요에서 엿보이는 '현실의식'을 언급하고 있어 주목된다. 주요한은 그 서문에서 윤석중 동요의 한 특징을 "시대적 생활상의 반영을 그 동요의 선 뒤에 그려내는데 성공"했다고 평가한 바 있다. 이는 윤석중 초기 동요에서 엿보이는 현실에 대한 관심을 간파한 언급이라 생각한다.

일제시대 나온 서평으로는 이광수[8], 박영종[9], 정현웅(鄭玄雄)[10], 박계주(朴啓周)[11], 임동혁(任東爀)[12]의 것이 있으며, 해방 이후 씌어진 서평으로는 정지용(鄭芝溶)[13], 김동리(金東里)[14], 서정주(徐廷柱)[15], 이상노(李相魯)[16], 박목월(朴木月)[17], 박두진(朴斗鎭)[18], 이하석(李河石)[19] 등의 글이 있다. 이들 서평은 신간 소개를 목적으로 한 단평에 불과한 글이 대부분이

3 이광수, 「아기네 노래」, 『윤석중 동요집』, 신구서림, 1932, 서문.
4 주요한, 「동심과 창작성」, 위의 책, 서문.
5 박영종(목월), 「꼬리말」, 『어깨동무』, 박문서관, 1940, 발문.
6 피천득, 「마르지 않는 동요의 샘」, 『윤석중 아동문학독본』, 을유문화사, 1962, 해설.
7 최정희, 「책 뒤에」, 『노래동산』, 학문사, 1956, 발문.
8 이광수, 「윤석중 군의 『잃어버린 댕기』」, 《동아일보》, 1933. 5. 11, 신간평.
9 박영종, 「재현된 동심—『윤석중 동요선』을 읽고」, 《동아일보》, 1939. 6. 9. 신간평.
10 정현웅, 「윤석중 동요집 『어깨동무』」, 《조선일보》, 1940. 7. 30. 신간평.
11 박계주, 「윤석중 저 『어깨동무』를 읽고」, 『삼천리』, 제12권 제8호, 1940. 9. 신간평.
12 임동혁, 「동요집 『어깨동무』」, 《동아일보》, 1940. 8. 4., 신간평.
13 정지용, 「동요집 『초생달』」, 《현대일보》, 1946. 8. 26. 신간평.
14 김동리, 「윤석중 동요집 『초생달』을 읽고」, 《동아일보》, 1946. 8. 13. 신간평.
15 서정주, 「윤석중 동요집 『굴렁쇠』를 읽고」, 《동아일보》, 1948. 12. 26. 신간평.
16 이상노, 「윤석중 지은 『동요백곡집』」, 《동아일보》, 1955. 1. 18. 신간평.
17 박목월, 「윤석중 동요집 『노래동산』」, 《한국일보》, 1956. 11. 19. 신간평.
18 박두진, 「『꽃길』 윤석중 저 서평」, 『월간문학』, 1969. 5.
19 이하석, 「한국인의 영원한 어린 세계—윤석중 동요선집 『날아라 새들아』」, 《대구매일신문》, 1983. 8. 11.

나 윤석중의 문단 배경과 그의 작품 세계를 파악하는 기초 자료로서 나름의 의미가 있다. 이들 서평 가운데는 특히 해방기에 나온 김동리와 정지용의 글이 주목된다. 정지용은 『초생달』(1946) 서평에서 윤석중 작품 속에 나타난 "약고 재빠르고 쾌활한 서울 아이들"의 '비애'에 대해 언급하고 있다. 이는 윤석중 동요가 품고 있는 도시적 감각의 일단을 묘파한 발언이 아닌가 생각된다. 김동리는 역시 『초생달』 서평에서 "조선에서 아동문학이라고 하면 곧 윤석중 씨의 이름이 연상되리만치 씨는 조선의 아동문학 특히 동요 동시의 권위와 정통을 직혀온 이"라고 아동문단에서 윤석중이 차지하는 비중을 언급한다. 그는 이어 "명랑하고 진취적이고 적극적인 것"이 동요에 있어서는 "정로(正路)라 하지 않을 수 없다"면서 "씨의 동요예술은 이상의 진취적 적극적 명랑성과 천진난만한 동심 세계를 닥거서 그대로 다시 한층 더 깁고 노픈 경계에 도달"했다고 찬사를 보내고 있다. 정지용이 『초생달』 속에 들어 있는 "서울 아이들의 특수한 비애"에 대해 언급하고 있는 것과는 달리 김동리가 윤석중의 작품 경향을 "명랑성과 천진난만한 동심 세계"로 보고 있는 것은 사뭇 대조적이다.

일제시대와 해방기의 윤석중에 대한 평문은 신고송(申孤松)[20], 송완순(宋完淳)[21], 윤복진(尹福鎭)[22] 등에 의해 씌어졌다. 역시 본격적인 작가론이 되기에는 한계가 있는 글들이긴 하지만 윤석중 작품을 보는 당대 평단의 시각을 대변한다는 측면에서 주목을 요하는 글들이다. 30년을 전후로 프롤레타리아 아동문학의 일선에서 비평을 했던 신고송은 당시 신문 잡지에 발표되는 윤석중 동요에 대해 호의적인 시선을 보낸 바 있다. 이에 반해 송완순은 윤석중의 작품이 "형식에 있어서는 새롭고 미적으

20 신고송, 「새해의 동요운동」, 《조선일보》, 1930. 1. 1.
21 구봉학인(송완순), 「비판자를 비판─자기 변해와 신군 동요관 평」, 《조선일보》, 1930. 2.19~3. 19.
   송완순, 「아동문학과 천사주의─과거의 사적일면에 대한 비망초」, 『아동문화』 제1권, 동지사, 1948.
22 윤복진, 「석중과 목월과 나」, 『시문학』, 1950. 5.

로 보이나 내용과 실지에 있어서는 조금도 미감을 느낄 수 없다"고 비판한다. 자유분방한 형식에 걸맞는 내용이 밑받침되지 못한 탓에 "고만 초현실적 함정에 밋그러지"는 한계를 안고 있다는 것이다. 송완순은 이렇게 윤석중 작품의 내용이 지니는 한계를 비판하고 있지만, 그와 함께 윤석중이 "조선동요계의 혜성으로써 불원간 군림할 것"을 언급함으로써 윤석중이 당시 아동문단에서 차지하고 있는 위상에 대해 인정하는 자세를 취하고 있다. 일제시대만 해도 이렇듯 윤석중의 작품이 지니고 있는 한계와 함께 그 미덕을 논했던 송완순은 해방기에 와서 윤석중 작품에 대해 냉정한 비판의 태도를 보여준다. 그는 윤석중의 작품 경향을 "낙천주의"라 규정하면서 신랄하게 비판한다. 이런 태도에는 해방기에 심화되어 가는 좌우 대립 구도 속에서 윤석중의 작품을 순수아동문학의 범주 안에 두고 그것을 철저히 배타적으로 인식하려 했던 의도가 감지된다. 일제시대 윤석중과 함께 동요문학을 일구었던 윤복진은 동란 직전 발표한 「석중과 목월과 나」에서 윤석중의 동요는 "유년의 시"요 "유년기의 어린이의 음악"이라 규정하고 윤석중 동요에 나타나는 도시풍의 세련미와 기교의 특징을 들어 그를 "언어의 요술사"라 지칭했다.

분단 이후 남한에서 윤석중 작품을 논한 평론들로 주목할 것은 박경용(朴敬用)[23], 이재철(李在徹)[24], 이오덕(李五德)[25]의 글이다. 박경용은 『아동문학』지를 통해 윤석중이 지니는 장기를 "반복과 대구를 이용한 형식적 특성"에서 찾으면서, 내용상으로는 그가 "초현실적 작가"임을 지목했다. 이재철은 『아동문학개론』에서 윤석중의 문학사적 위치를 "동요 창작과 동시 장르의 개척자"로서 자리매김하면서도 윤석중 대부분의 작품에서 "초현실적 요소가 그 저변"에 흐르고 있다고 지적하였다. 이

---

23 박경용, 「윤석중론」, 『아동문학』 13집, 배영사, 1966. 5.
24 이재철, 「윤석중론」, 『아동문학개론』, 문운당, 1967.
25 이오덕, 「시정신과 유희정신」, 『창작과비평』, 1974년 가을호.

오덕은 「시정신과 유희정신」에서 윤석중이 식민지 현실을 살아가는 보편적인 어린이 모습을 담아내지 못하였으며, 어린이를 다만 어른의 유희 대상으로 놓고 보고 있다고 신랄하게 비판하였다. 이들 논자들의 윤석중에 대한 평가는 이후 아동문단에서 윤석중 문학을 보는 보편적 시각으로 자리잡는다.

현재까지 씌어진 윤석중에 대한 학위 논문은 대략 14편으로 파악된다.[26] 이 가운데 주목할 논문은 노원호, 문선희, 노경수, 임지연의 것이다. 노원호는 자신의 논문에서 크게 세 가지 사항을 검토하고 있다. 그는 우선 윤석중 생애와 작가의식이 작품에 어떻게 투영되었는가와 윤석중 작품의 산출시기를 모두 3기로 구분하여 그 변천과정을 논하고, 윤석중의 작품에 드러나는 시적 정서가 무엇인지를 살피고 있다. 기왕의 윤석중에 대한 언급들이 단편적이었던 것에 반해 노원호의 논문은 윤석중 문학을 한층 체계적으로 살피고 있다는 점에서 의미를 부여할 수 있다. 그러나 이 논문에서는 의도적으로 "순수동심주의"를 옹호하려는 경

---

26 노원호, 「윤석중 연구」, 한국외국어대 교육대학원 석사논문, 1991.
　임영주, 「윤석중 동요 동시 연구」, 경원대 대학원 석사논문, 1992.
　최명숙, 「윤석중 동요 연구」, 동덕여대 대학원 석사논문, 1992.
　안지아, 「윤석중 동시 연구」, 서울여대 대학원 석사논문, 1995.
　문선희, 「윤석중 동요 동시 연구」, 경희대 교육대학원 석사논문, 1997.
　장기람, 「윤석중 동시 연구」, 경산대 대학원 석사논문, 1999.
　김보람, 「윤석중과 이원수 동시의 대비적 연구」, 제주대 교육대학원 석사논문, 2002.
　김지예, 「윤석중 동시 연구」, 중앙대 대학원 석사논문, 2004.
　라정미, 「윤석중 동시 연구」, 명지대 대학원 석사논문, 2004.
　김순아, 「윤석중 동시 연구」, 전남대 대학원 석사논문, 2005.
　김수라, 「윤석중 문학 연구」, 교원대 교육대학원 석사논문, 2005.
　임정희, 「윤석중 동시 연구」, 상지대 대학원 석사논문, 2006.
　노경수, 「윤석중 연구」, 단국대 대학원 박사논문, 2008.
　임지연, 「윤석중 아동극 연구」, 인하대 석사논문, 2010.
　윤석중 작품에 대한 부분적 언급을 한 논문을 정리하면 다음과 같다.
　차보현, 「한국 동요·동시에 대한 일연구: 1945년 이전을 중심으로」, 건국대 대학원 석사논문, 1969.
　신현득, 「한국 동요 문학의 연구」, 단국대 대학원 석사논문, 1982.
　박경수, 「한국 근대 민요시 연구」, 부산대 대학원 박사논문, 1989.
　신현득, 「한국 동시사 연구」, 단국대 대학원 박사논문, 2002.
　김종헌, 「해방기 동시의 담론 연구」, 대구대 대학원 박사논문, 2005.
　김윤희, 「한국 근대 유년 동요·동시 연구」, 춘천교대 교육대학원 석사논문, 2012.

향이 감지된다. 즉 이 논문은 윤석중 작품에 나타나는 동심주의에 대한 객관적 평가가 아니라 일방적인 옹호론에 머무르고 있다는 점에서 한계를 갖고 있다.

문선희의 「윤석중 동요 동시 연구」는 앞의 연구들이 주로 역사 전기적 비평 방법에 입각하여 작가의 시정신에 따른 시세계를 규명하는 작업에 치중하였다는 것을 반성하고, 1924년부터 전집이 발간된 1988년까지의 주요 작품들을 중심으로 하여 작품 속에 나타난 시어, 이미지, 색채어, 운율, 음성 상징들을 분석한 논문이다. 문선희의 연구는 기존의 윤석중 논의에서 다루어지지 않았던 문학 내적인 측면에 대한 연구를 시도하고 있다는 점에서 의의를 지닌다. 그러나 이 논문 역시 윤석중의 작품이 "순수 동심"과 "밝은 세계"를 지향하고 있다는 전제에 입각하여 임의로 선별된 작품들을 다루고 있다는 점에서 한계를 가지고 있다.

노경수의 「윤석중 연구」는 윤석중 작품에 대한 최초의 박사논문이라는 의의를 지니고 있다. 노경수의 논문은 그동안 알려지지 않았던 6·25전쟁 시기 윤석중의 비극적인 가계사를 최초로 언급하고 있어 주목된다.[27] 그러나 이 논문은 정작 윤석중의 아버지 윤덕병(尹德炳)이 1920년대 사회주의 운동 일선에서 활약했던 인물이란 점을 밝히지 못하고 있으며, 윤석중 작품을 여전히 '동심 지향'이라는 테두리 안에 놓고 긍정적으로 검토하는 데 머무름으로써 윤석중 작품이 가지는 미덕과 한계를 균형 있게 조감하는 데는 한계를 지닌다.

이밖에도 임지연의 「윤석중 아동극 연구」는 그동안 깊이 연구되지 않았던 윤석중의 아동극 작품을 분석한 의의를 지니고 있다. 그는 윤석중의 아동극 작품을 발굴하여 원본을 확정하고 있으며 작품의 서지사항과

---

[27] 노경수는 이 논문에서 9·28 수복 이후 충남 서산군 음암면 율목리에 살던 윤석중의 아버지 윤덕병과 계모 노경자가 좌익 혐의로 우익에 의해 살해되었음을 밝혔다.

기록상의 오류를 정정하였다. 또한 윤석중의 아동극 활동에 대한 전기적 사실을 추적하고 당시 시대상황과 결부지어 윤석중 아동극의 형성배경을 검토하였다. 그는 끝으로 「올뱀이의 눈」, 「울지마라 갓난아」 등의 구체적인 작품 분석을 통해 윤석중 아동극이 지니는 문학사적 의의와 한계를 논하고 있다. 윤석중은 동요 동시뿐만 아니라 동극과 동화, 가요 등의 다방면에 걸친 활동을 한 작가인바, 임지연의 아동극에 대한 연구는 윤석중의 문학 활동을 좀더 다각적으로 살필 수 있는 기회를 제공하고 있다는 점에서 의미가 있다.

기타 윤석중 연구 논문들은 주로 노원호의 연구에 기대어 있거나 일제시대와 해방기에 산출된 자료들에 대한 실증적인 확인 절차 없이 연구를 진행해 온 혐의가 있다. 특히 주요 텍스트를 1988년 출간된 『새싹의 벗 윤석중전집』(웅진출판사, 이하 『윤석중전집』)으로 삼는 데 그침으로써 윤석중 작품이 가지는 미덕과 한계를 분석하는 데 한계를 지니고 있다.

이상에서 언급한 학위 논문 말고도 90년대 이후 현재에 이르기까지 노원호[28], 유경환[29], 강승숙[30], 백창우[31], 김종헌[32], 이정석[33], 진선희[34], 이재복[35], 임성규[36], 원종찬[37] 등에 의해 윤석중에 대한 논의들이 전개되었다.

노원호는 「윤석중은 과연 초현실적 낙천주의 시인인가?」에서 윤석중

---

28 노원호, 「윤석중은 과연 초현실적 낙천주의 시인인가?」, 『한국아동문학연구』 10호, 2004.
29 유경환, 「윤석중론: 정형율 동요에 심은 인본주의」, 『한국예술총집·문학편 4』, 대한민국예술원, 1997.
____, 「한평생 언어로 보석을 만든 시인」, 『한국아동문학』 21호, 2004.
30 강승숙, 「동심천사주의의 뿌리—윤석중과 강소천의 문학」, 『아동문학이해와 감상』, 겨레아동문학연구회, 1996.
31 백창우, 「깊은 노래 우물을 가진 사람, 윤석중」, 『노래야 너도 잠을 깨렴』, 보리, 2003.
32 김종헌, 「윤석중의 당위적 아동」, 『아동문학의 이해와 독서의 실제』, 민속원, 2003.
____, 「해방기 윤석중 동시 연구」, 『우리 말글』, 제28호, 2003.
33 이정석, 「윤석중 동요 동시의 해학성 탐구」, 『아동문학평론』 29권 1호, 2004.
34 진선희, 「석동 윤석중의 동시 연구: 슬픈 웃음과 낙천적 전망」, 『한국어문교육』 15집, 2006. 2.
35 이재복, 「어린이의 마음 높이에 찾아낸 발랄한 언어—윤석중 동요 동시의 세계」, 『우리 동요 동시 이야기』, 우리교육, 2004.
36 임성규, 「해방 직후 윤석중 동요의 현실 대응과 작품 세계」, 『아동청소년문학연구』 2호, 2008.
37 원종찬, 「윤석중과 이원수」, 『한국아동청소년문학학회 2011년 여름 학술대회 자료집』, 2011.

의 작품성에 내려진 평가가 대체로 '초현실적 낙천주의' 또는 '동심 천사주의'라는 평가에 머물고 있음을 비판하며, 윤석중의 작품이 일정한 문학의식을 가지고 창작된 작품이란 점에서 "현실성을 저버린 작품과는 엄연히 다른" 위상을 지닌다고 하여 종래 자신의 시각에서 좀더 진전된 견해를 보이고 있다. 노원호는 그러나 윤석중 작품을 초기·중기·후기로 나누어 각 시기별로 현실을 담은 내용의 시들을 소개하면서도 윤석중이 근본적으로는 "시대 현실을 속으로 삭여서 작품에서만은 보여주지 말자는 확고한 신념"을 가지고 있었음을 강조하며 결국 그것이 윤석중이 지닌 확고한 문학의식이었음을 재차 주장한다. 노원호의 이런 주장에는 일면 타당성이 없지 않지만, 그는 윤석중에게 씌워진 초현실적 낙천주의라는 누명을 벗기기 위해 다소 모순된 논리를 동원하고 있음이 발견된다. 그는 초현실적 낙천주의자로 오해받는 윤석중이 현실을 드러낸 작품을 썼음을 소개한다. 윤석중이 단지 초현실적 낙천주의자가 아니라는 것을 입증하는 하나의 근거인 셈이다. 그러나 노원호는 윤석중이 가진 현실을 현실 그대로 작품에 노출시키지 않는 '문학의식'을 강조하면서 윤석중의 작품에서 보이는 현실 참여적인 작품을 오히려 예외적인 작품으로 평가하고 있어 논리적 모순의 한계를 보이고 있다.[38]

---

38 노원호의 이 논문에 대해 김용희는 「윤석중 동요 연구의 두 가지 과제」에서 윤석중 동요에 드리워진 '초현실적 낙천주의자'라는 편향된 부정적 평가는 두 가지 측면을 간과한 데서 온 결과라고 주장한다. 그는 윤석중의 작품이 가지는 노래로서의 동요, 노랫말로서의 동요의 성격을 주목할 필요가 있다고 밝히며, 이런 견지에서 보면 윤석중의 동요는 친숙함, 전달에 용이한 이야기성, 전달성을 모두 갖추고 있다고 그 긍정적 의미를 짚고 있다. 윤석중 동요에서 비판의 대상이 되었던 '유아적 동심'과 '현실성의 부재'는 이러한 동요의 숙명적 체질을 간과한 데서 생긴 문제라 보고 있다. 김용희는 또한 윤석중 동요에서 드러나는 골계미에 주목하여 윤석중 동요는 생활면, 자연친화성, 교훈성, 연모성, 해학성, 비판 정신, 염원성, 명쾌성, 건강성 등에서 전래동요의 성격을 그대로 이어받고 있다고 밝히고 있다. 윤석중은 동요를 통해 구비문학의 미학을 계승한 시인이라고 할 수 있다는 것이다. (김용희, 「윤석중 동요 연구의 두 가지 과제」, 『한국아동문학연구』 10호, 2004.) 역시 토론자로 나온 윤동재는 「윤석중 동요 동시의 특징과 의의는 무엇인가」에서 노원호의 논문이 윤석중 동요 동시 연구의 소중한 디딤돌이 될 수 있다고 그 의미를 부여하며, 윤석중 동요 동시의 가장 두드러진 특징은 무엇인지에 대한 구체적 언급이 없고, 윤석중 동요 동시를 한국아동문학사에서 어떻게 자리매김할 수 있는지 언급이 없는 점을 한계로 지적한다.(윤동재, 「윤석중 동요, 동시의 특징과 의의는 무엇인가」, 『한국아동문학연구』 10호, 2004)

유경환의 「정형율에 담긴 인본주의」는 윤석중 작품집 『그 얼마나 고마우냐』(웅진출판, 1994)와 『반갑구나 반가워』(웅진출판, 1995)의 서평의 성격을 가지고 있다. 그는 윤석중이 "이 나라의 살아있는 아동문학사"이자 "나라세우기에 꼭 있어야 했던 정신영양을 어린이 문학으로 공급해온 애국자"라 명명한다. 그는 이어 윤석중은 "아무리 크고 우주적인 것이라 하여도 그의 눈을 통해 아주 작고 귀여운 것으로 만든다"며 이렇게 작고 소탈한 것으로 재창조하는 작업을 통해 "따뜻한 인본주의 사상"을 입력하고 있다고 밝히고 있다. 그는 이어 윤석중 동요의 특징이라고 말할 수 있는 율동감은 거의 대부분 "내재율과 외재율이 일치되는 정형시적 형식으로 틀지워지며 좀처럼 그 테두리를 벗어나지 않는다"고 언급한 뒤 윤석중 동요는 그래서 "안정된 분위기 속에서 정돈된 논리를 지니면서 은근한 교육성을 지니"게 된다고 밝히고 있다.

강승숙은 「동심천사주의 뿌리, 윤석중과 강소천의 문학」에서 현실주의 관점에 입각하여 윤석중 선집 『날아라 새들아』(창작과비평사, 1983)를 살피고 있다. 그는 윤석중은 "아이들을 둘러싼 사물과 현실의 움직임, 아이들이 관심을 갖는 모든 것에 예리한 감각을 가지고 있다"고 전제한 뒤 시의 소재면에서 편향이 없고 자유로운 점, 탁월한 언어감각을 미덕으로 꼽았다. 그러나 윤석중 문학은 동심천사주의에 갇혀 현실에 탄탄하게 자리한 속에서 낙천적인 전망을 보여주는 데까지는 이르지 못했으며 가락에서 또한 천편일률적인 모습을 가지고 있다고 그 한계를 지적하였다.

백창우는 「깊은 노래 우물을 가진 사람, 윤석중」에서 윤석중이 "마음 안에 엄청나게 깊은 노래 우물을 갖고 있는"시인이라고 전제하며, 그가 우리말을 부려 쓰는 데 탁월한 시인이었음을 지적한다. 또한 천편일률이라고 비판받는 윤석중 작품 가운데는 "삶과 우리 현실이 배어있는" 작품들도 있었음을 언급하며, 해방 뒤에 그의 동요가 "왜 '교과서 동요'의 틀에 갇히게 되었는지는 모르지만 그것 때문에 그 앞의 다양한 작품들까지 덮어버려서는 안 될 것 같다"고 자신의 견해를 밝히고 있다. 그는 윤석중 시가 지닌 미덕으로 우리말을 잘 부려쓴다는 점과 아울러 "전래 동요가 가진 내용과 틀을 시 속으로 가져온" 점을 함께 들고 있다.

김종헌은 「윤석중의 당위적 아동」, 「해방기 윤석중 동시 연구」에서 윤석중 동시를 담론의 입장에서 탐색하고 있다. 그는 윤석중이 해방 직후부터 6·25전쟁이 발발한 1950년까지 작품을 대상으로 삼는다. 즉 윤석중이 발행인 겸 주간으로 있던 어린이 잡지 『소학생』과 그의 어린이 문화 활동 속에서 발표한 동시를 분석 대상으로 삼아 그가 어떤 아동관을 가지고 현실과 대응했는가를 살피고 있다. 이 시기 윤석중의 작품에는 어린이들을 정치적인 갈등 속에 내몰리지 않게 하려는 시인의 의도가 감지된다고 밝히며, 이런 아동에 대한 지극한 보호본능은 시인의 어릴 적 체험에서 나타났다고 주장한다. 세 살 때 어머니를 여의고 외할머니 손에 자란 윤석중이 자신의 외로움을 동시로서 극복하려고 했으며 이런 태도는 "스스로 모든 어린이의 어머니가 되기를 희망"하는 쪽으로 승화되었다는 것이다. 또 하나 윤석중은 희망의 근원으로서 '아기'를 설정했는바, 이는 "미래에 대한 불확실성과 현실의 고통 속에서 하루하루를 사는 기성인의 입장에서 희망적인 기대를 걸 수 있는" 이른바 "당위적 동심"으로서의 성격을 지닌다고 주장한다. 김종헌은 이런 윤석중의 모습을 "현실도피로 매도할 것이 아니라 현실 대응의 다른 방법으로 이해"해야 한다고 밝히고 있다. 그러나 김종헌의 이런 시각은 결국 종래의 윤석중의 동심주의에 대한 옹호론적 시각을 크게 벗어나지 못하고 있다는 점에서 한계를 가진다.

이정석은 「윤석중 동요 동시의 해학성 탐구」에서 윤석중 동요, 동시는 전래동요의 여러 특징 중 특히 해학성과 말재롱을 밑바탕으로 창작되었다고 밝히고 있다. 그는 "전래동요가 비판 의식과 계급의식이 결여되어 있는 순진한 감성의 세계를 그리고 있다"고 전제하면서 "그러한 전래동요를 밑바탕으로 삼아 동요를 창작한 윤석중을 폄하한 여러 가지 견해나 주장은 상당히 수정되어야" 함을 강조하고 있다. 전래동요가 가지고 있는 해학성과 윤석중의 동요 속에 들어 있는 해학성을 하나의 연관 관계로 본 것은 타당한 일이나, 그는 전래동요 속에 들어 있는 순진한 감성에만 초점을 두고 그 속에 함유된 저항적 요소나 비판 의식은 외면하고 있다는 점에서 명백한 한계를 갖는다.

이재복의 「어린이의 마음 높이에 찾아낸 발랄한 언어」는 분단 이후 윤석중 평가에서 간과해 온 일제시대 윤석중 작품에 대해 논하고 있어 주목되는 글이다. 그는 우리 아동문학에서 이른바 소년문예운동의 방향전환 논의가 한창 진행될 때인 1927년을 기점으로 1930년대 중반까지 《조선일보》,《동아일보》에 발표된 윤석중 작품을 중심으로 그 작품들이 지니고 있는 미덕과 한계를 살피고 있다. 이재복은 1927년 당시만 해도 윤석중의 일부 작품은 여전히 7·5조의 리듬에 갇혀 있었음을 지적하며 그러나 또 다른 그의 작품에는 방정환이나 한정동을 비롯한 "소년운동 일세대"들이 들려주는 동요에는 들어 있지 않은 "놀이로 통하는 소년의 마음높이에서 나올 수 있는 익살스런 언어감각"이 나타나기 시작했다고 적고 있다. 이재복은 그러한 언어감각이 끝내 "목숨의 본질을 탐구하는 정신의 높이까지 다다르지 못했"음을 비판하면서도 "우리 창작동요의 세계에 남겨 놓은 빛이 되는 문학유산이라 하지 않을 수 없다"고 그 의미를 긍정적으로 평가하고 있다. 이어 그는 1930년을 전후로 발표된 작품에서 "계급의식을 드러내는" 윤석중 작품들을 소개한다. 이재복은 기왕의 윤석중 선집들에서 이러한 작품이 모두 빠져 있음을 밝히며, 오히려 윤석중이 이들 작품 속에 나타나 있는 "첨예한 계급모순에 대한 근본적인 탐구 자세"를 해방 이후까지 이어 갔으면 어땠을까 하는 아쉬움을 토로하고 있다. 이재복은 윤석중이 1930년대 중반 이후에 쓴 시들에서는 "'한국적인' 시의 특징"을 발견하기 어렵다며, 송완순의 말을 빌려 "민족적 사회현실은 통히 무시하는 자리로만 뒷걸음치고 있다"고 비판한다. 그는 이어 1983년 간행된 윤석중 동요선집 『날아라 새들아』를 참고로 하여 해방 이후 윤석중 문학이 "분단 현실에 안주하여 제도와 목숨의 본질에 대한 탐구"를 게을리 하였던 점이 포착된다고 그 한계를 지적하고 있다. 이재복의 이 글은 기존 윤석중 연구나 평가에서 간과하기 일쑤였던 일제시대 자료들을 통해 윤석중의 면모를 살피고 있다는 점에서 의의가 있으나, 윤석중 문학 정신이 퇴보하게 된 원인을 시대와의 연관성 측면에서 살피지 않고 윤석중 개인의 태도에 기인한 문제로만 좁혀 보고 있어 아쉬움을 준다. 또한 윤석중의 익살스러운 감각이 무엇에 근원하는지를 탐색하지 못하고 있으며, 현실성의 잣대에 치중한나머지 윤석중의 문학이 지니는 유년 지향적 요소와 공상성이 지니는의미를 간과한 혐의가 포착된다.

진선희는 「석동 윤석중의 동시 연구: 슬픈 웃음과 낙천적 전망」에서윤석중 동시를 두고 현실을 망각하고 허황된 세계만을 그려내는 '동심천사주의'나 '시적 기교주의'라는 비판을 하는 경향이 있는데, 윤석중동시를 단지 그런 경향으로만 인식하는 것은 오류라고 비판한다. 그는윤석중의 시에는 "시대의식이 없거나 현실인식이 없는 것이 아니라 발바닥으로 현실과 일상을 밟고 현실의 어려움을 초월하려는 꿈과 희망이형상화"되고 있다고 주장한다. 그는 그것의 근거로 1988년 출간된 『윤석중전집』에 수록된 동시를 모두 여덟 가지 특징으로 분류하여 살펴보고 있다. 그는 대부분의 윤석중 동시들은 시대적 현실과는 거리가 먼 맑고 아름답고 즐거운 세계를 담고 있으며, 어린이들이 생활하면서 느끼는 다양한 정서들을 구체적 생활 장면과 함께 그려내고 있다고 언급하며, 시적 소재의 측면에서 모정에 대한 그리움, 가족, 자연과 계절 감각, 동심으로 바라본 사물들을 그린 시들과 또한 표현 형식의 측면에서 말놀이로 빚어내는 기지와 동화시가 가지는 형식적 특징을 살핀다. 진선희의 논문은 윤석중 문학이 지닌 다양성을 내용과 형식면에서 꼼꼼히 짚어내고는 있으나 결과적으로 종래의 동심주의 옹호론을 크게 극복하지 못한 한계를 안고 있다.

임성규의 「해방 직후 윤석중 동요의 현실 대응과 작품 세계」는 해방기에 창작된 윤석중의 작품들을 중심으로 현실과의 연관이란 측면에서 윤석중의 아동문학 활동을 새롭게 조명해 보고자 시도한 논문이란 점에서 의의를 지닌다. 이 논문은 윤석중을 단순히 어린 유아들을 대상으로 작품 활동을 한 순수 동요시인으로 간주하는 기존의 시각을 비판하며, 윤석중의 해방기 활동을 어린이의 성장을 염원하면서 미래 지향적인 가치관을 설파하려고 노력한 문화적 지식인의 활동이라 규정하며 그 의의를 강조하고 있다. 그러나 이 논문에서는 해방기를 전후로 한 윤석중의 문학적 활동에 대한 실증적 검토를 소홀히 하고 있는 점이 발견된다. 가령 일제 말기의 윤석중 활동에 대해 친일이라는 부채의식이 없었다고 단정한다거나, 『초생달』에 김동석과 박영종의 서문과 발문을 실은 것을 놓고 그것이 당시에 뚜렷한 이념항을 선택하지 못한 윤석중의 내면의식으로 볼 수 있다고 추정하는 것은 윤석중의 문학적 행보를 일정 부분 간과한 발언이라 할 수 있다. 뒤에 자세히 살펴보겠지만, 일제 말기 윤석중의 행적에서는 식민지 정책에 순응한 일면이 발견되며, 그의 해방기의 활동에서 또한 좌우익 인사들과 두루 교유하며 자신의 활동 반경을 적극적으로 넓히려 한 시도가 관찰된다.

원종찬의 「윤석중과 이원수─아동문학의 모더니즘과 리얼리즘」은 윤석중 문학이 갖는 기본 성격을 리얼리즘을 축으로 하는 이원수 문학과 대비시켜 모더니즘으로 파악하고 있어 주목된다. 그는 이원수의 리얼리즘이 주로 농촌 아이들의 고단한 삶을 그린 소년문학을 중심으로 삼은 반면, 윤석중의 모더니즘은 도시 아이들의 유희적 충동을 담은 유년문학을 중심으로 삼았음을 밝히며 둘을 상호 배제의 관계로 놓기보다 우리 아동문학의 전체성을 이루는 보완관계로 파악하는 것이 긴요함을 주장하였다. 이 글은 윤석중을 낙천적 동심주의라는 단일한 프레임으로만 보려던 기왕의 논의들에 새롭고 획기적인 관점을 제공한 의의가 있다. 그러나 윤석중의 문학에서 '도시성 발현'의 측면을 구체적으로 입증할 수 있는 근거를 제시하는 것에는 다소 미흡한 측면이 있다.

3. 연구의 방법과 범위

이상에서 살펴본 바와 같이 윤석중은 작품 활동 초기부터 비교적 많은 관심을 받아온 작가임을 확인할 수 있다. 그러나 그가 과연 자신의 명성에 걸맞는 합당한 평가를 받아 왔는지는 여전히 의문으로 남는다. 무엇보다 그는 '동심주의'라는 단일한 프레임에 갇혀 아직까지도 오해와 통념의 굴레를 완전히 벗어나지 못하고 있는 처지라 할 수 있다.

이런 점에 유의하면서 본고는 우선 역사주의 방법으로 기초연구를 수행하여 윤석중 논의의 초석을 마련하고자 한다. 2장에서는 우선 윤석중의 생애를 검토하도록 하겠다. 생애 부분에서 가장 먼저 언급하려고 하는 것은 윤석중의 아버지 윤덕병의 행적이다. 그가 1920년대 초반부터 사회주의 운동의 일선에서 맹활약을 한 인물이란 점을 본고에서 처음으로 밝히는 터다. 윤석중은 소년운동의 발상지이자 그 중심지라 할 서울 태생인 까닭에, 어려서부터 그 운동을 주재한 인사들을 가까이서 보고 성장할 수 있었다. 본고에서는 심훈(沈熏), 이광수, 방정환(方定煥) 등 윤석중 문학 출발기에 영향을 끼친 인물들과 윤석중의 관계를 살펴보겠다. 또한 광주학생운동 당시 윤석중이 양정고보를 자퇴하며 발표한 「자퇴생의 수기」를 통해 거기에 나타난 그의 학창시절 면모를 밝혀 보려 한다. 윤석중이 방정환 사후 『어린이』지를 맡아 당시 대두한 계급주의문학에 맞서 순수문학을 지켜 나가려 했다는 것이 일부에서 아직도 하나의 통설처럼 여겨지고 있는 실정이다. 이것이 당시 상황을 간과한 발언이라는 사실을 자료를 통해 반박할 것이다. 또한 『어린이』 편집에서 『소년』으로 이어지는 편집자로서의 행보와 그동안 알려져 있지 않았던 일제 말기의 행적을 살피고, 이어 해방기에 당시 첨예하게 전개되던 좌우 대립구도에서 윤석중이 주도한 조선아동문화협회 활동과 남한 정부 수립 이후 재편되는 문단의 구도 속에서 그가 남한 아동문단의 주류로서 부상하게 되는 과정을 해명한다. 이어 6·25전쟁 당시 윤석중의 행적과 전쟁 이후 그가 펼쳐 나간 어린이 사업 활동과 그 의미를 짚어보고, 마지막으로 70년대 이후 그가 시도한 회고록 작성과 동화 창작, 그리고 그의 문학적 결산이라 할 『윤석중전집』이 갖는 의미를 밝혀 보려 한다.

3장에서는 윤석중 생전에 발간된 그의 작품들 가운데 주로 동요를 중심으로 그의 문학 세계를 탐색해 보려 한다. 앞의 2장이 작가론으로서 실증적인 방법으로 윤석중의 생애와 연보를 보강하는 것이라면, 3장은 작품론으로서 윤석중 작품이 가지는 특질을 검토한 것이라 할 수 있다. 즉 윤석중의 문학적 생애 전반에 작용하고 있는 '연속성'의 자질이 무엇인가를 밝힘으로써 윤석중 작품의 핵심에 접근하고자 한다. 연속성이라는 관점에서 윤석중 문학에 접근하려 할 때, 떠올릴 수 있는 키워드는 동요, 동심, 국가라는 세 가지 용어이다.

동요는 음악성을 위주로 하는 문학 장르다. 우리 아동문학사에서는 동요가 동시로 발전해 나갔다는 인식이 널리 퍼져 있어 동요는 덜 된 시, 근대 문학 장르의 과도기 양식 정도로 치부되고 있는 실정이다. 그런데 윤석중이야말로 바로 이 동요라는 장르를 끊임없이 갈고 닦은 장본인이라 할 만하다. 동요는 가창을 전제로 하는 장르라는 관점 아래 윤석중이 표방한 동요시인으로서의 면모와 성과들을 살펴보는 것은 윤석중 문학의 실체에 접근하는 한 가지 방법이라는 생각이 든다. 윤석중은 신문과 잡지, 동요곡집, 음반과 방송, 교과서 등을 통하여 동요를 대중들에게 널리 알렸다. 지금의 동시가 단지 인쇄 매체를 통한 '눈으로 읽는 문학'에 국한된다면 그의 작품은 다양한 매체를 통하여 '가창'의 형태로 독자에게 전달되었다. 이를 통해 윤석중은 대중적으로 널리 알려진 동요 시인이 될 수 있었다. 이 과정에서 그가 보여준 시적 노력들은 특기할 만하다. 그는 단조로운 정형률과 시형식을 깨고 새로운 리듬감각과 시형을 보여주었으며, 우리말을 다루는 천부적 기술 등을 통하여 '동요'의 수준을 높였다. 그는 명실공히 창작동요의 일인자로서의 면모를 보여준 시인이라 할 수 있다.

두 번째 윤석중 동요가 갖는 연속성의 키워드는 동심이다. 윤석중은 흔히 동심주의자로 치부된다. 그렇다면 과연 윤석중이 표방한 동심주의란 무엇이며, 윤석중이 발견한 동심은 어떤 성격을 지니고 있는가. 윤석중에 대한 긍정이든 부정이든 그의 동심주의에 대한 대부분의 논의들은 그가 현실과 유리된 세계를 그려온 것을 강조하는 데 그쳤다. 그러나 이 글에서는 오히려 윤석중이 이전에는 깊이 탐색되지 못했던 아동상을 새롭게 구현했다는 관점에서 그의 동심주의에 접근하려 한다. 윤석중은 우리 아동문학이 간과했거나 간과하고 있는 어린이—명랑한 어린이, 공상하는 어린이, 유년의 어린이, 도시의 어린이—상을 발견하고 그것을 작품 속에 끊임없이 구현하고자 한 시인으로 평가할 만하다.

셋째로 이른바 국가와 윤석중 동요가 갖는 연속성의 문제이다. 윤석중은 작품 초기부터 말기에 이르기까지 일종의 국민애창곡으로서 동요의 성격을 끊임없이 추구하려 하였다. 한일합병이라는 특수한 역사의 시기에 태어나 우국적 인사들 틈에서 나고 자라며 민족의식을 키웠던 그의 내면에는 온전한 아버지(완성된 국가)를 갈망하는 부성콤플렉스가 작동하고 있었다. 부성콤플렉스는 '부재하는 아버지'를 대신하려는 시인의 무의식의 발로라 할 수 있는바, 그의 작품 초기에 나타나는 현실지향이나 저항성은 그것에 연유하며 명랑한 어린이상 또한 일정 부분 그것에 연유한다고 볼 수 있다. 분단 이후에 나타나는 교훈주의 또한 결국 그러한 요소와 밀접한 관련을 맺는다. 이 글에서는 윤석중 문학에 연속성을 띠고 나타나는 국민시가적 요소에 대해 탐색해 보려 한다.

이상의 결과를 종합하여 4장에서는 윤석중이 우리 아동문학사에서 차지하는 위치를 가늠해 보고자 한다.

윤석중의 생애

윤석중은 생전에 자신의 생애와 문학적 행로를 비교적 소상하게 파악할 수 있는 두 가지 중요한 자료를 남긴 바 있다. 하나는 『어린이와 한평생』(범양사출판부, 1985)이고, 또 하나는 『노래 나그네』(윤석중 문학전집 20~24권, 웅진출판, 1988)[1]이다. 이 두 자료는 윤석중 개인사와 그의 문학적 궤적을 검토할 수 있는 소중한 자료일 뿐더러 윤석중 시인의 시선으로 파악한 근대 아동문단사 혹은 아동문학사로서의 성격을 함께 지니고 있다. 그는 자신이 교유한 인사들의 실명을 거론하면서 그들과 맺었던 친교의 과정을 언급할 뿐 아니라 문학사적인 평가를 아우르고 있어 윤석중 개인사를 참고하는 자료의 성격을 넘어 아동문학사의 기초 자료로서 중요한 가치를 지니고 있다.

기존 연구 논문들은 모두 이 두 가지 자료를 참조하여 그의 생애를 기술해 왔다. 그런데 여기서 문제가 되는 것이 그 자료들에 대한 검증 절차를 생략한 채 무비판적인 인용에만 그치는 한계를 지니고 있다는 점이다. 윤석중이 남긴 회고록은 그의 개인사이자, 나아가서 우리 아동문

---

[1] 두 자료는 비슷한 시기에 씌어졌고, 겹치는 내용이 많다. 그러나 두 자료는 상호보완의 성격을 지니고 있기에 어느 하나만을 취할 수 없는 성격도 지닌다.

학사의 기초 자료로서 중요한 의미를 지니긴 하지만, 이를 무비판적으로 수용하거나 그것을 평면적으로 인용하는 데 그치는 것은 문제가 있다고 본다. 이른바 엄밀한 검증과 입체적 해석, 그리고 누락된 부분에 대한 연구자의 객관적 시각에서의 보완이 요구되는 것이다.

이 자리에서는 기왕에 나온 윤석중 회고록을 중심으로 그의 생애를 검토하되, 그 자료가 가지는 사실들에 대한 검증과 해석 그리고 그 자료가 누락한 부분들에 대한 탐색을 함으로써 기존 연구들이 간과한 부분을 보완해 보고자 한다.

1. 출생

1) 윤석중의 가계

윤석중은 1911년 5월 25일(명치 44년, 신해년 음 4월 27일)에 서울 수표정 13번지에서 아버지 윤덕병(尹德炳. 1885~1950)과 어머니 조덕희(趙德稀) 사이에서 태어났다. 윤석중의 생애와 관련하여 윤석중 아버지 윤덕병의 삶을 좀더 자세히 살펴볼 필요가 있다.

그간의 윤석중 생애를 살펴보는 논문에서 소홀히 다루어진 부분이 하나 있다면 그것은 바로 아버지 윤덕병에 관한 언급이었다. 대부분의 논자들은 윤덕병과 관련한 사항을 대부분 간과해 왔다.[2] 그러나 윤덕병의 활동을 도외시하는 것은 윤석중 생애를 파악하는 데 주요한 한 부분을

---

2 윤석중의 사회운동의 성격을 비교적 명확하게 밝힌 글은 박동혁의 「새싹의 벗 노래 나그네」가 유일하다. 박동혁은 이 글에서 윤석중의 "아버지는 양반집에 태어나서 상놈 해방 운동을 하다가 윤석중 나이 여덟에, 그의 나이 서른다섯에 새로운 부인을 얻어 윤석중은 수은동 외갓집으로 갔고, 아버지는 아버지대로 가난과 일본의 종노릇에서 이 겨레를 해방시키기 위해서 편안한 날을 보낸 적이 없다"고 적고 있다. (『막사이사이상의 수상자들의 외길 한평생』, 장학사, 1981, 83쪽.)

일제에 의해 드러난 제1차 조선공산당 조직 체계. 윤덕병은 조선공산당 결성에서 제1중앙위원의 중책을 맡았다(《동아일보》, 1927. 9. 13일자).

누락시키는 것과 같다는 생각이다.

윤덕병은 1920년대 초반부터 사회주의 운동의 일선에서 맹활약을 한 인물이다. 그는 1925년 4월 조선공산당 1차 대회 때 중앙검사위원으로 선출되었다가 같은 해 10월 일경에 피검, 1929년 8월까지 감옥 생활을 하고 풀려난 뒤 1930년 3월 신간회와 관련된 격문 사건으로 다시 구속되어 4월 불기소로 석방된다. 이 시기는 윤석중이 소년 문사로서 문단에 나와 명성을 얻기 시작하던 시기로서 아버지의 특이한 경력은 여러모로 윤석중의 삶과 문학에 영향을 끼칠 수밖에 없었던 것으로 짐작된다.

윤덕병의 원적에 따르면 그의 본관은 파평(坡平)[3]으로 1885년 서울 정동에서 아버지 윤상익(尹相翊, 1847~?)과 고령(高靈) 박씨인 박정인(朴貞仁)[4] 사이에 삼남으로 태어났다.

윤덕병의 부친 윤상익은 조선 말기의 문신으로 1894년 이조참의를 지냈던 인물이다.[5] 윤덕병의 조부 윤자승(尹滋承, 1815~?)은[6] 철종 조에서 고종 조에 이르는 시기까지 서산 군수를 시작으로 대사헌, 한성부 판윤, 병조 판서 등을 지내며 비교적 순탄하게 관직생활을 영위한 인물이다. 윤자승은 1876년 한일수호조규 때 신헌(申櫶)의 부관으로 조약체결에도 참여하였다. 윤덕병의 집안은 주로 서울에 거주하며 대대로 벼슬을 하던 명망 있는[7] 양반가문이었던 것이다.

그러나 윤덕병의 집안은 19세기 말 국운이 쇠퇴하는 격변의 과정에서 급격히 가세가 기울기 시작한다. 고종 25년(1888년) 무자 별시 병과 1위로 합격할 정도로 수재였던, 윤덕병의 큰형 윤두병(尹斗炳, 1870~?)은 을사조약 이후 민영환(閔泳煥)의 자결과 때를 같이 하여 독약을 마셨다가 혀만 타서 일생을 말더듬이로 지내다 낭인 생활 끝에 세상을 버렸고, 김홍집(金弘集)의 작은 사위였던 둘째 형 윤기병(尹箕炳)은 장인의 참형을 목도하다가 실성하여 폐인으로 역시 한 많은 인생을 마쳤다.[8] 이

---

3 윤덕병은 파평 윤씨 한성공파(漢城公派) 후손으로 파평 윤씨의 시조 윤신달(尹莘達)의 33세손이다. 윤덕병은 그의 19대조 소정공(昭靖公) 윤곤(尹坤)의 둘째아들인 18대조 한성공(漢城公) 윤희제(尹希齊)에서부터 시작된 이른바 '파평 윤씨 한성공파 가문'의 후손이었다.

4 윤덕병의 어머니 박정인은 조선 말기 문신으로 헌종(憲宗) 대에 병과에 급제하여 고종(高宗) 대에 공조·형조 판서, 경기도 관찰사 등을 지낸 박영보(朴永輔, 1808~?)의 여식이었다.

5 그는 직부전시(直赴殿試)의 특혜를 받아 1877년(고종 14년) 별시문과에 병과로 급제하였다. 임오군란 다음해인 1883년 부응교로서 대원군의 오른팔인 이회정(李會正)·임응준(任應準)을 군란 관련자로 극형할 것을 연명상소하였으며, 세계 일주에서 돌아온 민영익(閔泳翊)이 주장하여 만들어진 서양식 공사복변제(公私服變制)에 대한 반대가 전국적으로 일어났을 때 집의로서 그에 반대하는 상소를 올렸다. 1889년 좌부승지가 되어 소론의 입장에서 송시열(宋時烈)을 비난한 한용석(韓容奭)의 처벌을 요구하는 상소를 올렸으며, 1891년 대사간으로서 민비일파가 꾀한 세자의 실질적인 대리청정에 반대한 이용원(李容元)을 극형에 처할 것을 주장하였다. 민씨정권의 인물로서 처신하고, 아버지가 유력하였지만, 1894년 1월 이조참의를 마지막으로 등용되지 못하였다. (한국학중앙연구원 홈페이지 '한국역대인물종합시스템' 참조.)

6 윤상익의 생부는 윤자승의 형제인 윤자흠(尹滋欽)이다. 다시 말해 윤상승은 윤상익의 양부였던 것이다. 『사마방목(司馬榜目)』 자료에 윤자흠의 이름이 나오지 않는 것으로 봐서 그는 별다른 관직을 얻지 못한 것으로 보인다. (한국학중앙연구원 홈페이지 '한국역대인물종합시스템' 참조.)

7 윤석중은 「값진 유산」(『사상계』, 1967년 4월 9일)이란 글에서 파평 윤씨 시조인 윤신달과 29대조 윤관(尹瓘), 19대조 윤곤, 15대조 윤탁(尹倬), 11대조인 윤황(尹煌), 10대조인 윤순거(尹舜擧)의 업적을 열거하고 있다. (『어린이와 한평생』, 범양사 출판부, 1985, 284쪽 참조)

8 윤석중, 같은 책, 284쪽.

런 사건으로 미루어 볼 때, 윤덕병은 갑오개혁의 실패와 더불어 일제에 의한 식민화 과정에서 급격히 몰락해 가는 가문의 비극을 온몸으로 겪으며 자연스럽게 일제에 대한 반감과 민족의식을 키웠던 것으로 보인다.

아쉽게도 윤덕병의 어린 시절을 살필 수 있는 자료는 많지 않다. 『한국사회주의운동인명사전(이하 『인명사전』으로 표기)』(창작과비평사, 1996)에 따르면 그는 어릴 때 서당에서 한문을 배웠고, 1900년 서울 양정의숙(養正義塾) 법률과를 졸업한 것으로 되어 있다. 양정의숙은 지금의 양정 중·고등학교의 전신으로 1905년 엄주익(嚴柱益)이 서울에 창설한 사립학교이다. 따라서 1900년 양정의숙을 졸업했다는 『인명사전』의 기록은 오류다. 양정의숙은 당초에는 전문학교를 지향하여 법학통론·헌법·국가학·형법총론 및 각론·민법총론 등 20여 개의 교과목을 두었다. 1907년에는 엄귀비(嚴貴妃)로부터 황실 재산과 내탕금(內帑金)으로 학교의 재정지원을 받았으며, 1908년 경제학과를 병설하였다. 그러나 국권을 빼앗긴 후 1913년에 공포된 일제의 '조선교육령'에 의하여 전문과정이 폐지됨에 따라 6회의 법률학과 졸업생과 1회의 경제학과 졸업생 등 총 145명을 배출하고 수업연한 4년의 양정고등보통학교로 개편되었다. 뒤에 윤석중이 양정고등보통학교에 입학함으로써 윤덕병과 윤석중 부자는 동문(同門) 사이가 된다.

양정의숙을 졸업한 윤덕병은 뚜렷한 생업에 종사한 것 같지 않다. 일제 시기 요시찰 인물과 단체의 정보를 수록해 놓은 『왜정시대 인물사료·3』[9]에 따르면 윤덕병은 특별한 자산이나 일정한 직업이 없는 인물로 다음과 같이 기술되어 있다.

재산: 자산 없음

---

9 이 글에 인용하는 『왜정시대 인물 사료·3』의 내용은 국사편찬위원회 홈페이지 한국데이타베이스 '한국근현대인물자료'에 올려져 있는 『왜정시대 인물 사료·3』의 내용을 인용했음을 밝혀 둔다.

인물평외모: 키 5척 5촌, 하얀 피부에 하이칼라로 멋있는 두발을 하고 있음. 둥근 얼굴이며 다른 특징은 없음

성행: 음험하고 항상 무위도식을 일삼으며 일정한 업무에 종사하지 않음. 사회주의적 사상을 품고 항상 노동운동에 참여함

위 자료에 기댄다면 그는 직업적인 노동운동가였음이 드러난다. 이 땅에 본격적으로 사회주의가 태동하기 시작한 것은 1919년 3·1운동 이후로 알려져 있다.[10] 윤덕병이 사회주의 운동 단체에 본격적으로 발을 들인 것은 1920년 2월 노동문제연구회 발기에 참여하면서 부터인데,[11] 1920년이라면 그의 나이가 이미 36세가 되던 때다. 당시 사회주의 운동에 관심을 기울인 세대들의 평균적인 나이를 고려할 때 이는 다소 늦은 감이 없지 않다. 그가 사회주의 운동에 어떠한 경로로 처음 발을 들이게 되었는지를 정확히 가늠할 자료는 아직 발견되지 않는다. 하지만 그의 출신 성분과 성장 배경을 고려해 볼 때, 그 동기를 충분히 짐작할 만하다. 주지하다시피 초기의 사회주의 운동은 민족해방운동의 성격을 강하게 지니고 있었다.[12] 앞서 살펴본 것처럼 그는 성장기에 국운의 몰락과정과 외세의 국권 침탈과정을 몸소 체험한 인물이다. 서울 장안의 내로라 하는 반가 출신으로 양정의숙에서 법률을 공부하지만, 그는 국운이 쇠잔해 가는 나라에서 마땅히 몸을 의탁할 곳을 찾을 수 없었던 것이다. 그의 "무위도식"은 이를테면 개인의 인성이나 능력에 원인이 있던 것이 아니라, 시대적 한계와 그 시대가 던져 준 책무에 기인한 때문이 아니었나 한다. 그는 청춘의 열정을 민족을 위한 사회운동에 쏟고자 했다. 그가 30대 중반이라는 늦은 나이에 새롭게 대두하는 사회주의 운

---

10 이현주, 『한국사회주의세력의 형성: 1919~1923』, 일조각, 2003, 137~138쪽.
11 강만길·성대경 엮음, 『한국사회주의운동인명사전』, 창작과비평사, 1996, 305쪽.
12 전상숙, 「사회주의 수용양태를 통해본 일제시기 사회주의 운동의 재고찰」(『동양정치사상사』 제4권 1호, 2005), 155~156쪽.

동에 몸을 담은 것은 청년기에 가질 수 있는 치기어린 선택과는 근본적으로 그 성격을 달리하는 문제였던 것이다.

그렇다면 무엇보다 중요한 윤덕병의 사회주의 행적은 어떤 양상을 띠었을까?

『인명사전』의 기록에 따르면 윤덕병은 1920년 2월 '조선노동문제연구회' 발기에 참여했고, 4월 조선노동문제연구회 결성에 참여하여 서무부 간사로 선임되었던 것으로 밝혀져 있는데, 이를 보면 그의 사회주의 운동의 행적은 이 땅에 사회주의가 막 뿌리를 내리기 시작하던 시점과 출발을 같이 했음을 알 수 있다. 그는 1922년 1월 신백우(申伯雨)·김한(金翰)·이혁노(李爀魯)·백광흠(白光欽) 등과 무산자동지회(無産者同志會)를 조직한다. 이는 동일한 사회운동에 뜻을 두는 사람들만 회합해 무산자계급의 생존권을 확립하는 것을 목적으로 조직된 단체였다. 이어 무산자동지회는 서울청년회 계열의 신인동맹과 합류, 사회주의를 지향하는 각 그룹들을 규합해 무산자동맹회(無産者同盟會)를 조직한다. 윤덕병은 같은 해 10월 백광흠, 강달영(姜達永)과 조선노동연맹회를 결성한다. 이어 1923년 5월 김홍작(金鴻爵)·강택진(姜宅鎭)·박일병(朴一秉)·신백우 등과 노동자 계몽을 목적으로 하는 노동사(勞動社)를 조직 기관지 『노동자(勞動者)』를 발행하는 일에 관여하고, 같은 해 6월에는 꼬르뷰로(조선공산당 중앙총국) 국내부 결성에 참가했다. 7월에는 홍명희(洪命憙)·박일병·김찬(金燦)과 더불어 '화요회(火曜會)'의 전신이라 할 수 있는 신사상연구회(新思想研究會) 결성에 참여했고, 고무직공 동맹파업이 일어나자 '고무여직공 동맹파업 전말서'라는 선전문을 작성하여 전국노동단체에 배포했다. 여직공파업 선동 혐의로 일본경찰에 검거되어 11월 경성복심법원에서 출판법 위반으로 벌금형을 받았다. 1924년 3월 광주에서 개최된 전라노농연맹회에 참석했고, 4월 조선노농총동맹 결성에 참여하여 중앙집행위원으로 선출되었다. 6월 조선 공산주의 운동

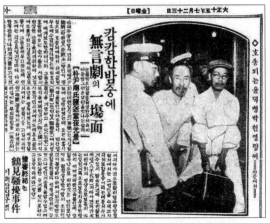

조선공산당 사건과 관련하여 윤덕병과 박헌영이 신의주에서 재판을 받고 서울로 호송되어 온 것을 알리는 기사(《동아일보》, 1926. 7. 23일자).

의 통일을 위해 개최된 '13인회(十三人會)'에 참석했고 9월 조선기근구제회 회원이 되었다. 1925년 2월 전조선민중운동자대회 준비위원으로 선임되었고, 이어 4월 조선공산당 결성에 참여하여 중앙검사위원으로 선출되었다. 11월경 일본 경찰에 검거되어 복역하던 중, 1929년 8월 7일 출옥했다. 윤덕병은 이듬해인 1930년 3월 신간회와 관련된 격문사건으로 동대문서에 인치되어 백명천(白明天) 등 8명과 구속되었다가 4월 불기소로 석방된다.

  1920년부터 1930년 사이 10년 간의 윤덕병의 행보는 말 그대로 치열한 삶의 궤적에 다름 아니었다. 사회주의 운동 초기 그는 뜻이 맞는 동지들과 모임을 조직하여 활동을 시작하여 여러 계파로 나누어진 채 각축하는 사회주의 세력 내부의 끊임없는 노선 투쟁을 거치면서[13] 조선노동총동맹이라는 단체를 결성하는데 주도적 역할을 담당한 것을 알 수 있다. 이후 조선공산당 결성에 참여하여 중앙검사위원의 중책을 맡았

---

13 임경석, 「1922년 상반기 재서울 사회단체들의 분규와 그 성격」, (『성대사림』 25권, 2006), 211~239쪽 참조.

다. 이후 일경에 검거되어 4년간 투옥 생활을 겪기도 하는 등, 그는 20년대 우리 사회주의 운동사에서 빼놓아서는 안 될 중요한 인물 가운데 한 사람인 것이다.

윤덕병은 1930년 4월 불기소로 석방된 이후 사회주의 운동 일선에서 물러나 지방에 거주하게 된다. 노경수의 연구에 따르면 윤덕병이 서울 생활을 접고 충청남도 서산군 음암면 율목리로 내려간 것은 1930년대 초반이라 한다.[14] 윤덕병은 소송 사건에 휘말려 다른 사람에게 넘어갈 뻔한 처가(윤석중의 외가)의 땅을 되찾아 주었고, 윤석중은 자신의 명의로 되어 있던 그 땅을 아버지에게 주어 윤덕병은 그곳에 정착하게 된 것이라 한다.[15] 30년대 이후 사회주의 운동과 관련한 사건 기록에서 그 이름이 찾아지지 않는 것으로 보아 서산으로 내려간 뒤 윤덕병은 사회주의 운동에 적극적으로 가담한 것 같지는 않다.[16] 그것은 본인의 의지에 의한 선택이었다기보다 사회주의 활동에 대한 일제의 감시와 탄압이 그만큼 가혹했던 때문이 아닌가 한다. 다만 『삼천리』 제6권 제8호(1934년 8월호)가 기획한 기사 「정계사상계내보(政界思想界內報)」와 같은 잡지 제8권 1호(1936년 1월호)에 실린 「신춘(新春)맞는 명사(名士)의 춘추(春秋)」에 '오십객(五十客)'의 노총(勞總)계 인물로서 혹은 '육십을 바라보는'

---

14 윤석중은 자신의 회고에서 윤덕병이 서울에서 지방으로 이주한 시기를 30년대 중반이라 말하고 있는 것으로 보아 1930년대 초반에 서산군 음암면으로 내려갔다는 노경수의 설은 사실 확인이 좀더 필요하다.

15 노경수, 「윤석중 연구」, 단국대 박사논문, 2008, 46쪽. 윤석중은 자신의 글에서 이와 관련하여 이런 언급을 하고 있다. "노경에 드신 아버님은 새어머님과 그 아들들을 거느리고 충청도 시골로 낙향을 하셨었는데, 그 곳의 외가댁에서 물려주신 논마지기가 있어서였다. 전 어머니 몫으로 떼 준 논이었기 때문에 외할머니께서는 원통해 하시는 것이었고, 그런 사실을 안 남들은 내가 똑똑지 못해 재산을 빼앗긴 것처럼 여기기도 했는데, 나는 거기서 또 하나의 교훈을 얻었으니 나의 대답은 언제나 마찬가지였다. '모르는 소리 작작들 하시오. (⋯) 내가 이제 와서 두메 산골 논마지기에 눈독을 드리지 않으면 안 되게 살 길이 막혔다면 젊은 놈이 볼장 다 본 게 아니겠소.' 이 쯤 생각하고 보니, 남들이 이악하게 보던 새어머님조차 나에게는 마음을 크게 먹게 해 주는 가정 교사나 다름없었다."(윤석중, 「내 마음의 어머니」, 『어린이는 어린이답게—윤석중 전집·25』, 웅진출판사, 1988, 39쪽.)

16 윤석중은 앞의 글(『사상계』(1967. 4. 9)에 실린 「값진 유산」)에서 자신의 아버지가 "민족 해방을 위해 사회 운동에 나서셨다가 낙향(落鄕) 은퇴(1935)하셔서 먹과 붓을 벗삼아 농촌에 묻혀 지내셨"다고 적고 있다.

명사로서 다른 명망가들과 나란히 이름이 올라 있다. 이런 기사로 미루어 보건대 그는 일선에 나서 조직 활동을 하지 못했지만, 노총계 조직의 배후로서 사회적 지위를 일정하게 고수했음을 알 수 있다.

해방 이후 윤덕병의 이름을 찾을 수 있는 기사는 4건이다.[17] 그는 1946년 초 신탁통치문제로 좌·우익이 첨예하게 대립하자 이를 조정하기 위해 조직된 것으로 알려진 '통일정권촉성회(統一政權促成會)'[18]의 성명서에 이극로(李克魯)·민병두(閔丙斗)·정열모(鄭烈模)·배성룡(裵成龍) 등과 함께 그 단체의 위원으로 이름을 올리고 있는 것이 확인된다. 또한 윤덕병은 1946년 4월 17일 서울기독교청년회관에서 개최한 조선공산당 21주년 기념대회에 김완규(金完圭)·최원택(崔元澤)·이승엽(李承燁) 등과 조선공산당 결성시 관계자 자격으로 참석하였던 것도 확인된다.[19] 그 기사는 1925년 4월 17일 조선공산당 결성에 참여했던 인사들이 해방 이후 합법적 정당으로 거듭난 조선공산당의 21주년 기념식에 참석하여 "일제와 싸우던 날을 회상"하고 "감개무량한 얼굴을 보였다"고 적고 있다. 이 기사로 미루어 보건대 윤덕병은 해방 직후까지 조선공산당과 인연을 끊지 않고 있었음을 알 수 있다.

이후 윤덕병은 충남 서산군 음암면 율목리에 계속 거주하다 6·25전쟁을 만났으며 1950년 9·28 수복 이후 부인 노경자와 함께 인공치하에서 좌익 활동을 한 혐의로 우익에 의해 살해되었다.[20] 노경수는 윤덕병이 좌파로 오인받아 살해된 것은 부인 노경자의 좌익 활동에 기인한 것이라 추정하고 있으나,[21] 이는 당시의 정황을 보다 명확히 파악한 뒤에 내려야

---

17 《자유신문》, 《서울신문》 1946년 2월 1일자와 《조선일보》 1946년 2월 4일자에 '통일정권촉성회' 성명서 발표를 알리는 내용의 기사가 각각 실려 있으며, 《자유신문》 1946년 4월 18일자에는 윤덕병이 조선공산당 21주년 기념식에 참여했다는 기사가 실려 있다.

18 신문기사에는 통일정권촉성회가 "광휘있는 5천년의 국사와 민족흥폐의 重大關頭에 처하여서도 아직 통합못되는 국내전선의 현상에 통분한 在京非政治人으로 결성된" 단체라 소개되어 있다. (《조선일보》, 1946년 2월 4일자 참조)

19 《자유신문》 1946년 4월 18일자.

할 결론이 아닌가 생각한다. 이 문제에 대한 해결을 위해서는 앞으로 인공치하에서의 윤덕병과 노경자의 행적이 좀더 구체적으로 밝혀져야 할 것이다. 다만 윤덕병이 일제시대는 물론 해방 직후까지 조선공산당에 관여한 행적이 드러난다는 점에서 그가 수복 이후 우익의 표적이 될 가능성은 비교적 농후했다고 볼 수 있다. 그는 자신의 과거 행적으로 말미암아 인공치하에서 자의든 타의든 부역에 가담했을 가능성이 없지 않으며, 이로 인해 수복 직후 우익의 희생양이 되었을 것이라 판단된다.

윤석중의 어머니 조덕희(趙德稀)는 1900년대 초 아산군수, 회덕 군수 등을 지낸 조병철(趙秉哲, 1862~?)의 무남독녀이다. 조병철의 본관은 풍양(豊壤)으로, 그는 고종 25년(1888년) 무자 식년시에 생원 시험에 합격하여 관직에 나선 뒤 1899년 1월 30일부터 1902년 1월 28일까지 아산 군수를 지내고, 이어 같은 해 8월 27일까지 회덕 군수를, 같은 해인 9월 5일까지 중추원 의관 등을 역임했다. 한 가지 특기할 일은 조병철이 1895년 일본유람신사 일원으로 일본에 파견된 적이 있다는 것이다. 이때 동행한 인물 가운데 윤덕병의 큰형 윤두병이 있었다.[22]

---

20 원적과 증언에 의하면 윤덕병은 서산군 서산읍 예천동 부근에서 1950년 10월 4일 사망하였으며, 노경자는 서산군 음암면 도당리 부근에서 1950년 10월 7일 사망한 것으로 알려져 있다.(노경수, 앞의 논문, 52쪽 참조) 지금까지 밝혀진바, 9·28 수복 이후 충남 서산군 음암면 일대에서 우익에 의해 희생당한 이는 모두 67명에 달한다. 윤덕병이 거주하던 서산군 음암면 율목리 일대에서 우익에 의해 희생당한 이들의 명단은 다음과 같다. 윤덕병(1884년 12월 1일생), 노경자(1901년 19월 7일생), 강수일(1906년 8월 28일생), 유용환(1920년 4월 5일생), 윤정중(1932년 4월 17일생), 한경희(1912년 8월 29일생), 홍수돈(1911년 12월 9일생), 홍정식(1908년 8월 20일생), 홍삼식(1908년 8월 20일생), 홍규희(1915년 4월 10일생)이상 총 10명.(진실·화해를 위한 과거사정리위원회 편, 『2008년 하반기 조사보고서·2권』, 747~772쪽 참조.)

21 노경수는 윤석중의 "부친이 인공 치하에서 서산군 인민위원장을 지냈다"는 설(김낙중의 증언)을 소개하면서도, 이를 신빙성 있는 증언으로 받아들이지 않고 있다. 그는 그러한 증언을 정확히 확인해 줄 만한 자료는 없다고 단언하며 윤덕병이 당시 66세의 고령으로 고위직을 맡을 형편이 못 되었을 것이라는 점을 강조하고 있다. 노경수는 또한 박용실(윤석중 부인)의 증언—좌익에 흠씬 물든 사람은 윤덕병이 아니라 부인인 노경자였다는 점, 윤석중이 피난을 서산으로 가려 할 때 "서산은 서해바다가 뚫려있어 공산당이 그리로 들어오면 제 1선이 되어 위험하다"고 만류했다는 점—을 들어 그가 희생당한 것은 순전히 "새로 맞은 부인 노경자로 인하여 좌파로 오인"받은 때문이라 추정하고 있다. (노경수, 앞의 논문, 52쪽.)

22 국사편찬위원회 편, 『고종시대사』 3집, 탐구당, 1969, 957쪽.

두 살 때 어머니를 잃은 윤석중을 돌본 외
조모 이씨의 모습. 그는 이완용 친일 내각
에서 군부대신을 지낸 이봉의(李鳳儀)의
여식이었다.

윤석중은 만 두 살 때인 1913년 어머
니를 병으로 잃게 된다. 어머니를 대신해
어린 윤석중을 돌본 것은 외할머니 전주
(全州) 이씨(李氏)였다. 외할머니 이씨는
윤석중이 가정을 이룰 때까지 어머니의
자리를 대신한 사람이다. 그는 고종조에
무과에 급제하여 이완용의 친일 내각에
서 군부대신을 지낸 이봉의(李鳳儀,
1839~1919)의 여식이다.[23] 『친일인명사
전』에 따르면 이봉의는 본관이 전주로
1869년 부총관으로 관직에 발을 들인
뒤, 경기도 수군절도사, 충청도 병마절도
사, 한성부 판윤, 형조판서 등의 요직을 거쳐 1907년 군대해산으로 해
임될 때까지 육군 부장을 지냈던 것으로 알려져 있다. 그는 합병 직후인
1910년 10월 '조선귀족령'에 따라 남작 작위를 받은 데 이어, 1911년 1
월 은사공채 2만 5천원을 받았다. 그가 받은 작위는 1919년 3월 13일
사망 이후 해방이 될 때까지 장남 이기원(李起元, 1880~1937), 손자 이
강식(李康軾, 1909~1939), 증손 이홍재(李弘宰, 1927~1982)까지 모두 4
대에 걸쳐 꾸준히 이어졌는데, 이봉의 사망 이후 이씨 또한 친정의 유산
을 일부 물려받았을 것으로 짐작된다.

2) '고아 아닌 고아'의 비애

윤덕병과 조덕희는 모두 여덟 명의 자녀를 낳았는데, 이 가운데 일곱

---

23 이봉의는 슬하에 1남 1녀를 두었다. 둘은 이복 남매 사이였던 것으로 짐작된다.

째 윤수명(尹壽命)과 막내인 윤석중만 살아남았다. 전술한 바와 같이 윤석중을 낳은 지 2년 만에 어머니 조덕희는 병으로 그만 세상을 떠나게 된다. 윤석중의 외할머니 이씨는 외손녀인 윤수명과 외손자인 윤석중 남매를 손수 거두었다. 윤덕병은 일정한 생업도 없었으며 사회운동에 관심을 기울이느라 자신에게 남겨진 두 자녀를 건사할 여건이 못 되었다. 외할머니 이씨는 윤덕병을 대신하여 두 명의 외손주를 애지중지 돌보았다.[24]

그런데 윤석중의 어머니 조덕희가 세상을 떠난 후 약 6년간 홀아비 신세로 지내던 윤덕병은 1919년 재혼을 한다. 윤석중이 8살 되던 해다. 그가 새로 맞이한 부인은 노경자(盧景子)라는 인물이었다. 윤덕병이 뚜렷한 직업 없이 두 자녀가 딸린 나이 많은 재혼남의 조건을 지니고 있었던 데 반해, 신부 노경자는 18살 처녀였다. 더구나 노경자는 의사의 외동딸로 유복한 가정에서 자라난 신여성이었다.[25] 이러한 조건의 여성을 새 아내로 맞이할 수 있었던 것은 윤덕병의 인간 됨됨이와 그 가문의 풍모가 남달랐던 때문이 아닌가 한다.

내 나이 여덟 살 때 새어머니가 들어오셔서 수표동 집에서 사셨는데, 그래서 이따금 우리 집을 방문한 것이다. 말이 우리 집이지 서먹서먹하기 이를 데 없는 남의 집이나 다름없었다.[26]

윤석중은 단성사와 창덕궁 중간쯤 되는 거리에 있는 수은동 외갓집에

---

24 윤석중은 자신의 회고에서 "외가를 잘못 만났더라면 쪽박을 차고 거리를 헤맸을지도" 모른다고 말한 바 있다. (윤석중, 『어린이와 한평생』, 범양사출판부, 284쪽.)
25 노경수의 연구에 따르면 노경자는 충남 서천군 기산면 내동리 108번지 출생으로 의사의 5남 1녀 중 외동딸이었다고 한다. 사회주의에 앞장섰으며 차고 냉정한 성격의 소유자였다고 한다. 노경수는 윤석중 부인 박용실의 증언을 들어 그녀가 잠업강습소를 나와 집에서도 잠실을 지어놓고 누에를 많이 쳤으며 누에치는 방법을 강의하러 다니기도 하였고, 하얀 저고리에 검정치마를 입고 자전거를 타고 다닌 신여성이었다고 적고 있다. (노경수, 앞의 논문, 35쪽.)
26 윤석중, 『노래가 없고 보면』, 웅진출판, 1988, 14쪽.

살며, 어쩌다 아버지를 보러 갔다. 새어머니와 함께 사는 아버지를 보러 갈 때마다 자신이 태어난 수표동 집은 "서먹서먹하기 이를 데 없는 남의 집"처럼 느껴졌다. 그러나 윤석중은 자신의 아버지와 새어머니에 대해 반발심을 가지지는 않았던 것 같다. 윤석중은 어린 시절 아버지 윤덕병에 대해 가졌던 감정을 이렇게 회고한다.

아버님이 가난한 사람 편에 서서 사회 운동을 하시는 줄을 안 것은 내 나이 열세 살 때이다. 손 꼽는 양반집에 태어난 분이 천하게 태어난 사람들 편이 되어 싸우러 나서신 것을 안 뒤로는 비록 외갓집 밥을 먹고 크지마는 장하시단 생각이 들었다. 나를 꾸짖으시거나 언성을 높이시는 일이 한 번도 없으셨는데, 비록 아들에게 해 주시는 것이 없었지마는, 물질로 바꿀 수 없는 그 자애로움이 나로 하여금 남하고 싸우거나 욕을 입에 담는 일이 없을 정도로 순해 빠진 아이가 되게 해 주신 셈이었다. 내가 스물다섯에 장가를 가서 3남 2녀를 낳아 기르는 동안 우리 내외가 아이들에게 손찌검을 하거나 욕을 한 일이 한 번도 없었음은 인자하신 아버님에게서 물려받은 보배로운 유산 덕분이었다.[27]

이 글에서 아버지 윤덕병의 인품이 어떠했는지를 충분히 짐작할 수 있거니와, 윤석중은 자신의 계모인 노경자에 대해서도 특별히 서운한 감정을 가지고 있지 않았다.

새로 맞아들인 어머니를 보고 '어머니'라고 부른 적은 없었지마는 아버지 뒷바라지에 뼛골이 빠지게 일하시는 모습과 아이를 낳으시는 족족 잃으시고 애타 하심과 비록 낳지는 않으셨지만 나에게 싫은 빛을 하신 적이 없는 그분에게서는, '계모란 잘 해도 싫고, 못 해도 싫음'을 체험했으니 언제나 외롭고 남의

27 윤석중, 『어린이는 어린이답게』, 웅진출판, 1988, 36~37쪽.

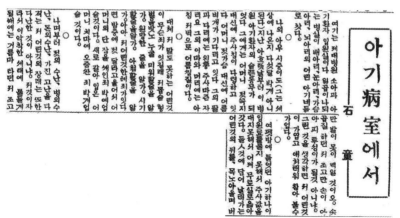

이복동생 윤시중이 경성제대 소아과에 입원해 있을 때 병간호한 이야기를 적은 수필. 윤석중은 이때 시상을 얻은 「약먹일 때」라는 동요를 이 글에 함께 실어놓았다(《동아일보》, 1932. 8. 27일자).

눈치를 보는 것이 남의 새어머님임을 알게 된 것이다. 계모의 학대 아닌 정성에서 나는 또 하나의, 가정 교육을 터득한 셈이었다.[28]

노경자는 윤덕병과 결혼한 이후 사회주의 운동에 헌신하는 남편의 뒷바라지를 하느라 고생을 했다. 특히 조선공산당 사건에 연루되어 윤덕병이 옥에 갇힌 후, 집과 친정을 오가며 옥바라지를 감내해야 했다. 노경자는 윤덕병과 사이에 모두 9남매를 낳았는데, 모두 일찍 죽고 아들 둘만 살아남았다.[29] 윤석중은 그런 노경자를 보면서 자녀들을 일찍 떠나보낸 자신의 생모를 떠올렸을 법하다. 윤석중은 겉으로는 계모를 한 번도 '어머니'라 부른 적이 없지만, 속으로는 계모에 대해 인간적인 연민과 정을 충분히 느끼고 있었던 것이다.[30]

---

28 윤석중, 위의 책, 37쪽.
29 노경수, 앞의 논문, 51쪽.
30 윤석중은 자신의 이복 형제들에게도 애틋한 감정을 지녔던 듯하다. 윤석중이 30년대 초반에 발표한 「아기 병실에서」란 글을 보면 갓난아기인 동생 윤시중이 경성제대 병원 소아과에 입원해 있을 때 병간호를 한 이야기를 적고 있다.(윤석중, 「아기 병실에서」, 《동아일보》, 1932. 8. 27.)

그런데 윤덕병 재혼 이후 윤석중 집안에 다시 한 번 비극적인 죽음이 찾아온다. 윤덕병이 결혼한 이듬해인 1920년 윤석중과 두 살 터울인 손위 누이인 윤수명이 병으로 그만 세상을 떠난 것이다. 오래 살라는 뜻으로 '수명(壽命)'이라는 이름을 지어 주었으나 그녀 또한 열한 살이라는 짧은 나이에 세상을 등지게 되었다. 외할머니 이씨는 손녀딸이 죽고 나자 "핏줄이라고는 하나밖에 남지 않은 외톨 외손자를 금이야 옥이야" 더욱 극진히 보살폈다.

외갓집 골목 안에 몇 집 떨어져 글방이 하나 있었다. 나는 천자책을 끼고 그 글방엘 다녔다. 외할머니께서는 집에서 심부름하던 사람을 꼭 딸려 보냈고, 올 때쯤 되어서는 데리러 보내셨다. 그러면서도 마음이 안 놓이시어 대문까지 나와 내가 사라질 때까지 문틈으로 내다보고 계셨고, 돌아올 때쯤 되면 마당에서 서성거리다가 손자 손을 잡고 방으로 들어가셨다.

갓 나서는 잔병을 많이 앓았다고 한다. 나에게 젖을 먹여 길러준 유모 등에 업혀서 밤을 샌 적도 많았다고 한다. 내가 기침을 콜록거리면 외할머니는 깜짝 놀라 내 머리를 짚어 보시곤 했다. 아무렇지도 않은데 감기약을 지어 오시기도 했다.[31]

하나밖에 없는 외동딸을 병으로 사별하고, 그 딸이 낳은 여덟 남매 가운데 유일하게 살아남은 외손자를 바라보아야 했던 외할머니 이씨의 심정이 어떠했을까를 짐작하기란 어렵지 않다. 외할머니는 손자가 행여나 병에 걸릴까 노심초사하였으며, 손자의 무병장수를 빌러 절에 부지런히 다니기도 했다.[32] 외할머니에게 있어 윤석중은 자신의 목숨보다 더욱 소중히 보듬어야 할 존재가 아닐 수 없었던 것이다.

---

31 윤석중, 『노래가 없고 보면』, 14~15쪽.
32 윤석중, 위의 책, 16쪽.

그러나 외할머니의 극진한 보살핌을 받으며 자라던 윤석중은 은연중 외할머니의 양육방식에 불만도 가졌던 것 같다.

> 나의 어린 시절은 '마라' 시대였다.
> "밖에 나가 놀지 마라."
> 내가 자란 외갓집 외할머니가 나만 보면 하시는 말씀이었다.
> "많이 먹지 마라, 배탈날라." "뛰어놀지 마라. 넘어질라." "남의 집에 가지 마라. 병 옮아 올라." 할머니는 외톨박이 외손자 때문에 걱정이 태산 같으셨다.[33]

윤석중은 외할머니의 염려 때문에 겨우 열한 살이 돼서야 길 건너 경운동에 있던 교동보통학교에 입학하게 된다. 학교에 간 그는 '마라투성이'인 학교 교육에도 불만을 가졌다.

> 학교에 가도 역시 '마라' 투성이였다. (…)
> 마라, 마라, 마라…… '마라' 속에서 어린 반항이 싹트기 시작했다.[34]

이런 대목을 보면 윤석중은 과보호 속에서 자랐지만, 매사 고분고분하거나 유약한 성격의 소유자가 아니었음을 알 수 있다. 어른의 간섭이 부당하다고 느껴질 때는 마음속에 반항심을 가지기도 했던 것이다.

윤석중은 극진한 외할머니의 보살핌을 받으며 자랐지만, 먼저 간 어머니의 빈자리는 결코 메울 수가 없었다. 그는 얼굴도 기억나지 않는 어머니의 정을 그리워하며 어린 나이부터 '고아 아닌 고아'로서의 비애감을 맛보아야 했다.

---

33 윤석중, 『어린이와 한평생』, 74쪽.
34 윤석중, 앞의 책, 75쪽.

집에서만 큰 나는 말을 주고받을 사람도 말대꾸할 사람도 없었다. 일가친척들이 드나들면서 나를 귀여워했으나 나는 그들이 싫었다. 손을 잡으면 뿌리치기도 했고, 누가 오면 숨어 버리기도 했다.

'저 어린 것을 두고 가다니…….'

그래서 나를 불쌍히 여기었고, 그래서 물끄러미 쳐다들 보았다. 말하자면 나는 고아 아닌 고아로 자란 것이다. (…)

그것이 다섯 살 때였을까? 아니면 여섯 살 때였을까? 내가 젖엄마 등에 업혀서 외갓집 마루 끝에서 '엄마'를 찾으며 큰 소리로 운 적이 있었다. 젖엄마도 외할머니도 보채는 나를 달래다가 따라 운 적이 있는데, 그것이 꿈이든 생시든 그 뒤섞인 어른과 아이 울음소리가 아직도 귀에 쟁쟁한 것이다.

어머니는 왜 나만 남기고 돌아가셨을까? 언니랑 누나랑 많았다는데 왜들 오래 못 살고 세상을 떠났을까? 시시로 이러한 생각에 잠겨 턱을 괴고 마루 끝에 앉아 있노라면, 먹을 것을 갖다 주기도 하고, 손에 돈을 쥐여 주기도 했다. 시름없이 앉아 있는 손자의 모습에서 먼저 간 무남 독녀 따님이 불현 듯 눈앞에 어른거리는 모양이셨다.

나는 왜 태어났을까? 왜 나만 살아남았을까? 이러한 의문은 나에게 생각하는 버릇을 붙여 주었다.[35]

'고아 아닌 고아'로서 가질 수밖에 없었던 비애감은 어린 윤석중으로 하여금 나이에 걸맞지 않은 실존적인 고민, 즉 "나는 왜 태어났을까? 왜 나만 살아남았을까?"하는 의문을 수시로 갖게 했다. 그의 이러한 조숙한 고민은 결국 그가 문학에 눈을 뜨게 되는 주요한 요인이 되었다.[36]

35 윤석중, 앞의 책, 14~15쪽.
36 《매일신보》 1921년 3월 1일자에는 '於夢 尹石重'이라는 이의 「어베읍는 아이」라는 시가 실려 있다. "1. 저 그거 '乞人' 우리 노는데 또왓다/아버지 어머니 다 업는 놈이다/때리어주어라 힘껏 기운껏/가진 것 다 빼서라 모도다/때리고 빼서도 야단할이 업단다//2. 아…불상타 어베읍는 아희/사정할 곳 바이 업서/뜨거운 눈물 소리 업는 우름/사랑업는 人類에 원망/가슴에 안고 도라서가도다//3. 어베읍는 어린이에 心思/나도 사람이언만/나도 부모가 게겻스련만/압흘가리는 눈물을 씨스면서/잘못차자 彷

2. 문학적 출발기의 문단 배경

1) '천재 소년 시인'의 탄생

전술했다시피 이광수는 스무살 약관인 윤석중의 첫 동요집 서문을 써주며 그를 일러 "아기네 노래의 찬탄할 천재"라는 극찬을 했다. 1929년 말부터 촉발된 동요 동시 논쟁 과정에서 불거진, 신고송의 윤석중에 대한 호평을 반박하는 송완순의 글에도 윤석중은 "平凡以上의 才質이 잇는 그야말로 '天才'인지도 몰른다."는 언급이 나오는 것으로 봐서 1930년을 전후로 하여 윤석중을 '천재 동요 시인'이라 보는 인식이 어느 정도는 확산되어 있던 것 같다. 그런 세간의 인식은 물론 윤석중 동요가 가지는 비범함에 연유하는 것이기도 하겠지만 그가 20년대 시대 상황이 호명한 이른바 민족의 장래를 책임질 소년으로서 표상의 조건을 구비하고 있었던 점에서도 찾을 수 있다고 본다. 주지하다시피 윤석중이 소년이던 그 당시 식민지 조선에서는 "朝鮮의 將來를 생각하시는 마음으로", "來日의 朝鮮의 일꾼 소년소녀들을 잘 키우"고자 하는 의식이 전 사회적으로 확산되던 중이었다.[37] 윤석중은 서울 출신으로서 어린 나

徨하도다//4. 四天帝여! 神이여!/宗教여! 道德이여!/내바려두랴냐?/求하지 아니하랴냐?/저 可憐한 아이들!" 이 작품이 윤석중의 작품인지를 판단할 구체적인 단서는 아직 발견되지 않는다. 이 작품이 발표되던 당시 윤석중의 나이는 이제 겨우 열 살에 불과했다. 답답한 정형에 간혀 있지 않고 보다 자유로운 시 형식을 구사하고 있다는 점에서, 또한 "사랑업는 人類에의 원망"이라든가 "四天帝여! 神이여! 宗教여! 道德이여!"라는 다소 사변적인 시어들을 사용하고 있는데서, 이 시의 작자를 과연 열 살무렵의 윤석중으로 보아야 하는지는 확신이 서지 않는다. 윤석중 자신 또한 이와 관련한 언급을 남긴적이 전혀 없다는 점, 시의 작자가 '於夢'이라는 호를 쓰고 있는 것으로 봐서 혹시 동명이인의 다른 윤석중이 쓴 시가 아닐까를 짐작하게 된다. 그러나 시적 화자의 처지가 영락없이 고아 아닌 고아가 된 윤석중의 처지와 너무나 흡사하다는 점에서, 또한 윤석중이 이 시가 발표된 2년 후인 1923년 설정식·심재영과 더불어 '꽃밭사'라는 독서회를 만들고 동요를 짓는 일에 열중할 만큼 문학적으로 조숙했다는 점에서 일말의 가능성을 엿보게도 되는 것이 사실이다. 사변적인 시어의 남용은 오히려 치기어린 습작기의 산물일 공산이 더 크다는 점에서도 이 시가 열 살 무렵의 윤석중 작품이 아닌가를 조심스럽게 타진해 보게 된다.

37 「世의 紳士諸賢과 子弟를 두신 父兄께 告함」, 『개벽』 제33호, 1923. 3, 표지 뒷면.

'장래만흔 어린 수재'란 제목으로 실은 어린이 명단. 교동보통학교 출신으로는 설정식, 윤석중, 윤창순 세 사람의 이름이 올라 있다(《동아일보》, 1925. 1. 1).

이부터 문학 방면에 남다른 관심과 재능이 있었다. 그는 문화운동과 실력양성운동의 기치 아래 20년대 신문 매체들이 기획한 조선 장래를 주도할 '소년'의 개념에 부합하는 인물이었다.

윤석중이 처음으로 '천재'라는 호칭을 들은 것은 《동아일보》라는 신문 매체가 조성한 '장래의 문학가'라는 타이틀을 통해서다. 1925년 1월 1일자 《동아일보》에는 '將來만흔 어린 秀才'라는 제목으로 서울시내 보통학교에 다니는 백사십 명의 어린이 명단이 실린다. 장래의 미술가, 장래의 문학가, 장래의 수학가, 장래의 음악가, 장래의 운동가 등 다섯 분야로 나누어 서울 시내 각 학교에 재학중인 각 분야의 수재 학생들의 명단이 발표되었던 것이다. '장래만흔 어린 수재'라는 제목 밑에 "各校當局愼重選拔"이라는 부제가 붙어 있는 것으로 봐서 이들 명단이 각급 학교에서 교사들이 추천한 명단을 근거로 작성된 것임을 알 수 있다. 이것을 근거로 추정해 보건대 이들은 각 분야의 뛰어난 재질을 보이는 수재였다기보다 그들이 다니는 학교에서 그 방면에 남다른 관심을 보이거나 어느 정도 소질이 엿보이는 수준의 학생들을 추천한 것이었음을 알 수 있다.[38] 윤석중은 이 자리에 '작문 잘하는 아동'인 장래의 문학가로 같은 교동보통학교 출신인 설정식과 나란히 이름이 올라 있다.[39]

윤석중 이름 앞에 또 한 번 '천재'라는 수식어가 붙게 된 것은 1926년

8월 중앙번영회(中央繁榮會)가 주최한 '조선물산장려가' 현상 모집에 당선되었을 때다.[40] 이 현상 모집에 응모된 작품은 모두 80편으로 심사위원 7명과 중앙번영회 이사들이 모여 "신중한 심사"를 거친 결과 윤석중의 작품이 당선되었으며, 이 당선작에 당시 심사위원으로 참여한 이상준(李尙俊), 백우용(白禹鏞), 김영환(金永煥)이 각각 작곡을 하여 합평한 결과 김영환의 곡을 붙이기로 결정이 되었던 것이다. 당선자인 윤석중에게는 상품으로 자개책상이 증정되었다.[41]

1. 산에서 금이 나고 바다에 고기
   들에서 쌀이 나고 면화도 난다
   먹고 남고 남고 쓰고도 남을
   물건을 나어주는 삼천리강산
   물건을 나어주는 삼천리강산

2. 조선의 동모들아 이천만민아
   두발벗고 두팔것고 나아오너라
   우리것 우리힘 우리재조로
   우리가 만드러서 우리가 쓰자
   우리가 만드러서 우리가 쓰자

---

38 윤석중은 "이 예상기는 보기좋게 빗나가, 우리들이 천재도 아니었거니와, 그 길로 나간 사람이 거의 없었다. 장래의 수학가가 고기 장수가 되기도 하고, 장래의 음악가가 산부인과 의사가 되기도 하고, 장래의 문학가가 무역상이 되기도 하였다. 어렸을 적에 미리 떠든다는 것이 얼마나 허황된 것인가를 알려 준 것으로 헛다리 짚은 기사가 돼 버리고 만 것이다."고 적고 있다. (윤석중, 앞의 책, 39~40쪽.)

39 윤석중은 자신의 회고에서 "우리 셋은 '장래의 문학가' 축에 한 몫 끼인 것이었다'고 말하고 있지만 (윤석중, 위의 책, 39쪽),《동아일보》에 발표된 명단에는 윤석중과 설정식 이름만 올라있다. (《동아일보》1925. 1. 1.)

40 윤석중은 "어린 나를 유명하게 만든 것"은 '조선물산장려회에서 모집한 「조선물산장려가」에 1등으로 뽑히 때였다."고 회고한 바 있다.(윤석중, 같은 책, 43쪽.)

41 《조선일보》, 1926년 8월 30일자.

3. 조선의 동모들아 이천만민아

　자작자급 정신을 잇지를 말고

　네힘것 버러라 이천만민아

　거기에 조선이 빗나리로다

　거기에 조선이 빗나리로다

—「조선물산장려가」 전문[42]

　윤석중의 「조선물산장려가」는 물산장려운동의 취지를 반영한 계몽성을 띤 창가다. 물산장려운동의 정신을 고취하는 내용으로는 적합할지 몰라도 문학적인 기준에서 보면 뛰어난 작품으로 평가하기에는 한계가 따르는 작품이다. 그러나 이 가사가 열다섯 살의 소년의 손에 의해 지어졌다는 것은 당시 장안의 화젯거리가 되었다. 이 창가는 김영환의 곡에 의해 사람들의 입에 오르내리면서 윤석중은 '천재 소년 시인'으로서의 명성을 확보하게 된다. 《조선일보》에 윤석중의 당선 기사가 실린 다음 달인 1926년 10월호 『어린이』지에는 '천재의 어린이 예술가 두 분'이라는 제목 아래 두 명의 소년의 사진이 실린다. 한 사람은 바이올린에 천부적인 소질을 보이는 안병소(安炳昭)였고, 한 사람은 「조선물산장려가」를 지어 일등으로 뽑힌 "소년 시인 윤석중"이었다. 윤석중은 이 기사에 실린 사진에서 부상으로 받은 자개책상 앞에서 포즈를 취하고 있다.[43]

　윤석중이 천재 소년 시인으로서의 이미지를 갖게 된 것은 이렇듯 문화운동과 실력양성운동의 일환으로 신문 잡지 매체들이 기획한 시대적 요구에 힘입은 바 크다. 그러나 윤석중의 천재성 혹은 조숙한 문학 소년으로서의 풍모는 사실 그가 13살이 되던 해 설정식(薛貞植), 심재영(沈載英)

---

42 위의 글.
43 『어린이』, 1926. 10. 100쪽.

과 더불어 '꽃밭사'라는 독서회 모임을
조직한 데서 이미 싹트고 있었다.

윤석중은 보통학교 3학년이 되던 해
인 1923년 이웃에 살던 동급생 심재
영, 설정식과 함께 독서회 꽃밭사를
꾸린다. 이들은 함께 돌려 볼 책을 모
아 들이는 한편 계동에 있는 설의식(薛
義植, 설정식의 형)의 집에 모여 모임을
가졌다. 이들은 담임 맹건호(孟建鎬)에
게 최남선(崔南善)이 1910년대 만든
『아이들 보이』를 빌려 보며 우리말에
대한 재미를 붙이기도 하였으며, 열심
히 습작을 하여 『꽃밭』이라는 동인지
를 엮기도 하였다. 뒤에 윤극영(尹克

《어린이》지에 소개된 '천재의 어린이 예술가'
안병소와 윤석중(아래)의 모습.

榮)이 작곡하여 그의 첫 동요곡집 『반달』에 넣게 되는 「흐르는 시내」는
『꽃밭』에 실렸던 「꽃동산」이라는 작품이었다. 또한 이 모임을 나가며
윤석중은 심재영의 둘째 숙부였던 심훈(沈熏)과 친하게도 되었다.

윤석중이 설정식, 심재영과 더불어 꽃밭사 모임을 꾸리던 1923년은
방정환(方定煥)이 주도한 색동회가 『어린이』(1923. 3)를 창간한 해이기
도 하였다. 이를 보면 꽃밭사는 『어린이』지 출현에 자극받아 만들어진
문학 소년들의 모임이라 할 수 있다. 윤석중을 비롯한 꽃밭사 동인들은
한국 근대 아동문학 운동의 첫 수혜를 입은 세대였다. 방정환을 주축으
로 하는 아동문예잡지 『어린이』가 창간되면서 윤석중은 그 잡지의 열렬
한 애독자로서 발을 들이게 된다.

그러나 윤석중이 『어린이』지를 통해 처음부터 화려한 문학적 출발을
했던 것은 아니다. 윤석중이 『어린이』지에 얼굴을 처음 내민 것은 1924

년 7월로 확인되는데, 그는 독자로서 '독자담화실'에 다음과 같은 소회를 밝히고 있다.

선생님 저는 다섯 가지나 되는 잡지를 읽고 있습니다. 그러나 그중에도 제일 재미있고 사랑하는 것은 우리 『어린이』입니다. 그런데 다른 잡지에는 써 보내는 대로 자주 나는데 『어린이』에는 한 달에 한 번씩 꼭꼭 보내도 제 글은 아니 납니다그려. 퍽도 섭섭합니다. 인제는 의견 보기보다 作文 동요 日記文을 써 보냅니다. 그리고 제 생각 제 손으로 少年小說 지은 것이 있습니다. 이것도 뽑으시는지요? 다달이 들어가도 좋습니까?[44]

윤석중은 자신이 잡지를 다섯 가지나 구독하고 있음을 밝히는데, 이를 보면 그가 당시 대두하기 시작한 소년문예에 얼마나 깊은 관심을 두고 있는지를 짐작하게 된다. 그는 다섯 가지 잡지 중 『어린이』를 으뜸으로 뽑는데, 생각처럼 자신의 투고된 글이 실리지 못함을 매우 아쉬워하고 있다. 그는 독자투고란에 '의견'을 보내는 것을 그만 두고 작문, 동요, 일기문, 소년소설 같은 창작품을 보내리라 결심하고 있다. 이를 보건대 그는 이 시기만 해도 결코 '동요의 천재'가 아니었으며, 동요라는 장르를 이른바 자신의 문학적 지향으로 확실하게 삼지 못하고 있었음을 알 수 있다. 윤석중이 『어린이』지 '입선 동요'란에 처음으로 작품을 올리는 것은 1925년 4월로 그는 「옷둑이」이란 작품을 발표한다. 윤석중이 『어린이』가 창간된 초기부터 열렬한 애독자였음을 감안할 때, 적어도 약 2~3년간의 습작 투고기를 거쳤음을 알 수 있다.

---

[44] 윤석중, 「독자담화실」, 『어린이』, 1924. 7, 42쪽.

2) 스승 방정환과『어린이』지

어릴 적부터 윤석중의 주변에는 언론계, 문화계 중심에서 활동하는 거물급의 인사들이 많았다.[45] 우선 윤석중은 꽃밭사를 만들어 함께 활동했던 설정식과 심재영의 집을 드나들며, 심재영의 아버지인 심우섭(沈友燮)과 그의 삼촌 심훈, 설정식의 형인 설의식을 알게 된다.[46] 이 가운데 특히 윤석중의 생애에 영향을 미쳤던 이는 "시인이자 소설가이며 배우이자 영화감독을 겸했던" 심훈이었다. "심재영이 꽃밭사를 같이 하다가 삼촌 심훈을 나한테 뺏긴 셈이었다"고 할 만큼 윤석중과 심훈의 사이는 각별했다.[47] 윤석중이 심훈을 알게 된 것은 보통학교 3학년 때로 꽃밭사를 같이 시작한 심재영 집을 드나들 무렵이었다. 이때부터 심훈은 '문학 소년'인 윤석중을 무척 귀여워해 주었다고 한다. 심훈과 윤석중의 나이 차는 10살이다. 윤석중이 교동보통학교를 졸업하고 양정고보에 입학하면서부터 둘은 '친구 삼촌'과 '조카 친구'라는 관계를 넘어서 문학적 의기가 통하는 문우로서의 관계를 맺게 된다.

1927년 7월 영화소설『탈춤』을 영화 각본으로 각색할 때 심훈은 윤석

---

45 윤복진은 한국 전쟁 직전 발표한 짧은 평문 「석중과 목월과 나」에서 일제강점기에 각기 자신의 동요 세계를 개척한 세 시인 윤석중, 박목월, 윤복진의 작품 세계를 언급하며 이런 발언을 한다. "石重은 確實히 幸運兒이다. 나와 木月과 같은 시골띠기로서는 부러워할 幸運兒이다. 그는 어려서부터 文壇 속에서 살았고 어려서부터 文壇人들과 親分을 맺고 있었다. 바꾸어 말하면 石重은 한 편의 作品이나 새로운 試驗의 童謠를 創作할 때 相議할 글벗과 先輩가 많았다." 윤복진, 「석중과 목월과 나」(『시문학』 1950. 4.) 윤복진의 이런 발언에는 서울에서 나고 자라는 가운데 일찍이 유수한 중앙문단의 선배 문인들과 교유하며 그들에게 문학적인 자극과 세례를 받으며 성장할 수 있었던 윤석중에 대한 선망의 시선이 드러나 있다. '시골띠기'가 표출한 '서울내기'에 대한 이런 선망은 윤복진의 솔직한 자기고백이면서, 윤석중의 문단 배경과 교유 관계를 짐작할 수 있는 의미심장한 발언이라 생각된다.
46 윤석중은 자신의 글에서 "소학 동창인 심재영보다는 그의 삼촌인 심훈과 가까워졌고, 설(설정식)보다는 그의 둘째 형인 소오(小梧) 설의식과 왕래가 잦았다. 소오는 박식으로는 모르는 게 없었지마는, 어린 사람들 마음을 누구보다도 잘 알아주는 터"였다고 회고하고 있다. (윤석중, 「아동문학 주변」, 『한국문단이면사』, 깊은 샘, 1983, 185쪽.)
47 심훈은 조카인 심재영에게 자상한 삼촌이었던 것 같다. 심훈의 일기에 보면 "재영에게 줄《아이들 보이》와 기타를 집으로 보내었다"(1920년 1월 22일 일기)는 기록이 보인다. (『심훈 문학 전집·3』, 1966, 탐구당, 588쪽.)

중과 함께 그 작업을 했다.[48] 윤석중이 심훈과 각색 작업을 한 것은 1927년 7월로 윤석중의 나이가 16세이던 해다. 당시 그는 양정고보 3학년에

영화소설 『탈춤』이 영화화된다는 소식을 알리는 기사(《조선일보》, 1927. 7. 23일자).

재학중이었다. 윤석중은 서울 관훈동 28번지, 심훈이 아버지 댁에 얹혀 사는 집과 조선총독부 도서관을 부지런히 드나들면서 "'각색하는 법'을 속성으로" 떼고, "'클로우즈 업'이니 '페이드 인'이니 하는 영화 전문 용어를 외어 가지고 한 간 짜리 아랫방에서 심훈과 틀어박혀 영화소설 『탈춤』을 밤을 새워 각색"하였다. 탈춤 시나리오 원고는 '1927년 7월 30일'에 탈고된다. 그는 이 일을 계기로 영화계의 남궁운(南宮雲, 본명 김태진), 신일선(申一仙), 김정숙(金靜淑), 강홍식(姜弘植) 같은 명배우를 알게 되었다.[49]

이듬해에는 숭2동에 있는 김두옥의 사랑채를 빌려 심훈과 아예 자취를 함께 하기도 했다.[50] 윤석중은 1925년 《동아일보》 신춘문예를 통해

48 심훈, 『조선영화』 창간호, 1936. 10.

49 윤석중, 앞의 책, 185쪽. 윤석중이 광주 학생 사건을 계기로 양정고보를 자퇴하며 쓴 「자퇴생의 수기」에도 그가 '영화'에 심취했음을 보여주는 기록이 나온다. 그는 양정고보 2학년 시절을 "영화걸신 병자들과 멋도 모르고 엄벙덤벙"했다고 적고 있는데, 이를 보면 그가 영화에 관심을 갖게 된 것은 심훈과 각색 작업을 하던 시기보다 한 해 앞선 1926년임을 알 수 있다.

50 윤석중의 회고에 따르면 외동딸을 잃은 윤석중의 외조모는 대를 잇기 위해 양자를 들였던 것 같다. 그런데 그 양자가 "술과 노름으로 재산을 축내고, 나중에 집까지 날려 버려 이사할 때마다 집이 줄어들었고, 나중에 가서는 오막살이까지 날려 버려" 외조모는 할 수 없이 친정살이를 하게 되었다 한다. 친정이란 외조모의 이복인 이기원의 집이었다. 그런데 그 친정마저도 가세가 기울어 많은 재산을 다 날려 버렸다. 그의 외조모는 "오나가나 바늘 방석에 앉은"거나 다름없는 신세가 된다. (윤석중, 『노래가 없고 보면』, 59쪽, 85쪽.) 그러나 윤석중은 다른 글에서 가세가 기울었음에도 이기원은 윤석중의 외조모를 살뜰히 돌보았고, 그의 아들인 이강식, 이강린 형제도 가세가 기운 뒤에도 극진히 받들었다고 한다. 이강식은 한 때 영화제작에 손을 댔다가 살던 집조차 날려 보낼 정도로 손해를 입었다고 한

58

극본 「올빼미의 눈」이 선외가작으로 뽑혔던바, 동요 창작 말고도 그에 겐 연극과 영화에 대한 관심이 남달랐다. 영화 〈장한몽〉의 주인공 이수 일 역을 대역한 배우이자 영화소설 『탈춤』을 연재한 작가, 그리고 급기 야 "초창기 우리나라 영화계에서 〈아리랑〉 다음갈만한 명편"인 〈먼동이 틀 때〉를 원작·각색·감독했던 심훈과 영화 시나리오 작업을 함께 한 윤석중이고 보면, 우리는 '동요시인'이라는 호칭 뒤에 감추어진 '시나리 오 작가'로서의 윤석중의 면모 또한 주목할 필요가 있다. 윤석중은 어린 거지를 주제로 한 「집 없는 남매」라는 아동 영화소설을 지어 가지고 나 운규(羅雲奎)를 직접 찾아가기도 했다. 그 작품은 비록 영화화되지 못했 지만 그 일을 계기로 윤석중은 나운규가 감독한 영화 〈아리랑〉 후편의 주제가를 맡아 짓기도 했다.

윤석중과 심훈의 친분은 영화 시나리오 작업을 함께 한 문우로서의 관계에만 머물렀던 것은 아니다. 윤석중은 심훈을 일컬어 "나의 벗이자 마음의 스승"이었다고 할 만큼, 심훈을 친근한 존재이면서도 존경스러 운 인물로 여겼다. 심훈이 제일고보 4학년 때 3·1운동에 가담하여 투 옥된 전력을 가졌고, 1930년 3월 1일에 「그 날이 오면」이라는 시를 지 을 만큼 민족해방에 대한 강렬한 동경을 가졌던 인물이란 점을 윤석중 은 높이 사고 존경했다.[51] 뒤에 상술하겠지만 윤석중에게서 방정환은 때

다. (윤석중, 앞의 책, 122~123쪽.) 윤석중이 외조모의 집에서 나와 심훈과 자취를 하게 된 것도 결 국은 외조모의 가세가 기울어 그의 거취가 불안정해진 데 원인이 있다 하겠다. 윤석중의 외조모는 가 세가 기울었음에도 윤석중이 자립할 때까지 학비와 생활비를 대주며 보호자 역할을 다 했다.

51 윤석중, 앞의 책, 80쪽. 역으로 심훈이 윤석중에 가졌던 호의를 해석해 볼 때 우리는 그 이면에 숨은 또 다른 이유를 생각해 보게 된다. 그것은 윤석중의 아버지 윤덕병이란 인물과의 관계이다. 최원식에 따르면 심훈은 1920년 중국 망명을 떠나 1923년까지 머무르는 동안 민족주의와 사회주의 사이에서 사상적 편력을 겪었다고 한다. 그는 거기서 우리 나라 초기 공산주의운동의 원로인 여운형과 뒤에 조 선공산당 사건으로 윤덕병과 함께 투옥되는 박헌영과 교류하면서 사회주의 사상의 세례를 받았다. 심훈의 그러한 전력은 귀국 후에도 여전히 이어진다. 그는 동아일보 입사 후 사회주의자들이었던 박 헌영·임원근·허정숙 등과 함께 '철필구락부'에서 활약하며, 그 단체가 주도한 파업에 동참했다. 이 사건으로 인해 기자들이 해직 사태에 직면했을 때, 심훈은 사표를 던지고 그들과 거취를 함께 했다. 심훈은 또한 홍명희와도 관계가 깊었다. (최원식, 「심훈연구서설」, 《한국근대문학을 찾아서》, 인하대 출판부, 1999, 246~253쪽.) 홍명희는 1923년 7월 윤덕병이 박일병·김찬과 더불어 결성한 신사상

려야 뗄 수 없는 관계에 있는 인물이다. 심훈은 방정환과도 가까운 인물이었다. 심훈이 남긴 1920년 1월 부터 6월 1일 사이 일기에는 모두 여러 차례 방정환에 대한 언급이 나오는 것을 확인할 수 있다.[52] 이 일기 내용들로 미루어 보건대 심훈은 이 시기 방정환을 자주 만났으며, 방정환이 주도하여 1919년 1월 19일 창간한 잡지 『신청년』에 실을 원고를 주고받는 등 관계가 아주 밀접했던 것을 알 수 있다. 경성 청년구락부는 3·1운동 직전 18, 9세의 소년들로 결성된 지하 비밀 결사로 방정환은 류광렬(柳光烈), 이중각(李重珏), 이복원(李馥遠) 등과 함께 이 단체를 주도했다. 류광렬의 회고에 따르면 이 단체의 회원 수가 2백 명에 달했다 한다.[53] 『신청년』의 창간 또한 이 단체의 결성에 힘입은 바 컸는데, 심훈이 방정환과 류광렬과 교분을 갖고 그들이 주관하는 잡지에 글을 보낸 것으로 보아서 심훈 또한 경성 청년구락부와 밀접한 관련이 있는 인물이었음을 추정할 수 있다. 1919년 12월 영화잡지 『녹성』을 만든 것에서도 알 수 있듯이 방정환은 영화에도 깊은 관심을 가지고 있었는데, 이런 사실로 미루어 보건대도 심훈과 방정환의 관계는 더욱 밀접하였을 것으로 파악된다. 누구보다 방정환을 따르고 존경했던 윤석중이고 보면 그가 방정환과 교류하던 심훈과 친근하게 된 것은 더없이 자연스러운 일로 보인다.

심훈은 1928년 발표한 「아동극과 소년 영화」[54]에서 "아이들은 나이가

　연구회의 핵심 멤버였다. 이를 종합해 보면 심훈과 윤덕병의 관계 또한 예사로운 관계로는 보이지 않는다. 따라서 윤석중과 심훈이 문우로서 깊은 사귐을 한 근원에는 윤덕병이라는 인물이 매개로 작용한 측면이 있지 않은가 생각된다.

52 "방정환 군은 앓아 누웠다 하고 나도 썩 곤해서 바로 왔다"(1월 18일 일기), "방정환 군을 찾아본 후 집으로 돌아왔다"(2월 13일 일기), "석반(夕飯) 후 방군과 류(柳)군을 찾았으나 없어서 이희승 군에게 갔더니"(2월 18일 일기), 「노량진과 겨울」이라는 일기문 원고를 정환에게 주다"(2월 19일 일기), "돌아오는 길에 방정환 군에게 들러 여러 가지로 원고, 잡지에 대한 이야기를 하고 왔다"(3월 14일 일기), "종일 들어앉아 찬미가에 싸인 원혼이라 하고 작년에 감옥 안에서 천도교대교구장(서울)이 돌아갈 때와 그의 시체를 보고 그 감상을 쓴 것이다. 그의 임종을 적은 것이다. 보아서 《신청년》의 방군에게 줄 작정이다."(3월 16일 일기) (『심훈 문학전집·3』, 1966, 탐구당, 581~613쪽.)

53 류광렬, 『기자 반 세기』, 서문당, 1969, 79쪽.

54 《조선일보》, 1928. 5. 6~5. 9.

어려서 장난을 하는 것이 아니라 장난을 하기 위하여 어린이의 시대가 있는 것"이라는 그로오즈의 말과 "유희할 때의 인간이야말로 참 정말 사람의 모양을 나타내는 것"이라는 쉴러의 말을 글의 서두에 인용하면서, "어린이를 지도하는 책임을 가진 사람은 무엇보다도 어린이의 감정 생활에 가장 큰 주의를 해야" 함을 역설하고 있다. 그는 「1932년의 문단 전망—프로문학에 직언」[55]에서 '소년문학'에 대해서 언급하는데, "근래에 유행하는 동요나 동화는 달콤한 애상적인 것이 많은 것 같"다고 지적한 뒤 "동심을 잃지 않을 정도 한도내에 진취적이요 활발한 내용으로 동요, 동화, 동극을 창작하기 바란다"고 적고 있다. 뒤에 상술하겠지만 초기부터 윤석중의 작품에는 당시 유행하던 '애상성'과 대비되는 '진취적이고 활발한 내용'의 동요가 많았다. 이러한 윤석중 작품 경향이나 윤석중과 심훈의 관계를 염두에 둘 때 앞의 심훈의 발언은 예사롭지 않게 다가오는 면이 있다.

윤석중은 1924년 『신소년』에 동요 「봄」이 입선되었고, 극본 「올뱀이의 눈」이 1925년 《동아일보》 신춘문예에 '선외가작'으로, 이어 그해 4월 「옷둑이」란 작품이 『어린이』지 입선 동요란에 실리게 되면서 동요 시인으로서의 입지를 세워가기 시작했다. 특히 앞에서 언급한 것처럼 1926년 8월 「조선물산장려가」 1등 당선으로 세간에 화제가 된 이후로 《매일신보》, 《중외일보》, 《조선일보》, 《동아일보》에 동요를, 『어린이』지에 동요와 기행문을 활발하게 발표하기 시작한다. 윤석중 자신의 회고에 따르면 그는 "동요를 지어 가지고 신문사·잡지사를 뻔질나게" 드나들 만큼 적극적인 면모를 지닌 소년이었다. 대부분 "기자 생활과 작가 생활을 겸"하고 있던 신문사·잡지사의 기자들은 윤석중을 "다정히 대해주었고, 지어 바치는 족족 크게 다루어 주었다."고 한다.[56]

---

55 《동아일보》, 1932. 1. 15~1. 16.
56 윤석중, 앞의 책, 86쪽.

특히 1926년부터 1927년 사이 《동아일보》 편집국장을 지낸 이광수의 관심은 각별했다. 이광수는 『새별』, 『어린이』, 『아희생활』, 『별나라』, 『동화』 등 아동독자를 염두에 둔 잡지에 동화, 수필, 편지글, 축문, 애도사 등 각종 글을 남길 만큼 아동문학에도 깊은 관심을 가지고 있었다.[57] 이광수는 방정환의 타계를 애도하는 글에서 자신이 관여하던 『소년』과 『청년』에 '소년문학'을 투고하던 "열여섯 살" 소년 방정환을 회상하며 그가 "소년운동의 선구자요 제일인자"였다고 평가한 바 있다.[58] 그는 방정환이 『어린이』지를 주도하던 당시, 잡지 발간 7주년 축사 난에다가 '동아일보 편집국장' 자격으로 『어린이』지의 공로를 높이 평가하는 글을 남기기도 했다.[59]

이광수가 윤석중의 작품을 처음 보게 된 것은 아마도 윤석중이 《동아일보》 신춘문예에 투고해 선외가작을 받은 「올뱀이의 눈」이 아니었을까 생각한다. 「올뱀이의 눈」은 이광수가 신병으로 인하여 《동아일보》에 연재하던 「재생」 집필을 잠시 중단하게 되었을 때, 3회 분량으로 그 빈자리를 대신한 작품이다.[60] 아마 이광수는 이때부터 윤석중이라는 존재에 대해 관심을 가지게 되었으며, 이후 「조선물산장려가」로 윤석중이 '천재 소년 시인'이라는 호칭을 듣게 되면서 그가 발표하는 작품을 더욱 유심히 살폈던 것 같다. 어느 날은 등교하는 윤석중을 붙들고 '石童'이란 호는 누가 지어준 것이냐고 물어보기도 했다. '석동'은 호가 아니라 문

---

57 김성연, 「이광수의 아동문학 연구」, 『동화와 번역』 제8집, 2004. 12, 130쪽.

58 『어린이』, 1931. 8, 8쪽.

59 이광수는 이 글에서 "어린이라는 말을 개벽사의 발명"이라고 전제하며 "어린이 읽는 잡지 중에 《어린이》가 가장 공이 많다"고 그 공로를 높이 평가하는 글을 남겼다. 그는 이어 『어린이』가 "3살 4살 말 배우는 아기네에게 들려 줄 이야기도 좀 실어주었으면 좋겠다"는 제안을 했다. (이광수, 「7주년을 맞는 《어린이》잡지에의 선물」, 『어린이』 8권 3호, 1930. 3.)

60 「올뱀이의 눈」은 《동아일보》(1925. 5. 9~5. 11)에 3회 분량으로 실렸다. 편집자는 「올뱀이의 눈」을 처음 싣는 자리에 "이 소설은 신춘문예모집에 동화극 선외가작입니다. 이것도 또한 연재되든 소설 「재생」이 필자의 신병으로 얼마동안 휴재케 되기 때문에 지금 이것을 발표하야써 그동안 독물을 삼습니다"고 소개하고 있다. (《동아일보》 1925. 5. 9.)

선공의 실수로 생긴 오식이었다. 윤석중은 이 일을 계기로 자신의 호를 아예 석동으로 정해 버린다. 이 일화를 보면 이광수의 윤석중에 대한 관심이 예사롭지 않았음을 알 수 있다.

윤석중은 심훈과 함께 숭2동에 자취를 하던 시절, 근처에 살던 이광수 집을 자주 드나들었다.[61] 전술한 대로 윤석중과 심훈이 함께 자취를 했던 집은 김두옥의 집이었다. 김두옥은 광주 부호 정 아무개의 첩으로 진주 태생의 기생 출신이었다. 그녀는 당시 명사라 할 이광수, 독견(獨漆) 최상덕(崔象德), 석영(夕影) 안석주(安碩柱) 등과 친교를 유지하던 인물이었다. 이광수의 집은 숭3동에 위치해 있었는데 김두옥이 자주 출입을 하며 이광수 부인 허영숙(許英肅)과 그의 자녀들과 허물없이 지냈다고 한다. 윤석중 또한 김두옥의 사랑채에서 생활을 하면서 자연스럽게 이광수의 집에 드나들게 되었다. 이때 윤석중은 이광수의 가족들과도 친분을 쌓게 되어 허물없는 사이가 되었다. 이광수 가족과 친하게 된 윤석중은 상해 호강대학에 유학해 있다 방학 때마다 이광수 집에 찾아오는 피천득과도 사귀게 되었다.[62]

30년대에도 이광수와 윤석중의 관계는 각별했던 것 같다. 이광수는 윤석중이 1930년 일본 체류 중에 써보낸 동요극 「울지마라 갓난아」 원고를 《동아일보》에 발표하도록 주선했으며,[63] 1932년 엮었던 첫 동요집 『윤석중 동요집』에 서문을 써주기도 했다. 그는 또한 윤석중이 1933년에 낸 『잃어버린 댕기』(계수나무회)에 대한 서평을 《동아일보》(1933. 5. 11)에 썼고, 1933년 5월 19일 주요한, 윤백남(尹白南) 등과 함께 『잃어

---

61 이때 윤석중은 동요를 지어 이광수에게 자주 보여주었던 것 같다. 이광수는 윤석중의 동요를 자신이 편집국장으로 있던 《동아일보》에 싣도록 주선했다. 윤석중은 자신의 회고에서 당시 《동아일보》 학예부장 서항석은 윤석중의 작품을 발표해 주는데 지면을 아끼지 않았다고 적고 있다. (윤석중, 앞의 책, 188쪽.)

62 피천득은 이때 시작된 인연으로 1962년 『윤석중 아동문학독본』을 엮는다.

63 윤석중은 자신의 글에서 "《동아일보》 편집국장 춘원이 지체하지 않고 발표해 준 데에는 다른 까닭이 있었다. 객지에서 고생하는 나의 하숙비를 마련해 주기 위해서였다"고 적고 있다. (윤석중, 같은 책, 189쪽.)

버린 댕기』 출판 기념회에 발기인으로 참석하기도 했다.⁶⁴ 이 자리에서
이광수가 했다는 개회사 내용을 보면 그와 윤석중의 관계가 얼마나 돈
독했는지가 더 분명하게 드러난다.

尹君으로 말하면 세 살 때 어머님을 여히고 고아로 외할머님 슬하에서 자랏
습니다. 君이 아직 어렷슬 때 아버님이 엇든 사건에 관련되여 7년 동안 圜圄의
생활을 보내섯습니다. 잇다금 君의 얼골에 떠도는 쓸쓸한 우슴이나 君의 작품
에 나타나는 哀調는 다 이 고독한 생애의 자최라 하겟습니다. 그리고 君의 동
요에 나오는 간난이 개똥이 고무신 굽 떠러진 나막신 이것들은 다 박석고개 넘
어 君이 살고 잇는 崇2洞 一帶에서 取材한 것들입니다.
君은 養正高普 5학년 3학기에 졸업시험까지 다 치르고 엇던 비위 틀리는 일
이 잇서 卒業狀을 밧지 아니하고 학교를 자퇴햇습니다. 나는 그때 반대하엿습
니다 마는 그 뒤 東京에 건너가 잇햇 동안 잇다가 돌아온 후 도서관에 다니는
그를 날마다 길에서 만낫습니다. 도서관에 다니며 무엇을 공부하엿는지 그건
나도 모릅니다. 작년 여름에 동요집 한 권을 내고 이번에 동시집 「일어버린 댕
기」를 냇습니다. 이 「일어버린 댕기」는 그 取材나 형식에 새로운 길을 열엇다
고 하겟습니다.
현재 開闢社에서 「어린이」를 主宰하고 잇습니다. 나이는 스물 셋 아직 총각
입니다.⁶⁵

이광수는 여기에서 윤석중의 구체적인 개인사와 관련된 작품 배경들

---

64 이날 참석자는 이광수, 김동환, 박팔양, 이태준, 이하윤, 심의린, 차사백, 홍난파, 정인섭 같은 문화
예술, 교육계의 대가들과 윤석중 또래인 정진석, 숭응순, 임동혁, 류의탁 등이었다. 윤석중은 이날 모
임이 "아버짓벌 아저씻벌 큰 형님벌 되는 여러 선생님과 내 또래의 소년이 무릅 꿀코 마조 안진 그 날
은 모임은 말하자면 교장 선생 학부형 동창생 학생들이 한 자리에 어우러진 어느 학교 후원회의 임시
총회가튼 늣김"이었다고 술회하고 있다. (윤석중, 「동요집의 회상」, 『삼천리』 제5권 10호, 1933. 10,
100쪽.)
65 윤석중, 앞의 글.

을 언급하고 있는 것을 알 수 있다. 윤석중과 깊은 인간적 교류가 없으면 언급하기 쉽지 않은 내용이다. 광주학생운동과 관련하여 양정고보를 자퇴하려고 할 때 말렸다는 대목을 보면 이광수는 윤석중의 문학 활동에 대한 조언뿐만 아니라 그의 인생 멘토로서의 역할을 자임하였음을 알 수 있다.[66] 이광수는 1935년 결혼 생활을 시작한 윤석중의 집들이에 참석하기도 한다. 이때의 방문기를 「윤석중 군의 집을 찾아서」라는 제목으로 『아이생활』(1937. 8)에 발표하기도 했다.

그러나 뭐니 뭐니 해도 윤석중의 문학적 생애에 가장 큰 영향을 준 인물로 우리는 『어린이』를 주도한 방정환을 지목하지 않을 수 없을 것이다. 윤석중은 "방정환의 애제자"라는 별명이 붙을 만큼 방정환을 존경하고 따랐다. 그가 90평생을 동요를 쓰는 시인으로, 혹은 어린이 잡지 편집자로 그리고 아동문화운동가로서 쉼 없는 활동을 할 수 있었던 동인에는 소년 시절 만난 방정환이란 인물이 끼친 영향력이 지대했다고 본다.

윤석중이 다니던 교동보통학교와 천도교당은 가까운 거리에 있었다. 『어린이』 창간 당시부터 열렬한 독자였던 윤석중은 학교를 오가는 길에 우연히 앞서가는 방정환을 보고 "방 선생님!" 하고 불렀다가 "왜 그러시지요?" 하고 존대를 하며 돌아보는 방정환의 모습에 도리어 무안한 마음이 들어 얼른 집으로 달려와 버렸다고 한다. 그때까지 아이에게 존대하는 어른을 한 번도 겪어 보지 못한 때문이었다. 이 일화를 보면 윤석중은 어릴 때부터 방정환을 지척에서 만나볼 수 있는 환경에 있었음을 알 수 있다. 윤석중은 방정환이 하는 동화구연회에도 자주 참석을 했

---

66 이광수는 윤석중에게 "여자난(女子難)·비범난(非凡難)·기로난(岐路難)만 물리치면 된다"고 입버릇처럼 말했다고 한다. 즉 "여자를 조심할 것이며, 잘난 체 말 것이며, 이것저것 덥적대지 말고 한길로만 나가라"고 충고를 했다는 것이다. 심훈 또한 윤석중에게 "술을 입에 대지 말 것과 함부로 여자와 가까이 말 것"을 신신 당부했는데, 윤석중은 이들의 충고를 자신 생애의 지침으로 새기고 그것을 지키기 위해 노력했다. (윤석중, 앞의 책, 187~188쪽.)

던 것 같다. 윤석중이 방정환에게서 처음 들은 이야기는 「황금거위」였는데 방정환은 "그 뚱뚱한 몸집으로 천도교당 무대 위를 뒤룩뒤룩 뛰어다니며 거위 흉내를 냈다" 한다.

책상우에 옷둑이 우습고나야
검은눈은 성내어 뒤쭉거리고
배는 불러 내민꼴 우습고나야

책상우에 옷둑이 우습고나야
술이취해얼골이 쌝애가지고
비틀비틀하는꼴 우습고나야

책상우에 옷둑이 우습고나야
주정피다 아래로 쩌러져서도
안압흔체 하는꼴 우습고나야

—「옷둑이」 전문[67]

위 작품은 윤석중이 1925년 4월 『어린이』지 '입선동요'란에 발표한 작품이다. 윤석중은 이미 일 년 전에 『신소년』지를 통하여 「봄」을 발표하긴 했지만, 윤석중은 그 작품을 자신의 첫 발표작으로 내세우기를 탐탁해 하지 않았다. 말하자면 「옷둑이」는 자타가 공인하는 윤석중 동요의 첫 출발이 되는 작품이라 할 수 있다. 이 작품은 당시 우리 동요의 패턴이라 할 수 있는 7·5조 율격을 그대로 따르고 있지만, 당시 동요들에서 일반적으로 나타나는 감상주의적 요소가 철저히 배제된 특징을

하고 있다. 오히려 두드러지게 나타난 것은 '옷둑이'로 비유되는 잘난 체 하는 대상에 대한 신랄한 조롱이다. 윤석중은 이 동요가 '거드름피우는 어른'들을 흥보고자 지은 동요라고 밝힌 바 있거니와, 이 동요에 나타나는 이러한 신랄한 조롱은 당시 다른 동요들에서는 쉽게 발견할 수 없는 요소였다. 그런데 이 동요가 발표되기 한 해 전인 1924년 10월 방정환이 발표한 「허잽이」에는 윤석중의 「옷둑이」와 유사한 점이 발견된다.

1.
누른 소에 허잽이
우습고나야
입은 벌려 웃으며
눈은 성내고
학생 모자 쓰고서
팔은 벌리고
장대들고 섰는 꼴
우습고나야

2.
누른 논에 허잽이
맘이 좋아서
작은 새가 머리에
올라 앉아서
이말 저말 놀려도
모른체하고
입만 벌려 웃는 꼴

우습고나야

—「허잽이」 전문[68]

　방정환이 남긴 동요는 그의 다른 장르들의 산출에 비한다면 소략한 편이다. 더구나 그 몇 편의 동요들이 대부분 애상성을 주조로 하고 있다[69]는 점에서, 위 「허잽이」는 방정환의 동요 가운데 다소 예외적인 작품이라 할 수 있다.[70] 이 작품은 그의 다른 동요들에서 드러나는 애상성보다는 웃음의 요소를 지니고 있다. 여기서 윤석중의 「옷둑이」가 방정환의 「허잽이」를 닮고 있는 점은 흥미롭다. 우선 「허잽이」에 나타나는 통사구조는 「옷둑이」에 나타난 그것과 아주 유사한 모습을 하고 있다. 특히 "~하고 ~하는 꼴 우습고나야" 하는 문장이 동일하게 반복되는 데서 「옷둑이」가 「허잽이」의 영향을 받은 작품이란 것을 어렵지 않게 짐작할 수 있다. 물론 윤석중이 거드름 피우는 어른이란 대상을 신랄하게 조롱하는데 주로 역점을 두고 있다면, 방정환의 동요는 그 대상을 풍자적으로 조롱하는 데 그치는 것이 아니라 그 대상이 지닌 미덕을 해학적으로 그리고 있다는 점에서 상이한 점이 없지 않다. 그러나 이러한 차이점을 감안하더라도 우리는 「옷둑이」의 발상이 「허잽이」가 지니는 그것에 빚지고 있다는 것을 완전히 부정할 수는 없을 것이다. 전술한 것처럼 윤석중은 「옷둑이」를 발표하기 이전까지 꾸준히 동요 습작을 했고, 그것을 『어린이』지에 열심히 투고하려 하였다. 이 과정에서 그가 당시 발표되던 기성 동요 작품들을 하나의 모범으로 삼았을 개연성은 충분하

---

68 『어린이』, 1924년 10월. 1976년 보성사에서 간행한 『어린이』 영인본에는 1924년 10월호의 39~42쪽 지면이 누락되어 있어 이 작품이 수록된 지면의 쪽수를 정확히 확인하기 어렵다. 이 출전은 '심명숙, 「다시 쓰는 방정환 동요 연보」, 『아침햇살』, 1998년 가을호, 157쪽'을 기대었다.

69 염희경, 「소파 방정환 연구」, 인하대박사논문, 2007, 236쪽.

70 윤극영은 이 작품을 소개하는 자리에서 "그의 동화구연이나 연설, 또는 글에 흔히 나타나는 애소, 절규 등에 대하여 이 허수아비 노래만은 딴청을 부린 것 같다"고 적고 있다.(『윤극영전집·2』, 현대문학, 2004, 695쪽.)

다. 많은 수는 아니지만 방정환의 동요 또한 윤석중에게 하나의 모델이 었을 것이다. 그런데 여기서 주목할 점은 윤석중의 「옷둑이」가 방정환 의 동요 가운데 하필 예외적인 「허잽이」를 닮고 있다는 점이다. 방정환 이 자신의 동요에서 주로 표방했던 감상성은 방정환만의 특성이었기보 다는 20년대 초중반 우리 동요의 보편적 모습이었다. 윤석중은 그러한 일반적 경향을 따르지 않고 오히려 예외적인 요소라 할 방정환의 해학 성에 착목했던 것이다. 방정환의 적자(嫡子)로서의 윤석중의 입지는 바 로 그러한 해학성을 자신의 문학적 본령으로 받아들이고 발전시킨 데 있다고 해도 과언이 아니다. 당시 『어린이』지 독자투고를 심사한 것은 방정환인데, 방정환이 「옷둑이」를 뽑은 이유도 윤석중에게서 느껴지는 그러한 기질을 긍정적으로 평가했기 때문이 아닌가 생각된다.

방정환은 연극, 영화 분야에 각별한 관심을 갖고 있던 인물이었다. 그 는 배우로서, 연극 연출자로서 활동하기도 했으며, 아동 문학 장르 가운 데 '동화극'을 개척하고 확산하는 데 기여했다.[71] 윤석중은 방정환의 이 런 활동에도 깊은 영향을 받았다고 할 수 있다. 윤석중은 『어린이』지에 「옷둑이」가 뽑히기 몇 달 앞서 《동아일보》 신춘문예에 극본 「올뱀이의 눈」을 투고해 선외가작으로 뽑힌다. 이는 그가 동요를 창작하는 이외에 도 당시 방정환을 중심으로 색동회 동인들이 개척하던 동화극에도 깊은 관심을 기울이고 있었음을 보여주는 증거다. 이 작품은 1929년 중앙보 육학교 연극부에서 직접 실연되기도 했다. 최정희의 회고에 따르면 이 때 윤석중은 열아홉의 나이로 직접 연출을 맡기도 했다고 한다.[72] 윤석 중은 이어 《동아일보》에 「달을 뺏긴 아이들」(1930. 11. 27~12. 1, 총 5회 연재), 「선생님 없는 학교」(1931. 5. 3~5. 6, 총 3회 연재, 3회분은 검열에 걸 려 삭제 당함), 「울지마라 갓난아—바로 그날 생긴 일」(1931. 8. 1~8. 12,

71 염희경, 앞의 논문, 50~51쪽.
72 최정희, 「윤석중의 노래 동산」, 『노래동산』, 발문 2쪽.

총 10회 연재)을 발표한다. 이들 작품들은 모두 윤석중이 일본 유학을 목적으로 동경으로 건너간 1930년에 씌어진 작품들인데, 극본 말미에 '고원사(高圓寺)'를 명기해 둔 것으로 보아 그는 당시 동경 연극 단체에도 왕래가 있었던 것 같다.[73] 윤석중은 일 년 남짓 일본에 체류하다 생활의 곤란으로 다시 돌아왔는데, 귀국 후 극예술연구회에 들어 다녔으며, 거기서 여류연극인인 김복진(金福鎭)과 교유했다. 윤석중의 연극에 대한 관심은 1932년 『윤석중 동요집』 발간 이후 동요시인으로서의 입지를 세우며 차츰 멀어지지만, 동요 속에 드러나는 대화체나 이야기적 요소들은 그의 동화극의 바탕에서 길러진 것이 아닌가 한다.[74]

윤석중의 방정환과의 관계를 살피려 할 때 또한 빼놓을 수 없는 것은 『어린이』지를 통한 관계 맺기다. 윤석중은 『어린이』 출발 당시 창간 독자였으며, 소년 독자 처지로 『어린이』지 편집에 참여하기도 했다. 『어린이』지는 초창기부터 '독자담화실'을 통해 소년 구독자들의 동요와 산문을 뽑아 소개하는 란을 운영하고 있었다. 이 독자담화실과 더불어 독자 참여를 유도하기 위한 또 한 가지 방안으로 1925년 3월호부터는 '독자사진첩'이라는 꼭지를 신설한다. 독자의 사진과 주소를 명기해 소개하는 란을 운영하고 있었는데, 이것이 소년 독자들의 관심을 끌었다.[75]

---

73 그는 자신의 회고에서 당시 동경에 머무를 때 무대장치가 김정환과 사귀었다고 밝히고 있지만, 이 당시 윤석중은 카프 동경지부 소속 극단에서 활약 중이던 신고송과도 접촉이 있었지 않았나 생각한다. 당시 고원사 부근에는 카프 동경지부 소속 극단이 위치해 있었다. 윤석중이 《동아일보》 1931년 8월 12일자에 발표한 「울지마라 갓난아」 마지막 회 극본의 말미에는 "1930년 12월 동경 고원사에서 지음"이라는 표기가 명시되어 있다.

74 윤석중의 아동극에 대한 상세한 내용은 임지연의 연구를 참고할 것.

75 소년독자들의 관심을 끌어들이는 편집자로서 방정환의 감각은 탁월했던 것 같다. 이는 그가 "1910년대 가장 열렬한 투고자 중의 하나"였던 데에 말미암는다고 본다. 그는 소설 「사랑의 무덤」(『신청년』 제2호, 1919. 2. 22쪽.)과 「사라지지안는 기억—처녀작발표당시의 감상」(『조선문단』 제6호, 1925. 3)에서 자신의 글이 현상문예에 뽑혔을 때의 느낌을 생생히 그리고 있다. 이 글들을 통해 추측하건대 그는 누구보다 소년독자들이 활자로 인쇄된 자신의 필명과 글을 확인했을 때 가지게 될 신기한 느낌과 그것이 지닌 흡입력에 대해 예민한 감각을 지니고 있었던 편집자가 아니었나 생각한다. (박헌호, 「식민지 조선에서 작가가 된다는 것—근대 미디어와 지식인, 문학의 관계를 중심으로」, 『작가의 탄생과 근대문학의 재생산 제도』, 소명출판, 2008. 44쪽.)

윤석중의 사진과 주소는 『어린이』지가 마련한 첫 번째 '독자사진첩'란에 실린다. 윤석중의 『어린이』지에 대한 열렬한 관심을 확인할 수 있는 대목이다. 이런 독자 페이지들은 단순한 자기소개의 장이라는 차원을 넘어 같은 공감대를 가지고 있는 또래 소년들의 사교를 돕는 창구로서의 역할도 했다. '독자사진첩'은 이전부터 운영해 온 '독자담화실'란과 함께 문학을 지망하는 소년들의 네트워크를 형성하는 역할을 했던 것이다. 많은 어린이들이 투고를 하였

《어린이》지 독자사진첩란에 소개된 윤석중의 모습. 사진 밑에, 나이는 15세, 경성교동보통학교 5년생이라 소개되어 있다.

지만, 사실 한정된 지면상 투고된 작품이 모두 뽑혀 실리긴 어려운 문제를 안고 있었다. 이런 문제를 해소하기 위하여 소년 독자들은 독자담화실이나 독자사진첩에 소개된 개인의 정보를 바탕으로 스스로 편지들을 왕래하며 그 결속력을 바탕으로 동인지나 회람잡지를 만들어 한정된 지면에서 펼치지 못한 발표 욕구를 해소하기도 한다. 뒤에 윤석중이 주동이 되어 만든 '기쁨사'는 그러한 과정에서 전국적인 네트워크를 가진 모임으로 확대될 수 있었다.

『어린이』지를 편집하던 방정환은 소년독자들의 욕구에 적극 호응하고자 편집지면을 할애하여 스스로 편집란을 꾸미도록 독려하기도 했다. 윤석중은 1925년 11월 『어린이』 부록 '어린이 세상'란(4면)을 맡아 손수 꾸민다. 윤석중은 이 지면에 '자미잇는 표적'이란 꼭지이름 아래 '글자 아닌 글자'라는 읽을거리를 싣고 있다. 윤석중은 『어린이』지의 독자에서 그 잡지의 일부를 꾸미는 편집자의 역할로 일을 맡아 보면서 개벽사 편집실을 수시로 드나들었다. 윤석중은 이때부터 방정환은 물론 개벽사에서 일하는 김기전(金起田), 차상찬(車相瓚), 이정호(李定鎬) 등을

알게 되고 그들과 친하게 되었다.

　방정환의 진정한 적자로서, 『어린이』지의 열렬한 참여자로서 윤석중의 면모는 방정환의 사망 직후 『어린이』지가 마련한 추모 특집(1931. 8)에서 뚜렷하게 드러난다.

　　젓업시 자라나는 즈일 버리고
　　어쩌케 가십니까 네? 선생님.

　　옷자락에 매달닌 즈일 쩨치고
　　어듸로 가십니까 네? 선생님.

　　선생님이 가시다니 방선생님이
　　안돼요? 못가세요 어딀가세요.

　　千年을 사신대도 안노을 것을
　　四十도 채못넘겨 가시다니요.

　　우스며 가신대도 스러울 것을
　　말업시 괴로웁게 가시다니요

　　선생님이 가시다니 방선생님이
　　안돼요? 못가세요 어딀가세요.
　　(7월 25일 선생님장례날에)

—「못가세요 선생님」 전문[76]

---

76 『어린이』. 1931년 8월호. 1쪽.

이 동요는 방정환의 장례식에서 낭송되었다. "젓업시 자라나는"이라는 구절을 보면 방정환을 단순한 위인이 아니라 어린이들의 보호자로 인식하는 태도가 드러난다. 방정환은 마치 어린 자식들을 두고 이른 죽음을 맞은 부모로 묘사되고 있다. 어릴 적 모친을 잃고 어머니 젖을 그리워하며 자란 윤석중이고 보면 이 시에는 고아 아닌 고아가 느꼈던 비애의 감정이 투사된 느낌도 든다.

윤석중은 이 동요와 함께 「영원히 남기고 가신 두 가지 교훈」이란 글을 같은 지면에 함께 실었다. 윤석중은 이 글에서 방정환이 생전에 보여주었던 두 가지 위대한 점을 짧은 일화를 통해 또렷하게 제시하고 있다. 윤석중이 언급한 방정환의 두 가지 위대한 점은 어린이 사업에 온 정성을 기울였다는 점, 대의를 위해 자기를 버리고 가정을 초월하려 했던 정신이었다. 윤석중은 아무리 바쁘더라도 소년회에 참석해 달라는 부탁을 거절하는 법이 없었던 것과 소년회에 참석해 이야기를 하는 도중 "좔좔 내솟는 코피를 한손으로 바더가며" 연단에서 끝까지 이야기를 마치던 모습과 "숨이 탁탁 막히는 인쇄소 한 구석"에서 『어린이』 잡지를 보느라고 "옷에 얼골에 잉크투성이를 하고" 있던 방정환의 생전을 회상한다. 방정환은 돌아가는 날까지 어린이를 위한 일을 걱정할 뿐이었지 "나 죽거들랑 우리 집 살림을 잘 돌보아 달라"는 내 가정, 내 살림, 내 처자에 대한 욕심이 "손톱끝 만치"도 없었던 점을 회상한다. 방정환이 남긴 이런 가르침은 입이나 붓을 통해서가 아니라 행동을 통해서 얻은 교훈이었다는 점에서 윤석중의 마음에 깊이 뿌리를 내렸던 것이다. 대의를 위해 자신을 희생하는 이런 정신은 사회주의 운동에 몸을 바친 아버지 윤덕병을 연상하게 한다. 방정환은 어쩌면 윤석중에게 또 다른 아버지였던 것이다.

윤석중은 방정환이 돌아간 지 2년이 지난 1933년 5월 차상찬의 권유로 개벽사에 입사하여 『어린이』지를 편집하게 된다. 윤석중은 명실공히 방정환의 후계자로서 첫발을 내딛은 것이었다. 윤석중은 이후 방정환을 기리기 위한 활동을 멈추지 않았다. 1936년 최영주(崔永柱), 정순철(鄭淳哲), 방운용(方云容) 등과 망우리에 소파 묘비를 세우는 데 앞장섰으며, 1946년 조선아동문화협회를 만든 뒤 『방정환 독본』을 엮기도 했다. 윤석중은 또한 1962년 을유문화사에서 기획한 '한국아동문학독본' 시리즈 가운데 첫 권인 『방정환 아동문학독본』의 책임편집을 맡아 책을 엮어내기도 하였다.

윤석중의 일생을 돌아볼 때 그의 생애 자체가 방정환의 업적에 바치는 오마주(hommage)였다는 생각이 든다. 그는 동요시인으로 아동문학 창작 활동에만 매진하는 한편으로 노래운동가, 잡지편집자, 아동문화단체를 꾸려가는 사업을 계속했다. 윤석중은 방정환이 젊은 나이에 못다 이루고 간 유업을 평생토록 이어간 방정환의 후계자였던 것이다.

3) '기쁨사' 조직과 학창 시절

문학적 출발기 윤석중의 행보에서 간과해서는 안 될 사안이 또 한 가지 있다. 윤석중이 『어린이』를 무대로 독자투고를 하는 문학소년들을 규합해 이른바 '기쁨사'라는 소년문예단체를 조직하였다는 점이다. 기쁨사는 소년 자신의 손으로 조직되어 이른바 전국적인 네트워크를 가지고 운영되던 우리 나라 최초의 소년문예단체라는 문학사적 의의를 지닌다.

1924년 초반, 윤석중이 심재영, 설정식과 더불어 꾸려갔던 '꽃밭사'가 와해된다. 이는 윤석중이 교동보통학교 3학년에서 5학년으로 월반을 하고, 다른 두 소년은 문학을 버리고 서울농업학교 입시를 준비하며 왕래가 소원해진 때문이었다. 윤석중은 《동아일보》에 '장래의 문학가'로 소개되었던 서울 지역의 문학 소년들을 찾아다니며 새로운 동인모임을 제안한다. 이렇게 해서 그해 8월 15일 생겨난 것이 '기쁨사'라는 소년문예 조직이었다. 이렇게 조직된 기쁨사는 서울 지역을 벗어나 곧 전국적인 문학 소년들의 모임으로 확대되어 나갔다. 그 기반을 제공한 것은 다름 아닌 방정환이 주도한 『어린이』 지면이었다. 『어린이』 독자를 중심으로 한 소년들이 '독자담화실'란이나 '입선동요'란

울산에 살던 서덕출 집을 찾아 찍은 사진. 앞줄 오른쪽부터 시계방향으로 서덕출, 윤석중, 신고송.

을 통해 서로의 신상과 작품을 공유하게 되고 이들은 여기에서 얻은 정보를 바탕으로 우편을 통한 편지 왕래를 하여 모임을 확대하고 운영해 갔던 것이다.[77]

대부분 습작기의 소년들이었던 이들 동인들은 서로의 작품을 격려하며 더욱 끈끈한 우정과 연대를 쌓아 갔다.[78] 이들은 『어린이』 지면을 무대로 자신들이 가진 문학적 역량을 다져가는 동시에, 연 4회 『기쁨』이라는 등사동인지를 발행하고 회람동인지 『굴렁쇠』를 엮는 등 자신들의 문학적 열망을 적극적으로 키워 나갔다. 이들이 발표하는 작품은 습작시기의 문학 소년들에게 "조흔 모범"으로 인식되었고,[79] 또한 윤극영, 홍난파(洪蘭坡), 정순철, 박태준(朴泰俊) 같은 작곡가들에 의해서 곡이 붙여져 불림으로써, 대중적인 인지도를 갖게 되었다. 이로써 이들 동인들은 1920년대 중반 이후 우리 아동문학의 초석을 닦는 소년문예가로

---

[77] "이 책의 글이면 한 자 반 자까지라도 빼지 않고 읽었습니다. 이다지도 재미있게 열심히 읽어온 책은 아마 달리 없을 것입니다. 글! 그것이 나로 하여금 안 읽고 말지 못하게 하였습니다. 기쁨은 또 있습니다. 꽃 같은 맘으로 같이 읽는 수만은 우리 독자들이 서로 정을 주고 받고 하여 그리워하게 되어 아름다운 교제를 맺는 이가 많았습니다. 장차 조선에 새 일꾼이 되려는 어린 우리들의 마음과 마음은 이 「어린이」로 하여 만나도 보지 못한 동무를 그리워하는 것이야말로 나의 가장 기뻐하는 일의 한 가지였습니다." 이원수, 「창간호부터의 독자의 감상문」, 『어린이』, 1930. 3. 58쪽.
[78] 이들의 교류는 단순히 서로의 글을 나눠보는 차원에서 머무르지 않고, 인간적인 교류 차원으로 확대되었다. 서울의 윤석중이 대구의 윤복진, 언양의 신고송과 함께 울산의 서덕출을 찾아간 이야기나 최순애와 이원수의 결혼이 성사된 것으로 미루어 볼 때 그런 추정은 충분히 가능하다.
[79] 승효탄, 「조선소년문예단체소장사고」, 『신소년』, 1932년 9월호, 26쪽.

서 중요한 위상을 확보하기 시작한다. 서울의 윤석중, 마산의 이원수(李元壽), 대구의 윤복진(尹福鎭), 언양의 신고송, 울산의 서덕출(徐德出), 진주의 소용수(蘇瑢叟), 수원의 최순애(崔順愛), 합천의 이성홍(李聖洪), 원산의 이정구(李貞求), 안주의 최경화(崔京化) 등 이른바 '스타 소년문예가'들이 탄생하게 된 것이다. 1926년 이후 전국적으로 기쁨사의 활동을 모방한 수많은 소년문예단체가 뒤를 이었으며, 이런 흐름은 1930년대 초반까지 지속되었다.[80]

그런데 기쁨사 활동에서 또 한 가지 간과해서는 안 되는 것이 있다. 이들이 1927년을 전후로 계급 문제에 눈을 뜨기 시작했고, 식민지 삶을 살아가는 우리 민족의 처지에 관심을 기울이기 시작했다는 점이다. 이것은 당시 천도교의 민족주의자들과 사회주의자들이 연계하여 구축한 신간회의 결성에 자극받은 소년문예가들 나름의 현실 대응이었다는 점에서 주목을 요한다. 이들은 습작 단계나 초기 작품에서 드러나는 갑갑한 정형률과 상투적인 언어감각, 막연한 감상(感傷)에 의존하려던 자세에서 벗어나, 겨레가 처한 식민지 현실을 어떻게 작품 속에 구현할 것인가에 대한 고민에 접근하게 된다. 이러한 움직임 속에서 1929년에 이르면 윤석중은 7·5조의 정형에서 탈피하여 보다 자유로운 율격을 구사하

---

80 승효탄의 글에 따르면 1924년 기쁨사 결성 이후 1932년 당시까지 수많은 소년문예단체들이 명멸했던 것을 알 수 있다. 기쁨사 이후 가장 먼저 창립된 소년문예단체는 등대사(1926, 대구, 윤복진 주도, 등사잡지 『등대』 2호까지 발행, 대구사범학교 재학중인 신고송, 대전 송완순, 김천의 승응순 발기)였다. 이어 방년사(芳年社, 1926, 경성시외 동막, 임동혁 주도), 소년문예사(1927, 개성, 현동염 주도), 달빛사(1927, 경남 합천, 이성홍 주도, 등사잡지 『달빛』 2호까지 발행.), 글꽃사(1928, 경성, 승응순, 최정하 주도. 뒤에 '조선소년문예협회'로 개칭)등이 창립되었다. 1929년부터 1930년 사이에는 대동소이한 소년문예단체가 수없이 발생하였는데, 그 가운데 대표적인 곳은 백의소년사(함북, 허영만 주도), 횃불사(춘천, 홍은표 주도), 붓춤사(진남포, 정명걸 주도)가 있다. 이렇게 자연발생적으로 생겨난 소년문예단체들은 "조선의 객관적인 정세 변화"에 따라 파열과 청산의 운명을 맞는다. 1931년부터는 프로소년문학의 확립을 기하기 위한 목적의 소년문예단체가 결성되었다. 이 때 결성된 단체로는 새힘사(1931, 진주, 정상규 주도), 조선소년문학연구회(1931, 경성, 송영, 이동규, 홍구 등이 발기, 프로소년문학의 확립을 기하기 위한 목적), 신흥아동예술연구회(1931, 윤석중, 신고송, 승응순 발기)가 있다. 그러나 나날이 심하여만 가는 "조선의 객관정세"가 이런 단체들의 결성과 존립 자체를 불가능하게 하였다고 승효탄은 적고 있다. (승효탄, 위의 글, 25~29쪽 참조.)

는 한편 민족주의적인 저항성과 서민성을 기반으로 한 현실주의적 요소가 짙게 감지되는 작품을 발표한다.

이처럼 1924년 『어린이』 애독자들의 모임으로 출발한 기쁨사 동인들은 1927년 이후 전개되는 새로운 민족운동사적인 큰 흐름 속에서 하나의 지향점을 공유하는 모임으로 거듭난 측면이 있다. 윤석중과 함께 기쁨사 동인으로 활동한 이원수의 현실 비판을 주조로 하는 작품이 개인사적인 고뇌와 함께 마산 소년운동의 자장 안에서 식민지 현실과 계급의식에 눈을 떠갔던 그의 행적에 연유한다는 것은 이미 밝혀진 사실이거니와,[81] 윤석중의 경우에도 굳이 그러한 근거를 찾자면 얼른 찾아질 수 있는 행적들이 없지 않다. 우선은 앞에서도 언급한 바와 같이 그가 1920년대 초반부터 사회주의 운동에 몸담았던 아버지를 두었다는 사실, 그리고 서울 한복판에서 중앙 문단의 일급 문인들과 교유를 하며 민족의식과 사회의식에 일찍이 눈을 떴다는 사실을 지목할 수 있겠다. 윤석중은 1925년 1월 18일 '서울무산소년회' 발기에도 참여할 만큼 소년운동에 관심이 깊었다.[82] 그는 1929년 광주학생운동을 계기로 양정고보 졸업을 목전에 앞두고 「자퇴생의 수기―나의 기대는 졸업장이엇든가?」를 발표하며 다니던 학교를 스스로 그만두는데, 이는 청소년기의 객기 어린 돌출적 행동이 아니라 20년대 중반 이후 그가 지향했던 삶의 한 귀결이기도 한 것이다.

여기서 그의 고등보통학교 학창 시절을 한 번 들여다볼 필요가 있다. 그가 열 살이던 1921년에 들어간 교동보통학교를 졸업한 것은 1925년

---

81 원종찬, 「이원수와 마산의 소년운동」, 『아동문학과 비평정신』, 창작과비평사, 2001, 325~337쪽.
82 윤석중이 서울무산소년회 발기에 참여했다는 기사는 《동아일보》(1925. 1. 20)에 다음과 같이 나와 있다. "재작 십팔일(1925. 1. 18) 하오 세 시에 시내 관수동 신흥청년동맹회관에 어린이들이 모히어 서울無産少年發起會를 열고 창립에 대한 여러 가지 방침을 의론한 결과 우선 오는 이십사일(음 정월 일일)하오 두 시에 시내 수표뎡 사십이번지 조선교육 협회 내에서 창립총회를 개최하리라는데 소년 소녀들은 만히 참가할 모양이라 하며 발기인 어린이는 다음과 갓다더라. 朴大成, 尹石重, 朴弘濟, 李基庸, 金斗衡 외 칠인." (《동아일보》, 1925. 1. 20)

제2장 윤석중의 생애 77

이었다. 당시 6년제이던 보통학교를 4년 만에 졸업한 것은 앞서 밝힌 대로 그가 두 번 월반을 했기 때문이다. 윤석중 자신에 따르면 그는 보통학교 졸업 후 경성제일고등보통학교 시험을 치렀다고 한다. 그러나 그는 결국 입학시험에 떨어지고 만다.[83] 경성제일고보를 떨어지고 2차로 시험을 본 학교가 양정고등보통학교였다. 앞에서 언급한바, 이 학교의 전신인 양정의숙은 윤석중의 아버지 윤덕병이 나온 학교였다. 윤석중은 자신의 회고에서 "사립학교라 두루마기 자락을 펄렁거리며 왔다 갔다하는 선생들이 반가웠다"고 적고 있다. 그러나 그가 다닌 양정고보의 5년은 그에게 그렇게 달가운 기간만은 아니었던 듯하다. 그가 졸업을 목전에 앞두고 발표한 「자퇴생의 수기」를 보면 그는 학교 생활에 애착을 가지고 고분고분하게 학업에 전념한 학생은 아니었던 것으로 보이기 때문이다. 그럼 「자퇴생의 수기」는 어떻게 씌어진 글인가?

그가 졸업을 몇 달 앞둔 1929년 말 광주학생사건이 일어나 전국적으로 동맹휴학의 열기가 번져갈 때, 그가 다니던 양정고보에도 학생들 사이에 동맹휴학을 결의하는 움직임이 일어났다. 그러나 그 계획은 실행에 옮겨지지 못하고 유야무야 수포로 돌아가고 만다. 그는 이때 동기생들한테 대한 배신감과 실망으로 자퇴를 결심한다. 이광수도 자퇴를 만류하고, "아프로 단 열흘만 잇스면 졸업장을 타가지고 나올 것을 아 그래 고 동안을 못참? 자퇴를 하다니 그 놈이 밋치지 안코야" 하는 주변의 "비난과 조소의 화살을 가슴에 마저가면서도" 그는 1930년 2월 10일 "바득바득" 자퇴원을 내고 학교를 그만둔다. 그는 이어 《중외일보》에 자신이 「자퇴생의 수기—나의 기대는 졸업장이엇든가?」(1930. 2. 27)

---

[83] 윤석중의 회고에 따르면 "학과 시험 합격자 발표날 구두(면접) 시험을 보게 되어 있었는데, 학비도 문제려니와 별로 다니고 싶은 생각이 없어" 집에서 서성거리다가 뒤늦게 시험장에 가노라니 필기시험에 떨어진 아이들이 나오면서 너는 붙었으니 빨리 가보라는 말을 들려주었다고 한다. 윤석중은 가까스로 시험장에 들어가긴 했으나 "지각한 학생을 받아줄 리가 없"어 불합격 처리가 되고 말았다 한다. 윤석중은 자신이 만일 붙었더라면 책벌레가 되어 '경성제대'를 노리고 밤잠을 못 잤을 것이라 부연하고 있다. (윤석중, 앞의 책, 117쪽.)

윤석중이 양정고보를 자퇴하며 자신의 5년간 학창시절을 회고한 「자퇴생의 수기」(《중외일보》, 1930. 2. 27 일자).

를 발표하는데, 이 글이 문제가 되어 신문은 압수를 당하고, 윤석중은 가택 수사를 당하게까지 되었다. 윤석중은 이 글에서 자신이 자퇴한 "이유를 밝힐만한 아모런 자유도 뭇 재조도 못가진 것이 한"이라 전제하며,[84] 그가 양정고보에 입학하여 다닌 다섯 해 동안 "모자챙이로 내다 본대로 들은대로 생각난대로 몇 가지 추려다가 조고만 '조각보'를 만들어 보이겠다"고 글을 쓰는 목적을 밝힌다. 그는 우선 1925년 입학 원서를 쓸 때 느꼈던 곤혹스러움을 다음과 같이 토로하고 있다.

나는 입학원서를 다섯장째나 잘못쓰고서 붓대를 내동댕이쳤다.

'가난한 집 자식이면 아모리 시험을 잘 치럿드래도 퇴ㅅ자라지 별 수 잇나. 억지로라도 잡아느려서 써낼수밧게⋯⋯.'

그러나 열네 살 밧게 아니된 철부지 어린애가 콩알만한 저의 집 재산을 대포 알만하게 잡아늘이기는 그야말로 낙타가 바늘구멍으로 지나가기보다 어려운 일이엇다.

'오천원이라고 쓸까? 아니 오만원이라고 쓸까???'

이러케 혼자서 허둥지둥 망설거리다가 입학원서를 다섯장째나 망처논 것이

---

[84] 윤석중은 그것이 일제의 검열 때문이라는 것을 에둘러 말한 것이라 할 수 있다.

다.……그리하야 나는 이 학교에 채 입학도 되기 전에 벌써 '엉뚱한 거즛말쟁이'가 되엿다.

　'요새 신문을 보닛가 몃군대 학교에서는 일년에 이백원 이상 바치는 납세증명서를 떼 보내야 된다니 아마 나가튼 학생방지책이겠지.'

입학원서에 집 재산 규모를 손수 적어 넣어야 하는 처지에서 그는 "엉뚱한 거짓말쟁이" 노릇을 해야만 했던 자신의 비애를 이렇게 털어놓는다. 이어 그는 '오년간고속도일기'라는 제목 아래 자신의 5년 동안의 학창생활을 자조적인 어투로 다음과 같이 기술해 놓고 있다.

　△ 첫해는 신입생인지라 그저 조와서 벙싯벙싯
　△ 그 이듬해는 영화걸신병자들과 멋도 모르고 엄벙덤벙
　△ 3년되는 해는 학교와 선생에 대한 불평과 불만으로 중얼중얼
　△ 4년되든해는 팜플렛 몃조각 읽고 맘이 들써서 갈팡질팡
　△ 마즈막해엔 '悟年生'인지라 그저 얼골만 확근확근
　이리하야 다섯해란 세월이 온데간데업시 덩어리ㅅ채 도망가 버렷다.

이 부분을 보면 그는 1학년 때 입학의 기쁨을 맛보며 즐거운 마음으로 학교를 다녔으나 2학년 때부터는 영화에 심취했고, 3학년 때는 학교당국과 교사들에 대한 불만을 품게 되었던 것을 알 수 있다. 더욱 주목되는 것은 그가 4학년이 되던 해인 1928년 "팜플렛 몃조각 읽고 맘이 들써서 갈팡질팡"했다는 대목이다. 그가 한때 사회주의 운동에도 관심을 기울였음을 짐작할 수 있는 대목이다.

　양정고보 2학년 시절이던 1926년 윤석중은 『어린이』지에 「눈물의 녯 도읍 남한산성」(1926. 12)을 싣는 것을 비롯해 2년 뒤인 1928년에는 두 차례에 걸쳐 「연주대의 봄을 차저」(1928년 5월호), 「선물로 드리는 나그

네 색상자」(1928년 12월호)와 같은 기행문을 싣는데, 이 글은 단순한 독자 투고의 성격을 갖기보다 기자가 쓴 일종의 취재기사와 같은 성격을 지니고 있다. 특히 「선물로 드리는 나그네 색상자」에는 1926년 3월 10일 화재로 참화를 입은 전남 구례지방을 시작으로 지리산 화엄사, 순천, 진주를 거쳐 마산에 있는 기쁨사 동인 이원수를 만나고[85], 언양에 있는 신고송과 함께 울산에 살던 서덕출을 찾아갔던 이야기가 실려 있다. 이 글에는 다음과 같은 흥미로운 대목이 나온다.

수박과 참외를 백겨먹고 六尺將軍 신군은 두 억개를 웃줄거리며 덕출군의 동생을 다리고 '바지랑대춤'을 춥니다. 나는 신군의 '비밀잡긔장'을 몰래 훔쳐내여 가슴을 두근거리며 뒷겻혜 숨어보다 앗차차! 고만 들켜서……빼슬냐 안 뺏길냐 들낙날낙 이리쥐고 저리쥐고 야단법석을 피는 바람에 마룻짱이 덜컥! 숫갈통이 쩔렁!! 애기참회가 쩩쩨굴! 이러케 수선을 피워도 괜찬케 우리는 이 집에 親햇든 것입니다. 웃고 쥐고 내집가티 내사람가티 한데 엉크러저서 와자직걸 써들며 놀 째 아아 어머니도 누이도 동생도 아모도업시 고적하게 자라는 나에게도 보드라운 인간미(人間美)의 한조각을 맛보여주는 것이엿습니다.(…)
지금은 밤-고요한 밤이외다.
짧은 여름밤 안탑갑게 흐르는 十분 二十분! 아아 이 어둠이 거치고 날이 밝으면 千里밧그로 百里밧그로 다각각 훗터저 써나갈 몸이거니……. 새하얀 촛불압혜 우리는 세 머리를 맛대고 업드렷습니다. '이 피와 이 쌔가 새나라를 건설함에 한줌 흙이 되어지라'고 빌엇습니다. 주먹을 부루쥐며 마음속으로 든든히 결심하엿습니다.[86]

85 진주에 살며 역시 깃븜사 동인으로 활동했던 소용수도 마산으로 와서 윤석중을 만나려고 했으나 윤석중과 길이 엇갈려 만나지 못했다고 한다.
86 『어린이』, 1928년 12월호, 64~65쪽.

신고송은 윤석중과 함께 기쁨사 창립 동인이긴 하였지만 윤석중보다는 4살 연상이었고, 이 시기에는 계급주의 문학에 깊은 관심을 갖고 있었던 것으로 보인다. 그러나 윤석중의 위 글을 읽어보면 이들 사이에 거리감이나 서먹서먹함이 전혀 느껴지지 않는다. 윤석중이 신고송의 '비밀잡기장'을 몰래 읽다가 들켜 뺏으려니 안 뺏기려느니 옥신각신하는 장면에서는 영락없는 개구쟁이 소년들의 모습이 읽힌다. 그 작은 소동이 얼마나 정겨웠던지 윤석중은 "누이도 동생도 아모도업시 고적하게 자라는 나에게도 보드라운 인간미(人間美)의 한조각을 맛보여주는 것이엿"다고 적고 있다. 이 장면에서는 신고송이 가진 소탈한 성격의 일면이 그대로 엿보이며, 깃븜사 동인 간의 인간적인 유대가 얼마나 돈독했는지가 잘 드러난다. 더구나 흥미로운 것은 세 동인이 머리를 마주대고 '이 피와 이 쌔가 새나라를 건설함에 한줌 흙이 되어지라'고 다짐했다는 대목이다. 이들의 관심이 단순한 동요 창작에만 놓여 있던 것이 아님을 보여주는 대목이다. 이미 십대 후반에서 이십에 이르는 청년기의 나이가 되면서 이들은 식민지 삶을 살아가는 우리 민족의 처지에 관심을 기울이는 쪽으로 의식의 변화를 겪고 있었던 것이다.

신고송은 1828년 대구사범학교를 졸업하고 대구공립보통학교 교사를 지내다. 이듬해인 1929년 불온사상을 가졌다는 이유로 시골 학교로 좌천된다. 그는 이 시기에 『별나라』지에 계급주의 이념을 드러내는 아동문학을 게재하며 카프 맹원으로서의 면모를 확실히 표출하기 시작하였다. 그런데 신고송은 1929년 10월 20일부터 10월 30일 사이에 《조선일보》에 연재된 「동심에서부터」와 1930년 벽두에 발표한 「새해의 동요운동」이란 글에서 윤석중의 작품을 매우 호의적으로 평가한다.[87] 이 시기에 신고송이 계급주의의 관점에서 안일한 태도를 지닌 문단의 기성문인을 질타하고, 문단을 향해서 프롤레타리아 대중들을 위한 진보적 작품을 창작하기를 주장하는 입장에 서 있었음을 볼 때,[88] 윤석중의 작품을 비판적이 아니라 호의적으로 본 것은 특기할 사실이다. 신고송의 태도로 짐작해 보건대 기쁨사 동인이었던 이들은 계급주의 의식의 성장단계에서 일정 부분 이념을 공유한 측면이 있으며 동인으로서 강한 유대감을 지속하고 있었음을 추정할 수 있다.[89]

3. 최초의 동요집 간행과 『소년』 시대

30년대는 윤석중에게 있어 문학적 교두보가 확고히 마련된 시기였다. '천재 소년 시인'이라는 호칭을 받던 '소년문사'에서 그는 아동문단을 이끌어 갈 중요 동요 시인으로 성장하며, 개인이 낸 창작동요집으로는 우리나라 최초라 할 『윤석중 동요집』(신구서림, 1932)을 간행하고 이어 "제 1동시집"이라 부제를 단 『잃어버린 댕기』(계수나무회, 1933)를 상재함으로써 명실상부한 동요시인으로서의 명성을 확보한다. 그는 또한 방정환 사후 『어린이』 편집을 시작으로 발을 들인 후 신문의 가정란과 아동잡지 편집자로서 활발한 활동을 펼친다. 이 시기 윤석중의 행보를

---

87 신고송은 「동심에서부터」란 글에서 "신문잡지에 발표되는 동요를 볼 때 그것이 거개가 개념을 노래한 것"이라 전제한 뒤, 이구월, 양우정, 윤복진, 문복영, 윤원구, 김영일, 고긴벗, 김사엽 등의 작품을 실례로 들어 그 한계를 신랄하게 비판한다. 그러나 이원수의 「약지어오는 밤」과 윤석중의 「꿀꿀돼지」란 작품을 두고서 '개념'이 아닌 "어린이다운 歡呼"와 "어린이다운 衝動과 情緒의 躍動"을 맛볼 수 있다고 상당한 호평을 하였다. (신고송, 「동심에서부터—기성동요의 착오점, 동요시인에게 주는 몇말」, 《조선일보》, 1929. 10. 20~10. 30.) 또한 신고송은 1929년 한 해 동안 나온 동요 이론과 작품에 대한 총평의 성격을 갖는 「새해의 동요운동」이란 글에서 당시 신문과 잡지에 발표된 작품들의 전체적인 인상에 대해 "새로운 傾向과 淸新味"있는 "天然스럽고 純然한 童心의 노래를 뵈어준 이가 업섯다"고 진단하며, 한정동, 고장환, 김태오, 윤복진, 송완순, 양우정, 이구월, 김사엽, 현동염, 남양초 등의 작품에는 호된 비판을 가하고, 윤석중, 이정구, 정상규, 이원수, 한태천, 엄흥섭, 김병호의 작품은 매우 호의적으로 평가하였다. (신고송, 「새해의 동요운동」, 《조선일보》, 1930. 1. 1.)

88 김봉희, 「신고송의 삶과 문학관」, 『신고송 문학전집·2』, 소명출판, 2008, 769쪽.

89 신고송의 이 두 글에 대해 송완순은 "엄정한 비평적 잣대에 근거하지 않고 사적인 친소 관계로 작품의 우열을 가리는 盲目的 濫評"수준에 머물고 있다고 공박한 바 있다. 송완순이 말한 '사적인 친소 관계'는 아마도 깃븜사 동인들의 유대 관계를 의식한 발언이 아닌가 추측된다. 구봉산인(송완순), 「비판자를 비판—자기 변해와 신군 동요관 평」, 《조선일보》, 1930. 2.19~3. 19.)

보면 그는 동요 창작뿐만 아니라 동요 보급운동과 신문 잡지를 통한 아동문학 확산에 적극 참여하려 했음을 알 수 있다.

이 자리에서는 1930년 이후 해방 직전까지의 윤석중의 문학적 행보를 문학단체 구성, 편집자로서의 역할, 일제 말기의 행적을 중심으로 살펴보려 한다.

1) 신흥아동예술연구회의 기획과 좌절

윤석중의 문학적 행로에 있어 30년대가 지니는 의미는 각별하다. 이 시기는 윤석중이 문학적 습작기를 온전히 탈피하고, 동요시인으로서의 위치를 확고하게 정립하는 시기였다고 할 수 있다.

그는 1932년 첫 번째 작품집인『윤석중 동요집』을 낸다. 이는 개인이 낸 창작 동요집으로는 우리나라 최초의 동요집이었다는 문학사적 의의와 함께 초기 윤석중 문학의 특질을 살필 수 있는 귀중한 자료이다.『윤석중 동요집』과『잃어버린 댕기』발간 이후 윤석중은『윤석중 동요선』(1939, 박문서관),『어깨동무』(1940, 박문서관) 등 개인 창작집을 계속 상재하며, 30년대 동요 시인으로서 명성을 확고히 했다. 그는 일제시대를 통틀어 가장 많은 개인동요집을 낸 시인으로 손꼽을 만하다. 그가 출간한 시집들에는 동요 시인으로서 갑갑한 정형률만을 고집하지 않고 새로운 언어 감각과 리듬을 창안해 내려는 노력이 엿보인다. 또한 그는 자신의 작품 속에 유년 지향과 공상성의 요소를 적극 도입하여 자신의 문학적 특질을 더욱 뚜렷하게 정립해 나갔다. 30년대 아동문인으로 그의 창작 활동과 작품집 출간에 필적할 만한 인물을 찾기는 힘들다.

아동문단 활동과 관련하여 30년대 그의 행보에서 우선 눈에 들어오는 것은 기쁨사 동인이 주축이 되어 구성하려 했던 '신흥아동예술연구회'라는 조직이다. 아쉽게도 우리 아동문학 연구에서 신흥아동예술연구

『윤석중 동요집』 속표지와 그 안에 실린 윤석중 사진.

회에 대한 고찰은 자세히 행해진 적이 없다. 신흥아동예술연구회는 과
연 어떠한 조직이었던가.

아동예술의 연구와 제작 밋 보급을 목적으로 신흥아동예술연구회가 창립되
엇다. 적막한 조선아동 예술운동계에 이러한 단체가 생겨난 것은 일반 식자급
의 주의도 상당히 끄으려니와 특히 지방 각 사립학교 유치원 소년회 강습소 야
학교와 일반 아동 문제에 유의하는 이에게 지도적 련락긔관이 될 것이라 한다.
그 회의 발긔인과 사업의 대략을 소개하면 다음과 같다.

발기인 : 신고송, 소용수, 이정구, 전봉제, 이원수, 박을송, 김영수, 승응순,
윤석중, 최경화

1. 제작부
●동요 동화 동극등 창작 ●해외작품 번역 ●동요작곡 ●아동예술평론 ●작
품비평

2. 출판부

●기관지(월간) ●작곡집(월간) ●작품집(연간)

3. 보급부

●신작발표회(격월개최) ●동극공연회(연 1회) ●동화(童畵)전람회(연 1회) ●반우실지교수(班友實地敎授) ●강습회(수시) ●방송, 지방순회 등

4. 도서부

●도서급자료모집 ●이동도서관

5. 조사부(약)

6. 서무부

임시사무소 경성 숭2동 백일의 육[90]

신흥아동예술연구회(이하 연구회) 창립 기사는 1931년 9월 17일자 《조선일보》와 《동아일보》 양 신문에 나란히 올랐다.[91] 이 기사를 통해 짐작하건대 연구회는 상당한 비전과 목적을 가지고 움직이려 했던 단체임을 알 수 있다. 우선 그 설립 목적을 밝히는, "일반 식자급의 주의도 상당히 끄으려니와 특히 지방 각 사립학교 유치원 소년회 강습소 야학교와 일반 아동 문제에 유의하는 이에게 지도적 련락긔관이 될 것"이라는 대목을 보면 이는 단순한 문학 동인에 국한된 조직이 아니라 아동문화 전반에 관하여 각종 교육기관과 소년회 모임을 선도하는 연구 단체가 되는 것을 목표로 했음을 알 수 있다.

그 조직과 임무를 일별해 보더라도 아주 구체적이었음이 드러난다. 조직을 제작부, 출판부, 보급부, 도서부, 조사부, 서무부 등 여섯 개의 부서로 세분화하고 각 부서가 담당할 사업들을 구체적으로 제시해 놓고 있다. 제작부의 사업을 보면 동요, 동화, 동극 등의 창작 부문의 사업은

---

90 《동아일보》, 1931. 9. 17.

'신흥아동예술연구회창립'을 알리는 기사(《동아일보》, 1931. 9. 17일자).

물론이고 번역, 작곡, 비평에 이르기까지 광범위한 활동을 전개할 것을 계획했음을 알 수 있다. 특히 월간으로 기관지를 발행하며 별도로 작곡집과 연간 작품집을 내려고 한 것에서 연구회가 상당히 구체적인 단계까지 조직적 준비를 하고 있었음을 추정하게 된다.

또 하나 주목할 것은 그 구성원의 면면이다. 이 연구회의 발기인으로 등록을 한 이는 신고송, 소용수, 이정구, 전봉제(全鳳濟), 이원수, 박을송(朴乙松), 김영수(金永壽), 승응순(昇應順), 윤석중, 최경화 모두 열 사람이다. 이 중 신고송, 소용수, 이정구 세 사람은 당시 해외에 체류 중이었으며 나머지는 서울, 지방 등에 거주하고 있었던 것으로 짐작된다. 이를 보면 연구회는 서울과 지방을 아우를 뿐더러 해외까지 포괄하는 인적 네트워크를 구성하려한 것을 알 수 있다. 이들은 당시 대부분

---

91 두 신문의 기사는 내용이 대동소이하다. 다만 《조선일보》 기사에는 발기인을 해외, 조선으로 구분해 소개하고 있다. 해외 회원은 신고송, 소용수, 이정구 세 사람이며 나머지는 모두 조선에 거주하는 회원이다. 《조선일보》 기사에는 《동아일보》 기사 말미에 있는 임시사무소 주소가 누락되어 있다. 참고로 《동아일보》에 기재된 임시사무소의 주소는 당시 윤석중이 거주하던 집주소였다. 이는 윤석중이 이 단체에서 주도적 인물이었음을 방증한다.

1907~1911년 전후에 태어난 이십대 초중반 청년들이었다. 이들은 모두 1920년대 초반부터 대두한 한국 근대 아동문학 운동의 첫 수혜자들이었다는 점에서 공통점을 지니고 있다. 특히 이들은 『어린이』, 『신소년』지 초기부터 열렬한 애독자로서 소년문예운동에 발을 들였다는 점, 기쁨사 동인 활동을 함께 전개했거나 기쁨사와 유사한 소년문예단체를 조직해 서울 혹은 지방에서 맹렬히 활동한 인물들이라는 점, 그리고 1920년대 후반부터 30년대 초반까지 신문 잡지 지면에 활발하게 작품을 발표했다는 점에서 공통점을 가지고 있는 인물들이다.

한 가지 궁금한 일은 이들이 지향한 이념이 당시 대두한 계급주의 노선에 얼마나 가까웠는가 하는 것이다. 기사 내용을 표면적으로 보아서는 그런 지향의 흔적은 또렷하게 드러나지 않는다.[92] 다만 승효탄이 자신의 회고에서 연구회가 단지 "깃븜사의 재흥의 계획"만은 아니었다고 밝히고 있는 것으로 봐서[93] 당시 대두한 계급주의의 성격을 새롭게 포함하고 있었음을 충분히 짐작할 수 있다. 그러한 성격은 구성원의 면면에서도 여실히 드러난다.[94] 이렇듯 야심찬 포부와 구체적인 계획을 가지고 출발하려던 연구회는 그러나 첫발을 떼보지도 못한 채 좌초하고 만다. 그것은 내부 사정 때문이 아니라 순전히 외부적 여건 때문이었다. 연구회는 일제 당국에 의해 불허가 되어 창립총회조차 열지 못한 채 좌절하고 만 것이다.[95]

---

[92] 1931년 11월호 『신소년』에는 편집부 명의로 「아동예술연구회의 탄생과 우리들의 태도」란 글이 실려 있다. 이 글은 신문지상에 소개된 신흥아동예술연구회의 창립을 바라보는 『신소년』 편집진의 시각이 드러난 글이란 점에서 주목을 요한다. 『신소년』사는 전폭적인 지지를 보내기보다 앞으로의 추이를 지켜보겠다는 유보적인 태도를 취하고 있다. 그들은 "지금까지 우리에게 그만한 기관이 업섯슴이 퍽 유감이엇음"을 전제하면서도 "사업의 실현을 보지 안코"서는 그것이 "우리 노농소년들"에게 어떤 효과를 줄지 단언할 수 없다고 밝히고 있다. 또한 "과연 우리들의 압헤 엇더한 사업을 보여줄지 엇더한 역할을 할지 우리는 엄격하게 냉정하게 무자비하게 아동예술연구회의 활동을 감시하며 비판하자"며 글을 맺고 있다.(신소년사, 「아동예술연구회의 탄생과 우리들의 태도」, 『신소년』, 1931. 11. 19쪽.)

[93] 승효탄, 앞의 글, 29쪽.

[94] 이들 가운데 신고송, 이정구, 승응순, 소용수, 이원수는 카프 조직의 회원으로 활동했거나 카프와 비교적 근거리에서 활동한 인물들로 분류할 수 있다.

그러나 연구회가 창립총회조차 변변히 열지 못하고 일제의 탄압에 의해 유산된 단체라 해서, 그것을 간단히 폄하할 수는 없을 것이다. 우리가 눈여겨보아야 할 것은 1920년대 중반에 습작기의 문학 소년들을 중심으로 만들어졌던 기쁨사의 구성원들이 어엿한 기성 문인들로 성장해 우리 아동문학 나아가서 아동문화 전반을 고민하는 조직적이고 체계적인 모임을 구성하는 데 이르렀다는 점이다. 이것은 1923년 방정환을 중심으로 조직된 '색동회'의 정신을 새롭게 계승한 일인 동시에, 1927년 이후 변화된 정세 속에서 세대의식을 공유하며 소년문예운동의 돌파구를 모색하려고 노력한 기쁨사 동인들의 새로운 조직적 연대였다고 할 수 있다. 이들은 식민지 조선의 현실에서 자신들이 감당해야 할 과제들을 새롭게 설정하고, 새로운 아동문화를 가꾸어 가려는 원대한 포부를 세웠던 것이다. 그 중심에 1925년 기쁨사 동인으로 만난 윤석중, 이원수, 신고송 등이 함께 발기인으로 참여하고 있다는 사실은 특기할 만하다. 그들은 계급주의가 대두되면서 동심주의와 계급주의(혹은 현실주의)로 갈라선 것이 아니라 여전히 교감과 소통을 나누었음을 충분히 짐작할 수 있다.

김팔봉(金八峯)은 1934년 1월호 『신동아』지에 실린 「조선 문학의 현재와 수준」에서 1934년 무렵의 문인 계보를 다음과 같이 정리하고 있다.

- ■민족주의
  - ●국수주의 = 정인보 최남선 이은상 이병기
  - ●봉건적 인도주의 = 이광수 윤백남

---

95 승효탄은 자신의 글에서 이들이 "날날히 심하야만 가는 조선의 객관정세" 속에서 "만반준비를 정돈하였다가 결국 불허가되어 창립총회도 못 열고" 좌절되었음을 밝히고 있다. 승효탄이 말한 '조선의 객관정세'가 날로 강고해져가는 일제 당국의 간섭이라는 것을 짐작하기란 어렵지 않다. (승효탄, 같은 글, 29쪽.)

●소시민적 자유주의

　1) 낭만주의 = 김억 노자영 유도순 김소월

　2) 기교주의 = 김기림 박태원 이태준

　3) 이상주의 = 주요한 김동환 김석송 박종화 홍사용 변영로 박용철 정

　　　　　　　지용 이하윤 모윤숙 심훈 **윤석중**

●자연주의 = 현진건 방인근 이익상 김일엽

●사실주의 = 김동인 염상섭 주요한 강경애

●교회문학 = 정지용 모윤숙 한용운

■절충적 계급 협조주의 = 양주동 정노풍

■프로문학

　●동반자적 작가 = 유진오 이효석 이무영 채만식 유치진 홍효민 박화성

　　　　　　　　최정희 조용만

　●카프파 = 이기영 한설야 김남천 박영희 백철[96]

　김병익은 『한국문단사』에서 김팔봉의 이런 분류가 "정확한 사정(査定)을 거친 것이 아니며, 또 그처럼 간단히 분류될 수 있는 성질의 것도 아니지만, 당시의 문단 기상(氣象)만은 대충 짐작하게 하는 기초 자료"라고 그 의미를 부여한 바 있다.[97] 김팔봉이 분류한 문인 계보에서 윤석중은 '민족주의 - 소시민적 자유주의 - 이상주의' 계열에 속해 있다. 아동 문인으로서는 유일하게 이름을 올린 윤석중이 심훈, 정지용 등과 같은 계열로 분류되어 있는 것이 흥미롭다. 그러나 김병익의 말대로 김팔봉의 이런 분류는 '문단 기상을 짐작하는' 참고 자료가 될지 몰라도 30년대 윤석중의 문학적 행보를 절대화하는 기준은 될 수 없을 것이다. 더

---

96 김팔봉, 「조선 문학의 현재와 수준」, 『신동아』, 1934. 1, 김병익, 『한국문단사』, 문학과지성사, 2001, 190쪽에서 재인용.
97 김병익, 위의 책, 190쪽.

구나 김팔봉이 이 글을 쓴 것은 총독부의 강경한 탄압으로 카프가 힘을 잃고 해체되기 직전이었다. 한때 카프를 중심으로 일어난 프로 문학은 "2, 30년대 식민지 지식인에게 하나의 뜨겁고 거센 바람"이었다. 민족주의자나 진보주의자들은 한동안 그들의 이상론에 동조하거나 제휴했다.[98] 이런 견지에서 윤석중이 방정환 사후 『어린이』지를 맡으며 프로문학에 맞서 순수문학을 옹호하려 했다는 종래의 시각은 재고할 여지가 있다. 신흥아동예술연구회를 기획하고 실천하려 한 그의 행보에서 짐작할 수 있듯이, 그는 프로문학 작가들과 대척적인 자리에 있지 않았으며 오히려 그들과 적극적인 교류와 협력을 시도했음을 알 수 있다.

2) 『어린이』지에서 『소년』지까지의 행보

1933년 5월 차상찬, 최영주의 권유로 '개벽사'에 입사하여 『어린이』 편집을 맡음으로서 윤석중은 잡지 편집자의 일에 정식으로 첫발을 디디게 된다. 1934년 1월호 『어린이』지에는 '글 써주시는 선생님들'이라는 제목 아래 모두 36명의 『어린이』 단골 필자 사진들이 실렸다. 이들 명단은 윤석중의 문단적 인맥을 파악할 수 있는 주요한 자료이다. 그 36명의 명단을 분류하면 다음과 같다.

색동회 계열: 고한승, 마해송, 정순철, 진장섭, 정인섭, 조재호, 이헌구
개벽사 계열: 차상찬
성인문단: 이광수, 피천득, 박태원, 박화성, 이태준, 이무영, 심훈, 박팔양,
　　　　　모윤숙
아동문단: 한정동, 이영철, 최병화

---

98 김병익, 위의 책, 184쪽.

언론계: 설의식, 신명균, 김소운, 이은상, 주요섭, 김자혜, 박상엽

교육계: 심형필

연극인: 김복진, 임병철, 윤백남

음악가: 홍난파

미술가: 이승만, 안석주, 김규택

방정환과 함께 색동회를 발족시킨 인물들과 방정환 사후 개벽사를 이끌어가던 차상찬은 별도의 언급을 필요치 않는다. 방정환을 흠모해 마지 않았던 윤석중에게 이들의 존재는 든든한 선배이자 후원자로 인식되었을 것이다.

성인문단의 이광수와 심훈은 앞 절에서 그 관계를 이미 살펴보았거니와 이광수와의 인연으로 알게 된 피천득 역시 별도의 언급을 필요로 하지 않는다. 박팔양(朴八陽) 또한 윤석중의 『잃어버린 댕기』 출판기념회에 참석할 만큼 관계가 돈독했다.

이광수와 관계된 인물로 박화성(朴花城), 모윤숙(毛允淑)을 함께 거론할 수 있다. 박화성은 1925년 『조선문단』에 이광수의 추천으로 소설 「추석전야」를 발표하며 문단에 나왔으며, 1931년 『동광』에 「피로 색인 당신의 얼골을」로 등단한 모윤숙 역시 이광수가 첫 시집 『빛나는 지역』(조선영문출판사, 1933)에 서문을 써 줄 정도로 이광

『어린이』지(1934년 1월호)에 소개된 '글 써주시는 선생님'의 얼굴들.

수와 친밀한 관계에 있던 인물이었다. 박화성은 윤석중이 일본에 건너 갔을 때 기거했던 '조시가야'(雜司谷) 근처에 살고 있었다. 박화성은 메 지로(目白) 일본여자대학에 다니면서 그의 소설 「백화」를 다듬고 있었 는데, 그 뒤 이 소설이 신문에 연재될 때, 박세랑이란 이름으로 「엿단 지」라는 동화가 신춘문예에 당선되기도 했다. 윤석중은 "만리타향에서 친누님을 만난 듯 싶어" 박화성의 집을 종종 찾았다고 한다.[99] 박화성은 윤석중이 편집을 맡아보던 1934년 1월 『어린이』지에 「북악산 높이」라 는 동화를 싣기도 했다.

이태준(李泰俊)은 이 당시 《조선중앙일보》 학예부장으로 근무하고 있 었는데, 그 이전에는 개벽사 편집부 사원으로 일하기도 했다. 소년 시절 부터 개벽사에 드나들며 윤석중은 이태준을 알게 되었다. 《중외일보》에 「자퇴생의 수기」를 발표할 때 이태준은 바로 《중외일보》에 근무하고 있 었다. 개벽사가 문을 닫고 윤석중이 일자리를 잃자 그를 《중외일보》의 후신인 《조선중앙일보》 학예부 기자로 천거한 이도 이태준이었다. 이무 영(李無影), 박태원(朴泰遠)은 이태준과 함께 구인회 활동을 한 인물들로 이들은 윤석중과 같이 모두 서울 출신이다. 이무영은 1932년 '극예술연 구회' 동인으로 활동했으며,[100] 김복진과 윤백남 또한 극예술연구회 활 동과 깊은 관련이 있는 인물들로 윤석중의 연극에 대한 관심을 확인하 는 인맥이라 할 수 있다.

설의식은 윤석중이 어린 시절 꽃밭사 동인활동을 함께 했던 설정식의

---

99 윤석중, 앞의 책, 121쪽. 박화성 자서전 『눈보라의 운하』에는 동경 시절 자신을 찾아왔던 윤석중 모 습이 짧게 언급되어 있는데, 당시 박화성은 일본 유학생 신분으로 사회주의 운동에 매진하던 김국진 과 결혼생활을 하고 있었다. 박화성의 오빠 박세민은 김국진과 사회주의 운동을 함께 하던 동지로, 1920년대 후반 조직사건에 연루되어 옥고를 치른 바 있다. (박화성, 『박화성 문학전집 14 · 눈보라의 운하』, 푸른사상, 2004, 168쪽.)

100 1933년 1월부터 1938년까지의 사이에 가입한 신회원은 다음과 같다. 신태선, 최봉칙, 최영수, 윤석 중, 모윤숙, 노천명, 김복진, 정덕인, 조지해, 조훈해, 윤성민, 김정숙, 이석훈, 강성범, 고장환, 김진 수, 강정애, 오애엽, 박형숙, 김진숙, 심옥경, 장서언, 류의탁, 송진근, 류의춘, 이종일, 허남실, 박동 근, 김동원, 이해랑, 이진순, 한영기, 이용규, 윤방일, 이광래.

형이고, 신명균(申明均)은 『신소년』의 발행인으로 윤석중의 첫 동요집 『윤석중 동요집』의 교열을 담당한 한글학자다. 이은상(李殷相), 주요섭(朱耀燮), 김자혜(金慈惠)는 동아일보사가 1933년 1월 창간한 가정잡지 『신가정』의 편집을 담당한 이들이다.

이상의 30년대 초반 윤석중이 맺었던 문단 인맥은 크게 여섯 부류로 정리할 수 있다. 첫째는 방정환과 연관된 개벽사 편집부 인맥과 색동회 계열 인사, 둘째는 이광수와 연관된 동아일보 인맥과 그를 사숙한 작가들, 셋째는 이태준을 위시한 구인회 소속의 성인문단의 작가들, 넷째는 극예술연구회 소속의 연극인들, 다섯째는 홍난파, 심형필(沈亨弼) 등 중앙보육학교에 적을 둔 음악, 교육 관계자들, 그리고 마지막으로 신문 잡지 등에 삽화를 그렸던 화가들로 요약해 볼 수 있다.[101] 이런 인맥들은 『어린이』지 폐간 이후에도 계속 작용한다. 즉 이들은 편집자의 행보를 지속했던 윤석중에게 계속해서 '글 써주시는 선생님'들로서 역할을 담당했던 것이다. 그들 중 일부는 1930년대 윤석중이 주재한 『소년』지의 필자였을 뿐만 아니라 해방 직후 나온 『주간 소학생』의 필자로도 활약을 했다.

윤석중은 카프 출판기념회에도 참석할 만큼 프로문학 계열의 작가들과도 교류를 했다. 그가 카프 소속이었던 기쁨사 동인 신고송, 소용수 등과 신흥아동예술연구회를 조직하려 했던 것은 앞에서 언급했거니와, 그는 1930년 9월 열린 카프 인사의 출판기념회에도 참석한다. 1930년 9월 11일자 중외일보를 보면 그는 박용철(朴龍喆), 김동환(金東煥) 등과 함께 박영희(朴英熙)의 『소설급평론집』(삼천리사) 출판기념회에 참석하기도 했다는 기사가 나와 있다. 이를 보면 당시 문단은 좌파와 우파 간

---

101 이는 편의상의 구분일 뿐 서로 겹치는 부분이 없지 않다. 가령 이태준은 구인회 소속 작가일 뿐더러 개벽사 편집부 인맥에 속하기도 하며, 이무영은 극예술연구회 소속의 연극인일 뿐만 아니라 구인회에 가입한 작가이기도 하였다.

의 문학적 논쟁은 첨예했을지언정, 문단 교유의 폭이 넓고 인간적이었음이 드러난다.

윤석중은 1933년 6월호 『어린이』지에 '입사인사'의 제목 아래 편집자로서의 포부를 밝히며, 일제의 '교정검열'과 상대하며 독자투고란에 투고되는 작품들을 뽑아 신인을 배출하고, 기성문인의 아동문학 참여와 작품 본위 글을 수록하기 위해 애썼다. 그러나 개벽사는 사운이 날로 기울어져 갔다. 그 때 윤석중의 월급은 30원이었는데, 그나마도 "첫 달 한 달밖에 못타고 1년 내내 무료 봉사"를 해야 했다. 그렇게 윤석중이 개벽사에 입사해 『어린이』지를 만들기 시작한 지 일년 만인 1934년 5월 『어린이』가 통권 122호로 폐간된다. 이해 3월 『새벗』(고병교 주관), 4월 『신소년』(신명균 주관), 1935년 1, 2월 합본호를 낸 『별나라』가 폐간되었다. 20년대부터 명맥을 이어온 잡지의 폐간은 우리 아동문학사의 한 시기를 마감하는 일대 사건이자 손실이었다.

한때 개벽사 기자이기도 했으며 중외일보 학예부장이었던 이태준이 《중외일보》의 후신인 《조선중앙일보》 학예부장으로 자리를 옮겨 일하고 있었는데, 윤석중은 그런 이태준의 주선으로 《조선중앙일보》 편집기자로 입사를 하게 된다. 여기서 노천명(盧天命), 박노갑(朴魯甲)과 함께 '가정난'을 편집하며 '어린이 차지'란을 맡아보았다. 가정난에 '우리 판'이라는 꼭지를 신설하기도 하였다. 1935년 1월 부사장 최선익(崔善益), 전무 윤희중(尹希重), 1933년 11월에 창간한 『중앙』을 맡아보던 이정순(李貞淳)의 도움으로 『소년중앙』을 창간하여 편집을 주관했다.[102] 윤석중이 당시 근무하던 조선중앙일보사의 사장은 여운형(呂運亨)이었다. 여운형의 1920년대 행적을 보면[103] 그는 같은 시기 사회주의 운동을 했던 윤석

---

[102] 윤석중은 "내가 신문사에 발을 들여놓은 것은 기자가 돼 보려는 데 목적을 둔 것이 아니었다. 부사장 몽초 최선익(그는 수송유치원도 경영했었다.), 전무 윤희중을 졸라 아동 잡지를 하나 내게 된 것이다."라고 밝히고 있다. 윤석중, 앞의 책, 154쪽.

중의 아버지 윤덕병과도 연결되는 인물이다. 윤석중은 서민적 풍모를
지닌 여운형을 마음속으로 존경했던 것 같다.

《조선일보》 방응모 사장, 《동아일보》 송진우 사장, 《조선중앙일보》 여운형
사장은 서로 버티는 3대 신문사 사장이었다. 그런데 외출할 때면 방사장은 자
가용으로, 송사장은 인력거로, 여사장은 걸어서 터벅터벅······행차 모습으로
세 신문사의 재정 형편과 세 분의 성격을 능히 짐작할 수 있었다. 여운형은 스
포츠맨이었고, 청년들을 좋아했고, 어디까지나 서민적이었다.[104]

1935년 3월 5일 윤석중은 충청도 유성 출신 박재익(朴在翊)의 장녀
박용실(朴鏞實)과 신천온천 호텔에서 결혼식을 올린다. 당시 신부 부모
는 윤석중이 계모 밑에 있는 것을 꺼렸다 한다. 주례는 조선중앙일보사
사장이던 여운형이 서주었다. 결혼식에는 장인 장모, 부친 윤덕병만이
참여한 가운데 조촐하게 치러졌다. 그는 서울 서강 당인리 근처 한강가
에 신혼집을 마련하고 결혼 생활에 들어갔다.

1935년 1월 창간한 『소년중앙』은 구독자가 늘지 않아 1년이 못 되어
폐간했다. 윤석중은 최영주, 박노경(朴魯慶) 등과 다시 『중앙』 편집을
도왔다. 윤석중은 최영주와 함께 『중앙』에 소파비 건립을 위한 발기인
명단을 수록하여 방정환을 기리는 사업에 앞장서며, 1936년 8월 『중
앙』에 '문단방송국'이라는 잡문을 싣기도 한다. 그런데 손기정 마라톤
우승을 알리는 사진의 일장기 말소 사건으로 《조선중앙일보》가 폐간되
는 운명을 맞는다.

윤석중은 1936년 12월 조선일보사 출판부 이은상 주간의 주선으로

103 최상용, 「여운형의 사상과 행동」, 『몽양학술심포지엄기념자료집—여운형을 말한다』, 아름다운책,
   2007, 54~73쪽.
104 윤석중, 「아동문학 주변」, 『한국문단이면사』, 깊은샘, 1983, 193쪽.

《조선일보》로 자리를 옮긴다. 그는 여기서 《소년조선일보》 편집과 『소년』 편집을 맡아 보았다. 윤석중은 《조선일보》 출판부에서 근무하는 문인들과 교유한다. 당시 《조선일보》 주간은 이은상, 편집주임 함대훈(咸大勳), 《조광》 편집장 안석주, 『여성』 편집장 백석(白石)과 기자였던 노자영(盧子泳), 노천명, 계용묵(桂鎔默), 김래성(金來成), 최정희(崔貞熙), 이석훈(李石薰) 등이 근무하고 있었으며, 정현웅(鄭玄

윤석중의 결혼식 사진. 중앙에는 윤석중 부부가 서 있고, 왼쪽 앞뒤로는 부친 윤덕병과 주례를 선 여운형이, 오른쪽에는 장인 박재익(朴在翊)과 장모 이창선(李昌善)이 서 있다.

雄)은 그림을 맡고 있었다. 윤석중은 『소년』지에 응모한 강용률(姜龍律)의 「닭」에서 뒷부분을 삭제해 네 행으로 실었고, 박영종(朴泳鍾)의 동시를 『소년』, 《소년조선일보》에 실었다. 또한 《조선일보》에 발표한 현덕(玄德)의 소년 주인공 단편소설 「남생이」를 읽고 그에게 권유하여 동화와 소년소설을 『소년』에 실었다. 그는 또한 이광수, 주요섭, 백신애(白信愛), 정순철의 창작과 김유정(金裕貞), 채만식(蔡萬植)의 연재소설을 실어 아동문학의 문학적 수준을 높이기 위해 노력하였다.[105]

1937년은 중일전쟁으로 인하여 식민지 현실이 좀더 강고해지는 형국이었다. 4월 '교육령' 개정으로 학교 이름을 소학교, 중학교, 고등여학교로 고치고, 정식과목이던 조선어가 선택과목(隨意科)으로 바뀌었으며

---

105 윤석중은 "1927년 무렵 《신소년》《별나라》《어린이》《아이생활》 시절을 한국 아동문학의 양적 풍년기라고 친다면 10년 뒤인 1937년 이후 『소년』《소년조선일보》 시절은 질적 풍년기라 할 만하다"고 말함으로써 『소년』《소년조선일보》 편집 때의 업적에 대해 일종의 자부심을 가졌다. (윤석중, 앞의 글, 195쪽.)

7월 7일 중일전쟁이 발발한 후 신사참배를 거부한 기독교 계열의 학교가 폐교 당했다. 총독부는 '황국신민서사'를 외우도록 강요했다. 모든 집회가 금지되면서 어린이날 행사가 중단을 맞게 된다. 이해 가을 윤석중은 사장 방응모(方應謨)의 양해를 구해 그림잡지 『유년』을 출판부에서 단독으로 냈다. 그런데 이것이 업무국의 반대로 창간호가 곧 종간호가 되었다. 여기에 자신의 작품 「기러기」(정현웅 화)를 비롯해, 「가을달」(이헌구 요, 이승만 화), 「가재 새끼」(이은상 글, 홍우백 화)를 실었다. 이상을 보면 윤석중이 《조선일보》에 입사해 편집자로서 아동문학을 위한 여러 가지 일을 의욕적으로 벌이려고 했음을 알 수 있다.

윤석중은 새로운 신진들에게 발표 기회를 제공하는 아동문단의 중요한 실세였으며, 아동문학에 성인문단의 문인들을 함께 동참시킴으로써 아동문학을 문학으로 인정받도록 하려는 의도를 분명히 하였다. 이런 노력은 1938년 12월 『조선아동문학집』(신선문학전집. 제 4권)의 출간으로 한 결실을 보게 된다. 윤석중은 1923년 이후 18년 동안 발표된 아동문학 작품 가운데 동요 57편, 동화 26편, 동극 3편, 소년소설 6편을 뽑아 수록한다. 이 가운데 김소월(金素月)의 「엄마야 누나야」, 주요한의 「꽃밭」, 정지용의 「말」, 「지는 해」 등을 동요로 수록해 놓은 것은 특기할 만한 일이다.[106] 성인문단과 아동문단의 경계를 분명히 구분 지으려 하기보다 오히려 둘 사이 소통을 강조했으며, 그를 통해 아동문학의 위상을 높이려 했던 그의 의도가 명백히 드러난다.

---

106 『조선아동문학집』의 진가는 분단시대의 남북한 아동문학 전집들이 제각기 배제해 온 일제시대의 주요 작가와 작품을 두루 포함한 데 있다. 정현웅의 삽화를 비롯하여 박팔양, 정지용, 정열모, 이정구, 신고송, 윤복진, 강승한, 염근수, 이태준, 현덕, 박태원, 송창일, 홍구, 강훈, 이동규, 송영 등의 최고 작품을 한데 모았다. 1920~30년대의 아동문학을 한 권에 엄선한 이 전집은 일제시대의 정전화와 관련한 자료로서 중요한 가치를 지닌다.(원종찬, 「한국 아동문학의 정전 논의를 위하여」, 『창비어린이』, 2011년 겨울호, 60쪽 참조.)

3) 일제 말기의 시대 조건과 문학적 대응

1939년 봄 그는 백석, 방종현(方鍾鉉) 등의 주선으로 방응모 조선일보 사장의 계초장학금(3년)을 받아 두 번째로 일본 유학길에 오른다.[107]

윤석중이 유학길에 올랐을 때 거처와 공부할 곳을 주선해 준 것은 당시 일본에 거주하던 마해송(馬海松)이었다. 마해송은 자신의 친구가 강사로 나가는 도쿄 조치대학(上智大學) 신문학과에 윤석중이 적을 두고 공부를 할 수 있도록 주선해 준다.[108] 조치대학은 독일 신부들이 운영하는 가톨릭 계통 학교였다. 윤석중은 가족들을 동반했는데, 집을 알아보는 데 도움을 준 것도 마해송이었다.[109] 윤석중이 기거하던 집이 있는 고우지마찌(麴町) 로꾸반쬬(六番町)는 동경에서 주택가로 손꼽히는 곳이었다. 이웃에는 소설가 시마사끼 도손(島崎藤村), 화가 아리시마 이꾸마(有島生馬), 배우 모리 마사유끼(森雅之) 등 예술가들이 주로 살고 있었다. 여기에는 성녀 '작은 데레사'를 기념하는 조그만 성당이 있어, 그는 학교와 집을 오며가며 "가톨릭 분위기에 젖어 살게" 되었다. 그가 가톨릭 신자가 된 것도 이때다. 그는 1939년 12월 25일, 조치대 호이베르스 학장에게 교리를 익혀 '요한'을 본명으로 삼았고, 오오이츠미(大泉) 신부

---

107 윤석중보다 앞서 계초장학금을 받고 일본에 유학한 조선일보 인사는 김기림이 유일했다. 김기림이 방응모와 같은 서북 지역 출신이었던데 반해, 윤석중은 서북 지역과 전연 연고가 없는 입장인데도 유학생으로 뽑혔다. 이는 사측으로부터 그가 상당한 신임을 받고 있었음을 의미한다.

108 1936년 11월호 『동화』지에 아동문인들의 동정을 싣는 '월간 똘똘이 신문'란에는 윤석중이 "이달 10일에 동경으로 유학의 길을 떠나"며, "근 4년동안 아동문학과 보육학을 연구할"것이라 적혀 있다. 이를 보면 윤석중은 1936년 무렵부터 일본 유학을 준비하고 있었으며, 그는 애초 자신의 관심을 아동문학과 보육학 쪽에 두고 있었음을 알 수 있다.

109 윤석중이 가족과 함께 기거하게 된 집은 동경의 예술가의 마을로 알려진 고우지마찌(麴町) 6번정이었다. 여기에 방 네 개짜리 집을 얻어 거처를 마련하였다. 마해송은 가까운 5번정에 살고 있어 두 가족 간에 내왕이 잦았다. 마해송은 박외선과 1937년 결혼을 하여 자녀를 둔 상태였다. 윤석중은 마해송이 『여성』지에 연재하던 『역군은』이라는 글을 교정해 주기도 하였다. 윤석중이 사는 앞집에는 소설가 아리시마 다께오(有島武郎)의 아들인 배우 모리 마사유끼(森雅之)와 아우들인 서도미 돈(里見弴), 아리시마 이꾸마(有島生馬), 옆집에는 소설가 이즈마 교가(泉鏡花) 미망인, 옆 골목에 화가 후지다 쓰구지(藤田嗣治), 소설가 시마자끼 도손(島崎藤村)이 살고 있었다고 한다. (윤석중, 앞의 책, 171쪽.)

에게서 교리를 더 깨쳐 견진을 받았다. 그는 조치대 안에 있는 성당에서 세례를 받고 카톨릭 신자가 된다. 윤석중은 동경 유학 시절에도 이광수와 편지를 통해 교유를 계속했는데, 당시 이광수가 윤석중에게 보냈다는 답장 가운데 종교 생활과 관련한 다음과 같은 언급이 나온다.

석동 현우(賢友) 회답

민족의 개조에 앞서 생활의 개조, 생활의 개조에 앞서 혼의 개조—이 말씀을 여섯 해 전에 광수가 현우께 한 것을 기억하시와 성경 읽으시기와 기도하기로 힘쓰신다 하오니 감격하오며, 그 말을 한 이 몸은 지나간 6년에, 성경의 가르침을 따라서 혼을 개조하기에 힘쓰노라고 하였사오나(⋯) 이 몸 세상 떠나기 전에 한번 깨끗한 순간 가져 볼 수 있사올지 막연하오며, 뉘우치고 또 뉘우치는 참회의 생활을 하는 것만이 아마 광수로서는 말할 수 있는 가장 높은 경계가 아닌가 하나이다.[110]

이 글을 보면 윤석중은 이미 일본 유학을 떠나기 전부터 이광수에게 종교 생활에 입문하도록 권유를 받았던 것을 알 수 있다.

네 번째 동요집 『어깨동무』는 윤석중이 유학 중이던 1940년 7월에 나왔다. 윤석중은 이 동요집의 머리말에서 이런 말을 하고 있다.

부모도 형제도 없이 자란 나는, 다리를 상한 제비보다도 마음이 설어웠습니다. 그러나 나에게도 고마우신 흥부님이 여러분 계셨습니다. 그중에도, 젖먹이 석중을 길러내신 외조모님의 은혜는 하늘보다 높습니다.

가난한, 그러나 말할 수 없이 착한 나의 고향은 흥부님 고향인지도 모릅니다.

제비는, 흥부님네 집에 박씨를 물어다가 선사했습니다. 나도, 많은 신세를

---

110 윤석중, 「아동문학 주변」, 198쪽에서 재인용.

진 나의 고향에, 맨손으로 돌아갈 수는 없습니다.

동요집『어깨동무』는 나의 고향에 바치는 조그만 선물입니다.[111]

이 글에는 고국을 떠나 유학생활을 하던 윤석중의 감회가 잘 드러나 있다. 고아 아닌 고아로 "다리를 상한 제비"처럼 자라야 했던 자신을 "고마우신 흥부님"처럼 도와준 여러 사람이 있음을 회상하면서, 그 가운데서도 그는 특히 외조모의 은혜에 대해 깊이 감사하고 있다. 윤석중의 유학생활은 십년 전 무일푼으로 동경에 건너가 고생을 하던 시절과 비교하면 풍족한 나날이었다. 그런 처지를 반영하듯『어깨동무』에서 그려지는 세계 또한 매우 안온한 분위기를 띠고 있다.[112] 가족들과 단란한 생활을 영위하던 윤석중이 고국에서 홀로 자신을 걱정하고 있을 외조모를 떠올린 것은 지극히 자연스러운 일로 보인다.

그러나 윤석중이 맛본 이런 안온함과 다르게 당시 시대 상황은 점점 악화 일로를 걷고 있었다. 1937년 중일전쟁 이후 군국주의적 색채를 더욱 가속화하던 일제는 1939년 10월 '조선문인협회'를 조직하고 이듬해인 1940년 2월 창씨 개명 제도를 실시하며, 그해 8월《동아일보》와《조선일보》를 강제 폐간하고 두 달 뒤 '국민총력연맹'을 결성한다. 이어 1941년 12월 하와이 진주만을 기습, 미국과 태평양 전쟁에 돌입하였다. 이 와중에 윤석중이 한때 심혈을 기울였던『소년』지 또한 폐간된다.

1940년 2월 11일 창씨개명이 시작되면서 윤석중은 성을 '이소야윤(伊蘇野潤)으로 바꾼다.[113] 윤석중의 자신의 회고에서 이 시기 귀국길에

---

111 윤석중,『어깨동무』, 박문서관, 1940, 8~9쪽.
112『어깨동무』에 '꼬리말'(발문)을 쓴 박영종(목월)은 이 글에서 1940년 5월 동경 윤석중 집을 방문했을 때의 인상을 이렇게 적어 놓고 있다. "하루는 오래간만에 尹石重씨 댁을 찾아갔습니다. 길다란 반쬬오 골목 돌아나가면 생전 有島武郎이 살던 맞은편, 泉鏡花 옆집. 현관문이 열리면 얼굴이 갸름하고 눈이 총명스러운 香蘋아기가 이내 나오고. 응접실에는 역시 香蘋아기의 꽃시계가 세시에서 졸고 있고. 책상 위에는 흰 종이에 쓰다둔 동요, '나비야/나비야/숨어라.' 밝은, 복사꽃도 다 진 철. 조용한 대낮, 낮도 나팔 소리가 골목을 돌아옵니다." (박영종, 「꼬리말」, 위의 책, 93쪽.)

경주 건천에 살던 박영종 집에 들러 나누었던 이야기를 이렇게 적어 놓고 있다.

기차를 중간에서 내려 경주 사는 목월 박영종 네 집에 들러 하룻밤 묵으면서 밤새도록 동요 이야기만 했다.

"발표할 데도 없고, 불러 줄 사람도 없는 동요를 자꾸 지어서는 무얼하누……."

혼잣소리를 하며 풀이 죽어 있는 나더러 그는 말했다.

"짓는 대로 땅을 파고 묻어 두면 될 게 아니겠어요. 어느 때고 살아나고야 말 테니까……."

귀가 번쩍 띄었으나 묻을 자리와 묻는 방법이 문제였다.[114]

미국과의 전쟁에 돌입한 일제는 우리말로 된 신문 잡지를 대부분 폐간하고 '국어(일어) 상용'을 강요하면서 조선어말살정책을 폈다. "발표할 데도 없고, 불러 줄 사람도 없는 동요를 자꾸 지어서는 무얼하누……."라는 윤석중의 발언은 당시 막막했던 시인의 심정을 잘 보여준다.

---

113 윤석중은 자신의 회고에서 자신의 개명이 "어거지로 창씨를 시킨 자들에 대한 통쾌한 풍자"였다는 이관구의 말을 인용해 놓고 있다. 이는 창씨개명에 응한 자신의 태도를 스스로 옹호하는 발언이라 볼 수 있겠다.(윤석중, 앞의 책, 173쪽.) 한 가지 염두에 둘 것은 이 당시 윤석중의 고모부인 이승우(李升雨, 1889~1955)가 1940년 4월 23일 조선총독부에서 열린 도지사 회의에 「창씨제도 운행에 대하여」라는 건의서를 올리며 "창씨제도의 취지를 철저히 인식하도록 홍보해야 한다"고 주장하는 등 창씨 개명에 적극적인 태도를 보였다는 점이다. 이승우는 1918년 일본 사법성 변호사시험에 합격하여 변호사를 개업한 인물로 1925년 《조선일보》 필화사건으로 구속된 신일용의 변호와 1927년 조선공산당 관련자인 윤덕병, 고윤상, 권오설 등의 치안유지법 사건의 공동변호인단으로 참여하는 등 식민지 조선인의 변호를 위해서 활동했으나, 30년대부터 총독부 자문기구인 중추원 참의를 시작으로 일제 말기에는 국민정신총동원 조선연맹 상무이사를 지내는 등 적극적인 친일 협력을 한 인물이다.(친일인명사전편찬위원회, 『친일인명사전·2』, 민족문제연구소, 2009, 949~951쪽 참조.) 그는 1937년 중일전쟁 직후 경성부회의원을 대표하여 '북지(北支)' 일대를 순회하며 일본군들을 위문하는 활동을 벌이기도 했다. 그는 1938년 《매일신보》가 소위 '성전(聖戰) 1년'을 기념하기 위해 기획한 친일 인사들의 인터뷰에 참여하여 "물자절약, 생활긴축"을 통해 "과거보다 봉공백배"하려는 각자의 결심이 필요하다고 역설하였다.(《매일신보》, 1938. 7. 4)
114 윤석중, 앞의 책, 184쪽.

그러나 사실 윤석중은 가혹했던 이 시기에도 비록 어용 매체이긴 하나 여러 신문 잡지에 꾸준히 작품을 발표하고 있었다. 지금까지 연구에 의하면 윤석중은 일제 말기까지 친일과 관련한 일체의 활동에 관여하지 않은 것으로 알려져 있다. 그러나 이들 글을 보면 그 또한 일제 말기의 시대 분위기에 편승한 흔적이 드러난다. 우선 1941년부터 1944년 사이에 윤석중이 발표한 글의 목록을 정리하면 다음과 같다.

발표일	분류	제목	발표지
1941. 5. 5	동요	기차	매일신보
1941. 5. 19	동요	별	매일신보
1941. 5. 26	동요	수수껍기	매일신보
1941. 6. 2	동요	때때신	매일신보
1941. 6. 2	동요	어서 노나	매일신보
1941. 6. 30	동요	물과 불	매일신보
1941. 6. 30	동요	나무와 냇물	매일신보
1941. 7. 7	동요	연꽃	매일신보
1941. 7. 7	동요	연닙	매일신보
1941. 7. 14	동요	다락	매일신보
1941. 7. 21	동요	아기와 도토리	매일신보
1941. 8. 4	동요	엄마	매일신보
1941. 8. 4	동요	그림	매일신보
1941. 10. 19	동요	사과 두 개	매일신보
1941. 10. 19	동요	길	매일신보
1941. 11	동요	자는 아기	半島の光
1942. 3	동요	서서 자는 말아	半島の光
1942. 3	동요	엄마손	半島の光
1942. 3	동요	사람	半島の光
1942. 3	동요	배 내노코 자는 박	半島の光
1942. 3	동요	길 일흔 아기와 눈	半島の光
1942. 6	동요	아침 햇살	조광
1942. 6	가요	황혼의 노래	조광
1942. 6	동요	배꼽	半島の光
1942. 7	동요	바위와 샘물	신시대
1942. 7	가요	복우물	신시대
1942. 7	동요	자장가	신시대

1942. 7	가요	풍년가	신시대
1942. 7	가요	뱃노래	조광
1942. 7	가요	느트나무	조광
1942. 7	가요	즐거운 이발사	조광
1942. 7	동요	먼길	조광
1942. 7	동요	자장가	조광
1942. 7	동요	즐거워라 우리집	조광
1942. 7	가요	사랑에도 푸른싹이	조광
1942. 7	가요	우리들의 거리	조광
1942. 11	동요	수수께끼	半島の光
1943. 5	가요	노래가 업고보면	半島の光
1943. 5	가요	봄노래	半島の光
1943. 5	가요	사랑	半島の光
1943. 5	가요	이웃사촌	半島の光
1943. 5	동요	늙은 체신부	半島の光
1944. 4. 15	수필	동경통신 1-몸뻬와 개성미	매일신보
1944. 4. 16	수필	동경통신 2-젊은 동경	매일신보
1944. 4. 18	수필	동경통신 3-창평관의 회상	매일신보
1944. 4. 19	수필	동경통신 4-반잔술에 정든다	매일신보

이들 작품 가운데 특히 1942년부터 1943년 사이 『신시대』, 『조광』, 『반도의 빛(半島の光)』 등에 발표한 동요나 가요들은 이른바 '가정가요'라는 이름으로 지면에 소개되었다. 가정가요란 이 용어는 일제가 정치적 목적 아래 '건전한 문화 풍토 조성'을 빌미로 조성한 '건전한 가요 보급 운동'과 맥락이 닿아 있는 것이어서 주목을 요한다.[115] 가정가요란 원래 음악의 어느 특정한 장르를 말하는 것이 아니라 레코드 보급으로 가정에서 유행가를 어른 아이 할 것 없이 부르는 세태에 대한 반성으로 건전한 가정가요를 만들어 보급시키자는 일종의 '건전한 가정가요 정화운동'에서 나온 말이다. 레코드가 보급되기 전인 1920년대부터 음악가들은 퇴폐적이고 불건전한 유행가가 가정교육에 나쁜 영향을 줄 수 있다

---

115 김수현, 「해제」, 『한국근대음악기사자료집』 잡지편 권 9(1941~1945), 민속원, 2008. 16쪽.

는 생각에서 가요의 정화를 꾸준히
제기해 왔다. 그런데 이런 주장은
일제 말기 단순히 불건전한 유행가
에 대한 정화 차원을 넘어 일제 당
국의 정치적 목적과 연결되었다. 이
때 나온 것이 바로 '가정가요'라는
용어다. 가정가요는 정치적 내용 없
이 순수한 가사를 가진 것도 있지만
친일적 노래도 다수 포함되어 있었
다.[116] 당시 음악가들의 글을 보면
이 '가정가요'라는 용어에 숨겨진
정치적 함의가 분명히 드러난다.[117]

'가정가요집'이란 제목 아래 실린 윤석중 작품
(《신시대》, 1942년 7월호).

윤석중의 가정가요는 제목에서 드러나듯 대부분 건전하고 명랑한 내
용을 주조로 한 동요 가사나 가요 가사 형태를 지니고 있다. 동요의 율
격을 다루는데 천부적인 재질이 있던 그는 이들 작품에서도 '입으로 부
르는 노래'의 특성을 잘 살리고 있는데, 문제는 가사 내용에서 드러나는
건전성과 명랑성이다. 여기서 드러나는 건전성은 식민지 현실을 긍정하
고 미화함으로써 일제의 시책에 호응하고자 하는 교훈성에 다름 아니
며, 명랑성 또한 30년대 초반까지 그의 작품에서 볼 수 있었던 것과는
다르게[118] 이른바 "국민생활을 발랄케하고 명랑하게" 하려는 부자연스

---

116 김수현, 위의 글, 16쪽.
117 가령 박태준은 「가정과 음악」(『신시대』, 1941. 6. 176쪽.)이란 글에서 "건전한 가정 가요, 애국가,
    군가를 많이 부르자"고 주장하고 있으며, 임동혁은 「시국과 음악」(『신시대』, 1941. 10. 132쪽.)이란
    글에서 음악가들에게 "더욱 대담하고 더욱 친절하게 국민생활을 발랄케 하고 명랑하게 할 음악을
    창작"할 것을 주문하고 있다. 계정식 또한 「가정과 음악」(『조광』, 1942. 11. 128쪽.)이란 글에서
    "가정음악이 철저히 보급되어 가정 내가 화기윤색하게 지내는 것이 선량한 국민 생활이라고 할 수
    있다"고 적고 있다. 이들의 주장은 '건전한 가정 가요 보급'을 통해서 '선량한 국민 생활'을 진작시
    키자는 의미를 담고 있는 것으로 이는 당시 일제 당국의 시책에 호응하는 발언이라 할 수 있다.
118 30년대 초반 그의 작품에서 드러나는 명랑성은 어디까지나 고단한 식민지 현실에 근거한 것이었으
    며, 그것은 얼마간 그러한 현실을 극복하는 의지로서 작용한 측면이 있다.

러운 계몽적 의도와 맞닿아 있다.

윤석중이 일제 말기의 시대적 분위기에 편승했다고 판단되는 또 하나의 자료는 그가 1944년 4월 15일부터 4월 19일 사이 네 차례에 걸쳐 《매일신보》에 발표한 '동경통신'이란 수필이다. 앞서 그는 『문장』지 1941년 1월호와 3월호 두 차례에 걸쳐 '동경통신'이란 수필을 발표한 바 있다. '동경통신'은 말 그대로 동경에 체류하고 있던 그가 그곳에서 보고 듣고 느끼고 한 것들을 수필 형식에 담아낸 것이다. 1941년 1월호 『문장』지에 발표한 동경통신에는 서울 동무 P와 후락원(後樂園) 직업야구를 관람한 이야기, 35세의 나이에 모던 일본사를 이끌고 있는 마해송에 대한 세간 평들에 대한 자신의 견해,[119] 1940년 11월 15일부터 17일까지 3일간 열린 전일본(全日本) 음악콩쿠르에서 두각을 나타낸 조선 출신의 남궁요설(南宮堯卨), 이건우(李健雨), 임동혁(任東爀)의 활약상, 무용가 최승희(崔承喜)와 마라토너 손기정(孫基禎)의 성공이 차별과 역경을 딛고 일어서는 정신에서 나온 것이라는 이야기가 실려 있으며, 1941년 3월호 동경통신에는 1940년 12월 5일 열린 사이온지 긴모치(西園寺公, 1849~1940)[120]의 검소한 장례식 풍경과 1940년 12월 4일 동경 군인회관에서 열린 아동무용제를 보고 느낀 소감, 조치대학에서 알게 된 충청도 출신 청소부의 성실함을 칭송하는 내용의 글이 실려 있다. 윤석중은 이 글들에서 일본 동경 한복판에서 명성을 떨치고 있는 마해송, 최승희 같은 유명 인사에서부터 대학 청소부 일을 천직으로 여기며 성실한

---

119 윤석중은 마해송에 대한 세상의 두 가지 상반된 시선(긍정적·부정적 시선)들을 소개하며, 자신은 "씨의 현재의 그 사업보다 그 수완을, 그 수완보다 그 인격을 믿고 싶다"고 전폭적인 지지를 보내고 있다. (『문장』, 1941. 1, 107쪽.)

120 사이온지 긴모치(西園寺公, 1849~1940)는 도쿠가와 막부(德川幕府)를 무너뜨리고 권력을 천황에게 반환한 메이지 유신(明治維新 : 1868) 이후 일본을 지배한 과두정치(寡頭政治) 구성원들 가운데 가장 오래도록 살아 남았던 인물이다. 총리이자 겐로(元老)로서 일본의 군국주의화 경향을 완화시키려 노력했다. 천황의 가깝고도 신뢰받는 고문으로, 제2차 세계대전 이전 일본 내에 팽배한 초국가주의적이고 군국주의적인 경향을 완화시키는 데 영향력을 행사했기 때문에 1930년대에 극우파에게 여러 차례 암살당할 뻔했던 인물로 알려져 있다.(브리태니커 백과사전)

삶을 살고 있는 이름 없는 조선인을 언급하며 민족의 자부심 같은 것을 은근히 역설하는 한편으로, 일본의 검소한 국상(國喪) 풍경, 자연스러운 연출이 돋보이는 아동무용제에서 배워야 할 덕목들을 제시한다.

태평양 전쟁 시기 학병 권유차 일본 동경에 온 최남선, 이광수와 함께 찍은 사진. 왼쪽 첫 번째가 윤석중, 오른쪽으로는 김을한과 마해송이 앉아 있다.

그런데 1944년에 《매일신보》에 실린 글은 앞서 『문장』지에 실렸던 동경통신의 내용과 그 기조가 좀 상이한 느낌이 든다. 태평양 전쟁 이후 강화된 군국주의적 분위기를 적극 반영하려 하고 있으며, "반도 학병들을 격려하기 위하여" 일본 동경에 건너온 최남선, 이광수를 긍정적인 시선으로 바라보려는 태도가 감지된다. 동경통신의 글은 네 편이다. 첫 번째 글은 「몸뻬와 개성미」(1944. 4. 15)로 전쟁 이후 달라진 여성들의 옷차림을 언급하며, "몸뻬가 단속곳이나 고쟁이로 변한다 하더라도 그들은 거기서 자기 미를 창조해 낼 것"이라며 그것이 이른바 "높은 민도와 교양의 혜택"임을 역설하고 있다. 이는 다분히 일제 당국의 시책에 호응하는 발언이라 생각된다. 또 하나는 「젊은 동경」(1944. 4. 16)이라는 제목의 글이다. 언제 미군의 공습이 닥쳐올지 모르는 긴장의 순간에도 도서관에는 남녀노소가 모여 책을 읽고 있으며, 가나야마 지사장은 김소운과 자신을 초청해 일본어와 조선어를 배우고 싶다고 하는 모습을 보면서, "활줄이나 거문고줄을 늦추어 놓는" 것처럼 긴장 속의 여유를 찾는 일본인들의 모습을 긍정적인 시선으로 바라보고 있다. 그런데 다음 두 편의 글은 학병 권유 차 일본 동경에 온 최남선과 이광수의 행적을 그리고 있어 더욱 주목된다.

그게 벌써 작년 석달이고나. 동경서 주춤거리고 잇는 반도 학병들을 격려하기 위해서 선배들이 조선서 대거 상경하여 간다 창평관 허름한 여관에다 진을 친 일이 잇다. 하로에 드나든 학생들의 연인수백여명 그 넓은 현관에 신을 벗어놀 자리가 업서서 남의 신우에 포개놋는 성황이엇다. 여중(女中)들이 이 구찬코 시ᄯ러운 방문객들을 얼골 하나 씽그리지 아니하고 접대한 것은 인제 내일 모레면 총을 둘러메고 쌈터로 나갈 사람들이기 째문이엇다.

흉금을 헤친 열론에 밤깁는 줄들을 몰낫다. 그네들은 진찰실에 나타난 환자모양으로 병상과 건강상태와 희망조건을 분명히 말하는 것이엇다. 그들 쑴에는 도리어 이 대선배들의 정신감정을 하러온 대담한 학생도 잇섯다. 쇠병을 알는 학생도 잇섯다. 엄살을 하는 학생도 잇섯다. 여학생들이 몰려와 간호부모양으로 선배와 학생 중간 시중을 들기도 하엿다.

목숨을 내걸은 토의! 실로 공전의 장관이엇다. 누가 '피의 대가(代價)'를 부르지ᅦ ㄴ 한 선배는 발을 구르며 호령하는 것이엇다. "피의 대가? 목숨보다 더 갑나는 것이 무엇이 잇기에 그 대상을 바래? 너의는 잠자코 목숨을 바치면 그만야."

눈을 싸악 감고 책상다리를 하고 부라질을 하고 안저서 어린 학생들의 포부와 희망과 이상과 각오와 추상가튼 질문을 듯고 계신 육당선생 그것은 하릴업는 '한방의(韓方醫)'엿다.[121]

창평관에서 큰 성과를 거둔 선배단(先輩團)들이 조선으로 개선을 한 다음 춘원은 기침이 심하고 열이 올라 산노오시와 구로세란 조그만 여관을 잡아 드셧다. 병원에 입원한 셈 잡고 거기서 조례를 하셧다.

어쩌케들 알앗는지 학생들이 맨대가리로 혹은 건건이발로 연달아 병문안을 오는 것이엇다. 어느 학생은 허리춤에 우유를 한병 ᄭᅳ내노며 데어 잡수시라 하엿다. 어느 학생은 신문지에다 숫을 멧덩이 싸가지고 와서 불을 피어 드렷다. 점심에 죽

---

121 윤석중, 「동경통신·3—창평관의 회상」, 《매일신보》, 1944. 4. 18.

을 쑤어 드리라고 자기 아프로 나온 배급을 책보에 싸다 바치는 자취학생도 잇섯다. 쇠기쇠기 쑤긴 습자지를 가지고 와서 글씨를 바다가는 학생도 잇섯다. 세탁할 것이 업느냐고 여학생들이 쎄를 지어 오기도 하엿다. 머리맛 생화(生花)를 시들기가 무섭게 갈아드리는 무명씨도 잇섯다. 어린 학생들의 이 지성은 눈물나는 광경이엇다. 진실로 인생의 향기와 인정의 아름다움을 쎄에 사무치게 느끼는 일이엇다. 쌀 한 줌, 우유 한 병, 숫 한 도막……. 이것이 그전 가트면 얼마나 치사하고 구구한 노릇이겟는가. 그러나 콩 한 개도 반쪽에 내어 먹어야 할 알뜰한 배급시대인 것이다. 실로 그것은 반 잔 술에 정이 드는 것이엇다.

젊은 학생들은 쌈닭 모양으로 이 늙고 병드신 선구자 머리맛헤서 이론 투쟁을 하는 것이엇다. 제1고등학교 김해(金海) 군은 사색파요 일대(日大) 운정(雲井) 군은 행동파엿다. '생각'과 '주먹'이 말낫마다 정면충돌을 하는 것이엇다. 답이야 어쩌튼지 우선 식이 마저야 하지 안느냐는 것이 생각 씨의 주장이엇다. 식이야 어쩌튼지 답만 마젓스면 그만이 아니겟느냐는 것이 주먹 씨의 신념이엇다. 그러나 그처럼 으르렁거리다가도 헤질 쌔는 서로 어깨를 치며 내일 쏘 만나기를 약속하는 것이엇다. 전우인 것이다. 목숨을 바치기는 매일반인 것이다.

"모로 가도 서울만 가면 그만 아니겟소."

춘원은 그들을 달래엇다.[122]

윤석중은 이 두 편의 글에서 자신의 정치적 판단을 유보한 채 시종 '관찰자' 혹은 '기록자'로서의 자리를 고수하고 있다. 즉 그는 학병 참가에 대해서 자신의 의견을 적극적으로 피력하지 않고 있는 것이다. 하지만 이 글의 문맥에서 그가 학병 권유에 대해 일종의 순응적 태도를 보이고 있는 것을 감지하기란 어려운 일이 아니다. 그는 최남선과 이광수를 만나러 온 "반도학생"들의 열렬한 방문 모습과 그 안에서 벌어진 열

---

122 윤석중, 「동경통신·4―반 잔 술에 정든다」, 《매일신보》, 1944. 4. 19.

띤 토론의 장면을 구체적으로 묘사함으로써 전쟁에 적극적으로 참가하려는 조선의 청년들의 모습을 조선의 독자들에게 은연중 생생히 전달하고 있는 것이다. 윤석중의 본래 의도가 어디에 있든지 간에 이는 결국 일제의 징병 정책을 간접적으로 홍보하는 기사에 다름 아니며, 학병 참가를 독려하는 선배 문인들의 행적을 옹호하고 미화하는 태도라 하지 않을 수 없다.[123]

1944년 중반까지 동경에 머물던 윤석중은 그해 6월 징용을 피해 마해송 가족과 귀국길에 오른다. 일정한 거처를 정하지 못하고 경기도 의정부에 있는 방응모 별장, 처가가 있는 부천 소사, 아버지가 있는 충남 서산, 서울 박문출판사 사장 노성석(盧聖錫)의 집을 돌며 기거하다 이후 어머니 묘소가 있는 경기도 시흥군 서면 소하리 근처에 집을 마련해 그곳에서 넷째 '원'(차남)을 낳았다. 그해 11월 29일 미군 폭격기의 공습으로 동경 일대가 폭격을 당했고, 윤석중이 살던 동네도 큰 피해를 입었다는 소식을 듣는다. 그는 해방 직전이던 1945년 7월 공습을 피해 가족들과 금강산 장안사 부근으로 소개(疏開)해 간다. 그는 장안사 근처에 기와집 한 채를 마련해 거처로 삼았으며, 두 자녀를 장안사 소학교에 입학시킨다. 당시 금강산 부근에는 안호상(安浩相), 전진한(錢鎭漢), 이기영(李箕永) 등도 가족과 함께 소개를 해 와서 머물고 있었다. 그는 서울로 동정을 살피러 올라왔다가 며칠 후 해방을 맞았다.

---

123 윤석중은 뒤에 자신의 회고에서 이 때의 일을 다음과 같이 그리고 있다. "춘원, 육당 일행이 동경으로 우리 유학생 권유 강연회를 열러 왔었다. "나가야 옳으냐? 안 나가야 옳으냐?" "권하는 그대들이 책임을 지겠느냐? 못지겠느냐?"로 강연회장인 명치대학 대강당은 살기등등하였다. 감기가 더친 춘원은 마해송 주선으로 일본의 대중소설 작가 기꾸찌깐(菊池寬)이 잡아 준 '산노우시다' 어느 여관방에 누워 있었는데, 나는 그리로 찾아가서 이런 질문을 던졌다. "대운동회 때 말입니다. 열 바퀴 도는 내기에 열 한 바퀴나 열 두 바퀴 돌았다고 해서 기록이 더 좋아지거나, 상이 더 올 턱이 없지 않습니까?" 일본 사람보다 한 술 더 떠서 일본 천황에게 충성스럽게 군다고 해서, 우리 민족에게 이득이 더 오겠느냐는 당돌한 핀잔이었다. 춘원은 고개를 끄덕끄덕하더니 기침이 자꾸 나서 말문을 열지 못하였다."(윤석중, 「아동문학 주변」, 199쪽.) 「반 잔 술에 정든다」는 글에서 이광수에 대한 학생들의 지극한 정성을 그리고 있었던 것에 비하면 윤석중은 이 글에서 오히려 이광수의 적극적인 친일 행위를 넌지시 비판한 자신의 모습을 강조하고 있음을 알 수 있다.

4. 해방기의 문화운동과 문학 활동

1) 을유문화사 활동과 『소학생』 시대

1931년 만주사변 이후 군국주의적 행보를 가속화하던 일제는 1945년 8월 결국 패망의 길에 이르게 된다. 예기치 못한 순간에 찾아온 해방은 우리 겨레에게 기쁨과 함께 혼란과 궁핍이라는 또 다른 삶의 조건을 안겼다. 새로운 국가건설에의 희망과 참여의지가 솟구쳐 올랐던 만큼 좌우익의 이념적, 물리적 갈등은 날로 첨예해 갔다. 이런 격동기 윤석중은 어떤 문학적 행보를 보였던가.

흙탕물에서 피어나는 연꽃을 보라! 우리는 이 혼란 가운데에서도, 우리 문화의 발굴과 새 문화의 창조를 위하여 굽힘없이 전진해야 할 것이다.

한 나라의 문화 주춧은 아동 문화다. 아동 문화야말로 모든 문화의 저수지요 원천인 것이다. 그렇거늘, 노래 한 마디, 그림 한 폭, 장난감 한 개 물려 줄 것이 없는, 거덜난 조선에 태어난 어린이야말로 어버이 없는 상제아이보다도 더 가엾지 아니한가. 조선의 어린이는 어른의 노리개로 온실 속 식물처럼 자라지를 않으면 거추장스러운 짐처럼 천대를 받으며 크고 있지 아니한가.

해방의 기쁨을 어린이에게도! 우리는 외치고 나섰다. 서리맞은 풀밭에 안 되는 우리는 조선의 새싹인 우리 어린이를 위하여, 스스로 썩어 한 줌 거름이 되려 한다. 뜻 있는 이여, 공명하라! 그리고 이 일을 도우라! 조선 어린이도 만국 어린이와 더불어 어깨동무를 하고, 역사의 바른 길을 힘차게 달리게 하라!(1945년 9월)[124]

---

[124] 윤석중, 「아동문화 선언」(1945년 9월), 앞의 책, 197쪽에서 재인용.

이것은 윤석중이 1945년 9월에 작성했다는 '아동문화 선언문'의 일부다. 그는 정치성이 짙은 "벽보, 격문, 성명서"만이 난무할 뿐인 해방공간의 혼돈 속에서 "해방의 기쁨을 어린이에게도!" 돌리자는 기치를 내걸고 아동문화 관련 단체를 조직하기 위해 발 빠르게 움직였다. 그는 해방이 된 지 한 달 남짓한 기간에 이른바 "어린이의 생활 해방과 새로운 어린이문화 건설"을 목표로 '조선아동문화협회(이하 아협)'라는 단체를 구상한다. 당시《매일신보》(1945. 9. 17)에는 아협의 창립 목적과 구체적인 사업 계획이 다음과 같이 자세히 소개되어 있다.

어린이의 생활 해방과 새로운 어린이문화의 건설을 위하여 아동예술가, 아동연구가, 아동교육가들의 발기로 朝鮮兒童文化協會가 탄생되었다. 이 협회는 역사, 과학, 언어, 생활, 교육, 보건, 완구, 동요, 동화, 음악, 무용, 미술 등 12 심의실을 두어 각각 다섯 사람씩을 망라하였으며 편집실에는 기관지《朝鮮兒童文化》와 아동잡지《우리동무》,《우리그림책》,《우리노래책》단행본 등 여섯 편집실을 두고 기획실에는 어린이병원, 어린이극장, 어린이유원지, 어린이과학관, 어린이도서관에 대한 입안 계획 설계연구를 위하여 다섯 기획실로 나누었으며, 따로이 附屬保育學校와 부속 '서울어린이집'(새로운 형식의 유치원)과 우리동무회 장난감공장 등을 계획중이라는 바 백명에 가까운 그 진용은 최후의 한 분까지 쾌락을 얻어 만전을 기한 다음 발표하리라 하며 우선 學年別 課外讀本 第1期 全12卷의 편찬을 개시하였고 동요작가 尹石重, 아동미술가 鄭玄雄, 한글서도가 李珏卿 공저의 『그림한글책』도 다시 착수하였다. 동협회의 준비사무소는 서울 영락정 2정목 永樂빌딩 4층이다.

《매일신보》에 소개된 아협의 조직체계는 사실 실재했던 것이라 보기보다는 윤석중 개인이 구상한 계획단계의 설계도에 불과했다.[125] 그러나 윤석중은 이를 곧 실행에 옮기려는 일에 착수한다.

첫 번째 실행으로 나타난 것이 바로 그가 임병철(林炳哲)과 참여한 '고려문화사' 설립이었다. 윤석중은 해방 직후 박문출판사 사장 집에 기거하면서 언론인 출신 임병철과 의기투합해 비어 있는 적산가옥인 영락빌딩에 '고려문화사'라는 간판을 걸었다.[126] 그러나 고려문화사는 곧 자유신문사가 그 건물을 접수하는 바람에 유명한(유일한의 아우)의 도움으로 서울시청 앞 한 모퉁이 건물 2층으로 자리를 옮기게 되었다. 윤석중은 조선중앙일보나 조선일보에 있을 때 자신이 주관했던 주간 소년신문 편집의 경험을 살려《어린이신문》을 주간으로 내기로 하고 원고를 모아들인 다음 11월《어린이신문》을 창간했다. 이는 자신이 구상한 '아협' 사업의 첫 일환이었다고 볼 수 있다. 그런데《어린이신문》편집을 마친 윤석중이 가족들의 안부가 궁금해 금강산 장안사로 내려간[127] 사이, 고려문화사에는 유한양행 측근 인사들이 새로 집결해 있었다. 이들이 『민성』을 순간(旬間)으로 창간하는 등 애초 어린이 관련 사업과는 다른 방

---

125 "아동예술가, 아동연구가, 아동교육가"들의 발기로 탄생되었다는 아협은 그러나 당시만 해도 전혀 실체가 없는 단체였다. 더 정확히 말한다면 아직은 윤석중 개인의 구상 속에 들어 있는 단체에 지나지 않았다. 이 기사가 나온 시점이 해방이 된 지 불과 한 달 후쯤이라는 것을 고려한다면, 이렇게 체계적인 인적 구성을 갖춘 아동문화 단체가 조직된다는 것은 우선 물리적으로 불가능한 일이었다. 그렇다면 이런 기사는 어떻게 나오게 되었을까? 그것은 아마도 해방 공간의 어수선하고 들뜬 분위기와 연관이 있다고 본다. 해방 직후 지식인들은 해방의 감격에 들떠 너도 나도 좋은 사업을 벌이자는 의견을 내며 간판을 내걸었다. 그 간판 이름들은 대개 크고 거창했다. 해방과 더불어 우후죽순처럼 생겨났던 신문들은 사실 관계의 확인이나 검증 없이 또한 그 간판들의 출현을 기사화하기 바빴다. 《매일신보》의 이 기사 또한 그러한 와중에 불거진 것이라 보면 된다. 그러니까 이 기사에 소개된 아협이란 조직은 아동예술가, 아동연구가, 아동교육가들이 이미 '발기한' 조직이 아니라 앞으로 실행했으면 하는 청사진이었을 뿐이다. 양미림은 1948년 11월 『아동문화』가 연 '아동문화를 말하는 좌담회'에서 "윤석중씨의 조선아동문화협회 같은 것을 보아도 지나친 월권(越權)입니다. 실제로 사회단체적 생활은 없으면서 한 출판사로 그런 어마어마한 간판만 고집 말 것입니다. 그 밖에도 '어린이협회'니 '소년문화협회'니 이렇게 수다(數多)하긴 하건만 그들이 무엇을 했단 말입니까?" 하고 일갈한 바 있다.

126 임병철은 윤석중이 『어린이』지를 편집할 때 우리나라 전설을 기고한 인물이다. 그는 《조선일보》가 폐간될 당시 사회부장을 지냈다.

127 윤석중이 가족을 만나러 갔을 때, 삼팔선 이북 지역이었던 금강산 장안사 지역은 이미 철원인민위원회가 조직되어 있었다. 윤석중은 철원인민위원회가 조직한 한글학교에 이기영과 함께 초청되어 강사로 활동하며, 도위원을 선출하는 자리에 장안사 지역 대표로 참가하기도 한다. 그러나 그는 북한에서 조성되고 있는 좌익 분위기에 휩쓸릴 사람은 아니었다. 그 철원지역의 신문 발행을 위한 인쇄소 소개를 해달라는 요청을 받고 단신으로 서울로 온다. 그가 가족을 서울로 데려온 것은 이듬해인 1946년 4월경이었다.

향으로 사업을 전개하려 하자, 윤석중은 자신이 구상한 아협 사업을 순조롭게 진행하지 못할 것을 예상하고 곧 고려문화사를 나온다.

이후 윤석중은 새 길을 모색하게 되는데, 그때 교동학교 동창 조풍연(趙豊衍), 민병도(閔丙燾)가 함께 일을 하자고 제안한다. 윤석중은 자신의 회고에서 그때의 일을 이렇게 기록해 두고 있다.

서울에 도착하자 (…) 맨 먼저 찾은 것이 돈암동 조풍연 집이었다. 11월 그믐날이었는데, 조의 말이, 오늘 하루만 더 기다려 보고 그래도 안 오면 단념을 할 판이었노라고 했다. 그 이튿날인 1945년 12월 1일 우리가 모인 곳은 경운동 민병도 집이었다.

민은 도쿄에서 마해송 소개로 제국호텔에서 잠깐 만난 적이 있었다. 마해송 주선으로 손기정과 아까기야마(赤城山)에 놀러 갔다 묵고 온 적이 있는 이상백(사회학자)과 민은 형제 이상으로 친한 터여서 이러저래 반가왔다. 조풍연은 그의 《삼사문학(三四文學)》 동인이던 정현웅 소개로 연희전문 졸업반 때, 내가 맡아 하던 『소년』지에 「장사의 머리털」이라는 번역 동화 낸 뒤 단골 집필자가 되어 익히 알고 있던 터였다.

정진숙(을유문화사 사장)은 그의 장모되는 분이 나 어려서 돌아간 나의 어머니와 각별히 가깝게 지낸 분임을 고모댁(고모부는 원로 변호사 이승우)에서 이야기를 들어 알았는데 바로 그분의 사위였다.

어린이를 위한 사업 계획서를 지니고 있었으나 우선 '조선아동문화협회'(줄여서 '아협')를 만들어 책부터 내기로 합의를 보았다. 을유문화사를 따로 두기로 했는데 모두들 1인 양역(兩役)이므로 '아협'과 '을유'는 방계 단체도 자매 기관도 아닌 표리일체(表裏一體)로, 사원 배지도 6·25전쟁이 터진 날까지 '아협' 마크였다. 사장 민병도, 주간 윤석중, 편집국장 조풍연, 업무국장 정진숙(현 사장), 이런 진용으로 첫발을 내디뎠다.[128]

윤석중의 말을 따르자면 그가 을유문화사 설립에 참여한 것은 어디까지나 자신이 구상한 아협을 실행하기 위한 목적이 컸다. 을유문화사 설립에의 참여는 아협의 계획 가운데 출판 사업을 실행하기 위한 일종의 발판이었던 셈이다. 그는 을유문화사와 아협이 "방계 단체도 아니고 자매 기관도 아닌 표리일체"의 관계였다고 주장하며, 전쟁이 터진 날까지 사원 배지도 아협 마크였다고 밝힘으로써 을유문화사에서 아협이 차지하는 위치를 강조한다. 그러나 을유문화사 출범과 관련하여 당시 업무국장 자격으로 참여해 6·25 전쟁 이후 사장을 역임했던 정진숙(鄭鎭肅)은 아협은 어린이를 위한 출판 및 문화사업을 펼치기 위해 을유문화사의 병설로 둔 방계 조직이라 밝혀 윤석중과는 미묘한 시각차를 보인다.[129]

을유문화사는 창업과 함께 그 산하 기관으로 조선아동문화협회, 약칭 '아협(兒協)'을 개설하여 도서출판과 문화운동의 두 가지 일을 동시에 추진해 나갔다. 아협은 어린이 문화사업에 남다른 사명감을 가졌던 윤석중의 집념의 소산이었다. 출판사 설립이 논의되던 1945년 11월 윤석중의 아협 창설 제안에 다른 세 동인도 찬성, 을유의 창업과 함께 비로소 빛을 보게 된 것이다.[130]

이 글은 1997년 정진숙이 주도하여 을유문화사가 발간한 『을유문화사 오십년사』에 기록된 내용이다. 역시 아협은 을유문화사의 "산하 기관"으로 기록되어 있음을 알 수 있다. 이 주장처럼 아협이 을유문화사 출범과 함께 그 병설로서 실체를 갖게 된 조직인지, 아니면 윤석중의 주

---

128 윤석중, 『어린이와 한 평생』, 범양사출판부, 1985, 194~195쪽.
129 "초창기 을유의 도서목록에서 아동서는 큰 비중을 차지하고 있는데, 이것은 '민족문화 향상에 기여한다'는 당초 출판목표를 실천한 결과였다. 어린이를 위한 출판 및 문화사업은 을유문화사 병설 '아협(兒協)'이 담당했다." (정진숙, 『출판인 정진숙』, 을유문화사, 2007, 104쪽.)
130 을유문화사 편집부 편, 『을유문화사 오십년사』, 을유문화사, 1997, 34쪽.

장처럼 을유문화사가 애초 아협의 사업을 전개하기 위한 목적으로 설립
된 출판사였는지 한 마디로 단언하기는 어렵다.[131] 어쨌든 분명한 것은
을유문화사가 출범한 초창기에 획기적인 성공을 거둘 수 있는 것은 윤
석중의 남다른 기획력이 작용했기 때문이라는 것이다. 이 점에 대해서
는 정진숙 또한 이견이 없다.[132] 을유문화사 창립동인들의 역할 분담은
재력이 넉넉한 민병도가 재정 일체를,[133] 동일은행 시절 업무능력이 탁
월했던 정진숙이 살림을 총괄하고, 문인이자 편집 경험이 풍부한 윤석
중이 주간을, 조풍연은 편집국장으로 출판기획 및 편집을 맡기로 했다.
경영에 노하우를 가진 두 금융인과 출판에 일가견을 지닌 두 문인의 절
묘한 결합은 강한 추진력을 낳아 을유문화사를 단숨에 번듯한 출판사로

---

131 1945년 9월부터 1948년 말까지 간행된 1720종의 도서 목록을 정리해 놓은 『출판대감』(조선출판문
화협회, 1949)에는 "1945. 12. 1: 서울시 종로구 종로2가 영보빌딩 삼층 一隅에서 동인 수명이 을
유문화사를 창설하고 부대사업으로 조선아동문화협회를 조직"이라고 기술되어 있다.(『출판대
감』, 조선출판문화협회, 1949, 91쪽. 오영식 편저, 『해방기 간행도서 총목록, 1945~1950』, 소명출
판, 2009, 191쪽에서 재인용.) 『해방기 간행도서 총목록, 1945~1950』을 정리한 오영식은 을유문
화사와 아협 간의 관계 정립의 난감함을 토로한다. "을유문화사 목록은 을유문화사와 조선아동문화
협회 간의 미묘한 관계 때문에 정확성을 기본으로 하는 서지분류상 난맥상이 있다. 을유문화사 측
에서는 조선아동문화협회 명의의 출판물까지 을유의 출판물로 간주하고 있으나, 당시 아협의 책임
자였던 윤석중은 상반된 주장을 편 바 있다. 이 문제는 을유의 초창기 동인 네 사람이 모두 세상을
떠났기 때문에 이제는 결론을 내리기 어려운 일이 되고 말았다."(오영식 편저, 같은 책, 15쪽.)
132 정진숙은 출판사 초창기 을유문화사가 성공을 거둘 수 있었던 이유를 윤석중과 조풍연에게 이렇게
돌리고 있다. "돌이켜 생각하면, 출판사가 출범한 초창기부터 이런 담대한 기획을 시도했고 성공적
인 결과를 이룩한 공로는 오롯이 윤석중과 조풍연 씨에게 돌아가야 마땅하다. 두 사람의 남다른 기
획력과 다채로운 어린이 잡지 제작 경험이 바탕이 되어 탄생한 결과물이었기 때문이다." (정진숙,
앞의 책, 107쪽.)
133 민병도(閔丙燾, 1916~2006)는 일제 강점기의 유명한 갑부였던 민영휘의 손자로 태어났다. 아버지
민대식은 민영휘의 소실 소생 중 맏아들이다. 경성고등보통학교와 일본의 게이오의숙을 졸업하고
조선은행에 입사하여 근무했다. 민대식이 창설한 동일은행 취체역을 지냈으며, 조선총독부 기관지
매일신보가 1938년에 주식회사로 전환할 때 발기인을 맡는 등 젊은 나이에도 조선 실업계에서 중요
한 역할을 담당했다. 일제 강점기 말기에는 고액의 국방헌금과 비행기대금을 헌납하여 태평양 전쟁
에 협조한 행적도 있다. 태평양 전쟁 종전 후에도 기업인으로 활발히 활동하며 그랜드하얏트호텔
회장과 학교법인 휘문학원 이사장을 역임했고, 조흥은행 상무이사를 거쳐 한국은행 제7대 총재를
지냈다. 현대미술관 회장을 지냈으며 출판사인 을유문화사와 대한민국 최초의 교향악단 고려교향악
단을 설립하고 윤석중의 『새싹문학』 창간에 도움을 주는 등 문화예술계에도 많은 영향을 끼쳤다.
5·16 군사정변이 일어나 유창순이 한국은행 총재가 된 뒤 증권파동과 한국은행법 개정 와중에 총
재 자리를 물러나게 되자, 대신 총재로 승격했으나 외환위기 속에 쿠데타 세력과 차관 도입에 대한
의견 대립을 일으켜 약 1년 만에 사직했다. 이때의 일을 쿠데타 정권에 항거하고 반기를 든 것으로
보는 시각도 있다.(위키 백과 사전 참조)

도약시켰다.

8·15 해방은 "일제 치하에 억눌려 있던 출판계가 화산의 분출과 같은 폭발적인 물량을 쏟아내는 계기가 되었"[134]는데, "날이 감에 따라 大小 出版社가 雨後竹筍처럼 나타나기 시작하여" 1948년경에 이르러서는 "847에 달하는 숫자"가 될 만큼 엄청나게 많은 출판사들이 생겨났다.[135] 그런데 이 가운데는 "책 한 권 내지도 못하고 문을 닫은 출판사도 적지 않았"다.[136] 그러나 1945년 12월 1일에 설립된 을유문화사는 1930년대 설립된 정음사와 라이벌 구도를 형성하며 월등한 수위 다툼을 하고 있었다. 해방기의 신생출판사였음에도 불구하고, 발행 종수로 따지면 을유문화사는 정음사보다 오히려 월등히 앞서는 것을 확인할 수 있다. 즉 을유문화사에서 출판한 175종에다 아협에서 출판한 35종을 합쳐 총 210종에 달하는 책을 발행한 반면 정음사는 167종에 그쳤다.[137] 을유문화사는 해방기 출판사 중 단연 선두를 차지하는 출판사였던 것이다. 을유문화사가 이렇게 활발하게 출판 활동을 전개해 나갈 수 있었던 원동력은 방금 전술한 것과 같이 기획을 맡은 윤석중과 조풍연의 활약에 기인한다. 1948년 을유문화사에서 입사해 30여년 간 편집자로 일했던 서수옥(徐洙玉)은 한 인터뷰에서 초창기 편집진의 활동을 다음과 같이 밝힌 바 있다.

1948년에 제가 입사해서 보니까 조풍연 씨는 《소학생》을 위시한 초등학교 아동을 위한 도서와 일반지식인 대학생을 상대로 한 《學風》을 만들고 있었고,

---

134 정진석, 「해방기 시대사 연구의 기초자료」, 오영식 편저, 위의 책, 5쪽.
135 최영해, 「출판계의 회고와 전망」, 『출판대감』, 조선출판문화협회, 1949. 6쪽. 오영식 편저, 위의 책, 9쪽에서 재인용.
136 오영식 편저, 위의 책, 9~10쪽.
137 오영식 편저, 앞의 책, 20쪽. 오영식은 이 글에서 아협에서 발행한 출판물을 총 34종이라 밝히고 있는데, 이는 잡지 『소학생』을 제외한 숫자가 아닌가 생각한다. 즉 아협의 출판물은 잡지를 포함해 총 35종이었다.

윤석중 씨는 아동관계서적과 일반 단행본을 맡아서 편집하고 계셨습니다. 이 분들 말고도 실무진으로 많은 분들이 수고하셨어요. 잡지과에서는 전 국회의 원이기도 했던 박현서 씨가 《주간소학생》을, 그리고 배화여고 교장으로 불문학자인 안효식 씨가 조풍연 씨와 함께 《학풍》을 제작했습니다. 이 밖에도 일일이 거명할 수는 없지만 뛰어난 일꾼이 많았던 걸로 기억됩니다.[138]

서수옥은 이 자리에서 을유문화사 필진 선정과 섭외에 관해 조풍연의 활약상을 강조하지만,[139] 을유문화사의 기획과 편집에서 윤석중을 빼놓고는 이야기가 성립되지 않는다. 을유문화사가 기획한 을유문고, 대학총서, 조선문화총서 등은 윤석중과 조풍연이 함께 기획한 것[140]으로 이 기획에 합당한 필자 선정과 섭외에는 조풍연의 인맥뿐만이 아니라 윤석중의 인맥이 큰 배경으로 작용했던 것이다. 여기서 주목할 것은 을유문화사에 필진으로 참여한 인사들이 딱히 우익 성향만은 아니었다는 것이다. 우익으로 분류되는 박목월, 김동리, 서정주뿐만 아니라 좌익 성향으로 구분될 이만규(李萬珪), 김남천(金南天), 홍명희, 안회남(安懷南), 이극로(李克魯) 등이 있었고, 정지용, 이태준, 박태원, 김기림(金起林) 등 조선문학가동맹 소속 문인들까지 필진의 성향이 지극히 다양하다. 필진의 다양성은 "원고난"을 겪어야 했던[141] 해방기의 특수한 사정에도 기인하

---

138 이경훈, 『속 책은 만인의 것』, 보성사, 1993, 387쪽.

139 서수옥은 이 인터뷰에서 '을유문화사의 필진 선정과 섭외는 어떻게 했느냐'는 질문에 "조풍연 씨의 활약이 대단했습니다. 부지런하고 다재다능한 재사로 학계의 중진들을 을유의 필진으로 끌어들이는 데 큰 몫을 했습니다."라고 대답했다. (이경훈, 위의 책, 388쪽.)

140 서수옥은 을유문화사의 기획을 담당한 이들이 누구냐는 질문에 다음과 같이 답변한다. "조풍연 씨와 윤석중 씨가 안을 내면 민병도 씨와 정진숙 씨가 채택해서 출판하였습니다." (이경훈, 위의 책, 388쪽.)

141 일제시대 출판 현상의 난맥상이 "검열난(檢閱亂), 원고난(原稿亂), 용지난(用紙亂)"으로 요약된다면, 해방기에는 검열문제는 해결됐으나 "'원고난'과 '용지난'은 여전하거나 더 심해졌으며, 한 가지가 더 늘어난 것이 '인쇄난'이었"다. 그러나 "뭐니뭐니해도 가장 심각한 문제는 원고난, 곧 필자의 부족"이었다. (오영식, 「우후죽순의 보석들」, 오영식 편저, 앞의 책, 24쪽.) 정진숙은 자신의 회고에서 을유문화사 초기의 출판 여건이 열악했음을 밝히며 "무엇보다 출판을 할 만한 좋은 저작물을 구하기 어려웠다"고 말하고 있다. (정진숙, 앞의 책, 112~113쪽.)

는 것이지만, 일제시대부터 폭넓은 문단 교유를 통해 인맥을 쌓아온 윤석중의 영향력이 작용한 때문이 아닌가 한다. 윤석중은 해방 직후 발간한 자신의 동요집 『초생달』(박문출판사, 1946)의 서문과 발문을 각각 김동석(金東錫)과 박목월에게 받는다. 주지하다시피 김동석은 해방기에 우익의 선봉이었던 김동리와 비평적 논쟁을 주고받으며 날카롭게 대립하던 처지였다. 윤석중은 아협에서 발행하는 『주간 소학생』에 김동석의 「소년문장독본」을 14회에 걸쳐 연재했다.[142] 또한 깃붐사 동인이자 1930년을 전후하여 신흥아동예술연구회를 함께 주도했던 신고송의 동시, 동극을 『주간 소학생』에 싣고,[143] 그의 아동극집 『백설공주』를 출간(1946. 11)하기도 했다. 이 당시 신고송은 미군정의 탄압을 피해 가족을 데리고 월북(1946. 4)을 한 처지였다.[144] 이 또한 윤석중의 문단 교유의 보폭이 그만큼 넓었음을 입증하는 사례라 하겠다. 해방기에 윤석중은 "뚜렷한 이념항을 선택하지 못"했다[145]기보다 오히려 주도적으로 좌우를 넘나들며 범 문단 차원의 지지와 협조를 얻으려 했음을 알 수 있다.

특히 윤석중이 주도한 아협은 1946년 2월부터 한국전쟁이 발발하던 1950년 6월까지 모두 35종에 달하는 아동출판물을 간행한다.[146] 아협이 간행한 출판물은 순수 창작집에서 지식책, 잡지에 이르기까지 그 종류

---

142 김동석의 「소년문장독본―글짓는 법」은 『주간소학생』 1호(1946. 2. 11)부터 15호(1946. 5. 20)까지 총 14회에 걸쳐 연재되었다.
143 『주간 소학생』에 수록된 신고송의 작품은 다음과 같다. 동극 「해가 지는 까닭」(6호, 1946. 3. 18) 동시 「우리집 감나무」(10호, 1946. 4. 15), 동시 「굴렁쇠」(18호, 1946. 6. 10), 동극 「요술모자」(22호, 1946. 7. 8)
144 김봉희, 「신고송 해적이」, 『신고송 전집·2』, 소명출판, 2008, 801쪽.
145 임성규, 「해방 직후 윤석중 동요의 현실 대응과 작품 세계」, 『아동청소년문학연구』 2호, 2008, 150쪽.
146 아협 아동출판물은 아협어린이독본, 아협문고, 아협그림동산, 아협 그림 얘기책, 소파동화독본, 소년과학독본 등 다양한 시리즈 형태로 출간되었다. 윤석중은 아협이 만들어낸 어린이 책은 "22가지의 '아협 책', 11권의 '아협 그림 얘기책', 5권으로 된 '소파동화독본', 《주간 소학생》의 후신인 《소학생》이 있었"다고 밝히고 있다. 이를 보면 아협에서는 총 35종(잡지 『소학생』 포함)의 출판물이 간행된 것을 알 수 있다. (윤석중, 앞의 책, 207면.) 오영식이 펴낸 『해방기 간행도서 총목록, 1945~1950』에도 아협에서 간행한 출판물이 총 35종으로 소개되어 있다. (오영식 편저, 위의 책, 230~231쪽.)

『주간소학생』 창간호(1946. 2. 11)

가 매우 다양한 면모를 보이고 있다. 이를 보면 "기관지 《朝鮮兒童文化》와 아동잡지 《우리동무》, 《우리그림책》, 《우리노래책》 단행본"을 내겠다고 공언했던 계획 단계의 의도가 어느 정도는 관철된 느낌을 준다. 이들 출판물은 특히 아동용 읽을거리가 절대 부족했던 해방기의 현실에서 새로운 교과서의 구실을 톡톡히 했다. 아협 그림동산 시리즈의 제 1집으로 낸 『어린이 한글책』(1946. 5)을 비롯해 이각경(李珏璟)의 『어린이 글씨체첩』(1946. 2) 등은 당시 아동들에게 한글 배움책의 구실을 했으며, 특히 그 단체의 기관지격으로 낸 『주간 소학생』은 당시 빈약하기에 이를 데 없던 초등학교 문학 교과서의 역할을 충실히 대행했다.[147]

윤석중은 아협을 통해 출판 활동을 전개하는 한편으로 동요 보급운동의 일환으로 '노래동무회'(1947. 12. 14)를 조직한다. 이미 윤석중은 일제 강점기인 1930년대 초반에 '계수나무회'라는 노래 모임을 이끌었던 바, 윤석중은 1920년대 '다알리아회'라는 우리 나라 최초의 동요 모임을 만들었던 윤극영, 동요작곡가 정순철, 당시 서울사대부속초등학교 교사이던 동요 작가 한인현(韓寅鉉), 반주를 맡은 김천(金泉) 등과 함께 당시 서울 명륜동 4가에 있던 자택 사랑방에 모여 동요 보급운동을 이어나갔다. 이 노래 운동은 6·25가 나던 날까지 이어졌는데, 새 노래들을 방송을 통해 전국에 퍼뜨리는 한편, 『소학생』 잡지에 다달이 악보를

---

147 『주간 소학생』 창간호는 1946년 2월 11일 을유문화사에서 처음 나왔으며 주간지 형태로 발행되다가 47호(1947년 6월)부터 제호가 『소학생』으로 바뀌어 월간지 형태로 발행되었다. 『소학생』은 6·25전쟁으로 79호까지 발행되고 종간된다. 서수옥은 회고에서 『주간 소학생』은 "국어교과서가 특별히 없던 때라 일부에선 교재로 활용하기도 했"다고 밝히고 있다. (이경훈, 앞의 책, 388쪽.)

실었고, 『노래 동무』라는 그림 작곡집을 내어 무료로 배포하기도 했다. 노래동무회를 통해 새로 보급된 동요곡은 총 175곡에 달했다.

2) 분단 이후 문단 재편 과정과 문학 활동

윤석중이 아협을 구상하고 을유문화사 설립에 참여해 출판활동을 통한 아동문화사업을 펼쳐나가던 해방기는 우리 문단 재편의 과정이었다고 해도 과언이 아니다. 이 시기는 정세 변화에 따라서 문인들의 이합집산이 복잡하게 이루어지던 시기였다. 윤석중은 이런 틈바구니에서 어떤 작가적 지향을 선택했을까?

해방 직후 속속 결성되는 문인단체들에서 우선 윤석중 이름이 보이는 것은 '조선프롤레타리아문학동맹'(1945. 9, 대표 이기영) 회원 명단에서다. 그러나 이 단체가 계급성 강화를 주장하며 카프의 정통성을 잇고자 한 좌파 중심의 단체라는 점에서 그의 작가적 지향이 이 단체와 일치했는지는 의문이다.

조선프롤레타리아문학동맹이 결성되기 한 달 전 이미 이태준·임화·김남천·이원조를 중심으로 '조선문학건설본부'(1945. 8, 대표 이태준)가 세워졌다. 조선프롤레타리아문학동맹이 카프의 정통성을 잇고자 한 단체였다면 조선문학건설본부는 1930년대 후반부터 조성되기 시작한 리얼리즘 계열 문인들과 모더니즘 계열 문인들의 자기반성과 상호침투의 결과로 이룩된 범문단세력의 결집체였다.[148] 이 두 단체는 남로당의 지령에 따라 조선문학가동맹으로 형식상 통합(1946. 2)되는데, 조선문학건설본부에 주도권을 빼앗긴 조선프롤레타리아문학동맹 주요 성원들은 조선문학건설본부의 정책에 불만을 품고 월북의 길을 택한다. 이때 윤

---

148 최원식, 「'리얼리즘'과 '모더니즘'의 회통」, 『문학의 귀환』, 창작과비평사, 2001, 46쪽.

석중은 조선문학가동맹 산하에 설치된 아동문학위원회 위원으로 이름을 올린다. 당시 아동문학위원회 구성원은 다음과 같았다.

아동문학부 위원장: 정지용
사무장: 윤복진
위원: 현덕 이동규 이주홍 양미림 임원호 송완순 박세영 윤석중 이태준 박아지 홍구[149]

조선문학가동맹 결성 당시 치러진 '문학자 대회(1946. 2. 8~9)'에서는 박세영의 「조선아동문학의 현상과 금후방향」이라는 글이 발표되었는데, 이 자리에서 윤석중의 이름이 다음과 같이 언급된다.

오직 아동문학의 일로에로 매진하려하는 몇 작가를 들어본다면 동요에 윤석중 씨와 윤복진 씨, 동화와 소년소설에 구직회 씨, 양고봉(梁孤峯)씨, 최병화 씨 , 안준식씨 등 이 여섯분을 들 수 있다. 이상 윤석중 씨와 윤복진씨가 민족적이고 기교적 작가인데 대하야 양고봉, 최병화 씨는 순정적이요 휴맨니즘작가라고 볼 수 있다. 내가 보기에 구직회 씨 이외에는 그들이 경향파적작가는 아니로되 그들이 현단계의 사회정세를 옳게 파악함으로서 새로운 발전이 있을 줄 믿는 바이다.

"경향파 작가는 아니로되 그들이 현단계의 사회정세를 옳게 파악함으로써 새로운 발전이 있을 줄 믿는"다는 표현에서 드러나듯, 이들은 범문단 세력들을 포섭 규합하는 한편으로 자신들의 노선을 관철해 가려는

---

149 이 명단은 조선문학가동맹 기관지인 『문학』 1호에 발표된 '조선문학가동맹 위원명부'에 실려 있다. (『문학』 1호, 아문각, 1946. 7. 1, 153쪽.) 그러나 윤석중이 이 단체에 적극적인 참여 의사가 있었다고 단정하기는 어렵다.

122

의도를 분명히 했음을 알 수 있다.[150]

한편, 미군정과의 대치가 예각화하는 정세 변화를 따라 조선문학가동맹의 노선이 급진화하자 이와 대척적인 자리에 전조선문필가협회(1946. 3, 대표 정인섭)가 만들어진다. 윤석중은 이 단체의 추천회원 명단에 이름이 오른다. 그리고 이보다 한층 급진적인 전위부대로 조선청년문학가협회(1946. 4, 대표 김동리)가 새로 만들어져 이념 분화에 따른 문단의 세력 다툼은 더욱 복잡한 양상으로 빠져든다. 그러나 중심노선의 상대적 차이를 감안해 보면 조선문학가동맹과 전조선문필가협회는 어느 정도 양립이 가능했고, 또 통합 가능성도 완전히 배제된 것은 아니었다. 이 두 단체의 회원은 중복 가입된 경우도 적지 않았다.[151] 윤석중도 그런 경우에 해당하는 문인이었다. 그러나 남북한의 정세 변화는 그러한 중도끼리의 연대나 통합의 여지를 봉쇄하며 더욱 극단적인 대립 양상으로 치달았다. 결국 정부 수립(1948. 8)과 함께 냉전이 고착화되는 상황에서 양극단에 포진하고 있던 조선프롤레타리아문학동맹과 조선청년문학가협회가 북한과 남한에서 각각 주도권을 잡음으로써 우리 문단은 가장 불행한 대결구도로 빠져든다.[152] 이 과정에서 중도좌파 성향을 지녔던 조선문학가동맹 회원들은 남한에서 영향력을 급속도로 잃게 되며 그들 중 일부는 월북을 택하게 된다. 이런 와중에 한때 중도좌파와 중도우파를 넘나들며 활동했던 윤석중은 정부 수립 후 남한 문단에서 주도권을 쥐게 된 조선청년문학가협회 측의 권역 안으로 흡수될 수밖에 없었다.

특히 윤석중은 남한 정부가 만드는 교과서의 주된 필자가 됨으로써 분단 이후 재편된 남한 아동문단의 주류로서 부상을 하게 된다. 교과서

---

150 박세영은 또한 최남선의 『소년』지 이후 전개된 일제 강점기의 아동문학의 흐름을 일별하는 자리에서 윤석중이 주관한 『소년』을 "민족주의영역에서 벗어나지 못했고 《조광》의 축소판같은 감을 주었다"고 비판한다. 그러나 그는 "조선아동문화협회에서 발행하는 《주간소학생》이 윤석중씨에 의하야 2월중에 발행되였는데 이는 조선아동을 위하야 흔쾌(欣快)한 일"이라고 찬사를 보내고 있다.
151 원종찬, 앞의 글, 120~121쪽.
152 원종찬, 위의 글, 121쪽.

는 당시 열악했던 아동문학의 조건에서 아동문학의 권위를 상징하는 강력한 매체였다. 교과서에 수록된 윤석중의 작품은 자연스럽게 남한 아동문단의 정전으로 자리매김을 하게 된다. 윤석중은 여러모로 남한 아동문단의 주류가 되기에 적합한 조건을 지니고 있었다. 우선 그는 식민지 시절부터 우리 아동문단에서 중요한 위치에 있었다는 점, 또 하나는 해방 직후부터 아동문화 활동에 매진하여 한글 보급과 동요 보급, 아동문학 확산에 상당한 기여를 했다는 점, 그럼에도 좌우익 어느 쪽에도 이념적 편향을 보이지 않았다는 점, 그리고 작품에서 현실 부정이나 비판의 태도보다 현실 긍정의 태도를 보여준 작가라는 점이 주요한 요인으로 작용했다. 그러나 이는 그의 문학적 정체성을 협소화하는 계기로도 작용한다. 남북 간의 냉전 구도 속에서 교과서는 그 여건상 국가 이데올로기에 복무하고 순응하는 인간상을 길러내는 것을 목표로 했다. 교과서에 수록된 윤석중의 작품 또한 그러한 교과서 제도로 수렴될 수밖에 없었다. 일제시대까지 윤석중 작품에서 엿보였던 생기발랄한 동심상은 국가 이데올로기에 순응하는 동심상으로 교체되며, 다양한 시적 형식을 모색했던 그의 실험정신은 실종되고 그의 작품은 대신 정형화된 동요의 틀을 반복하는 수준에 머무르게 된다. 현실 부정이나 비판보다 현실 미화나 현실 긍정의 태도가 미덕으로 받아들여지는 시대 분위기에서 윤석중의 작품은 결국 후자 쪽에 무게 중심을 두고 전개될 수밖에 없었다. 분단 이후 그의 작품에 대한 평가가 주로 '낙천적 동심주의'에 귀결되는 것은 바로 그러한 문학적 정체성의 변화와 밀접한 관련이 있다. 남한 단독정부 수립 후 일 년 뒤인 1949년 8월 15일 전국문필가협회와 청년문학가협회는 발전적 해소를 거쳐 한국문학가협회(문협)을 만들며, 윤석중은 이 단체의 아동문학분과위원장의 자리에 오르게 된다.

5. 6·25전쟁의 상흔과 극복

1) 전란이 끼친 상흔

6·25전쟁은 남북한 민중에게 큰 고통과 상처를 끼쳤다. 윤석중 또한 그 상처를 비켜갈 수 없었다. 한국전쟁은 윤석중에게 두 가지 핸디캡을 안겼다. 하나는 그의 아버지와 계모가 인공치하 좌익 혐의로 우익에 의해 살해된 점이며, 하나는 그가 잔류파로서 인공치하에서 피난생활을 했던 점이다. 노경수는 그의 논문에서 6·25전쟁이 윤석중 가계에 끼쳤던 불행을 이렇게 밝히고 있다.

> 이 전쟁은 예외 없이 윤석중의 부모형제를 앗아갔다. 사회주의에 몸담고 있던 그의 새어머니와 그로 인하여 사회주의자로 오인받은 부친이 우익에 의해 처형되고, 당시 20세의 둘째동생은 의용군으로 가서 행방불명되었으며, 18세였던 셋째 동생은 국군으로 징집되어가 전사하게 된다.[153]

6·25전쟁으로 풍비박산한 집안이 어디 한둘이었겠는가만 윤석중이 겪은 개인적 불행은 이처럼 심대했다. 아버지와 계모는 우익에 의해 비명횡사하고, 이복 형제들은 행불자가 되거나 전사한다. 윤석중이 6·25전쟁으로 인해 겪어야 했던 이런 고통은 그의 내면에 적잖은 상흔을 끼쳤을 것이 분명하다. 그러나 윤석중은 자신의 자전적인 회고에서 전쟁기 자신의 가계에 끼쳤던 불행을 직접적으로 언급한 적이 없다. 단 1950년대 막바지에 쓴 한 짧은 칼럼에서 그는 그때의 일을 다음과 같이

---

[153] 노경수, 앞의 논문, 110쪽. 노경수는 이 글에서 윤석중의 부친이 사회주의자로 오인받아 처형되었다고 기술하고 있지만, 이는 앞에서 살펴본 대로 20년대 사회주의 운동을 했던 윤덕병의 행적을 도외시한 발언이라 생각된다.

우회적으로 언급하고 있을 뿐이다.

六·二五戰亂을 겪은 사람치고 自己 집안이나 이웃이나 一家 親戚 가운데 非命 橫死나 行方不明者가 없는 집이 別로 없을 것이니 '날마다 제삿날'인 어두운 心情으로 '오늘'을 맞이하고 지낼 것이다. (…)
오늘도 나는 受難 속에 사라진 '祭日 없는 故人'들의 冥福을 빌며 자리에 든다.[154]

반공주의의 기세가 등등하던 50년대 막바지에 쓴 이 글에서 윤석중은 전쟁의 틈바구니에서 비명횡사한 사람들을 회상한다. 전쟁으로 횡액을 당하지 않은 집이 별로 없을 것이라는 진술에는 전쟁으로 참화를 당한 자신을 위로하려는 심리가 엿보인다. 그가 "祭日 없는 故人"를 언급하며 먼저 간 자신의 육친과 형제를 떠올렸을 것이라는 것 또한 충분히 추정 가능한 일이다. 그러나 이런 수위 이상의 발언을 윤석중은 자신의 글에서 더 이상 시도하지 않았다.[155] 사실 윤석중이 회고록을 쓸 때만 해도 그 참화에 대해 발언을 한다는 것은 쉽지 않은 일이었다. 그런데 윤석중은 반공주의가 약화된 90년대 이후에도 육친에게 닥쳤던 그 불행을 끝끝내 감추고 드러내지 않았다. 이는 그에게 6·25전쟁이 끼친 불행이 얼마나 큰 상흔이었으며 견고한 트라우마였는지를 반증한다.

육친에게 끼친 참화를 끝내 밝히지 않은 데 반해 윤석중은 6·25전쟁기에 자신이 겪은 행적은 상세할 정도로 밝혔다. 인공치하를 겪어야 했

---

154 윤석중, 「X월 X일」, 《동아일보》, 1959. 12. 5.
155 윤석중은 1967년 4월 9일 『사상계』에 발표한 글에서 아버지 윤덕병이 1935년 낙향 은퇴하여 "먹과 붓을 벗삼아 농촌에 묻혀 지내셨는데, 명필이나 한번 돼 보이겠다고 벼르시더나 6·25때 돌아가셨다"고 그 죽음을 짧게 적고 있을 뿐, 그 죽음이 어떤 성격을 띠는 것인지를 전혀 명시하지 않고 있다. (윤석중, 『어린이와 한평생』, 284쪽에서 재인용)

던 그에게 그때의 행적을 밝히는 일은 무엇보다 자신의 알리바이를 입증하는 일이었기 때문이다.[156] 그는 6·25 당일만 해도 전쟁이 발발한 사실을 전혀 알지 못했다. 그는 대부분의 서울 시민이 그러했듯이 6월 28일이 되어서야 인민군이 서울까지

6·25전쟁이 일어나기 한 해 전에 찍은 윤석중의 가족사진. 앞줄 왼쪽부터 3남 혁, 부인, 2녀 영선, 2남 원. 뒷줄 왼쪽부터 윤석중, 장녀 주화, 장남 태원.

내려온 것을 알게 되었다. 그는 한강을 건너지 못한 채 서울에 남았다가 꼼짝없이 인공치하를 겪는다.

단 며칠 사이에, 그들은 우리의 상전이 됐고, 우리는 그들의 종이 돼 버린 것이었다. 정 전무는 거기를 벗어나 집으로 돌아가며 가슴을 쳤다. '문맹(文盟)'에서는 나오라고 성화고, 벌써 반을 짜 가지고 평양을 다니러 가기도 하는 모양이었다. 라디오를 죄 거둬가서 전쟁이 어떻게 돌아가는지 알 길이 없었다. 7월 16일 대전에 있던 정부가 대구로 피했다는 소식이 들려왔다. 붙들려가는 사람이 날로 불어났다. 매도 먼저 맞는 게 낫다면서 자진해 '의용군'을 나가는 친구도 있었다.

---

156 이른바 '도강파'에 의해 행해진 '잔류파'들에 대한 박해를 떠올려 보면 윤석중의 처지가 얼마나 곤혹스러웠을 것인지를 추정하기가 어렵지 않다. 윤석중은 1960년대 씌어진 칼럼에서 '도강파'들의 태도를 다음과 같이 비판한 바 있다. "6. 25가 터지자 서울은 끄덕없다고 큰소리를 쳐놓고도 먼저 내뺀 政府가 어린마음에도 괘씸하였고 서울에 남아서 죽을 고생을 하게 내버려두었다가 서울收復이 되자 罪人으로 몰아버린 渡江派들이 어린 그들 생각에도 찬피가 도는 同胞로밖에 안보였던 것이다."(윤석중, 「어른부터 '거짓' 버리자」, 《동아일보》, 1962. 5. 4.)

7월 19일 우리는 피란을 가기로 하고 짐을 쌌다.[157]

이 회고를 보면 윤석중은 북한군이 들어온 지 약 3주 간을 서울에 머물러 있었던 것으로 보인다. 이 기간 동안 윤석중은 을유문화사 일로 불려 나가기도 하며, 때로는 문학동맹의 회합에 참석하라는 통보를 받기도 했던 것 같다. 윤석중은 결국 이웃에 살던 김해성이란 이의 도움을 얻어 서울 북쪽에 있던 파주로 이사를 갈 결심을 한다. 서울 남쪽을 택하지 않고 오히려 북쪽인 파주를 택한 것은 역시 윤석중다운 발상이요, 기지가 아니었나 생각한다.[158]

윤석중은 가족과 함께 파주의 한 초가집 방 한 칸을 빌어 기거하며, 감시의 눈길을 피해 밀짚모자에 고무신을 신고 큰 봉투를 들고 서울을 올라 다녔다. 검문이 있을 때 '노동자 농민 문화인'을 위해 책을 내고 있는 출판사에 다닌다고 둘러댔다. 서울에 올라오면 내수동 윤극영, 삼청동 정순철, 계동 엄병률(嚴秉律), 경운동 민병도, 명륜동 이종덕, 그리고 자신의 집을 둘러보았다. 한 번은 계동 엄병률에 집에 하루 묵었다가 불신검문으로 잡혀갈 뻔한 위기를 넘기기도 한다. 하루는 정순철의 집에 들렀다가 그가 9월 초순 청년들에게 끌려갔다는 소식을 듣기도 했다. 급기야 윤석중은 명륜동 자신의 집에서 묵다 의용대 모집을 위해 집집마다 수색을 하고 다니는 이들에 의해 발각되어 동회까지 출두한다. 그러나 감시가 허술한 틈을 타 그 자리를 모면한다. 그는 파주 한 군데만 머물러 있는 것에 위협을 느껴 사촌형인 윤구중의 처남이 사는 마을에 가서 며칠씩 묵기도 한다. 유엔군의 인천 상륙으로 수도권이 격전을 벌

---

157 윤석중, 『어린이와 한평생』, 228쪽. 인용문에 나오는 정 전무는 을유문화사의 정진숙을 가리킨다.
158 북으로 도망가는 사람은 없을 테니까 그들의 감시가 허술해 서울 왕래가 편했고, 80리 길이어서 하루에 닿을 수가 있었으며, 명륜동 옆집에 살던 이웃은 '찰 우익'이었지만 파주 사는 그의 아우는 진짜 좌익이어서 이 턱 저턱으로 어물어물 지낼 수 있을 것 같아서였다고 적고 있다. (윤석중, 위의 책, 228쪽.)

이던 10월 5일 그는 마을 사람들과 산속으로 피난해 있다가 서울 탈환 소식을 들었다.

서울 수복 후 윤석중이 가장 먼저 한 일은 안국동 한국생명보험 건물 안에 을유문화사 임시 사무실을 마련한 일이었다. 을유문화사는 전쟁의 참화로 극심한 피해를 겪었다. 그는 그 어수선한 분위기 속에서 작가 이선구(李璇求)와 시인 김윤성(金潤成)의 도움을 얻어 『한국동란의 진상』과 수난의 기록 『나는 이렇게 살았다』를 펴낸다. 『나는 이렇게 살았다』는 각계 저명인사 열두 명이 쓴 인공치하나 피란 시절의 이야기를 엮은 책이다. 이것은 잔류파로 인공치하를 겪었던 인사들의 알리바이를 입증하는 자료의 성격을 지닌다. 그러나 이 책을 만든 이면에는 인공치하를 겪었던 윤석중 자신을 변호하기 위한 목적 또한 작용했던 것 같다. 그것은 좌익에 대한 부역 혐의로 살해된 부친의 죽음과 인공치하를 겪어야 했던 자신의 처지를 변호하기 위한 일종의 자구책이기도 했던 것이다.

자리자리 잠자리
처마 끝에 가지 마라.
어젯밤에 쳐 놓은
거미줄에 걸릴라.

자리자리 잠자리
닭의 장에 앉지 마라.
깜박 잠이 든 새에
닭이 쪼아 먹을라.

—「잠자리·1」 전문[159]

---

159 『한국아동문학전집·4—윤석중동요집』, 민중서관, 1963, 179쪽.

윤석중은 이 작품을 파주로 피난 갔을 때 지은 동요라 밝히고 있지만, 그 사실 여부를 확인할 길은 없다. 다만 이 작품이 한국전쟁의 틈바구니에서 그가 겪게 된 내면 풍경을 여실히 드러내고 있음은 부인할 수 없는 사실이라 하겠다. 그는 집 없이 쫓기는 잠자리 신세를 벗어나 뭔가 안전한 근거지를 마련해야 했다. 그가 택한 것은 바로 군문(軍門)이었다.

윤석중은 1950년 12월 16일 중공군 개입 소식을 듣고 식구를 부인의 고향인 계룡산 근처 진잠으로 피난시킨다. 그리고 대전에 나갔다가 우연히《대전일보》에 실린 육군 정훈대 기획부장 강용률(강소천)의 이름을 발견한다. 윤석중은 강용률을 만난 얼마 뒤 대구로 내려가 육군본부 작전국 심리 작전과에 들게 된다. 윤석중은 자신의 회고에서 이 과정을 우연의 일처럼 소개해 놓았지만 그가 군문에 들게 되는 것은 두 가지 절박한 이유가 있었기 때문이다. 하나는 앞에서 전술한 바대로 한국전쟁으로 말미암아 안게 된 핸디캡에서 어떻게든 벗어나야 한다는 절박함 때문이고, 다른 하나는 가장으로서 뚜렷한 일자리가 필요한 때문이었다.[160] 윤석중은 1951년 3월 1일 심리 작전과 문관(기감)에 임명되어 이곳에서 3년간 일을 보게 된다. 그는 문관 자격으로 김용환(金龍煥) 등과 동해안 최전방으로 시찰을 가기도 하였다. 이어 그해 7월 서울 동숭동 서울대학교 문리대학 건물에 있는 미 8군 전방 사령부 작전국으로 파견이 되어 일한다. 그는 여기서 적진에 뿌려지는 미군 삐라를 우리말로 번역한 글을 손질해 주고, 교정을 보는 일을 계속한다.

　8군 사령부 작전국 심리작전과가 나에게는 동요 창작실이나 다름 없었다. (…)
　나의 제 8동요집 『노래 동산』에 실린 63편은 1952년 9월 한달 동안에 그 방

---

[160] 해방 직후부터 몸을 담고 일해 왔던 을유문화사는 문을 닫기 일보 직전이어서 그는 보다 튼튼한 일터가 필요했다.

6 · 25전쟁 당시 북한 지역에 뿌려진 삐라. 미군은 심리전의 일환으로 전쟁 기간 중 20억 장 이상의 '종이폭탄'(삐라)을 뿌렸다. 윤석중은 미군에 근무하며 그런 삐라를 만드는 일에 참여했다.

에서 지은 것이고, 제 9동요집 『엄마 손』에 실린 74편 역시 같은 해 11월 6일부터 열흘 동안에 같은 방에서 지은 노래였는데 제일 많이 지은 날은, 그해 11월 11일로 25편을 지었다. 지었다기보다는 썼다는 말이 옳을 것이니 하루 스물 네 시간 동안 동요만 생각하고 지냈기 때문이다.[161]

『노래 동산』이 출간되어 나온 것은 전쟁이 끝난 뒤인 1956년이며, 『엄마 손』이 나온 것은 1960년의 일이지만, 그의 말대로 이 시집들에 수록된 대부분 작품들은 미 8군에 근무할 때 쓴 것이다. 그는 이 시집들 말미에 '나의 동요 일기'라는 제목으로 그 시집에 실린 작품들을 창작할 날짜를 표로 각각 정리해 놓고 있는데, 아래 『노래 동산』에 실린 표 하나만을 보더라도 그가 얼마나 동요 창작에 매진했는지를 한눈에 파악할 수 있다.[162]

161 윤석중, 앞의 책, 239~240쪽.
162 윤석중, 『노래 동산』, 학문사, 1956, '책 뒤에' 11쪽.

3일	9일	싸리비
소나기와 암탉	큰 개천가	비와 걸레
	불날 걱정	
4일	달과 공	22일
느티나무		하늘 구경
아침노래	11일	
호박잎 우산	달구경	23일
달팽이		박김치 호박국
	13일	꽃 울타리
5일	아기	나룻배
흙발	비오기 전	
비 그친 뒤	바람이 아기처럼	24일
엄마는 대번 아세요	맨드라미	겨울아
	꽃나팔	나뭇짐
6일	아기 많은 집	본체만체
비 맞고 온 체신부	낮닭	허제비와 참새
해바라기와 나팔꽃		
코스모스	14일	27일
달밤	걸어오는 봄	하늘
백일홍	제비	
빈집	눈꽃	28일
장님과 등불	지긋덩이	물레방아
7일	15일	30일
종달새야	고향	가을
반딧불		산골짜기 냇물
왜가리	17일	왔다 갔다
청개구리	병아리	눈
	바다가 운다	있으나 마나
8일	끼리끼리	숨바꼭질
잠		포플러나무
장마 뒤	18일	우리 언니
	지팡이와 목침	여름날
	고맙다	(모두 63편)

이들 작품이 씌어지던 시기는 전쟁 중이었고 그는 비록 문관의 신분이긴 하였지만, 군인의 신분으로 일을 하던 시기였다.[163] 불안하고 어두

운 그 시절에 동요를 거의 일기처럼 썼으며 하루에 많게는 아홉 편에 달하는 작품을 쓰기도 했다. 한 가지 특기할 일은 전쟁의 시기에 그것도 종군하는 문인의 처지였음에도 어느 작품에서도 적개심을 고취한다거나 적의를 부르짖는 대목이 엿보이질 않는다는 것이다. 「피난」, 「본체만체」 같은 작품에서는 피난 생활의 고단함이나 전쟁 통에 사나워진 인심을 비판하는 대목이 들어 있긴 해도, 적에 대한 증오심이나 우월성을 강조하는 반공주의의 요소는 조금도 엿보이질 않는다.

그러나 이런 경향을 곧바로 "당대 국시였던 반공에 편승하지 않"은 태도로 보는 것[164]은 성급하다. 설혹 윤석중이 이념에 대한 맹목적인 추종이 어리석은 일이란 것을 인지하고 있었다 하더라도, 그는 자신의 핸디캡으로 말미암아 남한체제에 스스로 복속할 수밖에 없는 처지였음을 간과해서는 안 된다. 그는 전쟁 이후 새롭게 재편된 아동문단의 지형 변화에 어떻게 대응했을까?

2) 50년대 문단 지형과 윤석중의 대응 방식

전쟁과 분단의 과정에서 50년대 아동문단은 큰 변화와 충격을 겪었다. 무엇보다 눈에 띄는 것은 전쟁을 겪으며 좌우 문인들이 대거 이동을 함으로써 남북으로 문단이 재편되었다는 점이다. 해방 공간일 때만 해도 남쪽에서 활약하던 윤복진, 신고송, 현덕 등 많은 작가들이 북한으로 간 반면, 강소천, 김요섭(金耀燮), 박홍근(朴洪根) 등 북한 출신 작가들이 남한에서 활동을 하게 됨으로써, 아동문학계에 새로운 지형 변화가 생

---

163 윤석중은 이 시기 문관으로서 임무를 수행하는 한편, 전쟁을 겪은 어린이들의 수기를 엮은 『내가 겪은 이번 전쟁』(박문서관, 1952)과 『지붕 없는 학교』(박문서관, 1953)를 냈다. 이 책들은 다분히 전시 체제하의 국가 시책에 부응하려는 의도에서 만들어진 책들이라 할 수 있다. 윤석중은 같은 시기 《조선일보》에 '소국민 차지'란을 신설하여 2년 동안 편집을 맡아 보기도 했다.
164 노경수, 앞의 논문, 110쪽.

긴 것이다.

전쟁 이후 단숨에 남한 아동문단에서 급부상한 것은 북한 출신 작가들이었다. 이들 가운데 특히 1·4후퇴 때 단신으로 월남한 강소천의 활동이 돋보였다.

1930년 초반 윤석중의 추천으로 동요를 쓰기 시작한 박영종, 강소천, 이 두 사람은 분단 이후 윤석중의 입지를 유지하는 데 중요한 역할을 했다.

그는 반공주의 인맥을 통해 전쟁 직후 아동문학 분과위원장으로 피선되었고, 『어린이 다이제스트』, 『새벗』 등 기독교 계열의 잡지를 주재한다. 이들 잡지의 주요 필자인 강소천, 김영일(金英一), 박화목(朴和穆), 김요섭 등은 모두 월남한 기독교인이라는 공통점을 지니고 있었다. 그런데 이들 월남한 북한 출신 작가들이 제도권으로 진입하고 그 힘을 행사할 수 있게 해준 든든한 배경이 있었다. 그들은 다름 아닌 해방공간에서 좌익문인들과 첨예하게 대립하며 청년문학가협회를 주도한 김동리, 박목월이었다. 김동리와 박목월은 한국전쟁 이후에도 남한 문단의 소장파 실세로서 보수적이고 관변적인 아동문단을 형성하는 데 기둥 역할을 담당했다. 이들 외에 정부 수립 후 문교부 편수관을 지낸 최태호(崔台鎬), 홍웅선(洪雄善) 등도 특기할 인물이다. 이들은 정부 수립 후 월북문인의 작품을 교과서에서 남김없이 추방하는 등 국정 교과서를 통해 정권의 통치기반을 다지는 데 앞장서 온 인물이다.[165]

---

165 원종찬, 「이원수와 70년대 아동문학의 전환」, 『한국아동문학의 쟁점』, 창비, 2010, 135~160쪽 참조.

전쟁은 좌우 문인들의 대거 이동에 따른 인적 자원의 개편만을 부른 것이 아니라 한편으로 작가들에게 '이념의 통일'을 강요했다. 더욱 강고해진 분단체제로 말미암아 국가의 공식 이념과 다른 종류의 담론은 통제되었으며, 작가들은 표현의 자유를 억압당하게 되었다.[166] 일제시대부터 해방기까지 좌우를 넘나들며 폭넓은 문단 교유를 했던 윤석중에게 전쟁과 분단은 적잖은 혼란과 충격을 안겨주었음이 틀림없다. 전쟁은 그에게서 육친의 죽음뿐만 아니라 많은 문우들을 앗아갔다. 그것은 그에게 또 다른 충격과 슬픔을 안겨주었을 것이다. 그러나 전쟁 이후 남한 문단의 재편 과정은 결과적으로 윤석중에게 결코 불리한 도정이 아니었다. 윤석중은 전쟁으로 말미암아 그 이전에 쌓아 두었던 명성이나 문학적 기반을 오히려 강화해 갈 수 있었기 때문이다.

그는 정부 수립 직후 교과서를 통해 밀접한 관계를 맺은 최태호, 홍웅선, 박창해(朴昌海) 등 문교부 인사들과 여전히 긴밀한 관계를 이어가며, 초등 교과서의 주요 필자로서 자신의 영향력을 꾸준히 유지했다. 남한 문단의 소장파 실세였던 김동리나 박목월과의 관계 또한 돈독했다. 30년대부터 동요 창작의 일선에서 교감을 주고받았던 박목월은 현장 교사들과 어린이들을 위한 동시 창작법 『동시교실』(아데네사, 1957)과 『동시의 세계』(배영사, 1963)를 각각 엮어내는데, 그는 여기서 윤석중의 작품을 주로 인용하여 그의 작품이 가지는 동심주의 경향과 기지적(機智的)인 착상 혹은 기교적인 표현 방법을 동시 창작의 모범으로 제시했다. 박목월은 동시를 쓰려는 지망생들뿐 아니라 아동들에게까지 윤석중 동시에 나타난 어법과 표현방식을 따르도록 강조함으로써, 본의 아니게 윤석중 동시의 아류를 성행하게 하는 풍토를 조성하게 된다. 또한 순수와 공상을 앞세워 현실 미화나 현실 도피의 세계관을 강조함으로써, 으

---

166 선안나, 「1950년대 동화·아동소설 연구—반공주의를 중심으로」, 성신여자대학교 대학원 박사논문, 2006, 4쪽

레 동시란 현실과 무관한 꿈의 세계, 비현실의 세계를 아기자기하게 노래하는 것이라는 통념을 양산했다. 이러한 동시 창작 방법이 당시 국어 교과서와 동시 교육이 행해지는 현장에 그대로 관철되고 유포되었음은 물론이다. 윤석중은 일제 강점기 선자와 투고자로서 유대를 맺은 강소천과도 긴밀한 관계를 주고받았다. 윤석중은 문단 권력에 깊이 개입하지 않았으나, 자연스레 남한 아동문단의 실세들에게 기림을 받는 처지로 재부상을 하게 된 것이다.

윤석중은 한국전쟁 직후인 1954년부터 1957년까지 모두 네 권의 작품집을 간행한다. 그는 1954년 자신의 창작 30년을 기념하는 『윤석중 동요 백곡집』(학문사)을 상재하는 것을 시작으로, 작품집 『노래 동산』(학문사, 1956), 이솝 이야기를 시화한 『사자와 쥐』(학급문고간행회, 1956), 작품집 『노래 선물』(새싹회출판부, 1957)을 엮는다. 윤석중은 조선일보사에 근무하며 1955년 어효선, 윤석연 등과 타블로이드 판 4면짜리 《소년조선일보》를 창간하기도 했다. 1938년 4월 조선일보에 근무할 때 만들기 시작했던 《소년조선일보》의 후신이 17년 만에 재탄생된 것이었다. 그러나 이 시기 윤석중의 활동에서 빼놓을 수 없는 것은 무엇보다 '새싹회'를 창립(1956)한 일이었다. 새싹회는 조풍연, 피천득, 홍웅선, 어효선, 윤형모, 한인권, 안응렬 등을 발기인으로 하여 창립된다. '소파기념제'를 열고, '소파상'을 제정하는 등 소파 방정환에 대한 기념 사업을 벌이는 것을 시작으로, 동요 보급운동과 출판 활동을 펼치는 등 활발한 사업을 계속 이어 나갔다.

3) 4·19혁명과 윤석중의 대응 방식

해방 이후 아동문학 20년을 돌아보는 글에서 이원수는 1960년 4·19 혁명이 우리 아동문단에 끼친 영향을 다음과 같이 회고한다.

60년 4월 학생데모로써 끝장을 보게 된 자유당 독재정권이 쓰러짐을 한 분계선으로 하여, 오랫동안 억압되어온 국민의 정신에 자유·민주 사상이 비로소 숨길이 트이게 되자, 아동문학도 어용주의, 교훈주의 문학이 무언의 기세로 꺾이어진 감이 있었고, 문단에 청신기풍이 돌기 시작했다. 그만치 정치에 관계없는 아동문학에까지 독재정치 하의 영향은 침투해 들어와 있었던 것이다.[167]

50년대에서 60년대로 넘어가는 초입에 일어난 4·19혁명은 윤석중에게도 영향을 끼쳤다. 윤석중은 혁명이 일어난 해인 1960년 막바지에 『어린이를 위한 윤석중 시집』(학급문고간행회)을 내는데, 그는 이 시집의 머리말에서 다음과 같은 말을 하고 있다.

나라를 바로잡고자 어린 학생들이 붉은 피로 물들인 1960년은, 나는 나대로, 피를 보고 다시 살아난 재생의 해였습니다. 어린이를 위한 이 시집은, 다시 피가 돈 손을 놀려 엮어 내놓는 선물입니다.[168]

윤석중은 이 시집을 총 4부로 나누어 놓았는데, 1부 '종달새의 하루'에서는 그가 해방기 때부터 50년대까지 지속해 온 동심주의 기조를 유지한 동요 13편의 작품이 실려 있지만, 2부 '목쉰 차장'에는 「목쉰 차장」, 「부지런한 지각생」, 「의연금 통」 등 보다 현실에 밀착한 소재의 동시 9편이, 또한 3부 '오월에 어름이 언다면'에는 4·19나 6·25전쟁, 3·1운동을 소재로 한 시대 현실을 다룬 작품 7편이 실려 있음을 볼 수 있다.

---

167 이원수, 「아동문학」, 한국문인협회 편, 『해방문학 20년』, 정음사, 1966, 65쪽. 원종찬, 앞의 책, 143~144쪽에서 재인용.
168 윤석중은 이해 5월 과로로 병원에 입원한 적이 있던 것 같다. 그는 머리말에서 "지난 5월 5일 어린이날, 그동안 쌓이고 쌓였던 피로가 한꺼번에 터져 코피를 몹시 쏟고 병원으로 업혀 가 죽다 살아났습니다. 코로 터졌기 망정이지 뇌로 터졌으면 뇌출혈로, 장으로 터졌으면 장출혈로 세상을 떠날 뻔했습니다. 오줌 똥을 받아내면서 여러 달 고생하다가 다시 피어난 나의 목숨은, 덤으로 생긴 것이니, 천직으로 삼아 온 어린이 위한 일에 송두리째 바친들 아까울 것이 있겠습니까."하고 밝히고 있다. (윤석중, 『어린이를 위한 윤석중 시집』, 학급문고간행회, 1960, 2쪽.)

4 · 19 직후 나온 『어린이를 위한 윤석중 시집』 표지와 1960년에 나온 『엄마손』 표지.

학대 받는 민주공화국
짓밟힌 새싹들이여!

그것이 며칠날이었지?
어린 그들의 연한 등덜미를
검은 총알이 꿰뚫고 지나간 것이……
— 「열세 살짜리 민주공화국의 어린이들」 부분[169]

아아 그러나
졸업생 얼굴을 하나 하나 살펴보라.
단짝 동무들이 얼마나 축이 났는가.
낯선 동무들이 얼마나 불었는가.

전쟁을 겪은 우리들의 졸업장은

---

169 윤석중, 위의 책, 31~32쪽.

상제 아이 옷보다도 희구나

거기 쓰인 먹 글씨는 총알보다도 검구나.

— 「전쟁을 겪은 우리들의 졸업장」 부분[170]

이런 시들은 윤석중 동요가 가지고 있던 경향들과 확실히 구분된다. 이런 기조는 윤석중이 해방기에 선보인 '소년시'의 맥락을 잇고 있는 것이라 볼 수도 있겠으나, 어떤 면에서는 당시 4·19혁명으로 조성된 열린 시대적 분위기에 편승한 결과로도 이해된다. 윤석중은 60년대 『엄마손』 (1960), 『바람과 연』(1966), 『카네이션은 엄마꽃』(1967), 『꽃길』(1968) 등의 창작집을 연달아 내지만, 『어린이를 위한 윤석중 시집』에서 선보인 작품 경향을 발견할 수는 없다.

윤석중은 신문지상의 칼럼을 통해 4·19의 의미를 되새기는 글을 발표하기도 했다. 「민주주의 살리는 싸움에 앞장 선 청소년들」[171]과 「설마가 사람죽인 6·25」[172], 「새나라와 어린이 데모」[173] 등에는 4·19혁명의 의미와 이후 전개되는 사회 현상들에 대한 비판과 제언이 담겨 있다. 그러나 이듬해 5·16군사정변이 일어난 후 발표되는 칼럼들에는 다시 그 정변을 긍정적으로 평가하는 대목이 있어 눈길을 끈다. 1961년 6월 7일자 《동아일보》의 '제언'란에서 그는 "이번 軍事革命은 우리들의 宿願을 풀어줄 듯싶다"고 적고 있으며, 1962년 5월 4일자 같은 지면에 발표한 「어른부터 '거짓' 버리자」에는 "4·19 革命에 어린학생들이 앞장을 섰고, 5·16 革命에 젊은이들이 목숨을 내걸고 나선 사실은 이 나라 이 겨레의 싹수있는 將來를 내다볼 수 있는 일이었다"며 4·19와 5·16을 같은 선상에서 바라보고 있다. 이런 발언은 4·19 이후 집권세력에 대

---

170 윤석중, 앞의 책, 33~34쪽.
171 《조선일보》, 1960. 5. 1.
172 《조선일보》, 1960. 6. 26.
173 《동아일보》, 1960. 9. 21.

한 불만 혹은 환멸에서 나온 발언임을 짐작하게 되지만, 이것은 윤석중이 가진 역사의식의 한계를 드러낸 발언이라고도 할 수 있다. 5·16에 대한 긍정은 결국 5·16 이후 전개되는 지배체제에 대한 순응으로 연결되었던 것이다.

6. 문화운동의 확대와 문학 활동의 퇴보

1) 새싹회 활동과 문화운동의 전략

분단 이후 윤석중의 활동에서 새싹회 활동은 중요한 부분을 차지한다. 그는 동요시인으로서 명성을 쌓았지만, 한시도 동요를 창작하는 자리에만 머물지 않았다. 앞에서 살펴본 것처럼 그는 20년대 소년시절부터 기쁨사라는 소년문예조직을 선두에서 이끌었고, 30년대는 '계수나무회'라는 노래 모임을 이끌며, 방송과 신문 잡지를 통해 아동문학 보급운동을 펼치기도 하였다. 그러한 활동은 해방기로 이어져 그는 조선아동문화협회를 통해 출판운동을 벌이는 한편으로 노래동무회를 조직해 동요 보급운동을 이어 나갔다. 한국전쟁 발발로 그런 활동은 잠시 주춤하였으나, 전쟁이 한창이던 1952년 '윤석중 아동연구소'라는 1인 아동문화단체를 만들어 전쟁기의 아동들을 대상으로 출판운동을 지속해 나갔다. 1956년 조직된 '새싹회'는 그러한 연속성 아래 탄생한 아동문화운동단체라 할 수 있다.

새싹회가 창립된 것은 1956년 1월 3일이다. 새싹회의 창립 멤버는 윤석중, 조풍연, 피천득, 어효선, 홍웅선, 윤형모, 한인권, 안응령 등이었다. 조풍연과 피천득, 윤형모는 일제시대부터 안면이 있었고, 조풍연은 해방기에 을유문화사에서 일을 같이 할 만큼 가까웠다. 어효선, 홍웅선 등은 해방 이후에 가까워진 인물로 이들은 대부분 학교 현장이나 교육 관련 기관에 있으면서 아동문학 창작이나 동요 보급운동에 관심을 갖고 활동하는 인물들이었다. 아홉 명의 발기인으로 출발된 조직이긴 하였지만, 새싹회를 앞에서 주도적으로 꾸려 간 것은 윤석중이었다.

새싹회는 우선 방정환을 기리는 소파 25년제(1956. 7. 23)를 경운동 천도교 강당에서 개최한다. 방정환을 기리는 단체로는 한때 방정환이 주도가 되었던 색동회가 있었다. 색동회는 한국전쟁 직후 초기 동인인 윤극영, 정인섭, 조재호, 마해송, 진장섭, 이헌구 등이 모여 재기를 시도하지만, 예전처럼 활발한 운동을 전개해 나가지 못했다.[174] 윤석중은 그런 색동회 조직에 참여하지 않고, 자신이 주관하는 새로운 단체를 꾸려 어린이문화운동을 펼치려 하였다. 윤석중은 새싹회의 첫 사업으로 소파를 기념하기 위한 행사를 연 것은 방정환 시절 색동회의 적통이나 후신으로 키워 가려는 강한 의도가 있었던 것으로 보인다. 방정환 사후 시간이 흐르면서 색동회는 초기 동인들의 친목회 정도로 쇠락한 감이 없지 않았으므로 윤석중은 새로운 단체를 만들어 자기 소신껏 방정환의 유업을 이어 보려고 했던 것이다.[175] 윤석중은 방정환을 기념하기 위한 사업으로 '소파상'을 제정(1956)한다. 이 또한 자신의 단체가 방정환의 아동문화 사업을 잇는 유일한 적통임을 공표하려 한 것이다. 소파상은 새싹회 초기 가장 중심사업이기도 했는데 이 상은 주로 아동을 위해 헌신한 공로자들에게 주어진 것이었다. 1957년 첫 회 수상은 동요작곡가인 윤극영에게 돌아갔다. 새싹회는 1961년 다시 '장한 어머니상'을 제

---

174 "'색동회'의 남은 동인 5인이 가끔 모여서 의논했는데, '색동회'가 다만 역사적 존재로서 상아탑의 권위만을 지키고 있을 것인가, 그렇지 않으면 무언가 사업을 실천할 것인가에 대한 토론을 거듭했으나 아직 결론을 내지 못하고 있었다."고 적고 있다. (정인섭, 『색동회 운동사』, 보진재, 1981, 195쪽.)

175 윤극영은 자신의 회고에서 윤석중이 "알찬 어린이운동을 희구한 나머지" 새싹회를 창간했다고 밝히면서, "미루어 생각하면 색동회의 확대를 계획했을 때 응당 그를 맞아들여야 했을" 것을 그러지 못했다고 아쉬움을 토로하고 있다.(『윤극영 전집』, 620쪽.)

정한다. 상 이름 그대로 훌륭한 자녀를 길러낸 어머니에게 주어지는 상이었다.[176]

이처럼 권위 있는 인물의 이름을 딴 '상'을 제정해 어린이 인권 신장이나 어린이 문화 발전을 위한 노력을 다 한 인사들에게 수여한 것은 새싹회의 문화운동 전략 가운데 하나다. 상이란 수상을 하는 사람에게도 영광이지만, 상을 주는 사람에게 일정 부분의 권위를 부여한다. 이를테면 새싹회가 아동문화를 장려하고 격려하는 위치에 있는 단체라는 것을 부각시키는데 '소파상'의 제정이 큰 역할을 했다고 볼 수 있다. 이러한 상의 수여 소식은 매스컴을 통하여 일반 국민들에게 널리 알려졌다. 상은 단체의 권위를 높여주는 일인 동시에 단체를 홍보하는 효과를 발휘한다. 새싹회는 '소파상'과 '장한 어머니상' 이외에도 '새싹문학상' (1973)을 제정하여 운영하기도 한다.[177] 새싹회는 어린이문화운동에서의 측면뿐만 아니라 아동문단에서 또한 그 영향력을 확대해 가려고 시도했던 것이다. 윤석중은 상을 수여하는 자리에 있었을 뿐만 아니라 여러 단체에서 수여하는 상을 받기도 하였다. 60년대부터 70년대 사이에 그가

---

176 1957년 제정된 소파상은 1988년까지 32회에 걸쳐 총 30명(1972년과 1977년에는 대상자를 선정하지 못해 수여하지 못했다)의 수상자를 내었다. 수상자 가운데는 고아원, 아동자선병원 운영 등 불우 아동들을 위한 자선사업을 한 이들과 아동교육에 평생을 바친 교육자, 아동문화 발전을 위해 공이 큰 작곡가, 만화가 등이 포함되었다. 이 가운데 4·19혁명의 도화선이 되었던 김주열 군의 어머니 권찬주(1960년 수상자)도 있어 눈길을 끈다. 1961년 제정된 장한 어머니상은 1988년까지 28회에 걸쳐 총 27명(1987년에 수상자 없음)에게 수여되었다. 대개 어려운 환경 조건을 극복하고 자녀를 훌륭하게 키워낸 어머니들이 수상자로 선정되었다. (『새싹문학』, 2011. 여름치, 38~40쪽 참조.)

177 새싹회의 기록에 따르면 1973년 제정된 새싹문학상은 1992년까지 20회에 걸쳐 21명(1979년 김동리, 피천득 공동수상)의 수상자를 냈다. 동시인이 14명, 동화작가 2명, 시인 2명, 소설가 2명, 수필가 1명으로 동시인이 압도적인 다수를 차지한다. (『새싹문학』, 위의 책, 40쪽 참조.) 그런데 이 새싹문학상과 관련한 한 가지 유명한 일화가 있다. 1995년 윤석중은 22회 새싹문학상 수상작으로 권정생의 동화 『하느님이 우리 옆집에 살고 있네요』를 결정하고 상을 들고 직접 권정생을 찾아갔으나 권정생은 "우리 아동문학이 과연 어린이들을 위해 무엇을 했기에 이런 상을 주고받습니까. 아동문학만이라도 상을 없애야 합니다."하고 수상을 거절했다고 한다. 권정생은 다음날 상금과 상패를 우편으로 되돌려 보냈다는 일화가 있다. (원종찬 엮음, 『권정생의 삶과 문학』, 창비, 2008, 394쪽 권정생 연보 참조.) 이를 보면 새싹문학상은 1992년 이후인 1995년까지 계속 유지되었음을 알 수 있다. 새싹회에 따르면 새싹문학상은 윤석중 사후인 2005년부터 '윤석중문학상'으로 대체되어 2011년 현재까지 모두 7회에 걸쳐 7명의 수상자를 내고 있다.

수상한 상만 나열하더라도 3·1문화상 예술 부분 문학 본상(1961), 서울교육대학교가 제정한 '고마우신 선생님'상(1965), 문화훈장 국민장(1966), 외솔상(1973), 필리핀 라몬 막사이사이상(1978) 등이 있다. 그는 '상'의 수여자이자 수상자로서 명실상부한 어린이문화운동을 상징하는 인물로 부각된다.

윤석중이 처음으로 낸 동화집 『열 손가락 이야기』 표지.

새싹회의 운동 전략 가운데 또 하나로 꼽을 수 있는 것은 출판운동이었다. 한국 전쟁 기간 중 을유문화사 일을 접게 된 윤석중은 1950년대 중반부터 '학급문고간행회'라는 출판사를 만들어 어린이 출판물을 기획하고 발간한다.[178] 이를 보면 학급문고간행회를 통한 출판 활동은 해방기의 '아협'에 비견되는 활동이었다고 볼 수 있다. 윤석중은 1970년대 들어 새싹회에 출판부를 두어 출판 활동을 이어 나가며 『새싹문학』(1977)을 창간하고, 자신의 동화집 『열 손가락 이야기』(1977), 여성 동화작가들의 작품을 모은 『엄마가 쓴 동화책』 시리즈(1977)를 엮어내기도 했다.[179]

새싹회가 벌인 사업 가운데 또 하나는 동요 보급운동이었다. 그것은 동요시인 윤석중의 정체성을 유지하는 중요한 통로로서 기능을 다하였다. 새싹회가 벌인 동요운동의 뿌리는 20년대 윤극영이 처음 만든 '다알리아회'로 거슬러 올라간다. 주지하다시피 다알리아회는 윤극영의 사

---

178 50년대 중반부터 60년대 초반까지 학급문고간행회에서 낸 대표 출판물은 다음과 같다. 새싹회 엮음, 『그림 에디슨 발명왕』(1956), 새싹회 엮음, 『그림 이순신 장군 한산섬의 달』(1956), 윤석중, 『이솝노래 얘기책―사자와 쥐』(1956), 김사일, 『우리몸의 궁금풀이』(1957), 새싹회 엮음, 『10년동안 추려 모은 본보기 글』(1957), 새싹회 엮음, 『위인전』(1958, 윤석중), 『엄마 손』(1960), 윤석중, 『어린이를 위한 윤석중시집』(1960), 윤석중, 『우리민요 시화곡집』(1961).
179 1977년 창간한 『새싹문학』은 꾸준히 이어져 2012년 3월 현재까지 총 119호를 발간하였다.

랑의 도피행으로 1920년대 중반 와해되는데, 윤석중은 간도에 거주하는 윤극영과 계속 연락을 주고받으며 동요를 보급하기 위한 작업을 계속해 나갔다. 전술한 바와 같이 1933년 윤석중이 조직한 '계수나무회'는 그 작업의 한 결실이었다. 동요 모임에 대한 관심은 해방 이후에까지 이어져 윤석중은 윤극영, 정순철, 한인현 등과 더불어 '노래동무회'를 조직한다. 그런데 한국전쟁으로 말미암아 노래동무회가 와해되자, 윤석중은 새싹회를 설립하여 그 안에 다시 '새싹 노래모임'을 부흥시키기에 이른다. 50년대 이후 윤석중은 손대업, 권길상, 서동만 등 작곡가들과 힘을 합쳐 자신의 동요에 곡을 붙이는 작업을 꾸준히 이어 갔다. 윤석중은 1968년 최남선의 『소년』 창간 60회를 맞이하여 새싹회의 이름으로 전국 일곱 군데 노래비를 세웠으며, 전국을 돌며 교가가 없는 학교에 교가를 지어주는 활동 또한 열심히 했다. 윤석중은 또한 1964년 '홍난파 기념사업회'를 만들어 『홍난파 동요 100곡집』에 수록되었으나 분단 이후 금지된 34곡에 새 가사를 붙이는 작업을 하기도 했다.

이상에서 언급한 것처럼 윤석중은 새싹회를 통해 다방면에 걸쳐 활발한 아동문화운동을 전개한다. 이것은 앞에서 언급한바, 일제강점기 방정환을 중심으로 소년운동을 펼쳤던 운동의 계보를 잇는 활동이었다고 할 수 있다. 윤석중은 제2의 방정환이 되기 위해 나름 혼신의 노력을 경주했던 것이다. 그러나 방정환 시절의 색동회와 분단 이후 윤석중이 전개한 새싹회 활동은 서로 다른 시대적 조건을 배경으로 한 까닭에 그 성격 자체를 동일한 위치에 놓고 평가하기 어렵다. 방정환의 색동회는 식민지라는 조건 아래 태어난 소년운동단체이기에 윤석중의 새싹회에 견주었을 때 보다 절박한 사회운동의 성격을 지닌다. 또한 색동회의 활동이 선각자적인 활동가들의 모임에서 자발적인 소년회 모임으로 확산되어 나갔다면 새싹회는 어른들이 중심이 된 일종의 시혜적 활동에 머무르고 만 감이 적지 않다. 방정환의 색동회 운동은 식민지라는 시대 조건과 일제라는 감시 기구의 억압 아래 활동을 전개함으로써 자연스럽게 일종의 저항성을 띤 민족해방운동의 성격을 띠고 있었다. 그러나 윤석중의 새싹회는 시대적 조건과 대항하거나 불화하는 조직이라기보다 그 조건에 순응하고 협응하는 조직체에 가까웠다. 특히 새싹회는 전쟁 직후 척박한 문화 풍토에서 여러 사업을 꾸려 가야 하는 형편이었으므로 필연적으로 정부나 경제계의 후원을 받지 않을 수 없었다. 이는 결과적으로 그 조직 운영이 체제 순응적이고 보수화의 길을 걸을 수밖에 없는 조건이 되었다.

2) 70년대 이후 작고까지의 문학적 행보

윤석중의 동요 세계는 60년대를 그 정점으로 하여 차츰 퇴색하기 시작한다. 그 퇴색의 징후는 작품집 출간에서 우선 뚜렷하게 드러난다. 윤석중은 1971년 자신의 회갑을 기념하는 그림동요집 『윤석중 동산』(계몽사)을 내고, 1979년 동요동시집 『엄마하고 나하고』(서문당)를 낼 때까지 이렇다 할 동요집을 내지 않았다.[180] 대신 70년대에 들어서면서 윤석중은 문화인으로서 사회 활동이나 회고록 작성, 동화 창작, 전집을 엮는 일에 열의를 보인다.

70년대 들어 윤석중이 활발한 동요 창작에 매진하지 않은 까닭은 50년대나 60년대 초반까지 동요에 일었던 붐이 70년대를 시작으로 퇴조의 길을 걷게 된 것과 연관성이 있어 보인다. 70년대 출간한 동요 창작집으로는 『엄마하고 나하고』가 유일하다. 그런데 『엄마하고 나하고』는 새로 지은 신작들과 함께 기존에 다른 작품집에 묶였던 작품이 들어 있

---

180 1971년 그는 노랫말을 우리말로 지어붙인 『세계 어린이 노래 예순곡집』(교학사)과 동요 동시 풀이 책 『동요 따라 동시 따라』(창조사), 속담풀이 책 『마음의 등불』(정음사)를 내지만 이는 엄밀한 의미에서 창작집이라 할 수 없는 책들이다.

어 온전한 창작집이라 하기 어렵다. 그런데 70년대 들어 동요 시인으로서의 윤석중의 행보가 이처럼 축소된 것은 동요 장르가 퇴조를 보인 탓도 있지만, 아무래도 문학 이외의 활동으로 자신의 활동 범위를 확대해 나간 데도 그 원인이 있다 하겠다.

윤석중은 방송용어심의위원회 위원장(1974)을 시작으로 문교부 국어심의회 소속 국어순화분과위원회 위원장(1975), 방송윤리위원회 위원장(1979), 방송위원회 위원장(1981~1984) 등을 역임하며 사회 활동을 활발히 하는 한편으로, 『새싹문학』을 창간(1977)하여 잡지를 운영해 나갔고, 문학적 결산 작업이라 할 회고록 집필과 전집을 엮은 작업에 심혈을 기울였다.

여기서 한 가지 주목할 것은 그의 회고록 집필이다. 그는 1976년 《중앙일보》 '남기고 싶은 이야기들' 꼭지에 자신의 아동문학 활동을 회고하는 「어린이와 함께 50년」을 연재했으며,[181] 1985년 1월부터 『소년』지에 어린이를 위한 회고록 「새싹의 벗 노래 나그네」를 연재하였는데,[182] 이 두 자료는 윤석중 개인사와 그의 문학적 궤적을 검토할 수 있는 소중한 자료일 뿐더러 윤석중 시인의 시선으로 파악한 근대 아동문단사 혹은 아동문학사로서의 성격을 함께 지니고 있다. 그는 자신이 교유한 인사들의 실명을 거론하면서 그들과 맺었던 친교의 과정을 언급할 뿐 아니라 문학사적인 평가를 아우르고 있어 윤석중 개인사를 참고하는 자료의 성격을 넘어 아동문학사의 주요 자료로서 가치를 지니고 있다.

윤석중은 1977년 새싹회 출판부를 통해 『열 손가락 이야기』라는 동화집도 출간한다. 윤석중은 동요시인으로서는 많은 조명을 받았지만, 동화작가로서는 그다지 주목을 받지 못했다. 작품의 양으로만 따지더라도 그의 동화 창작은 동요 창작에 비해 소략한 편이다. 우리나라 아동문

---

181 이 글은 1985년 『어린이와 한평생』(범양사출판부)으로 엮여져 출간되었다.
182 이 글은 1988년 『윤석중 전집』(웅진출판사)에 5권의 책으로 엮었다.

학 작가들이 운문과 산문을 두루 섭렵하는 특징을 갖고 있다는 점에서 그가 동요 창작에 버금가는 동화 창작을 하지 않은 것은 일견 특이한 일로 보인다. 여기에는 아무래도 '동요의 대가'로서 자신의 문학적 정체성을 확보하려는 윤석중의 의지가 작용한 때문이 아닌가 한다. 그러나 그가 동화와 친연성이 아주 없었던 것은 아니다.

그는 20년대 습작기에 《중외일보》와 《조선일보》에 각각 동화 「넷성」(1928. 2. 11), 「새로 살자」(1929. 5. 18)를 발표했다. 습작기의 부산물이란 점에서 빈약한 서사임에 틀림없지만 당시 발표되는 동화들의 수준을 고려할 때 수준이 그리 떨어지는 작품이라 볼 수 없다. 특히 「새로 살자」는 야학에서 쫓겨난 선생 이야기를 소재로 한 작품으로 동요극 「울지마라 갓난아」와 상호텍스트성을 갖는 작품이다. 전술한 것처럼 『잃어버린 댕기』에 수록한 동화시들에서도 서사성이 강한 유년동화의 속성이 발견되는데, 이는 산문 작가로서의 윤석중의 가능성을 보여주는 사례라 하겠다. 윤석중은 일제 말기 『가정지우』란 잡지에 「구름과 공」(1939. 1), 「어깨동무」(1940. 4) 같은 동화를 발표했으며, 해방기에 발간한 『주간 소학생』에 비록 훈화 형식이긴 해도 이야기 형식의 산문을 시도한 적이 있다.

1977년 생애 처음으로 동화집을 낸 윤석중은 이후로도 모두 4권의 동화집을 더 냈다. 단편동화집 『어깨동무 쌍둥이』(예림당, 1980), 그림동화집 『달항아리』(동화출판공사, 1981)[183], 장편동화집 『멍청이 명철이』(가톨릭출판사, 1982), 단편동화집 『열두 대문』(웅진출판사, 1985)이 그것이다. 윤석중의 단편동화들은 대개 저학년 어린이 독자를 염두에 둔 동화로 그 또래 아이들 일상에서 벌어지는 소소한 갈등을 소재로 한 생활동화이거나 사물을 의인화하고 약간의 공상성을 가미해 쓴 동화들이다.

---

[183] 이 책은 1997년 금성출판사에서 재출간되었다.

이들 동화들에서는 윤석중의 특유의 기지가 엿보이기도 하지만, 과감한 이야기 전개나 독창적인 공상성을 발휘한 흔적은 쉽게 엿보이질 않는다. 대개 동심주의를 표방한 동화이거나 교훈주의 동화들에서 흔히 나타나는 소소한 갈등과 해결을 그린 작품들이다.

80년대 들어서 윤석중은 김녕만의 사진과 서동만의 곡을 붙인『노래가 하나 가득』(일지사, 1981)을 시작으로, 자신의 동요선집『날아라 새들아』(창작과비평사, 1983), 1987년 동요집『아기꿈』(대교문화)을 내지만, 이들 작품집 역시 하나의 기획 아래 쓰여진 작품이거나 기존의 작품들을 선집 형태로 묶은 것이어서 창작 활동의 측면에서는 크게 의미를 부여할 수는 없는 작품집이다.

다만 80년대 그의 문학적 행보에서 특기할 것은 1988년 그가 자신의 작품을 총망라한『새싹의 벗 윤석중전집』(전 30권)을 냈다는 것이다. 『윤석중전집』은 동요집 10권, 동시집 2권, 동화집 5권, 동요 동시 해설서 1권, 이솝 노래집 1권, 속담풀이 1권, 자전적인 회고집 7권, 수필집 2권, 소년운동사 1권, 사진첩 1권으로 구성되어 있다. 양으로 보나 그 구색으로 보나『윤석중전집』은 윤석중 문학을 총망라했다는 인상을 줄 만큼 정성을 기울여 만든 전집이다. 말 그대로 80여 년에 걸친 윤석중의 문학적 결산을 시도한 결과물이라 할 수 있다. 그런데 이 전집은 윤석중 작품을 빠짐없이 수록해야겠다는 목적보다 당시 어린이 독자와의 소통을 우선 염두에 두었기에 엄밀한 의미에서 '전집'의 성격을 갖기보다 '선집'에 머무른 감이 없지 않다.

우선 전집으로 엮인 열 권의 동요집에 수록된 작품 수는 총 735편이며, 두 권의 동시집에 엮인 작품은 141편으로, 전집에 수록된 동요·동시는 모두 876편임을 알 수 있다. 이 가운데『우리 민요시화곡집』에 수록된 24편을 포함한 총 72편의 작품을 제외한 나머지 작품들에는 모두 출전이 명기되어 있다. 이들 출전이 명기된 작품들은 1932년에 나온 윤석중 첫 작품집인 『윤석중 동요집』에서부터 1980년 엮은 『윤석중 동요 525곡집』에 이르기까지 주로 그가 펴낸 작품집에 실렸던 작품들임을 알 수 있다. 그러나 이 전집에는 이들 작품집에 실렸던 작품들 전부를 빠짐없이 수록한 것이 아니라 그 가운데 일부를 선별하여 실은 것이 확인된다. 가령 그의 첫 동요집인 『윤석중 동요집』에 실린 작품은 총 35편인데 반하여, 전집에 수록된 이 시집의 작품은 23편밖에 되지 않는다. 『잃어버린 댕기』에 수록된 작품 수는 총 56편에 달함에도 이 가운데 전집에 수록된 작품 수는 16편밖에 되지 않는다. 이런 선별 수록은 모든 작품집에서 드러나는 현상이다. 이런 과정에서 특히 현실 색채가 강하거나 경향성이 짙은 작품들은 배제된 것을 확인할 수 있다. 즉 전집은 윤석중 작품 전부를 수록한, 명실상부한 전집이 아니라 작품 일부만을 선별해 실은 선집임을 알 수 있다. 전집은 시집에 실렸던 작품들을 부분적으로 수록하고 있을 뿐만 아니라, 신문 지면이나 잡지에 실렸던 작품들 또한 온전히 수습 하지 못했음이 드러난다. 특히 그의 초기 작품 세계를 살필 수 있는 20년대 중반 이후 《조선일보》나 《동아일보》, 《중외일보》에 수록된 작품들은 대다수가 빠져 있는 것이 확인된다. 전술한 바와 같이 윤석중은 동요 「옷둑이」를 통해 등단한 동요시인이기도 하였지만, 한 발 먼저 《동아일보》 신춘문예를 통해 동극으로 등단한 극작가이기도 하였다. 앞장에서 살펴보았듯이 그는 신춘문예 입선작 「올빼미의 눈」을 비롯하여, 1932년 직전까지 여러 편의 동극을 발표했다. 이런 행적에도 불구하고 그의 전집에는 그가 발표한 동극본이 한 편도 수록되어 있지 않다. 이를 보면 전집이 갖는 한계가 명백함을 알 수 있다. 따라서 그의 전집에 수록된 작품 이외에도 다수의 윤석중 작품들이 있음을 인지해야 하며, 윤석중 작품 세계를 온전히 탐색하기 위해서는 전집에 실린 작품뿐만 아니라 그 전집에서 제외된 작품들을 새로 수습 정리할 필요가 있다.

1990년 팔순 기념으로 엮은 동요선집 『여든살 먹은 아이』 표지.

윤석중은 전집 작업을 마친 이후에도 두 권의 작품 선집과 두 권의 창작집을 상재하며 노익장을 과시했다. 그는 1990년 팔순 기념 동요선집 『여든 살 먹은 아이』(웅진출판사)를 상재하고, 이어 같은 출판사에서 1994년과 1995년에 각각 동요동시집 『그 얼마나 고마우냐』, 『반갑구나 반가워』를 내며, 88세 때인 1999년에 동요선집 『깊은 산속 옹달샘 누가 와서 먹나요』(예림당)를 냈다. 이들 중 두 권의 동요선집은 열외로 한다 하더라도 여든을 넘긴 나이에 창작 동시집을 두 권이나 더 내게 된 것은 특기할 일이다. 그러나 이들 창작집의 성과는 일종의 매너리즘을 동반한 것이어서 윤석중 동요 동시 세계 전체를 놓고 보았을 때 문학적 가치가 뛰어나다 볼 수 없는 작품집이라 할 수 있다.

윤석중은 2003년 12월 9일 93세를 일기로 노환으로 사망한다. 그는 대전국립현충원 국가 유공자 묘역에 안장되었으며, 정부에서는 금관문화훈장을 추서했다.

윤석중의 문학 세계

1. 윤석중 문학의 다양성과 연속성

　윤석중은 소년이던 열세 살에 작품을 쓰기 시작해 아흔세 살로 생을 마감할 때까지 꾸준히 작품을 쓴 다작의 작가이다. 일찍이 이광수가 예언한 대로 그는 "백발이 오고 이가 다 빠져 오므람이 늙은이가 다 될 때까지" 평생 동안 어린이를 위한 동요를 썼다. 윤석중 동요만 해도 어림잡아 1200편이 넘는 것으로 추산된다.[1] 1988년 간행된 『윤석중전집』만 보아도 그가 쓴 글의 양이 얼마나 방대한지 알 수 있다.

　그러나 『윤석중전집』이 말 그대로 윤석중 작품의 전모를 집대성한 자료집이 아니라는 점에서 그가 남긴 글의 양은 훨씬 더 많음을 알 수 있다. 이를 정확히 파악하기 위해서는 아무래도 윤석중 작품이 발표된 지면을 빠짐없이 조사해 작품 목록을 확보하고, 작품집으로 엮인 작품들과 대조를 통해 그 숫자를 파악하는 것이 합당할 것이다. 그러나 우리

---

[1] 박경용은 윤석중의 작품 수가 총 "만 여편에 달한다"고 말하고 있으며(박경용, 「윤석중론」, 『아동문학』,1966. 5, 59쪽.), 이재철 또한 윤석중의 "총 작품 수가 1만 편에 달한다"다고 적고 있으나(이재철, 『한국현대아동문학사』, 일지사, 1978, 224쪽) 이 숫자가 무엇을 근거로 말해진 것인지는 확실치 않다. 미발굴을 작품을 포함시키더라도 윤석중 작품은 1,200편에서 1,300편 사이일 것으로 짐작된다.

아동문학 연구 풍토에서 이러한 조사를 가능하게 할 기초 여건은 아주 빈약한 실정이다. 해방 이전의 신문 잡지는 물론이려니와 해방 이후 것들 또한 정비가 덜 되어 있어, 윤석중의 작품 목록을 작성하는 일은 제한적일 수밖에 없다.[2]

우선 윤석중이 생전에 발간한 작품집의 목록만을 시기별로 정리하면 다음과 같다.

가. 일제시대

⟨1⟩『윤석중 동요집』, 신구서림, 1932. 동요곡집. 35편 수록.

⟨2⟩『잃어버린 댕기』, 계수나무회, 1933. 동요, 동화시, 번역시 포함 총 56편 수록.

⟨3⟩『윤석중 동요선』, 박문서관, 1939. 동요선집. ⟨1⟩, ⟨2⟩에 수록된 작품 27편 포함 총 56편 수록.

⟨4⟩『어깨동무』, 박문서관, 1940. 동요집. 30편 수록.

나. 해방기

⟨5⟩『초생달』, 박문출판사, 1946. 동요집. 해방 이전 작품 41편 포함 총 50편 수록.

⟨6⟩『굴렁쇠』, 수선사, 1948. 동요선집. ⟨1⟩의 10편, ⟨2⟩의 8편, ⟨3⟩의 10편, ⟨4⟩의 12편, ⟨5⟩의 8편, 해방 이후 발표한 작품 14편 포함 총 62편 수록.

---

2 필자가 조사한 바에 따르면 윤석중이 일제강점기에 《동아일보》, 《조선일보》, 《중외일보》, 《매일신보》, 《조선중앙일보》 등의 신문 지면과 『어린이』, 『신소년』, 『아이생활』, 『학생』, 『동광』, 『신여성』, 『별건곤』, 『신가정』, 『조광』, 『유년』, 『소년』, 『신시대』, 『半島の光』 등 잡지에 발표한 동요 작품은 총 199편으로 파악된다. 또한 해방 이후 한국전쟁까지 《자유신문》, 《동아일보》, 《조선일보》, 《경향신문》 등 신문 지면들과 『주간소학생』, 『새동무』, 『소학생』, 『아동문화』, 『어린이나라』, 『소년』, 『자유신문』, 『새살림』 등의 잡지에 발표한 작품은 총 44편이다. 전술한 바와 같이 자료의 미비나 제한으로 말미암아 이는 윤석중 작품의 전부가 아니라 그 일부에 불과한 것이라 할 수 있다. 이들 신문 잡지 지면에 발표된 대부분의 작품들은 아직까지도 온전히 정리가 되지 못하고 있는 형편이다. (필자가 확인한 자료들의 목록은 이 논문의 부록 '윤석중 작품 연보'를 참조할 것.)

〈7〉『아침까치』, 산아방, 1950. 동요집. 총 60편 수록.

다. 50년대

〈8〉『윤석중 동요 백곡집』, 학문사, 1954. 동요선곡집, 100편 수록.

〈9〉『노래동산』, 학문사 , 1956. 동요집, 63편 수록.

〈10〉『사자와 쥐』, 학급문고간행회, 1956. 우화시집. 222편 수록.

〈11〉『새싹 노래선물』, 새싹회, 1957. 동요곡집. 55편 수록.

라. 60년대

〈12〉『어린이를 위한 윤석중 시집』, 학급문고간행회, 1960. 동시집. 37편 수록.

〈13〉『엄마손』, 학급문고간행회, 1960. 동요집. 73편 수록.

〈14〉『우리민요 시화곡집』, 학급문고간행회, 1961. 시화곡집. 65편 수록.

〈15〉『윤석중 아동문학독본』, 을유문화사, 1962. 작품선집. 어린이 민요 33편, 이솝 이야기시 56편 포함 총 198편 수록.

〈16〉『윤석중 동요집』, 민중서관, 1963. 동요선집. 149편 수록.

〈17〉『해바라기 꽃시계』, 계몽사, 1966. 그림동요집. 14편 수록.

〈18〉『바람과 연』, 배영사, 1966. 동요집. 75편 수록.

〈19〉『카네이션은 엄마꽃』, 교학사, 1967. 동요집. 63편 수록.

〈20〉『작은 일꾼』, 교학사, 1967. 세계 동요동시집. 200편 수록.

〈21〉『꽃길』, 배영사, 1968. 동요집. 76편 수록.

마. 70년대

〈22〉『세계명작동요동시집』, 계몽사, 1970.『작은 일꾼』을 개제하여 재출간.

〈23〉『윤석중 동산』, 계몽사, 1971. 동요선집.

〈24〉『세계어린이노래 예순곡집』, 교학사, 1971. 동요곡집.

〈25〉『열손가락 이야기』, 새싹회출판부, 1977. 동화집. 15편 수록.

〈26〉『윤석중 동요 525곡집』, 세광출판사, 1979. 동요선곡집.

〈27〉『엄마하고 나하고』, 서문당, 1979. 동요선집. 70편 수록.

바. 80년대

〈28〉『어깨동무 쌍둥이』, 예림당, 1980. 동화집. 7편 수록.

〈29〉『노래가 하나 가득』, 일지사, 1981. 동요선집. 50편 수록.

〈30〉『달항아리』, 동화출판공사, 1981. 동화집.

〈31〉『사람나라 짐승나라』, 일지사, 1982. 우화시집. 『사자와 쥐』를 개제하여 재출간.

〈32〉『멍청이 명철이』, 가톨릭출판사, 1982. 장편동화집.

〈33〉『날아라 새들아』, 창작과 비평사, 1983. 동요선집. 258편 수록.

〈34〉『열두 대문』, 웅진출판사, 1985. 동화집. 17편 수록.

〈35〉『아기꿈』, 대교문화, 1987. 동요선집. 37편 수록.

〈36〉『새싹의 벗 윤석중전집』(전30권), 웅진출판사, 1988. 작품선집. 총 876편 수록.

사. 90년대

〈37〉『여든 살 먹은 아이』, 웅진출판사, 1990. 동요선집. 80편 수록.

〈38〉『그 얼마나 고마우냐』, 웅진출판사, 1995. 동요집. 50편 수록.

〈39〉『반갑구나 반가워』, 웅진출판사, 1995. 동요집. 50편 수록.

〈40〉『깊은 산 속 옹달샘 누가 와서 먹나요』, 예림당, 1999. 동요선집. 15편 수록.

이상에서 정리한 대로 창작과 관련된 그의 생전 단행본 목록만 해도 총 40권에 달한다. 이 가운데 순수한 창작동요집은 13권[3]이며, 동요선집(동요곡집 포함) 18권[4], 우화시집 2권[5], 번역시집이 2권[6], 동화집 5권[7] 등이다. 이를 보면 그는 대부분 '동요집'을 많이 남겼으며, 또한 그것이 작곡이 많이 되어 '동요곡집'[8]으로 출간된 것을 알 수 있다. 그리고 작품 활동이 왕성하고 창작 시기가 길었던 만큼 각 시기별로 그의 작품을 선집 형태로 묶은 작품집도 다수를 차지함을 확인할 수 있다. 윤석중은 이솝 이야기를 각색하여 우화시집을 엮기도 했

이솝 이야기를 시화한 『사자와 쥐』 표지.

으며, 우리 민요를 어린이의 눈높이에 맞게 각색하여 '시화곡집'으로 엮기도 했다. 또한 외국 곡에다가 자신의 가사를 붙인 동요곡집을 내기도 하고, 각국의 작품을 번역한 동요·동시집을 펴내기도 했다. 이를 보면 그는 순수한 창작에만 매달린 시인이 아니라 동요와 관련된 여러 방면의 활동에 관심이 있었음을 알 수 있다.

윤석중 동요에서 드러나는 작품의 색깔 또한 한마디로 규정하기 힘들

---

3 『윤석중 동요집』(1932), 『잃어버린 댕기』(1933), 『어깨동무』(1940), 『초생달』(1946), 『아침까치』(1950), 『노래동산』(1956), 『어린이를 위한 윤석중 시집』(1960), 『엄마손』(1960), 『바람과 연』(1966), 『카네이션은 엄마꽃』(1967), 『꽃길』(1968), 『그 얼마나 고마우냐』(1995), 『반갑구나 반가워』(1995).

4 『윤석중 동요선』(1939), 『굴렁쇠』(1948), 『윤석중 동요 백곡집』(1954), 『새싹 노래선물』(1957), 『우리민요 시화곡집』(1961), 『윤석중 아동문학독본』(1962), 『윤석중 동요집』(1963), 『해바라기 꽃시계』(1966), 『윤석중 동산』(1971), 『세계어린이노래 예순곡집』(1971), 『윤석중 동요 525곡집』(1979), 『엄마하고 나하고』(1979), 『노래가 하나 가득』(1981), 『날아라 새들아』(1983), 『아기꿈』(1987), 『새싹의 벗 윤석중전집』(1988), 『여든 살 먹은 아이』(1990), 『깊은 산 속 옹달샘 누가 와서 먹나요』(1999).

5 『사자와 쥐』(1956), 『사람나라 짐승나라』(1982, 『사자와 쥐』의 재판).

6 『작은 일꾼』(1967), 『세계명작동요동시집』(1970, 『작은 일꾼』의 재판).

7 『열손가락 이야기』(1977), 『어깨동무 쌍둥이』(1980), 『달항아리』(1981), 『멍청이 명철이』(1982), 『열두 대문』(1985).

8 동요곡집이란 말 그대로 동요(가사)만 수록된 동요집이 아니라 가창을 전제로 하여 곡보가 함께 실려 있는 동요집을 말한다.

다. 널리 알려진 것처럼 "그의 작품에 꿈의 세계가 펼쳐지는가 하면, 지나친 환상의 세계가 있고, 향수적인 것이 있는가 하면, 교화적인 요소가 다분하다. 생활시가 있는가 하면, 우화적인 것도 있다. 한마디로 그의 작품에는 일관된 세계라는 것이 없다"고 할 수 있다.[9] 작품의 양도 방대하거니와 작품의 경향 또한 다양해서 그의 작품을 몇 개의 키워드로 정리하거나 시기 구분을 한다는 자체가 어렵거나 무의미하다는 생각이 들기도 한다.

1980년대 노원호는 자신의 논문에서 윤석중 작품을 1기(초기: 창작활동 시작부터 해방까지), 2기(중기: 해방 이후부터 1950년대 말까지), 3기(후기: 1960년대부터 1980년대까지)로 나누어 각 시기에 나타나는 특징을 살펴보고 있다. 그는 각 시기별로 나타나는 작품의 경향을 "초현실적 낙천주의 동요기", "현실참여적 자유동시기", "생활투영적 요적동시기"로 구분하여 정리한다. 그는 윤석중의 작품이 이 세 시기에 걸쳐 "형태적으로 내용적으로 변화의 단계를 뚜렷이 하고 있다"고 언급하며, 그 작품 변화과정은 "한 마디로 '상승계단'을 밟고 있다고 말할 수 있다"고 밝혔다.[10]

---

9 박경용, 앞의 글, 60쪽. 이재철 또한 윤석중의 작품을 내용상 "① 자연의 일상적인 변화를 노래한 것 ② 명절과 어린이 행사를 노래한 것 ③ 어린이의 자는 모습에서 아름다움을 발견한 것 ④ 모성애를 노래한 것 ⑤ 어린이의 현실적 생활경험을 노래한 것 ⑥ 부드럽고 작은 것의 아름다움을 노래한 것 ⑦ 민요가락에 맞추어 지은 것 ⑧ 이이솝 이야기의 풀이로 교화적인 면을 강조한 것"으로 분류했다. (이재철, 「윤석중론」, 『한국아동문학작가론』, 개문사, 1983, 58쪽.) 윤석중 작품이 가지는 다양성의 측면을 언급한 논문 가운데 진선희의 「석동 윤석중의 동시 연구」(『한국어문교육』 15집, 2006. 2.)가 있다.

10 이런 언급은 앞선 논문 「명쾌한 동심의식과 시적 정서」(『한국아동문학 작가 작품론·전편』, 서문당, 1991.)에서 그가 윤석중 작품에는 전 시기에 걸쳐 '동심의식'이 꾸준히 나타나고 있음을 강조한 것과 다소 구별되는 발언이라 할 수 있다. 노원호는 앞선 이 논문에서 윤석중 작품 전반에 걸쳐 작가의식이 어떻게 나타나고 있는가, 그의 작품이 표현하고 있는 시적 정서는 무엇인가를 살피고자 하였다. 그는 윤석중의 작품을 초기(일제강점기~1946년 『초생달』 간행), 중기(『초생달』 이후~6·25전쟁 전후), 후기(1960년대 이후)로 나눈 뒤, 윤석중 작품에는 어느 시기에나 '시대의식'이 표면화되지 않고 있음을 강조한다. 즉 그의 동요 동시는 "순진무구한 동심"을 바탕으로 이루어지며, "한결같이 아름답고 즐거운 세계"를 그려놓았다고 밝히고 있다. 설사 시대의식이 드러나는 작품이 있더라도 그 수가 얼마 안 되며 밝고 명랑한 작품들이 중기, 후기까지 일관되게 지속된다고 강조하고 있다. 노원호는 윤석중 작품에서 드러나는 이러한 경향을 '동심의식'이라 칭하며 그것을 긍정적인 관점에서 보고 있어 주목된다. 즉 앞의 논문이 윤석중 작품 속에 일관되게 드러나는 동심의식을 강조하는 데 초점을

노원호의 이런 시기 구분법은 윤석중 작품이 가지는 내용과 형식의 특징을 함께 고려한 것으로 보이긴 하지만, 윤석중 작품 경향을 따져 보았을 때 다소 무리가 따르는 구분이라 생각한다. 우선 윤석중 초기에 나타나는 작품의 경향을 다만 초현실적 낙천주의라 규정할 수 있을 것인가부터가 걸린다. 윤석중 초기 작품에서는 오히려 현실참여 색깔이 뚜렷한 작품들을 많이 만날 수 있기 때문이다. 이와는 반대로 2기를 현실참여적 자유동시기로 칭하는 것이 문제가 된다. 어찌 보면 이 시기에는 초현실적 낙천주의와 생활투영적 작품이 적지 않게 산출되는 것을 볼 수 있기 때문이다. 즉 노원호의 시기 구분은 각 시기 작품에서 드러나는 다양한 작품의 면모를 무리하게 한 가지 경향으로만 규정하려는 데서 한계를 안고 있다. 그런데 결정적인 문제는 후기의 윤석중 문학을 보는 노원호의 시각이다. 노원호는 윤석중 작품을 후기로 갈수록 "변증법적으로 발전"된 과정으로 보고 있는데 이런 관점은 쉽게 납득하기 어렵다. 후기로 갈수록 윤석중의 작품은 오히려 매너리즘에 빠진 경향이 드러나고 있기 때문이다.

노원호의 논의와 달리 윤석중 작품에는 별다른 변화가 없는 것을 특징으로 한다는 지적도 있다. 1960년대 박경용은 「윤석중론」에서 이런 말을 하고 있다.

그의 작품집 아홉을 한자리에서 通讀하고 나서도 發刊 年代順을 確認해 보지 않고서는 어느 것이 앞인지 뒤인지를 內容으로써는 判別하기가 어려울 정도였다. 그만큼 작품의 成長過程이 時期的으로 뚜렷하지 못할뿐더러 작품집이 그 自體로서의 個性을 충분히 發揮하지 못하고 있다. 그것이 반드시 문제될 性

맞춘 논문이라면 뒤에 쓰여진 논문은 그 동심의식이 시기별로 내용상 형태상 어떤 차이점을 지니고 변모해 갔는지를 살피는 논문이라 할 수 있다. 노원호 이후에 쓰여진 학위논문들은 대부분 노원호가 언급한 동심의식을 강조하면서도 시기 구분에 있어서는 후자의 입장을 따르고 있는 형편이다.

質의 것은 못되지만, 작품 세계에 변모가 거의 없었다는 사실은 어떤 의미에서도 확실히 놀라운 사실임에 틀림없다.[11]

박경용은 이 글에서 윤석중의 작품이 "일제 암흑기와 8·15 광복, 6·25와 4·19를 거쳐 오면서 시기에 적응한 작가의식이 얼마간 투영되어" 있을 뿐, "작품의 근본적인 면에는 커다란 변화"가 나타나지 않는다고는 지적하며, "1933년의 『잃어버린 댕기』에서 그의 작품은 이미 상당한 완숙의 경지에 도달해 있다"고 단언한다.[12] 이는 후기로 갈수록 "변증법적 발전"을 이루었다는 노원호의 견해보다 윤석중 작품이 안고 있는 일면을 보다 정확히 간파한 말이라고도 할 수 있겠으나, 그의 발언 또한 윤석중 작품이 갖는 특질을 지나치게 단순화한 측면이 있지 않나 생각한다.

박경용의 말대로 윤석중의 작품을 시기적으로 구분해서 논하는 것이 무의미하다면 우리는 시대에 아랑곳하지 않고 윤석중의 작품 속에 변하지 않고 있는 그만의 특질이 무엇인가를 좀더 세밀하게 탐색해 볼 필요가 있다. 즉 윤석중 작품에 작용하고 있는 '연속성'의 자질이 무엇인가를 밝힘으로써 윤석중 작품의 핵심을 파악하는 것이 필요하다는 생각이다. 그렇다면 과연 80년 넘게 지속되어 온 윤석중 작품에서 끊임없이 나타나는 연속성이란 무엇인가?

연속성이라는 관점에서 윤석중 문학에 접근하려 할 때, 떠올릴 수 있는 키워드는 동요, 동심, 국가라는 세 가지 용어이다.

동요는 음악성을 위주로 하는 문학 장르다. 윤석중은 신문과 잡지, 동요곡집, 음반과 방송, 교과서 등을 통하여 동요를 전파시켰다. 지금의 동시가 단지 인쇄 매체를 통한 '눈으로 읽는 문학'에 국한된다면 그의

---

11 박경용, 앞의 글, 60쪽.
12 박경용, 같은 글, 60쪽.

작품은 다양한 매체를 통하여 '가창'의 형태로 독자에게 전달되었다. 이를 통해 윤석중은 대중적으로 널리 알려진 동요시인이 될 수 있었다. 이 과정에서 그가 보여준 시적 노력들은 특기할 만하다. 그는 단조로운 정형률과 시형식을 깨고 새로운 리듬 감각과 시형을 보여주었으며, 우리말을 다루는 천부적 기술, 대중성 획득 등을 통하여 '동요'의 수준을 높였다. 그는 명실공히 창작동요의 일인자로서의 면모를 보여준 시인이라할 수 있다.

두 번째 윤석중 동요가 갖는 연속성의 키워드는 동심이다. 윤석중은 흔히 동심주의자로 치부된다. 그렇다면 과연 윤석중이 표방한 동심주의란 무엇이며, 윤석중이 발견한 동심은 어떤 성격을 지니고 있는가. 윤석중에 대한 긍정이든 부정이든 그의 동심주의에 대한 대부분의 논의들은그가 현실과 유리된 세계를 그려온 것을 강조하는 데 그쳤다. 그러나 이글에서는 오히려 윤석중이 이전에는 깊이 탐색되지 못했던 아동상을 새롭게 구현했다는 관점에서 그의 동심주의에 접근하려 한다. 윤석중은우리 아동문학이 간과했거나 간과하고 있는 어린이—명랑한 어린이, 공상하는 어린이, 유년의 어린이, 도시의 어린이—상을 발견하고 그것을작품 속에 끊임없이 구현하고자 한 시인으로 평가할 만하다.

셋째로 이른바 국가(國家)와 윤석중 동요가 갖는 연속성의 문제이다. 윤석중은 작품 초기부터 말기에 이르기까지 일종의 국민시가적 성격을끊임없이 고수하려 하였다. 한일병합이라는 특수한 역사의 시기에 태어나 우국적 인사들 틈에서 나고 자라며 민족의식을 키웠던 그의 내면에는 온전한 아버지(완성된 국가)를 갈망하는 부성콤플렉스가 작동하고 있었다. 부성콤플렉스는 '부재하는 아버지'를 대신하려는 시인의 무의식의 발로라 할 수 있는바, 그의 작품 초기에 나타나는 현실지향이나 저항성은 그것에 연유하며 명랑한 어린이상 또한 일정 부분 그것에 연유한다고 볼 수 있다. 분단 이후에 나타나는 교훈주의 또한 결국 그러한 요소와 밀접한 관련을 맺는다. 이 글에서는 윤석중 문학에 연속성을 띠고 나타나는 국민시가적 요소에 대해 탐색해 보려 한다.

2. '동요'라는 장르와 윤석중 문학

80년 가까이 지속된 윤석중 문학은 그 장구한 기간만큼이나 다채로운 모습을 보이면서도 한편으로 '연속성'이라는 관점에서 일종의 공통분모를 가지고 있다. 그 공통분모는 우선 '동요'라는 용어로 압축할 수 있다.

동요[13]는 음악성을 위주로 하는 문학 장르다. 우리 아동문학사에서는 동요가 동시로 발전해 나갔다는 인식이 널리 퍼져 있어 동요는 덜 된 시, 근대 문학 장르의 과도기 양식 정도로 치부되고 있는 실정이다. 그런데 윤석중이야말로 바로 이 동요라는 장르를 끊임없이 갈고 닦은 장본인이라 할 만하다. 동요는 가창을 전제로 하는 장르라는 관점 아래 윤석중이 표방한 동요시인으로서의 면모와 성과들을 살펴보는 것은 윤석중 문학의 실체에 접근하는 한 가지 방법이라는 생각이 든다.

---

13 '동요'란 사전적 의미로 '어린이의 정서에 맞는 언어로 그들의 소망이나 감정을 표현한 노래'로 풀이된다. 역사적으로 보았을 때, 동요라는 명칭은 다음과 같은 네 가지 개념으로 쓰여 왔다. 1) 예언적 기능을 가진 고대 참요(讖謠), 2) 어린이들에 의해서 입에서 입으로 전승되어 온 구전동요, 3) 근대 아동문학 형성기에 작가에 의해 정착된 창작동요, 4) 현대음악용어인 어린이가 부르기에 적합한 노래로서 동요곡이 그것이다. 윤석중이 창작한 동요는 응당 3)의 범주에 해당된다. 즉 동요란 근대 아동문학운동의 전개와 함께 생겨난 아동문학의 한 장르로서 작가가 창작한 창작동요를 일컫는다. 이른바 동시가 정형적인 형식이나 리듬에 크게 구애받지 않는 장르인데 견주어 동요는 음악성이 강한 일종의 정형시로 이해된다. 즉 동요는 외형률을 중심으로 구성되어 노래 불려지는 노래의 내용, 곧 노래말이라고 할 수 있으며, 음악에서의 곡조와 불가분의 관계를 맺고 있음으로 해서 4)와도 밀접한 연관성을 갖고 있다.

1) 동요를 보는 시각, 윤석중을 보는 시각

60년대 초반 『윤석중 아동문학독본』을 엮은 피천득은 '해설'에서 "동요하면 윤석중 선생을 연상하게 되고, 윤석중 하면 동요를 생각하게 된다."고 하며, 윤석중은 평생을 "동요를 꿈꾸고, 동요를 먹고, 동요로 숨쉬고 살아"왔으며, 그가 동요를 쓰는 것은 "오락이요, 직업이요, 습관이요, 그의 생활"이라고까지 진술한 바 있다.[14] 피천득의 말처럼 윤석중은 평생 동안 '동요 짓기'를 업으로 삼으며 동요와 더불어 자신의 삶을 영위했던 시인이라 할 수 있다. 즉 윤석중은 여러 아동문학 장르 가운데서 '가창'의 형태로 향유되는 동요에

피천득이 책임편집한 『윤석중 아동문학독본』 표지.

서 자신의 문학적 재능을 발휘했다. 그가 다른 시인들에 비해서 유독 친근한 동요시인으로 일반에게 널리 알려진 것은 그의 작품이 노래를 통해 입에서 입으로 불렸기 때문이다. 그러나 윤석중이 추구한 이 '동요'가 얼마나 합당한 평가를 받아왔는지 장담하기 어렵다.

尹氏의 童謠는 (1) 그 形式이 새로웁고 (2) 取題가 特異하며 (3) 말이 부드러워 알아보기가 쉽다. 그러나 모든 作品의 決定的 要素인 內容에 잇서서는 매우 劣等하다고까지 볼만치 空虛하기 짝이 업다. 形式만의 美는 껍질만의 美化이지 決코 內容의 美化는 못된다. 그리고 形式의 美도 內容이 空虛하면 잇슬수 업는 것이다. 內容업는 形式은 內臟업는 人間이다. 그럼으로 內容업는 形式의

---

14 피천득, 「해설」, 『윤석중 아동문학독본』, 을유문화사, 1962, 1~3쪽 참조.

極致는 瞬間의 새로운 맛은 잇슬지 몰르나 아모런 美感도 주지 못하는 것이다.[15]

일제시대 송완순에 의해 씌어진 이 평문은 윤석중에 대한 그 이후의 평가들을 잘 대변해 주고 있다. 아름다운 형식미를 갖추고 있으나 그 내용은 매우 열등하다고까지 볼 만치 공허하기 짝이 없는 세계, 그것이 윤석중을 규정하는 세간의 인식이었다고 해도 과언이 아니다. 60년대 박경용,[16] 70년대 이오덕[17]이 모두 그와 비슷한 평가를 내린 바 있다. 그러한 규정은 지금까지도 윤석중을 보는 시각으로 고정화되어 버리지 않았나 생각한다.

이재철은 자신의 저서 『아동문학의 이론』(형설출판사, 1984)에서 동요를 동시의 전사(前史)로서 취급한다. 즉 동요가 있었고, 그 동요를 바탕으로 해서 동시가 나왔다는 것이다. 이런 문학사 기술은 우리 아동문학사에서 거의 통용되다시피 하는 것이다. 이재철의 말을 좀더 빌려 보면 "동시는 성인문학의 신시운동(新詩運動)처럼 정형동시→자유동시→산문동시의 순서로 진전되었으며, 외형율 중심에서 내재율 중심으로 성장했다"고 단언한다. 또한 그는 '동요'가 '정형동시→자유동시→산문동시'의 순서로 발전되었으며, 이런 변화 과정에서 외형율 중심의 동요가 내재율 중심의 시로 "성장했다"고 기술하고 있다. 이재철은 이런 발언에 덧붙여 동요는 시라기보다는 "악곡의 가사구실을 주로 도맡았으며 그 자체로서도 노래 부르려는 성격을 강하게 지녔기 때문에 비시적 요소가 지적됨으로써 급기야는 요적 동시니, 시적 동요니, 또는 동요시니 하는 방향을 잡지 않을 수 없었고, 그것은 마침내 정형동시를 지향하지

---

15 구봉산인(송완순), 「비판자를 비판—자기 변해와 신군 동요관 평」, 《조선일보》, 1930. 2. 22.
16 박경용은 윤석중이 "형식에 너무 치중함으로써 내용은 응당 공소함을 면치 못한다"고 비판했다.(박경용, 앞의 글, 66쪽.)
17 이오덕은 윤석중이 "유희세계에 안주하여 다만 말재주의 수준 높은 솜씨만을 보여왔을 뿐"이라고 비판했다.(이오덕, 『시정신과 유희정신』, 창작과비평사, 1977, 182쪽.)

않으면 안 되게 되었다고"고 적고 있다. 즉 그는 정형동시와 자유동시의 관계를 "요과 시의 관계, 정형시와 자유시의 관계, 음악적 미와 회화적 미의 관계"로 대비해 언급하면서 자유동시가 쓰여짐으로 해서 "회화적·입체적·영상적·시적 미를 추구하고 나아가 사유적 이미지를 지향하는 생각하는 시"를 추구하게 되었다고 적고 있다.[18]

'윤석중 하면 동요'라는 연상과 같이 동시의 포괄적 의미속에서의 동요라 할 때 얼핏 머리에 떠오르는 첫연상은 곧 정형률일 것이며, 그와 함께 음악적 리듬을 연이어 연상할 수 있을 것이다. (…) 곧 그는 초기부터 현금에 이르기까지 통틀어 요적인 바탕을 하나의 숙명적인 기저로 삼아온 것이다. 그리고 그것은 그를 위하여 하나의 천국이자 지옥이기도 했으니 그는 그것으로 해서 빛났고 동시에 비난받아 왔던 것이다.[19]

이재철이 지적한 윤석중의 이런 한계 역시 앞에서 밝힌 동요에서 동시로 발전했다는 시각과 관련을 맺고 있다. 동요에서 동시로 발전되는 동안 윤석중은 그 흐름대로 자신의 시 작업을 업그레이드 시키지 못했다는 발상, 다시 말해 윤석중은 일생 동안 오로지 "요적인 바탕을 하나의 숙명적 기저"로 삼는 것에 머물렀으니, 그의 문학적 한계가 바로 거기에 기인한다는 것이다. 다시 말하자면 윤석중은 동요에서 정형동시로 진전하는 단계까지에서는 일정한 역할을 감당했으나, 정형동시에서 자유동시 혹은 산문동시에 이르는 과정에서는 별다른 역할을 하지 못했다는 비판을 받았던 것이다.

그렇다면 우리는 여기서 이런 색다른 질문을 제기해 볼 수 있다. 만약 동요를 동시의 전사로만 보지 않고, 서로 다른 독립적 개별 장르로 본다

---

18 이재철, 『아동문학의 이론』, 형설출판사, 1984, 17~18쪽.
19 이재철, 「윤석중의 문학」, 『아동문학평론』 8권 2호, 1983, 24쪽.

면 윤석중에 대한 평가는 또 어떻게 달라진 것인가? 가령 동요와 동시를 연속의 개념으로가 아니라 단독성의 개념으로 취급할 수 있다면 우리는 단지 요적인 바탕을 했다는 점 때문에 윤석중에게 문제가 있었다고 말하기는 어려울 것이다.

김용희는 「윤석중 동요 연구의 두 가지 과제」에서 윤석중 동요에 드리워진 '초현실적 낙천주의자'라는 편향된 부정적 평가는 그의 작품이 노래를 전제로 한 동요임을 간과한 데서 온 결과라고 주장한다. 그는 윤석중의 작품이 가지는 노래로서의 동요, 노랫말로서의 동요의 성격을 주목할 필요가 있다고 주장했다.[20] 김찬곤 또한 동요를 동시의 기원으로 보면서 열등한 장르로 취급할 것이 아니라 둘을 발생의 연원 자체가 완연히 다른, 별개의 장르로 파악하는 것이 바람직하다는 주장을 편 바 있다.[21] 이런 견지에서 윤석중 동요는 말 그대로 가창을 전제로 한 동요라는 관점으로 보았을 때 그 본질이 명확하게 드러날 것이라 생각한다.

2) '가창'이라는 제시형식과 윤석중 동요의 기반

동요를 동시와 구분하려 할 때 우리는 먼저 동요가 '곡조에 맞추어 부르는 노래'라는 제시형식[22]으로 출발했음을 상기할 필요가 있다. 애초 동요는 동시처럼 '묵독'의 형태로 향유되기보다 '가창'의 형태로 향유되었다. 전근대시기에 불리던 전래동요처럼 순전히 가창의 형태로만 불린

---

20 김용희, 「윤석중 동요 연구의 두 가지 과제」, 『한국아동문학연구』 10호, 2004, 77~84쪽.
21 김찬곤, 「동요를 동시의 눈으로 봤을 때」, 『동시마중』 2호, 2011. 7, 89~90쪽. "동요와 동시는 애당초 별개의 장르이고, 또 이것은 증명해야 할 어떤 것도 아니다.(사실은, 이 글을 쓰기 시작할 때, 나는 이것을 증명해 보려고 했다. 하지만 글을 써 나갈수록 이것은 증명의 문제가 아니구나, 하는 것을 저절로 알게 되었다.) 둘은 분명히 별개의 장르였는데도 우리는 어느 순간 같은 범주에 놓고 다루었다. 그래서 동요가 동시로 발전했다고 보았던 것이다. 그런데 상식으로 생각해 보자. 발전했다고 하는데, 도대체 뭐가 발전했는지 말할 수 있을까? 동요에서 동시로 발전한 것이 아니라, 동요가 서서히 죽어가고 있었고, 이와는 별 관계 없이 동시 장르가 태어났다고 보는 것이 타당하지 않을까."

것은 아닐지라도 인쇄되어 지면에 실린 동요들은 대부분 묵독보다 가창의 방식을 지향했던 것이다.

동요는 본래 작문 짓듯이 짓는 것이 아니요 노래로 불은 것을 써 놋는 것입니다. 다시 말하자면 어엽분 새라든가 고흔 꼿이라든가 조고만 시내라든지 큰 바다라든지 달이라든지 별이라든지 그 무엇이라든지 눈에 뵈일 때 귀에 들릴 때 질거워서 라든지 슯허서 라든지 입에서 저절로 노래가 울어 나와서 입으로 노래한 것이 동요입니다. 그러나 **글ㅅ자로 긔록해 놋는다는 것은 동요와는 아모 관계가 업는 것입니다. 입으로 노래만 하면 그만입니다.**[23]

노래로 불을 수가 잇스며 그에 맛처서 춤을 출 수 잇게 지어야 합니다. 격됴(格調)가 마저야 합니다. ……**노래로 불을 수도 업고 또 춤도 출 수 업게 지은 것은 못씁니다.**[24]

---

22 김준오는 『시론』에서 장르의 제시형식이란 문학이 독자(청중 또는 관객)에게 어떻게 향유되는가의 문제, 곧 시인과 독자 사이에 확립되는 조건들의 문제임을 밝힌 뒤, 프라이(N. Frye)의 발언을 인용하여 제시형식에 의해서 문학작품이 각각의 장르로 범주화되는 과정을 설명한다. 그에 따르면 신화 원형 비평가인 프라이는 장르 구분의 유일한 기준으로 제시형식을 내세운 바 있다. 프라이는 서사시는 청중 앞에서 '낭송'되고, 소설은 인쇄되어 개인에 의해서 '읽히고', 희곡은 '상연'되며 서정시는 '가창'되는 특징을 들어, 작가와 독자 사이에 확립되는 각각의 조건은 장르의 형성이나 변화와 밀접한 연관을 갖고 있음을 밝혔다. 김준오에 따르면 제시형식은 "장르구분의 기준일 뿐만 아니라 장르변화의 한 요인"이다. 묵자가 『시경』의 "시 삼백을 읊고, 시 삼백을 연주하며, 시 삼백을 노래하고, 시 삼백을 춤추었다"고 했을 때 이것은 바로 서정시의 제시형식을 기술한 것이며, 이런 제시형식을 통해 우리는 장르의 형성이나 변화와 같은 문학적 관련 상황을 파악할 수 있다. 가령 향가는 노래로 불리어졌지만 고려속요는 속악정재라는 공연물의 춤과 노래, 기악연주에 얹혀서 제시되었으며, 조선조 중기 이후 당악이 쇠퇴해 가는 대신 민속악의 발달로 판소리, 잡가가 형성되었고 개화기 창가는 서양 곡조에 맞추어 불린다는 제시형식에 의해 새로운 장르가 되었다. 시가가 이름 그대로 노래로 불리는 제시형식은 개화기까지 지속된다. 신체시의 문학사적 의의는 그 형식의 새로움보다는 '듣는' 시가로부터 탈피하여 '보는' 시가 된 사실에 있으며 개화기 시조는 인쇄되어 읽히게 되었다는 점에서 노래로 불리던 고시조와 구분된다. 현대시는 낭송되기도 하고 옛날처럼 음악과 춤을 곁들여 감상되기도 한다. 그러나 대부분 인쇄되어 읽힌다. 오늘날의 현대시가 대부분 인쇄되어 읽히는 것처럼 지금의 동시는 대부분 인쇄되어 '읽힌다'. (김준오, 『시론』, 삼지원, 1999, 53~54쪽 참조.)
23 버들쇠, 「동요짓는 법」, 『어린이』 2권 4호(1924. 4), 32~36쪽.
24 버들쇠, 「동요 지시려는 분께」, 『어린이』 2권 2호(1924. 2), 25~27쪽.

창작동요운동이 대두되던 1924년에 동요작법과 관련하여 버들쇠(유지영)가 발표한 이 두 편의 글은 당시 '묵독'보다 '가창'을 전제로 하는 동요의 성격을 분명히 보여준다. 동요란 "노래로 불은 것을 써 놋는 것", "입으로 노래한 것", "노래로 불을 수 잇스며 그에 맛처서 춤을 출 수 잇게 지어야" 하는 것이라는 진술에서 동요가 곡조에 맞추어 부르는 노래의 성격을 가지고 있었던 점이 명백하게 드러난다.[25] 20년대를 흔히 '동요의 황금기'라 하는 것은 바로 이러한 부르는 노래와 관계가 깊다.

20년대 동요들은 음악가들의 '작곡'에 힘입어 가창의 방식으로 입에서 입으로 퍼져 나갔다.[26] 소년 잡지나 신문 지면을 매개로 하여 많은 독자들이 동요를 투고하였으며, 투고된 작품 가운데 음악가들의 곡이 붙게 된 노래들은 대중들에게 널리 불려졌다. 「반달」을 위시해서 「고향의 봄」, 「오빠생각」, 「오뚜기」, 「따오기」 등 많은 동요들이 일종의 가창의 형태로 대중들의 입에 오르내렸던 것이다. 동요 시인으로서 윤석중의 출발은 바로 이런 '가창되는 동요'의 제시형식과 맥을 같이 한다. 그리

---

25 이런 경향은 일본에서도 비슷했다. 『赤い鳥』를 창간할 당시 스즈키 미에키찌는 사이조 야소(西條八十)를 찾아가 다음과 같이 자신의 의견을 개진했다 한다. "어린이의 아름다운 꿈이나 순수한 정서를 상하지 않고 그것을 상냥하게 키울 수 있는 **노래와 곡**을 그들에게 주고 싶다. 그래서 나의 잡지에서는 그러한 노래에 '동화'에 대한 **'동요'**라는 이름을 붙여서 연재할 계획이다." 이를 보면 스즈키 미에키찌가 구상한 동요는 부르기 위한 노래의 성격을 가지고 있었음을 알 수 있다. (후지타 타마오(藤田圭雄), 「赤い鳥の童謠」, 『일본동요사』(동경: あかね書房, 1971), 17쪽. 전송배, 「아동잡지『어린이』와《赤い鳥》동요의 비교와『어린이』동요의 전개 양상」, 중앙대학교 대학원 박사논문, 2011. 8, 128쪽에서 재인용)

26 계급주의 아동문학 운동을 주도하던 이들도 동요에서 가창이 갖는 중요성을 강조했던 점이 드러난다. 조선프롤레타리아예술가동맹(KAPF)의 맹원이 1930년 8월 창간한 『음악과 시』(통권 1호로 종간함)에는 엄흥섭의 「노래란 것」, 이주홍의 「음악운동의 임무와 실제」, 신고송의 「음악과 대중」, 양창준의 「민요소고」 등이 실렸다. 『음악과 시』는 음악운동에서 대중화 과제에 대한 방향제시를 하려고 했다는 점에서 주목할 만하다. 이주홍은 1931년 2월《조선일보》에 발표한 글에서 동요가 "내용으로보나 형식에 잇서서 무엇보담도 그 자체가 음악적 문학적 요소를 구비하여서 그들의 감정과 정서에 쉽게 공명과 공감을 주기에 적당한 형태"임을 강조하며, 계급주의 동요에 붙은 곡들이 "엄밀히 보아서 모두가 애수(哀愁)적 동정적 극히 초기의 자연생장적인 동요에다 곡조차 부르주아 동요곡의 유형적 舊態를 완전히 못 벗어나고 음악적 기술로 보아서도 그 전체의 리듬과 멜로디가 쁘띠부르주아적이 아니면 유행가류에 가깝거나 전통적 고전미에 물들인 것이 많았다."고 반성하며 "동요의 작곡화도 필요하지만 보다는 집단적 노래의 작곡에 중요시하지 않으면 안 된다."는 것을 주장하고 있다. (이주홍, 「아동문학운동 1년간―금후운동의 구체적 입안」,《조선일보》 1931. 2. 13~19.)

고 가창되는 동요로서의 제시형식은 윤석중의 출발뿐만 아니라 그의 문학적 생애 전반과 관련을 맺고 전개되었다. 단적으로 말하면 윤석중의 명성은 바로 가창되는 동요로서 가능했고, 윤석중 동요의 특질 또한 바로 그런 가창되는 동요의 성격에서 찾아야 할 것이라 생각한다.

윤석중의 동요가 가창의 형식으로 사람들의 입에 오르내리는 과정에는 바로 동요곡집, 미디어, 교과서라는 세 가지 매체가 중요한 구실을 했다.

(1) 동요곡집

우선 그의 동요는 일제시대부터 80년대에 이르기까지 유수의 작곡가들에 의해서 곡이 붙여졌다. 약 1200여 편에 이르는 그의 작품 가운데 700편 이상이 작곡이 된 것으로 추정된다. 이는 다른 동요시인들이 결코 따를 수 없는 수치이다. 윤석중은 작곡이 된 자신의 작품을 작곡가들이 지은 곡보와 함께 '동요곡집'의 형태로 꾸준히 출간했다.[27] 일제시대부터 말년에 이르기까지 그가 발간한 창작동요곡집만 해도 모두 7권에 이른다.

윤석중의 생애에 있어 최초로 작곡가의 손에 의해 곡조가 붙은 작품은 「흐르는 시내」였다. 이 작품은 그가 심재영·설정식과 더불어 꾸려가던 '꽃밭사' 모임에서 지은 작품이다. 윤석중 자신의 회고에 따르면 그는 「흐르는 시내」를 들고 자진해서 윤극영을 찾아갔다 한다. 여기서 윤석중의 적극적인 성격을 새삼 짐작할 수 있거니와, 그는 자신이 쓴 동요

---

27 1920년대 창작동요운동의 전개 과정에서 '동요곡집'이 갖는 중요성은 다음과 같은 발언에서 충분히 짐작할 수 있다. "'조선동요연구협회'에서는 작곡집을 추천하여 지금 소년대중이 절실히 요구하는 동요작곡집을 발간하여야 될 것이며 따라서 그 선전에 게을리하지 말 것입니다. 그리고 각 출판업자들은 너무 다 영리에만 몰두하지 말고 좀 더 넓은 의미에 있어서의 이런 작곡집을 출판하기를 기대하는 바입니다. 또는 소년잡지사와 신문사에서는 그 보급에 힘써주기를 부탁합니다."(김태오, 「동요운동의 당면 임무」, 『아희생활』, 1930년 4월호.)

가 노래로 불리는 것을 매우 중요하게 여겼음을 알 수 있다. 이런 견지에서 방정환이 주도하는 색동회 창립 멤버이자 동요작곡가로 '다알리아회'라는 노래 모임을 이끌던 윤극영은 윤석중 창작 초기에 있어 매우 중요한 비중을 차지하는 인물이었다. 「흐르는 시내」가 윤극영의 첫 동요곡집 『반달』에 수록되고, 그것이 다시 음반으로 취입되어 불리는 것을 보면서 윤석중은 곡조가 붙은 동요가 가지는 파급력에 매력을 느끼게 되었을 것으로 보인다. 윤석중이 천재 동요시인이라는 별칭을 얻게 된 「조선물산장려가」 당선 경험 또한 그런 인식을 더욱 강화하는 계기가 되었다고 볼 수 있다. 이 노래가 김영환 작곡으로 사람들의 입에 오르내리게 되면서, 윤석중은 자신의 진로를 동요 창작으로 정하게 되었다고 까지 고백한 바 있다. 서울 태생으로 학창시절부터 유수의 작곡가들과 누구보다 쉽게 접촉할 수 있었던 윤석중은 20년대 창작동요 그룹에서 으뜸가는 시인으로서 위치를 확보하게 된다.

윤극영이 개인 신상 문제로 서울을 뜨게 되었지만 윤석중은 서신을 통해 그와 꾸준히 연락을 주고받았다. 동요시인으로서 윤석중은 동요작곡가로서의 윤극영과 관계를 돈독히 했다. 20년대부터 밀접한 관계를 맺었던 윤극영은 1963년에 일제시대 엮었던 『반달』 이후 두 번째 동요작곡집인 『윤극영 111 동요작곡집』을 내게 되는데 그 책에 수록된 111편의 작품 가운데 78편이 윤석중의 작품이었다. 윤석중에게는 윤극영뿐만 아니라 홍난파나 박태준 등과도 밀접한 관련을 맺었다. 홍난파는 1929년과 1933년 각각 두 차례에 걸쳐 『조선동요백곡집』을 상·하권으로 냈는데, 상권에 실린 50편의 작품 가운데 11곡이 윤석중 작품으로 나타난다. 박태준은 1929년과 1931년에 냈던 『중중 때때중』과 『양양 범버궁』에 새로운 곡들을 추가하여 1947년 동요작곡집 『박태준 동요곡집』(음악사)을 내었는데, 여기에 수록된 76편의 작품 중 54편이 윤석중의 동요였다. 윤극영, 홍난파, 박태준이 1920년대 창작동요운동의 선두

에서 맹활약하며 동
요의 황금시대를 이
끈 장본인들이란 점
에서 이는 동요 작
사가로서의 윤석중
의 위치를 가늠하게
하는 대목이라 할
수 있다.[28] 이들 동
요곡집을 살펴보면
윤석중은 같은 또래

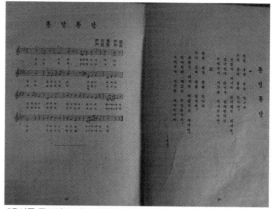

『윤석중 동요집』은 동요곡집의 형태를 띠고 있다. 사진은 『윤석중 동요
집』에 실린 「퐁당퐁당」 작품과 곡보.

인 이원수, 신고송, 윤복진은 물론이고 한정동이나 김태오 같은 선배 시
인에 견주어 월등히 많은 작품을 싣고 있는 것이 확인된다. 1920년대는
창작동요운동의 제1세대라 할 선배 시인들을 비롯하여 윤석중과 비슷
한 또래의 이른바 소년문예가들이 모두 신문과 잡지에 동요를 활발하게
발표하던 시기임을 감안해 볼 때, 유독 윤석중 작품에 비중을 둬 수록을
한 것을 보면 윤석중의 작품만이 지니는 독특한 미덕이 존재했음을 짐
작하게 된다.

작곡이 된 윤석중 동요의 양상은 윤석중 자신이 낸 동요곡집을 통해
서 더 분명하게 파악할 수 있다. 윤석중은 일제시대부터 80년대 초까지
다음과 같이 자신의 동요곡집을 꾸준히 출간한다.

---

28 "내가 동요에 눈을 뜬 것은 1923년 무렵이었다. 맨 먼저 곡을 붙여 준 윤극영님하고는 여덟 살 터울
이요, 홍난파님하고는 열세 살 터울이며, 박태준님하고는 열한 살 터울이었으니, 대운동회 때 한 다
리를 서로 묶고 세 다리로 뛰는 '이인 삼각' 경주에 비긴다면 그분들하고 나하고는 어른과 어린이가
함께 달리는 동요의 이인삼각에 비길만했다. 그러나 비록 나이 차는 컸어도 어린 마음으로 돌아가면
정다운 어깨동무가 되었던 것이다. 그래서 "좋은 곡을 달아 주셔서 제 노랫말이 살았습니다. 참 고맙
습니다."하고 내가 머리를 숙이면, 그분네는 한결같이 "무슨 말씀이오. 곡이 윤 형 작품에서 우러났
으니 도리어 이 쪽에서 고마워해야지. 요새 지은 동요 작품 또 뭐 없겠소."하는 것이었다. 그분에 말
씀도 옳긴 옳았지만 한번 곡이 붙어 나오면, 손등과 손바닥처럼 뗄 수 없는 사이가 되어 버리는 것이
었다."(윤석중, 『노래가 없고 보면』, 웅진출판, 1988, 114~115쪽.)

〈1〉『윤석중 동요집』, 신구서림, 1932, 총 35편 수록. 이 가운데 30편에 곡보가 붙어 있음. 국내 작곡가로는 윤극영·박태준·정순철·현제명·홍난파가 참여했으며, 이들의 곡을 미처 붙이지 못한 작품에는 '해외동요선곡'이라 하여 유명한 외국 작곡가(本居長世·山田耕作·小松耕輔·J.W.Elliott·J.Brahms)들의 곡을 선곡해 붙였음.[29]

〈2〉『윤석중 동요 백곡집』, 학문사, 1954, 총 100곡 수록, 박태준·손대업·정순철·홍난파·윤극영·권태호·현제명·임동혁·김성태의 곡이 붙어 있음.

〈3〉『새싹 노래선물』, 새싹회, 1957, 총 55곡 수록, 모두 손대업의 곡이 붙어 있음.

〈4〉『우리민요 시화곡집』, 학급문고간행회, 1961, 민요를 동요로 개작한 작품 총 65편 수록, 모두 손대업이 편곡함.

〈5〉『세계어린이노래 예순곡집』, 교학사, 1971, 총 60곡 수록, 프랑스·독일·이탈리아·인도네시아·영국·오스트리아·미국·스위스·네덜란드·핀란드·덴마크·멕시코·오스트레일리아·노르웨이·스웨덴·시칠리아 총 16개국의 곡들에 윤석중이 노랫말을 붙였음.

---

[29] 외국 작곡가들의 곡을 선곡한 이들도 그 면면이 결코 소홀히 할 수 없는 이들이다. 김형준·독고선·백정진·황순조·조금자가 해외선곡을 맡았다. 이들은 보육학교에서 교편을 잡은 음악교사 출신들이었다. 김형준(金亨俊, 1884~1950)은 우리 음악교육계의 선구자적 위치에 있는 인물로 숭실중학에서 음악 공부를 시작해 김영환과 함께 무대 공연을 했던 이다. 그는 홍난파가 1920년 작곡한 「봉선화」의 작사가이기도 하다. 독고선(獨孤璇)은 중앙보육학교 음악교사였으며, 백정진(白貞鎭)은 경성보육학교 교사, 황순조(黃順祚)는 봉천보모전습소 사감 및 교원으로 활동한 인물이었고, 조금자(趙錦子)는 중앙보육학교 출신으로 유치원 교사를 지내다 콜롬비아 가수 응모 대회에서 선발되어 촉망받는 가수로 활동한 인물이었다. 이들은 외국 작곡가들의 곡을 선정하는 과정에서 도움을 준 것으로 보이는데, 이들이 모두 유치원 보모를 양성하는 보육학교에서 음악을 가르치는 교육자이거나 보육학교를 졸업한 후 유치원 교사를 지낸 인물들이란 점에서 주목을 요한다.

『윤석중 동요 525곡
집』과 『윤석중 동요 백
곡집』 표지.

〈6〉『윤석중 동요 525곡집』, 세광출판사, 1979, 총 525곡 수록, 권길상·권
태호·김공선·김광희·김규환·김기웅·김남섭·김달성·김대현·김동진·김복
수·김성균·김성태·김숙경·김순세·김순애·김우현·김종환·김주한·나운
영·박병춘·박재훈·박태준·박태현·박흥수·서동석·손대업·송석만·송택
조·신화용·심현태·안동국·안병원·오동일·유병무·유순하·윤극영·윤용
하·이계석·이규삼·이무현·이문주·이수인·이은렬·이진석·이호섭·이희
목·임동혁·전석환·전인평·전준선·정구영·정근·정세문·정순철·정윤주·
정혜옥·조대원·최돈근·최종진·최창권·한세용·한용희·현금봉·현제명·홍
난파·황우춘 등 총 68명 작곡가의 곡이 붙음.

〈7〉『노래가 하나 가득』, 일지사, 1981, 총 50곡 수록, 모두 서동석의 곡이
붙어 있음.

이상에 소개한 동요집들은 말 그대로 '묵독'이 아닌 '가창'을 전제로
만들어진 동요작곡집이었다. 보통의 시집들이 눈으로 읽는 인쇄 매체에
국한되었다면 윤석중의 동요집은 곡조를 통해 노래 부르는 방식으로 독
자와 소통했던 것이다. 이런 소통 방식은 사실상 윤석중 작품을 널리 알

리는 데 크게 공헌했다. 이는 윤석중과 동시대를 살며 작품 활동을 했던 다른 동요시인들'에게 쉽게 찾아볼 수 없는 면모였다.

(2) 미디어

창작 조건의 변화와 더불어 동요를 창작하려는 이들의 수가 점차 줄어든 것을 근거로 1930년대를 동요의 위축기라 보는 시각이 없지 않지만, 수용의 측면에서 동요는 매체환경의 변화와 더불어 30년대에 더욱 전성기를 맞이했다고 보는 것이 타당하다. 이 시기에 동요는 방송과 음반을 통해 나라를 잃은 국민의 애창곡으로 널리 확산되었다. 동요는 20년대와 마찬가지로 가창과 분리해서 생각할 수 없는 장르였다. 이를 보면 '동요황금기'가 1920년대뿐 아니라 일제시대 거의 전시기를 관통했던 것을 알 수 있다. 동요의 이런 독특한 위상은 다른 나라에서는 찾아보기 힘든 한국적 특성이라 할 만하다.[30]

윤석중은 동요곡집의 출간에만 머무른 것이 아니라 새로운 매체를 통하여 동요를 독자들에게 확산시키는 과정에도 적극적이었다. 30년대로 넘어가면서 윤석중은 유성기 음반과 방송을 통해서도 자신의 작품을 대중들에게 알리는 계기를 마련했다. 유성기는 음반을 통해 음악 예술을 전파하기 때문에 그 파급 효과가 넓고 빠르며 다중적이라는 특성을 가진다.[31]

『유성기음반총람자료집: 1907년부터 1943년까지』(서울: 신나라뮤직, 2000)와 『한국유성기음반: 1907~1945』(한걸음더, 2011)를 참고하여 정리한 전송배에 따르면 유성기 음반 수록 횟수별 작사자 가운데 가장 선두를 차지하는 것은 윤석중으로 나타난다. 20회 이상 수록된 작사자는

30 원종찬, 「일제 시대 동요·동시론」, 『한국아동문학연구』, 한국아동문학학회, 2011, 73쪽.
31 전송배, 앞의 논문, 333쪽.

윤석중과 윤복진 단 두 명에 불과한데, 윤석중은 33회, 윤복진은 22회
로 윤석중이 단연 앞서는 것을 확인할 수 있다.[32] 윤석중 작품 가운데 동
요 음반에 수록된 작품 목록은 다음과 같다.

음반 구분	년월	번호	작품명(곡명)	작곡자	가창자
Columbia사 동요음반	1929. 2	40001	저녁노을	현제명	이정숙
	1931. 4	40180	봉사꽃	홍난파	서금영
	1931. 5	40200	백일홍	박태현	이정숙
	1931. 7	40224	휫파람	홍난파	최명숙
	1931. 7	40224	퐁당퐁당	홍난파	최명숙
	1931.12	40273	낫에 나온 반달	홍난파	서금영
	1932. 8	40337	우리애기	박태준	이정숙
Columbia사-Eagle 레코드 동요음반	1932. 7		달마중	홍난파	서금영
일본Columbia사- Regal대중반	1934. 6	C-140	달마중	홍난파	서금영
	1934. 6	C-141	백일홍	박태현	이정숙
	1934. 6	C-163	봉사꽃	홍난파	서금영
Victor사 동요음반	1937. 7	KJ-3004	제비말	中山晉平	진정희
	1937. 7	KJ-3004	퐁당퐁당	홍난파	계혜련
	1938. 8	KJ-3009	도리도리짝짜꿍	정순철	계혜련
	1938. 8	KJ-3012	맴맴	박태준	진정희
	1938. 8	KJ-3014	숨바곡질	윤극영	계혜련, 강정희
	1938. 8	KJ-3009	오뚝이	박태준	진정희
Nipponophone사 동요음반	1932. 7	k-8??	달마중	홍난파	서금영
Chieron사 동요음반	1932. 2	6	메암이	박태준	강금자
	1932. 2	6	벅국이	외국곡	신카나리아
	1932. 2	33	휫바람	홍난파	임수금 만도 린 3중주

---

32 전송배, 앞의 논문, 353쪽.

Deer사 동요음반	1931.11	D-4	매암이노래	박태준	강금자
	1931.11	D-4	뻑국이	외국곡	신카나리아
Okeh사 동요음반	1938. 7	제2집	달따러가자	박태현	김숙이 외 4인
	1938. 7	제3집	저녁놀	현제명	〃
	1938. 7	제1집	머리감은새앙쥐	양상보	〃
	1938. 7	제1집	샘	양상보	〃
	1938. 9	제5집	낮에나온반달	홍난파	〃
	1938. 9	제6집	모래성	박태현	〃
	1938. 9	제4집	방패연	홍난파	〃
	1938. 9	제4집	고양이와새앙쥐	홍난파	〃
	1938. 9	제8집	봄마지가자	정순철	〃
Taihei사 동요음반	1934. 5	8097	봄노래	정혜옥	길귀송

윤석중은 1933년 두 번째 작품집인『잃어버린 댕기』를 낸 후 노래모임인 '계수나무회'를 만든다. 계수나무회는 윤석중이 동요 보급을 목적으로 중앙보육학교 교사 백정진의 도움을 얻어 보육학교 학생 30명을 선발하여 만든 동요 단체였다. 당시는 1927년 개국한 경성방송국이 조선어 방송을 제2방송으로 하는 2중 방송을 개시한 때였다.[33] 윤석중은 어린이 프로 시간에 나가 '자작 시 낭독'을 하였으며, 계수나무회 회원들에게 노래 연습을 시켜 새로 지은 동요를 발표하게 하였다. 이런 노력에서 '가창'이라는 제시형식을 통해 독자들과 소통하려 한 윤석중의 면모를 새삼 확인할 수 있다.

이런 활동은 해방기에도 여전히 이어져 윤석중은 정순철·윤극영·한

33 1927년 2월 16일 오후 1시 첫 전파를 발사한 경성방송국(호출부호 JODK)은 개국 당시 일본어와 조선어를 혼합방송하는 기형적인 형태였다. 주요 방송내용은 일본어 방송인 경제시황 보도였다. 조선어·일본어 혼합방송은 물가시세·일기예보·공지사항이 주류를 이루면서 창·민요 등 조선어 프로그램도 있었다. 이 같은 편성은 청취자들로부터 외면당해 유일한 재원인 청취료 수입이 미진한 결과 초창기부터 심한 경영난에 빠졌다. 이러한 국면을 타개하기 위해 2개국어의 2중방송을 실시하고 방송망도 전국으로 확대했다. 조선어 제2방송을 실시하고 조선인 직원을 보강하는 한편 프로그램 개발에도 눈을 돌려 수신기 보급을 현저하게 늘려갔다. 특히 조선총독부는 2중방송 실시와 더불어 방송을 통한 조선인 회유에 주력하면서 방송내용에 대한 통제를 강화했다.

인현 등과 '노래동무회'를 결성하여 계수나무회의 활동을 더 활발하게
이어 나갔다. 그러다가 6·25전쟁으로 노래동무회가 와해되자 다시
1956년 창립한 '새싹회'를 통해 동요 보급운동을 계속 이어 나갔다. 이
런 과정에서 음반이나 방송을 통해 그의 동요는 일제시대보다 더욱 활
발히 보급되었다. 구체적인 통계는 나와 있지 않지만, 곡이 붙여진 윤석
중의 동요는 2000년대까지 꾸준히 음반, 테이프, CD 등으로 제작되어
활발히 유통되었을 것으로 추정된다.

(3) 음악 교과서

해방기를 맞아서도 동요가 가지는 위상은 쉽게 사라지지 않았다. 적
어도 가창을 전제로 한 동요의 위력은 60년대 초반까지 꾸준히 지속되
었다고 보는 것이 타당하다. 윤석중 동요와 관련하여 해방 이후 음반과
방송이라는 미디어보다 더욱 광범위하게 독자에게 영향을 끼친 매체가
있었다. 그것은 바로 음악 교과서였다. 해방 이후 윤석중은 교과서를 통
해 보다 확고한 동요시인으로서의 위상을 확보했다. 그의 작품은 초등
국어 교과서와 음악 교과서에 수록되었다. 국어 교과서에 실린 작품의
양만 따지더라도 윤석중은 다른 시인의 추종을 불허하지만,[34] 특히 음악

---

34 윤석중은 국어 교과서 수록 작품수에서 단연 선두를 차지하는 시인이다. 교수요목기에서 4차 교육과
정 시기에 이르기까지 국어 교과서에 수록된 윤석중 작품은 다음과 같다. 교수요목기 4편(「달」(1-
2)·「새 나라의 어린이」(2-1)·「봄나들이」(2-1)·「아침까치(5-2)」), 1차 교육과정기 5편(「달」(1-2)·
「새 나라의 어린이」(2-1)·「봄나들이」(2-1)·「아침까치」(5-2)·「기러기」(4-2)), 2차 교육과정기 11편
(「동대문 놀이」(1-1)·「사과 두 개」(1-1)·「달」(1-2)·「봄나들이」(2-1)·「우산」(3-1)·「기찻길 옆」(6-
1)·「봄노래」(6-1)·「새 나라의 어린이」(6-1)·「졸업식 노래」(6-1)·「어린이날 노래」(6-1)·「무궁화」
(6-1)), 3차 교육과정기 7편(「달」(1-2)·「봄나들이」(2-1)·「이슬비 색시비」(2-1)·「이슬」(3-1)·「기
찻길 옆」(6-1)·「새 나라의 어린이」(6-1)·「어린이날 노래」(6-1)), 4차 교육과정기 7편(「달」(1-2)·
「이슬」(3-1)·「소」(3-1)·「기찻길 옆」(6-1)·「봄」(6-1)·「새 나라의 어린이」(6-1)·「어린이날 노래」
(6-1)). 제목에서 드러나듯 윤석중의 작품은 교육과정의 개정에도 불구하고 같은 작품이 꾸준히 계
속해서 수록된 것을 알 수 있다. 그의 작품은 저학년의 "노래책" 단원이나 고학년의 "우리 노래", "그
리운 노래들"이란 제목의 단원들에 소개되었는데, 이는 그의 작품이 가지는 동요로서의 장르적 속성
을 고려한 결과로 보인다.

교과서 속의 작품은 많은 어린이들에게 깊은 영향을 끼쳤을 것으로 추정된다. 음악 교과서에 실리는 동요들은 멜로디가 수반되기에 어린이들의 심미적 정서를 자극하는 데 훨씬 효과적이다. 음악 교과서 속의 이른바 '가창'되는 노래로서의 동요는 '묵독'이나 '낭송'의 형태로 학습되는 국어 교과서 속의 시보다 훨씬 파급력이 컸을 것이다.

정부 수립 이후부터 5차 교육과정 시기까지 초등 음악 교과서에 실린 윤석중의 작품 목록을 소개하면 다음과 같다.[35]

가. 교수요목기

⟨1⟩『음악공부·1』, 문교부, 1952, 「새 나라의 어린이」 수록.

나. 1차 교육과정기

⟨1⟩『음악·1』, 문교부, 1958, 「새 나라의 어린이」·「도리 도리 짝짝궁」 수록.

⟨2⟩『음악·2』, 문교부, 1955, 「고추먹고 맴맴」 수록.

⟨3⟩『음악·3』, 문교부, 1954, 「릿자로 끝나는 말」·「기찻길 옆」·「달따러 가자」 수록.

⟨4⟩『음악·4』, 문교부, 1955, 「나란히 나란히」·「옥수수 나무」 수록.

⟨5⟩『음악·5』, 문교부, 1958, 「고향땅」·「산바람 강바람」·「낮에 나온 반달」·「우리집」·「기러기」·「봄이 와요」 수록.

⟨6⟩『음악·6』, 문교부, 1962, 「옹달샘」·「여름」 수록

다. 2차 교육과정기

⟨1⟩『음악·1』, 문교부, 1967, 「짝짜꿍」·「봄나들이」·「똑같아요」·「새신」·「새 나라의 어린이」·「개나리」 수록.

---

35 이 목록은 KEDI 사이버교과서박물관에서 제공하는 교과용 도서 원문 서비스, 윤석중의 『한국동요문학소사』(대한민국예술원, 1990, 104~106쪽)를 참고하여 작성되었다.

〈2〉『음악·2』, 문교부, 1967, 「우리 산 우리 강」·「뻐꾸기」·「달맞이」·「동무들아」·「모두 모두」·「해와 비」·「맴맴」·「너도 나도 척척」·「돌다리」·「강강 강아지」 수록

〈3〉『음악·3』, 문교부, 1967, 「고마운 책」·「퐁당퐁당」·「옥수수 하모니카」·「퐁퐁퐁」·「우산」·「소리개」·「고드름」 수록.

〈4〉『음악·4』, 문교부, 1967, 「옥수수 나무」·「풀피리」·「기찻길 옆」 수록.

〈5〉『음악·5』, 문교부, 1967, 「동네 한 바퀴」·「고향 땅」·「나란히 나란히」·「산바람 강바람」·「기러기」·「이기러 간다」·「술래잡기」 수록.

〈6〉『음악·6』, 문교부, 1967, 「옹달샘」·「길조심」·「자장가」·「돌다리」·「둥근 달」·「아침」·「졸업식 노래」 수록.

라. 3차 교육과정기~5차 교육과정기

〈1〉『음악·1』, 문교부, 1978, 「짝자꿍」·「봄나들이」·「똑같아요」·「새 나라의 어린이」 수록.

〈2〉『음악·2』, 문교부, 1978, 「우리 산 우리 강」·「달맞이」·「해와 비」·「맴맴」 수록

〈3〉『음악·3』, 문교부, 1979, 「제 힘으로 척척」·「퐁당퐁당」·「퐁퐁퐁」 수록.

〈4〉『음악·4』, 문교부, 1981, 「어린이행진곡」·「고마운 책」 수록.

〈5〉『음악·5』, 문교부, 1978, 「동네 한 바퀴」·「싸리비」·「나란히 나란히」·「산바람 강바람」 수록.

〈6〉『음악·6』, 문교부, 1978, 「길조심」·「자장가」·「무궁화행진곡」·「둥근 달」·「졸업식 노래」 수록.

〈7〉『즐거운 생활·1-2』, 문교부, 1990, 「새신」·「똑같아요」·「새 나라의 어린이」 수록.

〈8〉『즐거운 생활·2-1』, 문교부, 1990, 「우리 길」·「동무들아」·「뻐꾸기」 수록.

〈9〉『즐거운 생활 · 2-2』, 문교부, 1990,「달맞이」·「오뚝이」 수록.

〈10〉『음악 · 3』, 문교부, 1990,「퐁당퐁당」·「릿자로 끝나는 말은」·「옥수수 하모니카」·「달밤」 수록.

〈11〉『음악 · 4』, 문교부, 1990,「종달새의 하루」·「산바람 강바람」·「고향 땅」·「어린이날 노래」·「고마운 책」 수록.

〈12〉『음악 · 5』, 문교부, 1990,「무궁화 행진곡」·「옹달샘」·「기러기」·「널니리야」·「동네 한 바퀴」 수록.

〈13〉『음악 · 6』, 문교부, 1990,「앞으로」·「졸업식 노래」 수록.

이상을 보면 윤석중 동요가 교과서에서 얼마나 오랫동안 중요한 위치를 점유해 왔는지를 짐작하게 된다. 윤석중 동요는 저학년에서 고학년 음악책에 이르기까지 비교적 골고루 수록되어 있었으며, 특히 「새 나라의 어린이」는 50년대부터 90년대에 이르기까지 꾸준히 수록되었고, 「새신」, 「똑같아요」, 「퐁당퐁당」, 「산바람 강바람」, 「고향땅」, 「동무들아」, 「뻐꾸기」, 「달맞이」, 「옥수수 하모니카」, 「옹달샘」, 「졸업식 노래」 등 11편은 60년대부터 90년대에 이르기까지 수록된 것을 알 수 있다. 이들 작품들은 대부분 일제시대나 해방기에 씌어진 작품들이란 점에서 노래가 가지는 생명력이 오랫동안 지속되었음을 알 수 있다.

3) 윤석중 동요의 자질

윤석중은 1920년대 창작 동요의 출발기에 작품 활동을 시작하여 생을 마감할 때까지 동요 창작에 매진해 왔는바, 그의 동요는 대중적인 관심을 꾸준히 받아 왔다. 그의 동요가 대중적인 관심을 받아온 데는 이상에서 언급한 다양한 매체가 중요한 구실을 했다. 하지만 이것은 우연의 결과가 아니었다. 거기에는 동시대 다른 시인들과 구별되는 참신한 형식, 우리말에 대한 감각, 그리고 대중성이라는 세 가지 요소가 중요한 요인으로 작용했다.

(1) 새로운 리듬의 창안

윤석중이 동요 작품을 쓰기 시작한 1920년대 초반은 창작동요의 형성기였다고 할 수 있다. 즉 동요는 이미 굳건하게 형성된 장르가 아니라 형성되어 가던 과정에 놓여 있던 장르였다.

이 당시 동요의 장르화 과정을 선도하던 이들은 1910년대 후반 일본 유학 과정에서 타이쇼오기(大正期, 1912~25) 동심주의 아동문학의 흐름을 목도한 이들이다.[36] 방정환을 비롯하여 윤극영, 정순철, 손진태 등의 색동회 회원들이 창작동요 1세대에 해당한다고 볼 수 있다.[37] 이들은 일본의 『빨간새(赤い鳥)』(1918~1936) 동인들이 주도한 이른바 '예술로서의 동요'[38]의 영향으로 이전에 없던 새로운 아동 운문 장르로서의 동요를 스스로 창작하거나 일본 동요를 번안하여 『어린이』지에 소개하기 시작한다. 동요운동의 출발은 일본을 모델로 한 것이었으나, 그 안에는

---

[36] "조선에 동요운동이 일어난 후 동요음악이 보급되기는 아마 기미년(己未年)이후 동경서 조직한 색동회의 동기로 방정환씨가 일본의 成用爲三씨의 작곡 몇 곡에 가사를 붙여(「가을밤」·「형제별」) 그 곡을 당시 박태욱씨가 천도교소년회원들에게 노래를 가르키며 또 정순철씨는 부인 어린이 지상에 이 몇 곡을 소개하며 이렇게 하는 동안 몇 개의 동요가 경ㅁ에 널리 애창되기 시작한 것이 조선동요음악운동의 첫 소리일 것이다."(구옥산, 「당면문제의 하나인 동요작곡 일고찰」, 《동아일보》, 1930.4. 2)

[37] 색동회 회원은 아니었으나 역시 일본 유학 경험이 있던 유지영, 김태오, 정열모, 정지용, 그리고 유학 경험은 없었지만 일찍부터 일본 아동문학 잡지를 구독하던 한정동 등이 여기 해당한다고 볼 수 있다.

[38] 일본에서 근대적 의미의 동요란 개념이 생겨나게 된 배경에는 전승동요에 대한 관심과 아울러 '예술'로서 창작된 노래에 대한 인식이 자리를 잡고부터였다. 명치시대를 거쳐 대정기 중반까지만 해도 일본에서 동요 하면 옛날 아이들이 부르던 노래를 말했다. 이러다 스즈키 미에끼찌(鈴木三重吉)가 1918년 『빨간새』를 창간하면서 어린이를 위해 지은 예술적 향기가 높은 창작노래에도 '동요'란 이름을 붙였는데, 이때 이후로 동요는 옛아이들의 노래와, 창작한 노래라는 뜻으로 함께 쓰였다. 스즈키 미에끼찌(鈴木三重吉)는 『빨간새』 발간을 앞두고 쓴 글 「동화와 동요를 창작하는 최초의 문학운동」에서 "예술의 참된 가치를 지닌 순수하고 아름다운 동화와 동요"의 필요성을 언급하며 "현재 어린이가 부르고 있는 창가 같은 것은 예술가의 눈으로 볼 때 실은 저급하고 바보스런 노래에 불과하다"고 신랄한 비판을 가하고 있다. 미에끼찌의 『빨간새』가 추구한 것은 이른바 '예술'로서의 창작동요였다.

'우리 것'을 찾고 담아내려는 노력 또한 담겨 있었다. 이 시기에는 창작동요의 소개와 함께 전래동요에 대한 관심이 차츰 고조되었다.[39] 그것은 우리 민족 고유의 '정서'와 우리 '말'을 통해 일제의 압박과 봉건사상에서 오는 멸시로 이중의 억압을 받고 있는 어린이들의 감성을 해방시키고자 하는 의지의 표현으로 해석된다.

이런 의미에서 1920년대 일어난 창작동요운동은 자라나는 세대들을 겨냥한 일종의 '국민시가'의 성격을 띠고 있었다고 해도 무방하다. 동요는 "아동의 정신생활을 지도"함으로써 그들이 "완전한 인격자"로 성장하는 데 도움을 주는 것이자 "민족성 계발의 기초"로서 "감격성 많은 국민"을 기르는[40] "제 2세 국민의 노래"[41]였던 것이다. 다시 말해 20년대 전개된 창작동요에서 가장 중요한 목표는 이른바 '순수한 어린이 감성과 민족성'을 담지한 노래 만들기였다.

그러나 이 당시 동요에서 드러나는 형식적인 특징을 따져 볼 때, 이것이 20년대 창작동요만이 갖는 새로운 형식인가는 의문이 든다.

> 비가와요 비가와요
> 부슬부슬 비가와요
> 하늘에서 비가와요
> 해님달님 눈물와요
> 저녁비는 달님눈물
> 아침비는 햇님눈물

---

39 18세기 말부터 19세기 초에 걸쳐 유럽에서 일어난 낭만주의 문학의 출발이 자국 민담과 민요에 대한 수집에서 시작되었던 것처럼, 일본에서는 20세기에 들어서면서 자국의 민요에 대한 발견이 이루어졌는데, 우리 또한 1920년대 들어 본격적인 민요 수집이 시작됨과 아울러 전승동요를 연구하고 보존하려는 노력들이 생겨나기 시작했다.
40 고장환, 「동요의의」, 《조선일보》, 1928. 3. 13.
41 우이동인, 「동요연구」, 《중외일, 보》1928. 11. 13.

무슨서룬 눈물인가

비가와요 눈물와요

—「비」 전문[42]

유지영이 1924년 4월 『어린이』지에 발표한 「동요 짓는 법」이란 글에
는 이렇게 전형적인 4·4조 형식의 동요가 새로 지어야 할 동요의 모범
으로 제시되고 있다. 유지영은 이 글에서 동요란 "노래로 부를 수가 있
으며 그에 맞춰서 춤을 출 수 있게 지어야" 함을 강조하고 있는바, 4·4
조는 바로 그러한 조건을 만족시키는 형식이었던 것이다. 그러나 이런
4·4조 형식은 1925년 이후 일본 동요의 영향으로 7·5조 형식으로 변
화해 간다.[43]

바람불고비오는 바다가운데

어미일흔갈맥이 어미차즈러

바람부는비속에 헤매댑니다

두날개는비마저 힘업시젓고

갈맥갈맥목쉬게 우는소리는

---

42 『어린이』, 1924. 4, 36쪽.
43 4·4조나 7·5조 형식이 반드시 1920년대에 새롭게 등장한 시 형식이었는지는 재고를 요한다. 본격
   적인 창작의 물줄기를 형성하지 못했지만, 이미 최남선이 시도하였던 『소년』지에는 7·5조 형태의 창
   가, 4·4조 형태의 민요, 일정한 음수율을 가진 시조, 정형률을 넘어서거나 시행을 비교적 자유롭게
   배치한 자유시형에 가까운 시들이 나타난 바 있다. 최남선이 1910년대에 발간한 잡지들에 나타나는
   동화요들 또한 이미 4·4조나 7·5조의 형식을 모두 차용하고 있었던 것이다. 따라서 20년대 이전에
   나타난 시가들과 20년대 동요를 다만 4·4조나 7·5조 형식으로 구분하여 보는 것은 별 의미가 없다.
   즉 율격의 측면에서만 보자면 1910년대 나타난 노래들과 1920년대 동요들은 변별점이 크게 없었다
   고도 볼 수 있다. 다만 구별되는 것은 20년대 동요들이 이전 시가들에서 나타나는 '계몽성'을 배제하
   고, 개인의 감성을 중요한 표지로 삼았다는 점이다. 즉 동요는 순전히 "어린이의 말"로 "어린이가 노
   래 부를 수 있게", "어린이의 마음과 어린이의 행동과 어린이의 성품'을 그대로 가지고 지어야" 한다
   (유지영, 「동요 지시려는 분께」, 『어린이』, 1924. 2, 25~27쪽)는 점에서 공리적인 '창가'와 구별되었
   다. 동요는 곧 교육적 의도를 앞세운 창가에 대한 근본적 부정에서 출발한 장르로서 의의를 갖는다.

멀이멀이한울로 떠단입니다.

—「갈맥이」 전문⁴⁴

보일듯이보일듯이 뵈이도안는
당옥당옥당옥소래 처량한소래
쩌나가면가는곳이 어데이더뇨?
내어머님가신나라 해돗는나라

—「두룸이」 부분⁴⁵

밤이면 별은별은 눈쓰는애기
서리찬 달나라의 길을가노라
기력이 끼럭끼럭 설게울어서
한잠도 못일우는 은구슬애기

—「별」 부분⁴⁶

그런데 어린이의 감성 해방을 강조한 20년대 동요는 위 작품에서 보
듯 '감상성(感傷性)'이라는 매너리즘에 봉착하게 되었으니, 그 원인에는
4·4조와 7·5조의 정형적인 틀이 한 가지 요인으로 작용했다고 판단된
다.⁴⁷ 이런 의미에서 윤석중의 등장은 20년대 동요에서 중요한 의미를

---

44 『어린이』, 1923. 11, 3쪽. 일본 동요 「병천조(浜千鳥)」를 방정환이 번안한 작품임.
45 『어린이』, 1925. 5, 20쪽. 한정동이 쓴 동요임.
46 『조선동요선집』, 1928, 33쪽. 유도순이 쓴 동요임.
47 시에 있어서 형식은 시의 내용을 담보하는 중요한 요소이다. 내용이 형식을 규정하기도 하지만 형식
또한 내용을 규정한다는 점에서 형식과 내용은 별개의 것이 아니라 한몸이라 할 수 있다. 20년대 창
작동요가 봉착한 매너리즘은 바로 동요 형식에 대한 탐구나 개발이 저조한 데도 그 원인이 있었던 것
이다. 참고로 정창원이 1928년 엮은 『동요집』(삼지사)에는 총 90편의 창작동요가 수록되어 있는데,
이 가운데 4·4조(4·4조 변형 포함)는 33편이고 7·5조(7·5조 변형 포함)는 모두 56편에 달한다. 역
시 같은 해 조선동요연구회가 펴낸 『조선동요선집』에 수록된 100여 편의 작품 가운데 4·4조(변형
포함)가 17편, 7·5조(변형 포함)가 80편으로 7·5조가 압도적인 수를 차지한다. 주지하다시피 이 시
기에 『어린이』에 실린 동요 가운데 대부분은 7·5조에 해당하는 노래였다.

내포한다.

재래의 전통적인 4·4조와 일본식 7·5조의 가사 내지는 창가조의 기계적 고
형성(固型性)이 판을 치던 즈음에 그가 들고 나온 청신의 율조는 자유롭다 못
해 오히려 통쾌할 지경이었다. 그 딱딱한 영웅적 구호조나 애상에 식상한 동요
문학의 타성을 불과 14, 5세의 소년이 무너뜨리기 시작한 것이다. 형식의 파괴
를 시도함이 없이, 4·4, 7·5조의 기본율조를 그대로 지켜나가면서도 그는 무
한한 자유와 생기를 불어넣어 주었으며, 더구나 음악적 리듬감은 가위 그만이
가진 독보적 장기였다.[48]

4·4조나 7·5조의 사용은 가창을 전제로 한 동요에 필수적인 형식이
었다. 윤석중 또한 맨 처음 동요 습작을 하던 시기에는 이런 정형률을
답습하기도 했다. 그런데 그는 곧 그 형식에 벗어나 새로운 리듬을 창안
해내기 시작한다.

떽떼굴 굴러 나왔다.
떽떼굴 굴러 나왔다.

무엇이 굴러 나왔나.
밤한톨 굴러 나왔네.

어대서 굴러 나왔나.
낮잠 주무시는 할아버지
주머니 속에서 굴러 나왔네.

---

48 이재철, 「윤석중론」, 『아동문학평론』, 제8권 2호, 237~238쪽.

무엇 할가.
구어 먹지.

어대다 굴가.
숯불에 굽지.

설설 끓거든,
호호 불어서,

너하구 나하구 달궁달궁.
아무도 모르게 달궁달궁.

오호 참말 밤 한톨
호리 호리 밤 한톨.

쉬 쉬 떠들지마라,
할아버지 낮잠 깨실라.

— 「밤한톨이 떽떼굴」 전문[49]

밤 한 톨이라는 소재는 윤석중이 새롭게 창안해낸 소재라기보다 전래
동요에서 차용한 소재로 보는 것이 합당할 듯하다. "떽떼굴" "달궁달
궁" "호리호리" 같은 의태어나 의성어 또한 전래동요의 그것에 빚지고
있다. 그러나 윤석중의 작품을 전래동요의 단순한 모방이라기부르긴 어

---

49 『조선동요선집』, 1928, 167~168쪽.

렵다. 이 작품에 사용되는 리듬은 전래동요의 그것과는 사뭇 다른 느낌을 주기 때문이다. 앞에 인용한 이재철의 글에는 윤석중의 동요 형식을 두고 "4·4조나 7·5조의 율조를 벗어나지 않는 가운데 자유를 누렸다"고 했으나, 이 작품만으로 보자면 윤석중은 이미 그런 정형률을 완전히 벗어나고 있다고 해도 과언이 아니다.

일정한 정형을 벗어났으면서도 오히려 정형률보다 더욱 리드미컬한 호흡은 어디에서 연유하는가. 그것은 바로 3음보, 2행, 문답식의 시적 진술에서 연유한다. 동시대 다른 동요시인들이 글자수를 맞추어야 한다는 주문에 충실한 결과 갑갑한 음수율에 갇혔다면, 윤석중은 음수율을 넘어 3음보 가락의 발랄하고 경쾌한 리듬을 만들어내고 있다.

1연을 2행씩 끊어 쓰는 방식이 윤석중이 독창적으로 개발한 것이라고 볼 수는 없다. 그러나 이는 참신한 형식임에 틀림없었다. 한 연 안에 짝 지어진 2개의 행은 반복을 가능하게 하고 대구를 가능하게 한다. 역시 리드미컬한 호흡을 가능하게 하는 중요한 요소다. 특히 이 작품에서 2행으로 처리되는 한 연은 문답식의 구조로 짜여진다. "~나." "~가" 하고 묻는 문장 뒤에는 반드시 "~네." "~지." 같은 어미로 끝나는 문장이 따라 붙는 것을 볼 수 있다. 문답의 문장은 길어야 3어절 혹은 2어절로 끝나는 짧은 문장으로 되어 있어, 읽어나가는데 일종의 속도감을 부여한다. 4·4조로 된 전래동요의 호흡은 빠르긴 하나 나열식으로 이어짐으로써 작품의 길이가 길어지면 때로는 단조롭고 지루한 감을 주기도 한다. 그러나 「밤한톨이 떽떼굴」에는 나열식이라기보다 연과 연이 독립적 기능을 함으로써 정지와 연속의 호흡을 적절하게 제어한 듯한 느낌을 주게 된다. 즉 윤석중은 전래동요를 자신의 바탕으로 삼고 있으면서도 거기서 새로운 창작동요의 틀을 만들어냈던 것이다.

1920년대 민요시를 선도했던 주요한은 윤석중의 첫 시집 『윤석중 동요집』의 서문에서 "전래동요란 일종 민중적 공동제작품으로 그 음률과

『빨간새』 동인으로 우리 창작동요에도 일정 부분 영향을 끼친 일본 시인 기타하라 하쿠슈와 사이조 야쇼.

그 상에 있어서 전매권을 가지고 있다"고 전제하며 "동요의 창작에 잇어서는 型을 깨트리려다가는 교각살우의 결과를 짓기가 십중팔구"라 하였다. 그러나 윤석중에게만큼은 "장래를 祝할만한 재능의 閃光"이 비친다고 했으니,[50] 「밤한톨이 떽떼굴」을 보면 그것이 괜한 찬사가 아님을 알 수 있다.

그렇다면 이러한 리듬 감각은 윤석중의 천재성에 기인하는 것이었을까. 이와 관련하여 적어도 초기 그의 작품에 영향을 준 시인 가운데 정지용을 거론해 볼 수 있을 것 같다. 정지용은 1927년 9월 1일 윤극영, 한정동, 김태오, 신재향 등과 조선동요연구협회를 창립하고, 『학생』, 『신소년』, 『조선동요선집』 등에 10여 편의 동요를 발표하는 등 창작동요운동의 1세대로서 활약했던 인물이다. 널리 알려진 대로 정지용은 창작 초기에 일본 시인 기타하라 하쿠슈(北原白秋)의 영향을 받은 시인이기도 하다. 기타하라 하쿠슈가 1910년대 후반부터 대두한 일본 창작동

---

50 주요한, 「동심과 창작성」, 『윤석중 동요집』, 신구서림, 1932, 10~12쪽.

요의 선두에서 활동한 인물임을 생각할 때, 정지용이 창작 초기에 해당하는 시기인 1920년대 중반, 몇 편의 동요를 쓴 것은 기타하라 하쿠슈의 영향 때문임을 짐작할 수 있다. 그런데 윤석중은 1990년에 쓴 논문 「한국동요문학소사」에서 정지용의 동요가 지니는 아동문학사적 위치를 이렇게 평가한 바 있다.

> 우리나라 동요와 동시를 문학작품으로서 그 수준을 올려놓은 선구자가 누구일까? 1902년에 태어난 정지용 시인 바로 그분이다. 1925년 무렵부터 그 분은 '동요'라고 박아서 여러 편의 동요를 발표하였다. (…) 그의 동요는 파격적이면서도 저절로 노래가 된다. 뭐니 뭐니 해도 우리 나라 예술 동요의 선구자는 정지용 시인이 아닌가 싶다. 그는 아동문학가로 행세한 적은 없으나 일찍이 우리 나라 동요를 개척한 숨은 공로자다.[51]

윤석중은 1920년대 "새로 싹튼 새 동요"라는 장에서 정지용을 "예술 동요의 선구자", "우리나라 동요를 개척한 숨은 공로자"라 칭한다. 비슷한 시기 창작동요운동을 전개한 다른 선배 시인들을 모두 제쳐두고, 정지용만을 유일하게 창작동요의 선구자로 지목하는 것에서 정지용 동요에 대한 윤석중의 흠모가 어느 정도였는지를 충분히 짐작하게 된다. 윤석중은 생전의 한 대담에서도 정지용 동요를 보고 '아, 이게 참 진짜 동요다' 하는 느낌을 가졌었다고 고백한 적이 있다.[52] 즉 윤석중은 자신의 문학 출발기에 만나게 된 정지용의 작품에서 자신이 써 나가야 할 동

---

51 윤석중, 「한국동요문학소사」, 대한민국예술원 문학분과, 1990, 41~43쪽.
52 윤석중은 1998년 5월 25일 원종찬과의 대담에서 정지용에 대해 이렇게 회고하고 있다. "정지용이 발표한 동요는 시적인 동요였어요. 지금도 잊지 못하는 것은 몇 편 안 되지만 '아, 이게 참 진짜 동요다' 하는 느낌이었어요. 정지용은 시로써 동요를 쓴 분이거든. 다른 건 다 창가 비슷하고요. 그때 이원수, 나, 윤복진, 송완순, 신고송, 최순애 들이 동요를 지었지만 지금 생각해도 잘 된 작품들이 아니에요. 그런데 정지용은 시로써 동요를 개척한 분이다. 지금도 그렇게 생각하고 있죠."(「한국아동문학사의 숨은 이야기를 찾아서」, 『아침햇살』 14호, 1998. 7, 140쪽.)

요의 모범을 발견했던 것이다. 사실 20년대 창작동요의 전개 과정에서 동요를 썼던 1세대들 가운데 정지용만큼 근대시의 세례를 받은 시인이 없었다.

일본 동요운동을 전개한 이들은 일본에서 내로라 하는 전문 시인 집단이었다. 이들은 이른바 예술지상주의 관점에서 '예술로서의 동요', '시가 되는 동요'를 추구하였다. 그러나 우리의 경우 창작동요운동을 앞에서 이끌어간 이들은 전문적인 시인들이라기보다 소년운동가나 문화운동가 쪽의 면모에 더 가까웠다. 그나마 시인으로서의 자질을 가장 많이 가지고 있던 것은 방정환으로 보이는데, 지면에 나타난 그의 창작은 아주 미미하다. 역시 색동회 회원이었던 손진태는 자신이 동인으로 있는 『금성』지에 '동시'를 발표하며 전래동요에도 애착을 가지고 있었으나 곧 본래의 자리인 민속학 연구자의 자리로 돌아가 동요 창작에서 멀어지고 만다. 한정동은 최초로 동요 「소금쟁이」를 통하여 《동아일보》 신춘문예로 등단한 시인이긴 하지만, 확고한 미의식과 시인으로서의 자질을 구비한 시인이었다고 보기 어렵다. 그의 등단작조차 순수한 창작이 아니라 표절이었다는 점에서 그의 한계는 더욱 명확해진다. 초창기 고장환이나 유지영, 김태오 또한 참신한 시인의 개성을 보여주기에는 한계가 있었다. 1920년대 막바지에 신고송이 적절히 지적했듯이 결국 이들은 "자연시인배" "센티멘탈이스트"라는 혐의를 받는데 그칠 수밖에 없었다. 이른바 확고한 시인의 자질이 담보되지 않았기에 상투성이나 관념에 기댄 동요 쓰기에서 벗어날 수 없었던 것이다. 이에 견주어 정지용은 일본 유학 시절 기타하라 하쿠슈의 소개로 『근대풍경』이란 잡지에 작품을 발표했던 시인이었다.[53] 그는 더구나 『빨간새』 동인으로 성인시 뿐만 아니라 동요(동시), 전통민요의 가락을 살린 시 등을 썼던 기

---

53 사나다 히로코(眞田博子), 『최초의 모더니스트 정지용』, 역락, 2002, 33쪽.

타하라 하쿠슈의 추천을 받은 시인이었으니, 윤석중에게 그는 누구와도
비할 수 없는 시인으로 비치지 않았나 생각한다.

바람.
바람.
바람.

늬는 내 귀가 좋으냐?
늬는 내 코가 좋으냐?
늬는 내 손이 좋으냐?

-「바람」 부분[54]

어적게도 홍시 하나.
오늘에도 홍시 하나.

까마귀야. 까마귀야.
우리 남게 웨 앉었나.

우리 옵바 오시걸랑.
맛뵐라구 남겨 뒀다.

후락 딱 딱
휘이 휘이!

-「감나무」 전문[55]

---

54 『조선동요선집』, 1928, 40쪽.
55 『학조』 창간호, 1926. 6. 『정지용전집·1 시』, 민음사, 1988, 22쪽에서 재인용.

정지용의 「바람」에서 느껴지는 운율과 아이의 형상, 「감나무」에 나타
난 의성·의태어 사용에서 엿보이는 전래동요적 요소의 활용은 1920년
대 다른 동요들에서 쉽게 찾아볼 수 없는 독창성을 갖고 있다. 정지용은
1920년대 매끄러운 구어체의 우리말로 시를 쓰기 시작한 몇 안 되는 시
인 가운데 한 사람으로 알려져 있다. 정지용 이전에도 구어체의 우리말
로 자유시를 쓴 예는 있었지만, 그것들은 대체로 관념적이거나 감상적
이었고 또한 전근대적인 사회에서 억압받는 여성의 슬픔이나 농경사회
의 정서를 노래한 것에서 머무른 경우가 대부분이었다.[56] 정지용은 그러
한 관습을 넘어 근대적인 감각에 입각한 새로운 문체와 어휘를 개척하
려고 노력한 시인이다. 윤석중 역시 그러한 정지용의 면모를 빼닮은 시
인이었다고 할 만하다. 윤석중은 애상적인 당시 7·5조 동요들과 확연
하게 구별되는 정지용의 동요가 지니는 미덕들을 자신의 창작 지침으로
받아들이고 그것을 꾸준히 자기화하려 하였다.

우리 옵바 가신 곳은
해님 지는 西海 건너
멀리 멀리 가셨다네.
웬일인가 저 하늘이
피ㅅ빛 보담 무섭구나!
날리 났나. 불이 났나.

—「서쪽하늘」 전문[57]

딸랑 딸랑 딸랑
햇님 잔등에 딸랑 딸랑 딸랑

56 사나다 히로코, 앞의 책, 61쪽.
57 『학조』 창간호, 1926. 6. 『정지용전집·1 시』, 앞의 책, 20쪽에서 재인용.

가자 가자 가자 불붙었다
모다 함께 손목잡고 가자 가자 가자
서쪽 한울로 불끄러가자

마당 쓰는 할아범
꼬부랑 할머니 비자루 메고
불때는 어멈 집행이 집고
우리 아가 숫갈메고 부지깽이 들고

가자 가자 가자 앞장을 서서
모다 함께 깍지끼고 가자 가자 가자
서쪽 한울로 불끄러가자 딸랑 딸랑 딸랑
햇님 잔등에 딸랑 딸랑 딸랑
불 붙었다

―「저녁놀」 전문[58]

　　윤석중의 「저녁놀」은 시적 모티브와 관련하여 정지용의 「서쪽하늘」
과 분명 유사한 지점이 있다. 정지용의 「서쪽하늘」이 '핏빛'이라는 시어
로 저녁 하늘의 이미지를 선명하게 형상화하고 있다면, 윤석중의 「저녁
놀」은 '불이 나' 타고 있는 저녁 하늘의 그 이미지를 유년 화자의 시선
으로 끌어들여 생동감 있는 놀이의 세계로 바꾸어 놓고 있음을 볼 수 있
다. 이 작품은 7·5조 형식의 애상적 동요들이 가지는 일종의 정체적 리
듬, 정적인 분위기를 탈피하여 보다 역동적인 분위기를 보여주고 있다.
가령 "딸랑 딸랑 딸랑"이라는 의성어와 "가자 가자 가자"라는 청유형

---

58 《조선일보》, 1927. 9. 17.

어휘의 반복을 통해 생동감 있는 리듬을 창조하고 있다. "마당 쓰는 할 아범"부터 숟갈을 멘 "우리 아가"까지를 등장시켜 시에 재미와 구체적 실감을 확보하고 있으며, 그러한 과장된 표현을 통해 자연스럽게 웃음 의 요소를 자아내고 있다.

석중은 '스타일리스트'다. 평범한 소재 공소(空疎)한 내용의 작품들에 미소 로써 접하게 되는 까닭은 완벽에 가까운 스타일 때문이다. 3·4조, 혹은 7·5조 의 고유한 정형률과 민요조에 바탕을 두고 있는 형식은 그의 초현실주의의 내 용을 담기에 아주 적합하여, 사실상 얼마만큼 성공을 거두고 있다. 또한, 그가 즐겨 취하는 형식상의 또 하나의 방법은 반복과 대구, 그것이다. 사실 그의 작 품들의 거개가 이 두 가지의 묘미에서 성립된다. 그리고 이것은 타인의 추종을 불허하는 그만의 장기라면 장기다.[59]

박경용의 「윤석중론」에서 윤석중의 동요에 나타나는 형식상의 방법 으로 "반복과 대구"를 든 뒤, "윤석중 작품들의 거개가 이 두 가지의 묘 미에서 성립된다"고 지적하며, 이것은 "타인의 추종을 불허하는 그만의 장기라면 장기"라 하고 있다. 그러나 윤석중의 작품에 나타나는 반복과 대구의 기원을 거슬러 올라가다 보면 우리는 정지용의 다음과 같은 작 품을 만나게 된다.

할아버지가
담배ㅅ대를 들고
들에 나가시니,
궂은 날도

---

59 박경용, 앞의 글, 65쪽.

곱게 개이고,

할아버지가
도롱이를 입고
들에 나가시니,
가믄 날도
비가 오시네.

—「할아버지」 전문[60]

이런 반복과 대구는 윤석중 동요에서 어렵지 않게 찾아볼 수 있다. 가령 윤석중 작품 가운데 저 유명한 「먼길」에서 "아기가 잠드는 걸 보고 가려고/아빠는 머리맡에 앉아 계시고/아빠가 가시는 걸 보고 자려고/아기는 말똥말똥 잠을 안 자고" 같은 대목을 보면 대번 정지용의 「할아버지」란 시가 떠오른다. 박경용의 말대로 윤석중이 타의 추종을 불허하는 '스타일리스트'라면 그런 면모는 "최초의 모더니스트"라 일컬어지는 정지용에 뿌리를 두고 있는 것이다.

눈,
눈,
눈.
받아 먹자 입으로.

아,
아,

---

60 『신소년』, 1927. 5. 『정지용전집 · 1 시』, 앞의 책, 54쪽에서 재인용.

아.

코로 자꾸 떨어진다.

호,

호,

호.

눈은 코를 입으로 안다.

─「눈」전문[61]

윤석중이 1930년대 중반에 시도한 이런 시형이 앞서 소개한 정지용의 「바람」을 닮아 있다는 것은 우연의 소산이 아니다.[62]

박경용은 윤석중의 작품에 드러나는 형식이 "3·4조, 혹은 7·5조의 고유한 정형률과 민요조에 바탕을 두고 있는 형식"이라 단언하고 있지만, 그의 장기는 이처럼 3·4조, 혹은 7·5조의 고유한 정형률의 고수(固守)에 있는 것이 아니라 정형률의 변화를 꾀한 점에 있었다고 해도 과언이 아니다. 그의 본령은 한마디로 정형의 격(格)을 깨뜨려 새로운 동요의 형식을 창안하려 한 점에 있었다. 이것을 구체적으로 살필 수 있는 예가 윤석중이 두 번째로 낸『잃어버린 댕기』이다.

『잃어버린 댕기』는 그의 첫 동요집『윤석중 동요집』이 출간된 이듬해 나왔다. 이 작품 표제에는 '윤석중 동시집 제1집'이라는 부제가 붙어 있는데, 여기에는 동요의 정형을 탈피해 보다 새로운 시 형식을 개척하고자 했던 윤석중의 의지가 드러나 있다.[63]

---

61 『동화』, 1936. 2, 3쪽.
62 윤석중의 작품 가운데는 이 작품 말고도 단순한 인유 관계로는 볼 수 없는 정지용의 작품과 유사한 작품도 발견된다. 그가 해방 이후에 발표한 「서서 자는 말」, 「집 보는 날」은 정지용의 「말」과 「옵바 가시고」와 시적 발상과 전개 면에서 아주 유사하다.

한 개, 한 개, 머이 한 개,

하라버지 쌈지속에, 부싯돌이 한 개

—「한 개 두 개 세 개」 부분[64]

담 모퉁이 돌아가다

수남이하구 이쁜이하구 마주 첫습니다.

쾅! 이마를 맞부딪구 눈물이 핑…….

울줄 알았더니 하 하 하.

울줄 알았더니 하 하 하.

울상이 되어서 하 하 하.

—「담 모퉁이」 전문[65]

성낫다 불낫다

호박국을 끓여라.

ㅡ호박국을 끓여와도 안자시면 어쩌나?

ㅡ안자시긴 웨 안자셔,

갓다만 드리면 후루룩 드리킬걸.

ㅡ아냐 아냐 저 입좀바, 아주 꽉 붙엇어.

ㅡ아주 꽉 붙엇으면 기름 발라 띠-지.

—「성낫다 불낫다」 부분[66]

---

63 "1932년 9월에서 그 이듬해 3월 사이에 지은 35편의 동시로 『잃어버린 댕기』를 엮어냈는데 동시집 또한 우리 나라에서 맨 처음 나온 것이었다. 책 이름을 굳이 동시집이라 붙인 것은 동요도 시(詩)라 야 되겠다는 생각에서였다."(윤석중, 『어린이와 한평생』, 범양사출판부, 1985, 142쪽.)

64 『잃어버린 댕기』, 계수나무회, 1933, 25쪽.

65 앞의 책, 24쪽.

66 앞의 책, 44쪽.

◀ 『잃어버린 댕기』 속표지. 표제 위에는 '윤석중동시집 제1집'이라는 부제가 붙어 있다.

▲ 계수나무회 창립과 『잃어버린 댕기』 발간, 동요감상회 개최를 알리는 기사(《동아일보》, 1933. 4. 28일자).

    이를 보면 윤석중은 7·5조 정형률을 완전히 탈피해 개별 작품들의 독자성을 새롭게 발현시키고 있음을 알 수 있다. 그런데 윤석중은 여기에 그치지 않고 이른바 '동화시'라 명명한 새로운 형식의 작품을 선보이고 있다. 윤석중은 최남선에서 1920년대까지 이어지는 기계적인 정형률에 기대어 옛이야기의 줄거리를 전달하는데 급급했던 종래의 '동화요'를 극복하고, 유년 아동의 일상이나 서민 아동의 현실을 소재로 하여 새로운 형태의 동화시를 선보이고 있다.[67]

물 깃다 잃어버린 댕기
어디가 찾나?
- 이쁜아 이쁜아
네 댕기 있는데 난 안다누.
- 애 애 벅쇠야 어디 있디 응?

---

[67] 윤석중 이전에 1910년대 최남선이 발간한 잡지 『아이들보이』들에 '동화요' 형식의 작품이 시도된 적이 있으며 이러한 동화요의 전통은 '동화시'란 이름으로 1920년대까지 이어지지만, 새로운 형식의 동화시를 창작한 예는 윤석중이 처음이라고 볼 수 있다.

－내 말 들으면 아르켜 주지.

—「잃어버린 댕기」 부분[68]

"이까짓게 신발야 이까짓게……"
도련님 가죽 구두가, 행랑방 대돌 우에 놓인 갓난이 고무신을 거더찻습니다.
갓난이 고무신은……
한짝은 아궁이 속으루 들어가 숨고,
한짝은 대문간 문지방을 넘어 뛰다가 콧방아를 찧고 어프러젓습니다.

—「짝제기 신발」 부분[69]

이런 동화시는 외형상 시라기보다 얼핏 동화에 가깝다. 즉 '입으로 부르는 노래'와는 성격이 완연히 다른 일종의 '눈으로 읽는 산문'의 형태를 보이고 있는 것이다. 그러나 이들 동화시에는 리드미컬한 내재율의 감각이 살아 있는 것을 쉽게 감지할 수 있다. 이것은 묵독 형태로 읽기보다 입으로 소리내어 읽을 때 맛이 살아난다. 윤석중의 동화시 가운데 「잃어버린 댕기」 같은 작품은 홍난파에 의해 곡이 붙여질 정도로, 윤석중은 동화시를 쓸 때도 역시 묵독 형태보다 입으로 부르거나 귀로 듣는 노래를 지향하고 있었던 것이다.[70] 그는 정형률에 대한 파격을 추구하는 한편으로 그 파격 안에서도 능란한 내재율의 감각을 보여주고 있다.

① 구-구, ∨구, ∨구,

---

68 앞의 책, 46쪽.
69 앞의 책, 93쪽.
70 홍난파가 작곡한 「잃어버린 댕기」 악보는 총 105 소절로 이루어져 있다. 보통 16마디 내외로 이루어지는 다른 동요곡들에 비해 거의 장편에 가깝다 할 길이로 되어 있다. 홍난파가 이 작품을 산문으로 받아들였다면 선뜻 곡을 붙이기가 어려웠을 것이다. 그러나 이 동화시에서 또한 어떤 시적 율동감이 느껴졌기에 홍난파가 이 작품을 노래로 작곡할 수 있었던 것이다. 동화시는 신불출의 낭독을 통해 음반으로 취입되는데, 이는 동화시가 묵독을 통해 눈으로 음미하는 시가 아니라 '낭독'을 통해 귀로 음미하는 장르임을 시사한다. 이 또한 노래적 호흡을 중시한 결과라 할 수 있다.

구-구,∨구,∨구,

꼬꼬야 꼬꼬야.∨저녁 맘마 머,∨저녁 맘마 머.

—「구-구구구」 부분⁷¹

② 난∨밤낮∨울 언니 입고난

헌툴뱅이∨찌께기∨옷만 입는답니다.

아,∨이,∨죄끼두 그러죠,

아,∨이,∨바지두 그러죠.

—「언니의 언니」 부분⁷²

③ 우체통,∨네 거리의∨우체통.

큰 편지∨작은 편지∨막 받아 먹는 우체통.

—「우체통과 거지」 부분⁷³

이런 작품에서 윤석중은 7·5조 음수율에서 느껴지는 단조로운 리듬
과는 전혀 다른 율동미를 만들어내고 있다. 모든 작품은 7·5조에서처
럼 세 마디를 근간으로 하되, 작품마다 그 마디 사이에 음량의 차이를
각각 달리함으로 개별 작품들의 독자성을 새롭게 발현시키고 있음을 알
수 있다. 가령 ①의 작품에서 1행과 2행의 '구-구. 구, 구'는 새로운 운
율감각을 발견할 수 있는 대목이다. 만약 '구, 구, 구'라는 단일하고 일
정한 음절과 음량이 반복되었다면, 이 시행에서 느껴지는 운율감은 단
조로운 느낌을 주는 데 머무르고 말았을 것이다. 3행에서도 '저녁 맘마

---

71 앞의 책, 22쪽.
72 앞의 책, 30쪽.
73 앞의 책, 38쪽.

1933년 5월 평양 백선행 기념관에서 개최된 계수나무회 제1회 동요감상대회를 마치고 찍은 사진. 가운데 의자에 앉은 이가 윤석중.

머'를 한 번 더 반복하여 7·5조 정형이나 7·5조 변형이 따를 수 없는 새로운 율동미를 보여주고 있다. ②의 첫 연에서는 7·5조 음수율로 유지되던 동요의 음악성을 벗어나려 한 의도가 더 뚜렷하게 감지된다. ② 의 첫 연은 시적 화자로 등장하는 유년의 아이가 자신의 억울한 처지를 호소하는 대목이다. 이 부분들은 이른바 3음보의 율격을 통해 시인이 의도하는 시적 정황을 보다 자연스럽고 실감 있게 보여준다. 이미 존재하는 구체적인 틀에다가 자신의 호흡을 맞추어야 하는 종래의 시적 관습에 견준다면 이는 대단한 파격이 아닐 수 없겠는데, 그러나 그 파격은 자유로운 느낌을 주는 데서 그치는 것이 아니라 일정한 질서감을 부여해 새로운 율동미를 느끼게 하고 있다. 이 연에서 쓰인 "~습니다."나 "~답니다."체로 끝나는 종결어미도 주목할 부분이다. 종래의 동요들에서 주로 쓰이던 "~네.", "~요.", "~지." 등의 종결어미들이 동요에서 이미 상투적 관습으로 굳어진 음성 자질들이라면 이 새로운 종결어미들은 우리에게 보다 참신한 느낌을 던져 준다. 이들 연에서 엿보이는 이러한 자유로운 율격은 다음에 오는 연들에서 일종의 보완을 거친다. 즉 반복되는 구절과 시어를 두 번 또는 세 번 규칙적으로 배치함으로써 동요가 갖는 율동미를 극대화하면서 시적 호흡을 안정감 있게 종결하도록 유도하고 있다. ③ 또한 종래의 동요적 관습에서 쉽게 발견할 수 없는 반복의 묘미를 보여주고 있다. 3·4·3의 음수율과 3·4·5·3의 음수율은 3·4·5 혹은 4·4·5 등의 음수율에서 느낄 수 없는 운율감을 던져주며, 이러한 리듬감은 "우체통", "편지"라는 시어의 반복과 "막 받아먹는"이라는 유희적 표현에 의해 더욱 배가되고 있다.

> 방울소리 절렁절렁
> 우리아기 깨겠네
> 나귀나귀 모가지에
> 솔방울을 달아라
>
> —「자장노래」 부분[74]

외형상 4음보 혹은 4·4조의 외형을 갖추고 있지만, 사실은 이 작품에서도 일종의 3음보 율격이 작용하는 것을 알 수 있다. 가령 이 「자장노래」의 운율은 "방울소리∨절렁절렁∨우리아기∨깨겠네"의 4음보로 읽기보다 "방울소리∨절렁절렁∨우리아기 깨겠네"로 읽을 때 그 율동미가 살아난다. 시행의 배치는 전형적인 4음보나 4·4조 형식을 취하고 있지만, 내재적인 운율은 '불균등한 세 마디율'의 지배를 받고 있는 것이다. 따라서 이 작품들에 나타나는 운율을 이전 시기에 유행했던 창가나 동화요의 기계적인 4·4조 리듬과 동일하게 인식해서는 곤란하다.

이상에서 보는 것처럼 윤석중은 4·4조나 7·5조의 정형률에서 산문에 가까운 동화시를 두루 섭렵하면서도 동요가 가지는 리드미컬한 호흡을 절대 잃지 않았음을 알 수 있다. 그의 작품은 굳이 외우려 들지 않아도 몇 번을 반복해 읽다 보면 저절로 입에 익게 된다. 마치 곡이 없이도

74『어깨동무』, 박문서관, 1940, 38쪽.

충분히 노래가 되는 듯한 그런 느낌을 준다. 바로 이것이 그의 동요 대부분이 작곡이 되었던 근본 이유였다.

(2) 우리말에 대한 감각

윤석중의 작품이 갖는 또 하나의 미덕은 잘 닦여진 말에 있다. 그는 리드미컬한 호흡을 통해 동요에 참신성을 불어 넣었듯이 "맑고 부드러운 말솜씨"를 통해 동요에 생명력을 불어넣었다.

늘 입으로 중얼중얼하셨다.

"이봐, 유선생. 이것 좀 들어봐."

선생님은 제자에게도 '선생'이라 하였다. 뉘에게든 그렇게 불렀다. 순 서울 토박이 말에, 하대(下待)를 않는 반 존경어.

어디서나 입으로 중얼중얼하시는 것은 지금 동요를 짓고 있다는 징표다. 종이에 써서 짓기에 앞서 입으로 지으셨다. 종이가 귀한 시절에 태어나 자랐기에 그리하는 창작습관이 드셨을까? 그것만은 아닐 것이다. 그보다 더한 까닭이 있다.

일석(一石) 이희승 선생은 밥 한 숟갈을 백번 씹으셨다는데, 석동(石童) 선생님은 동요 한 편을 짓는 데 입으로 몇 번이나 중얼거리셨는지 알 수 없다.

입으로 빚어낸 동요는 율동감각이 아름답다. "퐁당 퐁당 돌을 던지자……" 이 작품도 율동감이 고운 작품이다. 입으로 빚은 동요는 내재율(內在律)이 정확하다.

우리나라 말이 지니고 있는 율격을 최대한 살려내기 위해서, 낱말이 스스로 갖고 있는 숨결과 그리고 낱말이 다른 낱말과 만날 때 만들어내는 생동감을 맞추기 위해서, 사람의 호흡과 낱말의 길이를 조화롭게 배열하는 작업이 곧 입속에 넣고 한 소절씩 굴리는 작업이다.[75]

---

75 유경환, 「우리 동요의 큰 나무」, 『창비어린이』 4호, 2004. 봄, 134~135쪽.

유경환의 이 글은 윤석중 동요가 가지는 시어와 리듬이 어떻게 탄생되는지를 잘 보여준다. 윤석중은 "우리말이 지니고 있는 율격과 낱말이 스스로 갖고 있는 숨결"을 살려내기 위해 그 리듬과 말을 "입속에 넣고" 끊임없이 굴리며 닦았던 것이다. 언어와 리듬의 조탁은 곧 시인의 사명이기에 윤석중의 이런 노력은 어쩌면 대수로운 일이 아닐 수도 있다. 그러나 "입속에 넣고 굴린다"는 말 속에 들어 있는 함의를 어디까지나 가볍게만 넘길 일은 아니다. 그 말 속에는 윤석중 동요가 가지는 미덕이 숨어 있다고 생각하기 때문이다.

윤석중은 『잃어버린 댕기』에서 처음으로 외국의 동시를 번역한 적이 있다. 여기에는 크리스티나 로제티(Christina Georgina Rossetti), 사이조 야소(西條八十), 월터 드 라 메어(Walter De La Mare), 로렌스 알마 타데마(Laurence Alma-Tadema), 기타하라 하쿠슈(北原白秋), 로버트 루이스 스티븐슨(Robert Louis Stevenson), 라빈드라나드 타고르(Rabindranath Tagore)의 시가 각각 1~3편씩 번역되어 실려 있다. 이들 번역시들은 윤석중 문학과의 영향관계를 짐작할 수 있는 자료가 된다는 점에서, 한편으로 윤석중의 우리말에 대한 감각을 엿볼 수 있다는 점에서 의미가 깊다. 윤석중은 자신의 글에서 "영문으로 된 타고르의 동시집 『초승달』 원본을 춘원 댁에서 빌어다가 영어 사전을 뒤져가며 우리말로 옮겨 『잃어버린 댕기』에 실었다"고 밝힌 바 있지만, 여기 실린 시 모두를 그가 직역한 것인지는 확실하지 않다. 아마도 일어로 번역된 시집을 참고로 하여 중역을 했을 가능성도 배제할 수 없다. 윤석중은 예의 자신의 글에서 타고르 동시가 박용철에 의해 먼저 번역된 적이 있음을 밝히면서 "아이들하고도 통할 수 있게 쉬운 어린이 말로 된 것은 내 것뿐이었다"고 호언하고 있다.[76]

---

76 윤석중, 「아동문학 주변」, 『한국문단이면사』, 깊은샘, 1983.

이렇다고 해보세요 내가 작난으로 쳄파의 꽃이 되여 저 나무 높은가지우에 달리어서 웃노라 바람에 흔들리고 새로 핀 잎우에서 춤을추면 어머니는 나를 알아 보시겠습니까?

어머니는 부르시겠지요 "아가야 어대 갔니?" 그러면 나는 혼자서 웃으며 한 말도 않고 있겠습니다.

—박용철 번역, 「쳄파꽃」 부분[77]

내가 작란으로 말야요,

잠간 쳄파꽃이 됐다구 하거든요. 그래 내 그 나무 가지에 높이 달려 가지고 바람에 해죽 해죽 웃으며

새로 핀 잎새 우에서 춤을 춘다면,

날 알어 보시겠어요? 엄마!

엄만 날 부르시겠지오,

"얘 아가 어디 있니?"

그럼 난 혼자 웃으면서 못드른척 하구 가만히 있을테야요.

—윤석중 번역, 「쳄파꽃」 부분[78]

앞서의 윤석중 말을 굳이 따르지 않더라도 박용철 번역과 윤석중 번역을 비교했을 때, 확실히 윤석중의 것이 유년 독자의 눈높이를 더욱 고려했음을 한눈에 알 수 있다. 박용철의 번역본이 원문 그대로를 직역한 쪽에 가깝다면, 윤석중의 번역본은 유년 독자를 의식하여 일종의 의역을 감행한 흔적이 드러나며 산문시 형태의 시행을 버리고 의도적으로 시행을 재배치하려 했음이 발견된다. 윤석중은 타고르 시말고도 박용철이 번역한 로제티의 시 「정답게」와 알마 타데마의 시 「종달새와 금붕

---

77 박용철, 『박용철시집』, 동광당서점, 1939, 637쪽.
78 『잃어버린 댕기』, 72쪽.

어」를 번역했다. 「종달새와 금붕어」에서는 두 사람의 번역 차이가 확연하게 느껴지지 않지만, 로제티의 시는 그 번역에 있어 분명한 차이가 느껴진다.

엄마없는 아기와 아기없는 엄마를
서로 사랑 찾으라 한자리에 모으세. (박용철 번역)[79]

엄마 없는 애기를,
애기 없는 엄마를,
정답게 한집에서
살게 해 줘요. (윤석중 번역)[80]

앞의 타고르 번역에서처럼 박용철의 번역이 유년 독자를 고려하지 않은 직역에 가까운 번역이라면, 윤석중의 번역은 유년 독자들을 좀더 배려한 느낌을 주고 있다. 가령 "서로 사랑 찾으라 한자리에 모으세."라는 박용철의 표현이 다소 사변적이고 문어체적인 느낌을 던져 준다면, 윤석중의 번역은 훨씬 입말체에 가까우면서도 간결한 느낌으로 원작의 의도를 전달하고 있다. 의도적인 시행 배치와 쉼표의 활용 또한 유년 독자들의 호흡을 고려한 배려라 할 것이다.

똑, 똑, 똑,
문좀 열어주십쇼.
누구신가요.
나무닢예요.

---

79 박용철, 위의 책, 624쪽.
80 『잃어버린 댕기』, 53쪽.

딸깍 딸깍.

똑, 똑, 똑,
문좀 열어주십쇼.
누구신가요.
바—람예요.
딸깍 딸깍.

—「달밤」 부분[81]

　김소운은『잃어버린 댕기』서평에서 위에 윤석중이 번역한 기타하라
하쿠슈의「달밤」을 언급하며 "내가 부러워하는 것은 무엇보다도 맑고
부드러운 그 말솜씨"라고 칭찬을 아끼지 않았다. 김소운이 일본어 번역
에 일가견이 있는 인물이란 점에서 그의 이런 발언은 윤석중의 언어 감
각이 예사롭지 않았음을 입증한다.

　① 머이 머이 둥그냐
　　보름달이 둥글지.
　　머이 머이 둥그냐
　　누나 얼굴이 둥글지.

—「누나 얼굴」 전문[82]

　② 방울소리 절렁절렁
　　우리아기 깨겠네
　　나귀나귀 모가지에

---

81 『잃어버린 댕기』, 60~61쪽.
82 『윤석중 동요선』, 69쪽.

제3장 윤석중의 문학 세계 205

솔방울을 달아라

—「자장노래」 부분⁸³

③ 우리 아기 아장아장
걸음마를 배울 땐
맨드라미 빨강비로
앞마당을 쓸어라.

—「걸음마」 전문⁸⁴

반복과 대구를 주조로 한 이런 작품들에서는 역시 구태여 작곡을 거치지 않더라도 절로 음악적인 분위기를 띠게 되는 것을 느낄 수 있다. ①의 작품에서는 '대화체'를 활용하여 작품을 이끌어감으로써 독자로 하여금 시를 읊는데 색다른 흥미를 가지게 하고 있다. 이는 전래동요에서의 말놀이 전통을 충실히 잇고 있는 유희요에 해당한다고 볼 수 있다. 그런데 이 작품에서 돋보이는 시어는 바로 "머이 머이"라는 말이다. '무엇이 무엇이'라는 다소 정형화된 말보다 훨씬 정감이 느껴지는 말이다. 이는 윤석중이 지향한 입말체의 특징이 잘 드러나는 시어라 할 수 있다. ②는 자장가의 일종인데, "절렁절렁" "나귀나귀" 같은 동일 어휘의 반복과 "방울소리" "솔방울"의 대구를 통해 재미있는 시적 상황을 연출하고 있다. 이런 작품에서 보듯 윤석중 동요에 나타나는 의성어나 의태어는 대부분 참신하고 시적 정황에 자연스럽게 어울리는 모습을 하고 있다. ③의 경우도 역시 4행의 짧은 시이지만, 선명한 이미지와 율동감이 느껴진다. "아기" "아장아장" "앞마당"에서의 '아' 음의 반복이 주는 밝고 부드러운 어감과 "맨드라미 빨강비"가 담고 있는 색채감과 촉감은

83 『어깨동무』, 38쪽.
84 『초생달』, 24쪽.

아기의 이미지와 적절히 부합하고 있다. 윤석중의 이런 동요들을 보면 시어들이 정확하게 자기 자리를 찾고 있는 느낌이 든다. 의성어 하나 의태어 하나가 함부로 쓰이지 않았음을 알 수 있다. 시적 상황의 묘사도 이치에 맞고 또 구체적이다. 그것이 어떤 사실보다는 허구적 상황을 그려낸 것이란 것을 뻔히 알면서도 시를 읽다 보면 과연 그럴 법하구나 고개를 끄덕이게 된다.

윤석중 동요가 가지는 이런 매력은 우리말에 대한 시인의 예민한 감각을 보여주는 것인 동시에 그의 동요가 노래가 된 근본 이유이기도 하다.

(3) 대중성의 요소

가창을 전제로 하여 씌어진 윤석중의 동요는 응당 '아동가요'로서의 면모를 가진다. 아동가요가 가지는 중요한 특성은 대중 독자를 향한 친숙함에 있다. 대중에게 친숙해지는 전제 조건은 쉬워야 한다는 것에 있다. 시는 어렵더라도 여러 번 다시 읽고, 여러 가지 뜻으로 따져 보면 이해가 가능해질 수 있지만, 노래는 그렇지 못하다. 멜로디에 노랫말을 따라 듣다가 중간에 의미 파악을 놓치면, 그 뒷부분을 앞의 내용과 연결시켜서 이해하기가 쉽지 않기 때문이다. 그만큼 노래는 시간성과 전달성의 제약을 받는다. 그래서 동요는 동시처럼 이미지, 상징, 은유가 깊이 개입될 여지가 없다. 이것은 동요의 숙명적 체질이다. 좋은 동시가 선명한 이미지나 정서, 혹은 의미로 남듯이, 좋은 노랫말은 노래하는 동안 그 내용이 이해되고 마음으로 전달된다. 따라서 동요에는 딱딱하다거나 현실을 직설적으로 제시한 내용, 깊이 생각해야 알 수 있는 내용 등은 배제되는 반면, 단순한 재미, 즐겁거나 동적이며 경쾌한 내용, 정서가 쉽게 밖으로 발산되는 동요가 대중의 호응을 받게 되는 경우가 많다.[85]

아가야 나오너라 달맞이 가자
앵두따다 실에 꿰어 목에다 걸고
검둥개야 너도 가자 냇가로 가자.

비단 물결 남실남실 어깨춤 추고
머리 감은 수양버들 거문고 타면
달밤에 소금쟁이 맴을 돈단다.

-「달맞이」 부분[86]

앞에서 살펴보았듯이 표현방식으로 볼 때 윤석중 노랫말이 가진 가장
큰 특징은 구체성과 단순함에 있다. 청각적인 요소를 중시하고 단순함
을 지향하는 윤석중이 노랫말에서 자주 사용하는 방식은 병렬과 반복이
다. 동일한 통사 구조를 반복함으로써 의미 전달을 명확히 하고, 가사의
내용을 듣는 사람에게 바로 주지시키는 데 병렬 양식은 매우 효과적으
로 작용한다.

고향땅이 여기서 얼마나 되나.
푸른 하늘 끝 닿은 저기가 거긴가.
아카시아 흰 꽃이 바람에 날으니
고향에도 지금쯤 뻐꾹새 울겠네.

고개너머 또 고개 아득한 고향
저녁마다 놀 지는 저기가 거긴가.
날 저무는 논길로 휘파람 날리며

---

85 김용희, 앞의 글, 80쪽.
86 『윤석중 동요 백곡집』, 학문사, 1954, 15쪽(작품 번호 21번).

아이들이 지금쯤 소 몰고 오겠네.

―「고향땅」 전문[87]

이 작품은 윤석중의 대표작으로 자주 손꼽히는 작품이다. 윤석중은 말년에 한 인터뷰에서 어떤 작품을 가장 아끼느냐는 질문에 이 작품을 지목하기도 했다.[88] 윤석중의 이 작품이 해방기 때 지어진 작품임을 회고하며, 38선 때문에 고향을 지척에 두고도 가지 못하는 실향민을 위해 지은 노래라고 밝히고 있다. 윤석중의 말대로 이 작품은 고향을 잃은 사람의 심정이 담긴 노래다. 윤석중에게는 떠나온 고향이 없었으니, 이건 누군가의 심정을 대변하는 노래라고 해야 될 것이다. 개인적인 심정을 토로하는 개인 서정시라기보다 집단적인 정서를 대변하는 일종의 가요적 성격을 띤다고 하겠다. 실제로 이 작품에서 그려진 고향은 어느 개별 공간의 이미지를 나타냈다기보다 고향하면 떠올리는 익숙한 이미지들을 차용하고 있다. "아카시아 흰꽃이 바람에 날으니/고향에도 지금쯤 뻐꾹새 울겠네."라는 대목이나 "날저무는 논길로 휘파람 날리며/아이들이 지금쯤 소몰고 오겠네."같은 표현에는 고향이면 떠올리는 상투적인 이미지들이 쓰이고 있음을 볼 수 있다. 그런데 이런 상투적 이미지는 시인이 가지고 있는 능력의 한계에서 기인한 문제가 아니다. 그것은 대중 독자들에 대해 고향에 대한 추억을 불러일으키기 위한 전략에서 나온 표현들이라 할 수 있다.

이른바 '고향에 대한 추억'이 불러일으키고자 하는 것은 과거 그 자체의 사실적인 경험이라기보다는 정서적인 느낌과 분위기이기에, 한마디의 상투적 구절―특히 디테일한 표현이 뒷받침된 표현―을 듣게 되면 독자들은 곧 풍부한 추억의 향기 속에 자신을 맡기게 된다. 따라서 구체

---

87 『꽃길』, 배영사, 1968, 28쪽.
88 하정심, 「명작 동요를 찾아서―윤석중 선생님의 「고향땅」」, 『한국동시문학』, 2003년 봄호, 111쪽.

화되어 제시된 동요의 노랫말 속 기억들은 비록 내 것이 아닐지라도 나의 추억을 떠오르게 만드는 강력한 매개로 작용할 수 있다. 추억을 통해서 회복한 과거는 결코 있는 그대로의 과거가 아니며 새롭게 재구성되고 창조된 과거라고 할 수 있다.[89]

따라서 이 작품을 윤석중 개인사와 연결시켜 해석하는 것은 넌센스에 가깝다고 본다. 그것은 사랑이라는 주제를 가지고 노래를 지은 작사가의 노래는 모두 작사가 자신의 체험을 쓴 것이라고 주장하는 것만큼 어리석다. 우리는 이 작품에서 윤석중 개인의 체험 여부를 논의하기보다 윤석중이 가지고 있던 대중 정서 읽기에 탁월했던 시인으로서의 능력을 더 눈여겨 보아야 할 것이다.

　① 리, 리, 릿자로 끝나는 말은,
　　괴나리 보따리, 댑사리 소쿠리, 유리 항아리.

—「릿자로 끝나는 말」 부분[90]

　② 다 같이 돌자 동네 한 바퀴
　　아침 일찍 일어나 동네 한 바퀴
　　우리 보고 나팔꽃 인사합니다.
　　우리도 인사하며 동네 한 바퀴
　　바둑이도 같이 돌자 동네 한 바퀴.

—「동네 한 바퀴」 전문[91]

이런 작품들에는 '아동가요'로서의 성격이 더 진하게 드러난다. 대중

---

89 김수경, 『노랫말의 힘, 추억과 상투성의 변주』, 책세상, 2005, 110쪽.
90 『아침까치』, 산아방, 1950, 16쪽.
91 『카네이션은 엄마꽃』, 교학사, 1967, 12쪽.

가요의 노랫말이 상투적인 형태의 표현에 몰두할 수밖에 없는 것은 대중들의 선호와도 관계가 있듯이[92] 윤석중 또한 아동들이 곧바로 이해할 수 있고 재미있게 다가갈 수 있는 동요 형식을 모색하는 과정에서 이러한 대중적인 텍스트로서의 동요를 만들어낸 것이 아닌가 싶다. 즉 이것은 쉽게 인지할 수 있고 흥미를 느낄 수 있는 형태의 표현을 제공하면서 대중 독자를 동요 안으로 끌어들이려는 전략의 일환이라 할 수 있다. 다시 말하면 윤석중 동요에 나타나는 이러한 상투성은 대중의 기호를 전폭적으로 수용한 상투성이며, 독자들의 생각과 마음을 이해하게 만드는 매개로서의 상투성이다. 평균적인 독자라면 당연히 자신에게 친숙한 영역에 놓여 있는 이 상투적인 것들을 더 선호하는 경향이 있었을 것이다.

3. 윤석중 문학이 추구한 아동상(兒童像)

1) 윤석중과 동심주의

윤석중은 흔히 '낙천적 동심주의'를 구가한 동요시인으로 규정된다. 그렇다면 그가 그런 용어로 규정되기 시작한 시점은 언제부터일까? 윤석중에 대한 평은 1929년 신고송의 평문에서 처음 드러나는데, 신고송은 자신의 글에서 윤석중의 경향을 호평할 뿐 그의 경향을 동심주의로 명명하지 않았다. 신고송의 호평에 대해 반기를 든 송완순의 평에서도 역시 윤석중은 '초현실의 함정에 빠졌다'고 비판을 받지만, 여기서도 동심주의자라는 낙인은 찍히지 않는다. 윤석중의 첫 번째 작품집인 『윤석중 동요집』에서 서문을 쓴 주요한은 윤석중이 '동심을 포착했다'고 칭

---

92 김수경, 앞의 책, 89쪽.

찬을 하지만, 그가 말한 동심은 말 그대로 어린이의 심성을 지적한 말일 뿐 동심주의와는 직접적 상관이 없다. 1936년 신고송은 윤석중과 윤복진이 '소시민적 동요'를 쓰고 있다고 아쉬움을 표하고 있지만, 노골적으로 동심주의라는 용어를 동원하지 않았다.

1920년대 창작동요운동이 시작되는 시점에서 '동심'이란 말은 '동요·동화'란 말과 함께 빈번이 쓰이기 시작했지만, 동심이란 말 뒤에다 '주의'를 더해 동심주의라는 용어를 따로 쓰지는 않았다. 동심주의라는 용어가 처음 만들어져 쓰인 것은 일본에서였다. 이 용어는 1936년 모모타 소오지(百田宗治)가 주관한 잡지 『공정(工程)』이 11월호에 특집 '동심주의 글쓰기 비판'을 마련하면서 처음 나타나기 시작했다. 『공정』은 『빨간새』 동인들이었던 스즈키 미에키치, 기타하라 하쿠슈 등이 주도한 어린이 대상 글쓰기 지도에 강한 반발을 한 것으로 유명한데, 이 특집에서 많은 글쓰기 교사들이 '동심주의' '동심주의 글쓰기' '동심지상주의' 같은 비판용어를 사용하며 논지를 펼쳤다고 한다.[93] 그런데 『공정』에서의 이런 비판과 함께 일본계급주의 아동문학운동가 가운데 한 사람이었던 마키모토 쿠스로오(槇本楠郎)도 이 '동심주의' 용어가 생겨나는 배경에 중요한 기여를 했다고 알려져 있다.[94] 그는 1920년대 후반 쓴 글들에서 타이쇼오기 동요시인들이 동심을 키워드로 앞에 세우면서도 "현실의 살아 있는 어린이를 보고 있지 않다."며 이른바 동심예술을 표방한 채 아동의 계급성을 인정하기를 거부하는 타이쇼오기의 동요시인들을 매섭게 질타했다.[95] 사실 1930년을 전후하여 발표된 송완순의 윤석중에 대한 평문이나 1936년 발표된 윤복진과 윤석중의 소시민적 아동문학에 대한 신고송의 언급에 마키모토 쿠스로오의 이런 시각이 일부 반영된

---

93 요꼬스까 카오루, 「동심주의와 아동문학」, 『창비어린이』 2004년 봄호, 185쪽.
94 요꼬스까 카오루, 위의 글, 184쪽.
95 마키모토 쿠스로오, 「프롤레타리아 동요론」, 『교육신조(敎育新潮)』, 1928. 6. 「아동문학의 계급성」, 『동화운동(童話運動)』, 1929. 1. 『창비어린이』, 2004. 봄호, 184~185쪽에서 재인용.

것으로 보아야 하겠지만, 일제시대만 해도 윤석중의 작품에 노골적으로 '동심주의'라는 꼬리표를 다는 평자는 없었다.

윤석중의 작품에 본격적으로 '낙천주의'라는 꼬리표를 단 것은 해방기의 송완순이다. 송완순은 「아동문학과 천사주의」라는 글에서 제법 비중 있게 윤석중을 다루었다. 그는 이 글에서 일제시대 아동문학의 흐름을 진보적 아동문학과 순수아동문학주의로 대별한 뒤, 순수아동문학주의의 대표적 인물로 방정환과 윤석중을 거론한다. 그는 방정환이 조선의 현실을 "전연 등진 것은 아니"었음을 전제하면서도 "순수를 자부한 천사주의"에는 "불순수한 현실에서 빚어진 눈물이 너무 많았음"을 지적하며, 방정환의 한계를 '눈물주의'라 규정한다. 그는 방정환의 "애제자"였던 윤석중이 방정환의 눈물주의와는 다른 형식으로 어린이를 보았음을 지적하는바, 그것은 바로 '낙천주의'였다. 윤석중의 낙천주의는 방정환의 눈물주의가 안고 있는 "센티멘탈과 환상" 대신 "현실에 집착하고자 한" 특징을 안고 있지만, 그 낙천은 너무도 안이한 것"이었다고 비판한다. 즉 그는 윤석중이 "어린이가 생리적 본질에 있어서 낙천이니까, 그것을 그대로 보았을 뿐이지, 어떠한 사회적 요청에 의하여 그렇게 한 것은 아니었"음을 강조하고 있다. 결국 송완순은 윤석중의 낙천주의에 대해 이런 평가를 내린다.

尹氏의 樂天主義는 어린이의 生理的 未熟의 同律性에만 置重하여 民族的 社會現實은 통 無視하고, 덮어놓고 어린이는 즐거운 人生이며, 또 즐거워하지 않으면 안 될 人物이라고 함으로써 實相은 그렇지 못하고, 그러므로 그렇게 여겨서는 안 될 幸福感을 함부로 넣어 주어, 그들의 精神을 蠱惑시켰다.[96]

---

96 송완순, 앞의 글, 30쪽.

윤석중의 동심주의에 대해 비판을 가한 논자들 가운데 또 하나 주목할 이는 이오덕이다. 이오덕은 분단 이후 이원수로부터 이어지는 현실주의 계보를 튼실하게 이음으로써 우리 아동문학의 이론 형성에 지대한 영향을 끼친 비평가라 할 수 있다. 이오덕은 식민지 어린이들의 운명에 밀착하기 위해 애쓴 방정환과 이원수를 높이 평가하면서도 상대적으로 윤석중이 지닌 동심주의 경향을 강하게 비판하였다. 그는 『시정신과 유희정신』에서 윤석중이 식민지 현실을 살아가는 보편적인 어린이 모습을 담아내지 못하였으며, 어린이를 다만 어른의 유희 대상으로 놓고 보고 있다고 지적했다.

온 민족이 수난을 당하던 그 암흑의 세월에서, 그리고 해방이 되어 온통 세상이 어지럽게 되고 먹고살기조차 힘들던 그 시기에, 사회 환경의 영향을 받지 않고 다만 맑은 눈동자와 즐거운 웃음만으로 자란 아이들이 얼마만큼 있었을까? 그토록 아이들을 사회와 절연된 세계에서 아무 생각 없이 귀엽게만 바라보는 것으로 작품을 쓸 수 있는 시인이 있었던가, 놀라지 않을 수 없다.[97]

이와 같은 윤석중의 '동심주의'에 대한 신랄한 비판이 있었던 반면, 다른 한편에는 적극적 옹호가 뒤따랐다. 해방 후 좌파를 척결하는 국가 정통성 담론을 배경으로 문단 주도권을 장악한 이른바 순수 문학파들은 윤석중 작품에 내재된 동심 지향의 측면을 우리 아동문학의 정전 혹은 전범으로 추켜세웠다. 해방 직후 윤석중은 순수 문학파의 핵심이라 할 수 있는 김동리, 박목월 등에 의해 동심주의의 전형으로 높이 평가되었으며, 이것은 6, 70년대 이른바 순수아동문학 진영의 옹호를 거쳐 90년대의 노원호, 그 이후 논문들에까지 영향을 미쳤다고 볼 수 있다. 특히

---

[97] 이오덕, 『시정신과 유희정신』, 창작과비평사, 1977, 178쪽.

노원호는 「윤석중 연구」(1991)를 비롯하여 「윤석중론: 명쾌한 동심의식과 시적 정서」(1991), 「동심의식과 시적 변용: 윤석중 동요·동시의 발전과정을 중심으로」(1992) 등에서 윤석중 작품이 "어린이의 순진무구한 동심을 바탕으로 해서" 대부분 "밝고 희망찬 내용들"을 그렸음을 전제하며, 이것은 "의도적으로 비참한 시대 의식을 배제하고 어린이들에게만은 무거운 짐을 지우지 말아야겠다"는 시인의 굳은 의지에 기인한 것이었다고 밝히고 있다. 노원호의 이런 시각은 이후 나온 후속 논문들에서도 계속 반복된다.

즉 윤석중은 한편에서는 아동·현실을 도외시했다는 비판을 받았으며, 다른 한편에서는 아동들로 하여금 현실의 시름을 잊고 순수한 동심을 지켜나갈 수 있도록 했다는 점에서 찬사를 받았다. 상충되는 두 개의 시선으로 말미암아 윤석중은 긍정과 부정의 양 극단 사이를 오간 측면이 있다. 그러나 이 상반되는 두 개의 시선은 윤석중의 작품을 '동심주의'라는 단일한 프레임으로 보고 있다는 점에서 동일한 한계를 갖는다. 즉 윤석중에 대한 비판과 옹호라는 이 양 극단의 시각은 윤석중의 문학의 본질이 '동심주의'에 있음을 규정하는 데서 벗어나지 못하고 있다. 그러나 정작 윤석중 자신은 자신을 바라보는 평단의 시각에 대해 이런 불만의 소리를 표한 적이 있다.

　내 동요를 천사주의 · 동심주의 · 낙천주의로 몰기도 하고, '유쾌한 아동 문학'(불쾌한 아동 문학도 있는 것인지?) 전문가로 치는 이도 있기는 있었으나 그것은 '장님 코끼리 더듬기'나 다를 바 없으니, 코끼리가 담벼락(몸뚱이)처럼, 기둥(다리)처럼, 부채(귀)처럼, 무자위(코)처럼, 총채(꼬리)처럼 생겼다고 서로들 우기는 것이나 마찬가지였다.[98]

---

[98] 윤석중, 『어린이와 한평생』, 범양사출판부, 1985, 134쪽.

이러한 관점에서 일제 강점기의 신고송이나 해방기의 정지용, 윤복진 등의 글은 단평 수준이기는 하지만, 윤석중 문학이 지니는 특성을 동심주의라는 단일한 관점으로 옹호하거나 비판하는 글이 아니란 점에서 주목을 요한다. 이들이 윤석중 작품에서 추출한 "어린이다운 충동과 정서의 약동", "약고 재빠르고 쾌활한 서울 아이들의 특수한 비애", "스마트"한 '도시적 감각' 그리고 "유년의 시"가 갖는 요소들은 윤석중 문학을 이해하는 소중한 관점으로 재조명될 필요가 있다. 다시 말해 윤석중을 보는 '동심주의'라는 단일한 프레임에 벗어나 윤석중 문학 속에 내재된 '명랑성, 공상성, 도시적 감각, 유년 지향'의 요소들을 새롭게 살피는 안목이 요구된다. 기왕의 동심주의를 둘러싼 추종과 비판은 윤석중 문학에 내재된 그러한 요소를 세밀히 살피지 못한 한계가 있으며, 이는 결국 윤석중 문학의 가치를 오해와 통념의 굴레 속에 방치하는 결과를 초래한 혐의가 있다. 이는 윤석중 문학을 올바로 자리매김한다는 측면에서 하루빨리 극복해야 할 문제라고 생각한다.

이 글에서는 오히려 윤석중이 이전에는 깊이 탐색되지 못했던 아동상을 새롭게 구현했다는 관점에서 그의 동심주의에 접근하려 한다. 윤석중은 우리 아동문학이 간과했거나 간과하고 있는 어린이—명랑한 어린이, 공상하는 어린이, 유년의 어린이, 도시의 어린이—상을 발견하고 그것을 작품 속에 끊임없이 구현하고자 한 시인으로 평가할 만하다.

2) 윤석중 작품에 나타나는 아동상

(1) 명랑한 아이

한때 윤석중을 보는 통념 가운데 대표적인 한 가지로 꼽을 수 있던 것은 그의 작품이 현실 지향보다 현실 도피라는 경로를 걸어 왔다는 점이었다. 그러나 윤석중의 작품을 들여다보면 20년대 중반부터 30년대 초반에 이르는 시기와 해방기, 그리고 6·25전쟁 직후에서부터 4·19혁명에 이르는 시기까지 윤석중은 끊임없이 시대적 현실에 관심을 기울여 왔던 것을 알 수 있다.

1927년부터 1931년 사이에 발표된 윤석중의 동요, 시, 동극이나 1932년 출간된 『윤석중 동요집』을 보면 계급주의적 시각에 대해 동조하는 태도나 민족주의적 저항심, 어린이 화자에 상대되는 어른 혹은 약하고 여린 존재에 상대되는 힘센 존재들에 대한 거부감을 그리고 있는 작품들을 볼 수 있다. 이들 작품에 등장하는 시적 주체는 대개 어린아이거나 약하고 여린 존재 혹은 가난한 서민의 아동이다. 이들은 약자들에 대해서는 일종의 연민이나 연대감을 지니고 있지만, 상대적으로 권위를 가진 어른이나 힘센 존재들이 지닌 허위에 대하여는 가차 없는 조롱이나 비판을 서슴지 않고 있다.[99] 해방기에 출간된 『초생달』에는 해방을 맞이하는 기쁨과 조국의 미래에 대한 희망을 염원하는 마음을 담은 작품과 아울러 해방기의 어지러운 현실을 비판하는 시들을 싣고 있으며[100], 6·25전쟁 시기에 쓴 작품에서는 피난 시절의 고단한 삶을 투영한 작품이나 전쟁으로 인해 변모한 인정세태를 은근히 비판하기도 했다.[101] 또

---

[99] 윤석중의 초기 작품에서 또 하나 특징으로 새겨 볼 것은 서민 아동의 현실을 다루고 있다는 점이다. 그런 경향의 작품 제목을 우선 나열하자면 「누님 전상서」·「누나의 답장」·「귀먹어리 엿장수」·「고기차간 솔개」·「고사리 나물」·「달 따러 가자」·「우리집 콩나물죽」·「신기려 장수」·「휘파람」·「빗방울」들이 있다. 이들 작품들에는 타지로 돈 벌러 간 누나(「누님 전상서」·「누나의 답장」)와 공장에서 일하는 언니(「고기차간 솔개」·「휘파람」·「빗방울」), 야시(夜市)를 보고 돌아오는 오빠(「우리집 콩나물죽」)들이 등장하며 길거리에서 다 해진 신에 징을 박고 있는 신기료장수(「신기려 장수」), 밤이 되어도 불을 켜지 못하는 이웃(「달 따러 가자」), 귀가 어두워 온종일 돌아다녀도 서푼어치밖에 팔지 못하는 엿장수(「귀먹어리 엿장수」)가 등장하기도 한다. 이들은 두 말 할 것 없이 모두 몸을 부려 사는 서민 계층이라 할 수 있겠는데, 윤석중은 이들의 삶 속에 어쩔 수 없이 드러나는 비애에 연민의 시선을 보내는 한편 일종의 연대감으로 그들을 끌어안는다.

[100] 『초생달』에 수록된 작품 가운데 해방의 기쁨과 조국의 미래에 대한 희망을 노래한 시들에는 「사라진 일본기」, 「해방의 날」, 「우리 동무」, 「새 나라의 어린이」, 「앞으로 앞으로」가 있으며, 해방의 어지러운 현실을 비판한 작품으로 「독립」이 있다.

[101] 피난 시절의 고단한 삶이나 전쟁으로 인해 변모한 인정세태를 그린 작품들은 『노래동산』(1956)과 『엄마손』(1960)에 다수가 실려 있다.

한 4·19 직후에 씌어진 작품을 모은 『어린이를 위한 윤석중 시집』에서
는 실정(失政)을 한 위정자들에 대한 비판과 함께 시위에 나섰다가 목숨
을 잃은 어린 학생들을 추모하는 시를 쓰기도 했다.[102]

이들 가운데 계급주의 아동문학운동이 대두되는 시기에 발표한 윤석
중의 동요, 동극들은 새롭게 조명을 받기도 했으나[103], 다른 시기에 씌어
진 나머지 작품들은 아직도 윤석중 문학 세계에서는 일종의 예외적인
작품으로 취급되고 있는 실정이다. 사각지대에 놓여 있는 이런 작품들
에 대한 조명도 시급하거니와, 이미 널리 알려진 작품들에 대한 평가 역
시 미흡한 측면이 있다.[104]

> 허수아비야 허수아비야
> 여기쌓엿던 곡식을 누가 다 날라가디?
> 순이아버지, 순이아자씨, 순이 오빠들이
> 왼여름내 그 애를써 맨든 곡식을
> 갖아간다는 말 한마디 없이
> 누가 다 날라 가디?
> 그리구저 순이네 식구들이
> 간밤에 울며 어떤 길루 가디?
> ─이 길은 간도 가는 길.
> ─저 길은 대판 가는 길.

---

102 「오월에 얼음이 언다면」, 「열 세 살 짜리 민주공화국의 어린이들」은 모두 4·19 학생운동을 기리는
내용을 담고 있는 시들이다.

103 대표적인 연구로 이재복, 「어린이의 마음 높이에 찾아낸 발랄한 언어─윤석중 동요 동시의 세계」,
『우리 동요 동시 이야기』, 우리교육, 2004, 임지연, 「윤석중 아동극 연구」, 인하대 석사논문, 2010.
등이 있다.

104 해방기에 송완순은 윤석중이 잠시 계급주의 유행을 따르기도 했으나 그것은 모방에 불과했다고 일
축했으며, 이오덕은 비슷한 시기에 쓰여진 이원수의 「찔레꽃」을 인용하여 높이 평가하면서도 비슷
한 시기에 씌어진 「허수아비야」 같은 작품에 대해서는 어떠한 언급도 한 바 없다. 박경용 또한 자신
의 글에서 이 작품이 실린 『윤석중 동요집』을 텍스트에서 제외하고 있다.

허수아비야 허수아비야

넌 다 알텐데 왜 말이 없니?

넌 다 알텐데 왜 말이 없니?

—「허수아비야」 전문[105]

이 작품은 1931년 발표되었고, 이듬해 『윤석중 동요집』에 수록된 작품이다. 이 작품은 식민지 조선 현실을 날카롭게 포착하고 있지만, 현실을 환기하는 어조는 현실을 직설적으로 고발하는 어른의 목소리가 아니라 그 현실을 고스란히 자신의 슬픔으로 받아들인 아이의 목소리로 되어 있어 눈길을 끈다. 아이를 시적 화자로 삼음으로써 이 작품은 시적 울림을 오히려 강화시킨 측면이 있다. 즉 아이는 자신의 억울한 울분을 '허수아비'라는 대상에 토로함으로써 정서적 공감을 불러일으킨다. "허수아비야 허수아비야" "넌 다 알텐데 왜 말이 없니?" 같은 반복은 윤석중 특유의 동요적 리듬을 그대로 지키고 있으면서 슬픔의 정조를 배가시키는 역할을 하고 있다. 수탈의 현장을 오롯이 지켜본 채 빈 들판에 혼자 쓸쓸히 서 있는 '허수아비'는 착취당한 조선의 현실을 대변하는 객관적 상관물로 손색이 없다.

윤석중은 1930년을 전후로 계급주의 동요를 여러 편 발표하지만, 그것은 송완순의 지적대로 어떤 유행을 따른 결과라 해도 과언이 아닌데, 이 「허수아비야」만큼은 윤석중의 개성적 호흡이 적절하게 녹아든 작품이라 할 수 있다. 즉 이 「허수아비야」는 식민지 현실을 비판한 작품 가운데 윤석중 작품에서는 가장 정점에 드는 작품이 아닌가 한다. 그러나 이런 작품이 우연의 결과가 아니었음은 물론이다. 윤석중은 '근대화'라는 미명 아래 일제가 행한 약탈적 기만정책을 신랄하게 비판하는 작품

---

105 『윤석중 동요집』, 신구서림, 1932, 30쪽.

을 몇 해 앞서 이렇게 선보이고 있기 때문이다.

팥 되나 먹을데 신작로 나고
쌀 되나 먹을데 철로길 되네
아리랑 아리랑 아라리요
이땅엔 거지만 늘어간다

초가집 팔려서 기와집 되고
기와집 헐려서 벽돌집 되네
아리랑 아리랑 아라리요
길가는 보따리 늘어간다.

—「거지행진곡」부분[106]

앞서 살핀 대로 윤석중은 이 작품이 발표되던 즈음에 계급주의 동요와 친연성이 있는 몇 편의 작품을 써내며, 민족주의적 저항성이 다분히 배어 있는 동극 「울지마라 갓난아」를 신문에 연재하였다. 윤석중은 이 작품이 나오던 해에 양정고보를 자퇴할 결심을 했고, 다음 해 무일푼으로 일본에 건너가 고학을 해보려 하다가 생활을 지탱할 수가 없어 결국 귀국을 하고 만다. 당시 감옥에 있던 아버지는 아직 풀려나기 전이었다.

---

106 윤석중, 《동아일보》, 1929. 5. 27. 윤영천은 윤석중의 이 작품을 소개하며 다음과 같은 발언을 하고 있다. "국내 유랑민. 국외 유이민을 대거 발생하게 한 빼놓을 수 없는 요인으로 작용한 것은, '근대화'라는 미명 아래 일제가 행한 약탈적 기만정책 바로 그것이었다. "러일 전쟁 직후부터 이미 일본인에 의해 대규모적으로 자행된 토지약탈이 결과적으로 민족자본의 자생적 기반 창출에 필수불가결한 중산 농민층의 발전적 성장을 원천적으로 차단하는 데 크게 기여하였음은 주지된 사실인바, 일본제국주의의 부를 착실히 보장해 주는 젖줄로서의 '신작로·철로길'의 외형적인 화려함 속에 감추어진 조선농민의 고통은 집단적인 유이민 현상 또는 떼거리로 몰려다니며 구걸하는 이른바 '작대구걸(作隊求乞)'의 참상으로 곧장 표출되었던 것이다. 우리나라가 일본의 식민지로 완전히 전락한 '합방' 이후 특히 일본의 전쟁수행에 필요한 제반 물자를 공급하는 '병참기지'로서만 한국이 필요했을 뿐인 1930년대에 들어서서는 이러한 현상이 한층 가속적으로 확대·심화되었음은 물론이다." (윤영천, 『한국의 유민시』, 실천문학사, 1987. 51~52쪽.)

역사적으로도 불행한 시기였지만 윤석중 개인으로도 불행의 연속이었던 시점이다. 윤석중의 나이는 이제 청소년에서 막 청년으로 넘어가던 시기였다. 그의 작품에 드러나는 계급주의에 대한 관심과 저항성은 그의 개인사와 결부된 식민지 청년이 느끼는 울분과 갑갑증의 표출이라고 해도 과언이 아니다.[107] 그러나 윤석중은 본령은 역시 슬픔과 탄식과는 좀 다른 지점에서 싹트고 있었다. 비슷한 시기 윤석중은 노동에 시달리는 누나의 이야기를 다음과 같이 그렸다.

> 八月에도 보름날엔
> 달이 밝것만
> 우리누나 공장에선
> 밤일을 하네.
> 공장누나 저녁밥을
> 날러다두고
> 휘파람 불며불며
> 돌아오누나.
>
> —「휘파람」전문[108]

"八月에도 보름날"은 명절인 추석을 의미하겠는바, 추석에도 쉴 틈이

---

107 「거지행진곡」과 비슷한 시기에 발표한 「담성한 하늘」(《조선일보》 1928. 12. 14)에는 감수성이 예민하던 이 당시 윤석중의 내면 풍경이 고스란히 드러나 있다. 이광수는 자신의 회고에서 윤석중의 동요에 나오는 "간난이 개똥이 고무신 굽 떠러진 나막신 이것들은 다 박석고개 넘어 君이 살고 잇는 崇2洞 一帶에서 取材한 것들"임을 밝힌 바 있다. 이를 보면 윤석중의 문학적 공간이 주로 서울 숭2동 일대를 중심으로 하는 도회지 한복판이었음을 알 수 있다. 그는 "저녁굶은 싀어미상"같이 찌푸린 하늘을 보며 "저 가래덩이를 뱃고"서야 "납덩이가티 무겁고 괴로운" 자신의 마음도 후련해질 것이라 노래하고 있다. 「반벙어리 노래」(《동아일보》 1930. 12. 28)에도 역시 식민지를 살아가는 청년의 내면풍경이 직설적으로 드러나 있다. 시적 화자는 가슴속에 "안뺄어내고는 못견딜 우름"과 "덩이로 뭉친 우슴"이 있건만 "울도 우도 못하는 반벙어리 놀애"만을 부를 수밖에 없는 자신의 처지를 한탄한다.
108 《동아일보》, 1930. 2. 8.

없이 누나는 공장에서 밤일을 하고 있다. 휴일도 없이 잔업에 시달리는 누나의 형상은 일제하의 노동 착취를 사실적으로 진술한 대목이라 일러도 틀린 말은 아닐 것이다. 그러나 이 시에서 중심이 되는 대목은 "공장 누나 저녁밥을/날러다두고/휘파람 불며불며/돌아오누나."이다. 이 장면은 일제의 노동 착취를 직접적으로 드러낸 장면이라기보다 그런 노동 착취를 곁에서 목도하는 어린이의 심정을 그린 대목이다. 겉으로 표출되지 않았지만, 명절날 밤까지 잔업에 시달리는 누나에게 저녁밥을 가져다 두고 오는 아이의 심사는 착잡하고 슬펐을 것이다. 그런데 이 작품에 등장하는 시적 화자는 그런 내색을 전혀 하지 않는다. 명절날 놀지도 못하는 누나가 안 됐다느니, 자신의 마음이 아프다느니, 눈물이 난다느니 하는 슬픈 심경의 토로를 하지 않고 있는 것이다. 대신 그는 "휘파람을 불며불며" 집으로 돌아올 뿐이다. 이 작품은 7·5조 율격을 정확히 지킨 작품치고는 시적 호흡이 늘어지지 않고 빠른 느낌을 준다. 그래서 "휘파람을 불며불며"라는 대목은 경쾌한 느낌조차 든다. 여기서의 휘파람은 "기쁨의 표출이기보다 아픔을 참아내는 극복의 휘파람"[109]의 성격을 가지는 것이겠지만, 이 대목으로만 봐서는 안타깝고 슬픈 시적 화자의 내면은 겉으로 드러나지 않고 있다.

20년대 애상적 동요들이 슬픔의 정조를 겉으로 표출하는 데 몰두했다면, 윤석중은 이처럼 슬픔의 정조를 안으로 숨기는 데 능숙했다. 즉 그는 슬픈 감정을 있는 그대로 드러내지 않는 일종의 이지적 태도를 가지고 있었다. 정지용은 "서울서 자란 사람이라야만 감정과 이지를 농락

---

[109] 이상현은 「휘파람」에 대해서 이런 평가를 내리고 있다. "이 작품은 일제의 노동 착취를 동요로써 증언한 작품으로 평가된다. 민족의 역사적 아픔을 '누나'를 등장시켜 진술한다. "휘파람 불며"는 어떤 물리적 기쁨의 표출이 아니라 그 아픔을 참아내는 "극복의 휘파람" 그것이다. 1930년대에 발표된 동요들이 흔히들 민족의 서러움 속에서 탄생되었고 그 작품은 곧 그 서러움을 상징한 것이라고 말하지만 윤석중의 이 「휘파람」만큼 주제를 뚜렷이 부각시켜 주는 작품도 드물다. 그만큼 주제의 구체성이 작품에 파묻히고 있다는 뜻이다. 이것은 곧 윤석중이 남긴 당대의 시대적 교감의 구체적 샘플로 표현될 수 있다."(이상현, 『한국아동문학론』, 동화출판공사, 1976, 171~172쪽.)

할 수 있다"고 하였거니와, 윤석중 작품에서는 이처럼 서울내기만이 가지는 감정의 절제가 돋보인다. 이런 감정의 절제는 감정의 노출이나 과잉으로 점철된 감상주의 동요들과 윤석중 동요를 구별하는 변별점이다.

八月이라 秋夕날 달 밝은 밤에
공장에서 밤일하는 젊은색시들

길거리엔 우슴소리 가득찻것만 공장안엔 눈물저즌한숨이라네

하늘우에 달빗이야 곱고나지고 오늘밤도 공장색시팔거덧다네

긔계미테 뿌 '삭' 서룬신세도 웃는낫츨 대할날만 긔다린다네
八月이라 秋夕날 달밝은밤도
지내가면 찬바람이 들어온다네

밤세우며 일만하는 우리나 신세
긔계미테 살어가는 우리나 신세

오날밤도 입담울고 일하는 색시
우리들이 춤출날도 돌아온다네

쒸— 쒸— 고동소리 낫닉은소리
우슴소리 터져나올 그째가 오네
　　　　　　　　　—「웃음소리 터져나올 그때가 오네」 전문[110]

이 작품은 1930년 10월경에 발표된 남궁랑(南宮琅)의 작품이다. 윤석

중의 「휘파람」의 악보가 1930년 2월 8일 《동아일보》에 발표된 것으로
봐서 남궁랑의 작품은 윤석중 것보다 나중에 씌어진 작품이라 추정된
다. 이 작품의 첫 구절 "八月이라 秋夕날 달 밝은 밤에"는 윤석중 「휘파
람」의 그것과 거의 유사하다. 시적 토운이나 전개방식은 다르지만, 아
마도 윤석중의 작품에서 모티브를 얻은 작품이 아닌가 생각한다. 남궁
랑은 자신의 작품을 논하는 자리에서 "센티멘털한 작품은 프롤레타리
아 영역 안에서는 철저히 박멸하지 않아서는 아니되는 것"을 강조하며
이 작품이 감상주의를 극복한 작품임을 주장하고 있지만[111], 윤석중의
「휘파람」에 비한다면 감정 처리를 그다지 적절히 하고 있다고는 보기
어려운 작품이다. "우슴소리 터져나올 그째가 오네.", "우리들이 춤출날
도 돌아온다네." 같은 표현에서는 관념적인 시인의 태도가 그대로 드러
나 있고, 또 시적 호흡에 있어서도 부자연스러움이 느껴진다. 남궁랑은
애상성을 벗어나기 위해 일종의 '힘있는 노래'를 추구한 것이지만, 그것
은 구체성을 띤 노동 소년 소녀들의 모습을 그린 것이 아니라 시인 개인
의 관념을 그리는 데 멈추고 말았던 것이다.

　비슷한 시기 「휘파람」과 유사한 소재로 씌어진 작품이 또 하나 있다.
박고경(朴古京)이 발표한 「밤엿장수 여보소」가 그것이다. 이 작품 역시
발표시기가 「휘파람」보다 뒤진다.

　　밤엿장사
　　여보소

---

110 이 작품의 정확한 발표 일자는 확인할 수 없었다. 그렇지만 유재형이 쓴 월평 「조선, 동아 10월 동
요」에 이 작품이 거론되는 것으로 보아 10월에 발표한 작품이 분명하다. 유재형은 이 작품을 군집합
창하기 좋은 노래라고 칭찬을 하고 있다. "남궁랑의 「웃음소리 터져나올 그째가 오네」 이 작은 동요
로 허(許)할 수 없다. 「추석날 밤에」 근로하는 직공소년소녀들이 군집합창하기 좋은 노래다. 이데올
로기를 파악치 못한 것은 물론이나 이 작자로 타작에 비하여 반보 전진한 것을 시인한다." (유재형,
「조선, 동아 10월 동요」, 《조선일보》, 1930. 11. 6.에서 재인용.)
111 남궁랑, 「동요 평자 태도 문제—유씨의 월평을 보고」, 《조선일보》, 1930. 12. 25.

224

내 말 들으소.
한돈짜리
한가락
팔아드릴껀.

밤일 하는
언니네
공장까지만

나를 나를
다려다
주십소구려.

저녁 한 술
못 잡순
배고픈 언니
엿이라도 한가락 갖다드리게.[112]

윤석중의 「휘파람」과 유사한 소재를 차용하긴 했지만, 이 작품은 윤석중의 작품에 비해 시적 호흡이나 시어의 운용에 있어 상투적인 느낌을 준다. 시적 화자의 연령을 짐작해 보건대 아직 나이가 어린 유년기의 아동임에도 그 말투는 어른의 말투를 닮아 있다. 노동하는 언니를 생각하는 시적 화자의 마음은 애틋하지만 그것은 능동적이기라기보다는 수동적이며 사뭇 애상적인 데가 있다. 한마디로 이 작품에는 추석날 밤에

---

112 박고경, 「밤엿장수 여보소」, 『소년세계』, 1930. 4. 조탄향, 「이성주(李盛珠) 씨의 동요 「밤엿장수 여보소」는 박고경(朴古京) 씨의 작품」, 《동아일보》, 1930. 11. 22에서 재인용.

도 야근을 하는 언니에게 밥을 날러다두고 '휘파람을 불며불며' 집으로 돌아오는 아이에게서 느껴지는 현실감이 없다.

아동이란, 비단 조선뿐 아니라 아무 나라의 아이들이라도 생동적인 것이다. 그들은 정숙과 우울을 싫어하고, 항상 뛰고, 노래하기를 좋아하며, 쾌락과 광명을 요구한다. 요새 조선 아이들은 감상(感傷)적인 것을 일반으로 좋아하는 경향이 있지만, 그것도 좀 큰 애들의 말이오, 더 어린 아이들에게는 역시 생동적인 것이 갈채를 받을 것이다. 하지만 그렇게 동심을 작약(雀躍)시킬 작품을 짓는 사람은 발견할 수 없다.[113]

방정환과 같이 색동회 초기 멤버로서 활동하며 전래동요에 깊은 관심을 가지고 있던 손진태(孫晉泰)는 「조선 동요와 아동성」에서 우리 전래동요에 나타난 아동을 "발발(潑潑)하고 생동적인" 존재라 규정하며 그러한 "동심을 작약시킬 작품을 짓는 사람을 발견할 수 없는" 것을 이처럼 안타까워하고 있다.

"한숨과 슬픔을 동요에서 몰아내자!"
어린 나는 결심하였다. 어른들의 구성지고 처량한 노래들이 그들 자신의 넋두리나 푸념이나 신세 타령은 될지언정 우리까지 따라 불러야 할 필요를 느끼지 않았던 것이다. (⋯)
같은 '비애'에도 가난과 억눌림과 시달림에서 우러나는 눈물이 있어서 때로는 이것이 역사와 현실을 똑바로 내다볼 수 있는 바른 눈을 길러 주는 수도 없지 않아 있었으나, 하루 스물 네 시간을 나라 근심, 겨레 걱정에 잠기게 한다는 것은 어린 사람들에게 너무나 가혹한 일이 아닐 수 없었다.[114]

---

113 손진태, 「조선동요와 아동성」, 『신민』, 1927. 2, 47쪽.
114 윤석중, 『어린이와 한평생』, 범양사출판부, 1985, 94~95쪽.

윤석중은 자전적 회고에서 자신이 '한숨과 눈물'로 비유되는 1920년대 동요의 감상주의 경향에 대해 비판적인 견해를 갖고 있었음을 이렇게 밝힌다. 물론 이것은 앞의 손진태의 발언에서 보듯 당시 윤석중만이 홀로 갖고 있었던 견해라 보긴 어렵다. 윤석중이 「휘파람」을 쓰던 시기는 감상성으로 규정되는 동요적 관습에 대한 비판들이 대두되던 시기이기도 했다.[115] 그렇지만 그런 동요적 관습이 하루아침에 사라지긴 어려웠다. 말하자면 윤석중은 1920년대를 풍미한 애상적인 패턴을 누구보다 빨리 벗어던진 시인이라 할 만하다. 그는 슬픔에 잠긴 어린이를 강조하는 것은 현실을 살아가는 어린이를 구현하는 것이 아니라 '수염난 어른'들이 머릿속으로 구성해낸 관념의 어린이를 재반복하는 것일 뿐이라는 인식에 도달했던 것이다. 윤석중은 그렇게 구성된 어린이상이 이미 낡은 동요의 패턴임을 인지하고, 이미 관습적으로 상투화된 아동상을 넘어서 작품 속에 새로운 유형의 어린이를 구현하려고 하였다.

부뚜막에 글거논 누룽갱이를
들락날락 다먹고 도망가지요

---

[115] 1930년을 전후로 하여 아동문단에는 감상성을 비판하는 흐름이 조성된다. 이것은 동심주의 계열이나 계급주의 계열을 가리지 않았다. 1929년 신고송에 의해 씌어진 「동심에서부터—기성동요의 착오점, 동요시인에게 주는 몇말」이란 글 또한 20년대 유행되는 감상성 짙은 동요에 대한 비판을 하고 있는 글이다. 신고송은 이 글에서 이른바 기성 동요시인들의 아동성에 대한 몰이해와 기성 동요가 지니고 있는 편향성에 대해 비판을 가하며, 아동에게서 발견되는 여러 가지 특성을 간과한 채 오로지 자연 친화나 감상성의 측면만을 부각시키는 이들을 "자연시인배, 센치멘탈이스트"라 칭하며 비판한다(신고송, 「동심에서부터—기성동요의 착오점, 동요시인에게 주는 몇말」, 《조선일보》, 1929. 10. 20~10. 30). 조선동요연구협회 소속이었던 김태오는 1930년 4월 『아희생활』에 발표한 글에서 "신세타령, 팔자타령으로만 만족할 수 없는 것이니 좀 더 힘있는 건전한 노래 또는 유모어적 노래를 요구"한다고 밝히고 있다(김태오, 「조선동요의 당면한 임무」, 『아희생활』, 1930. 4). 정윤환은 1930년을 전후한 동요단의 흐름을 비판하는 자리에서 "농촌소년들의 호미와 광이에 시달린 노래, 공장소년들의 기계에 시달린 노래보다도 좀더 동요적 노래 광명에 가득찬 노래를 듣고 싶다."고 호소한다(정윤환, 「1930년 소년문단 회고」, 《매일신보》, 1931. 2. 18~19). 윤석중과 함께 자취를 하며 문학적 교유관계를 맺은 바 있던 심훈은 「1932년의 문단 전망—프로문학에 직언」에서 "근래에 유행하는 동요나 동화는 달콤한 애상적인 것이 많은 것 같"다고 지적한 뒤 "동심을 잃지 않을 정도 한도내에 진취적이요 활발한 내용으로 동요, 동화, 동극을 창작하기 바란다"고 적고 있다(《동아일보》, 1932. 1. 15~1. 16).

욕심쟁이 우리옵바 꿀꿀 꿀돼지

설탕봉지 일부러 쏫질르고선
엉금엉금 기면서 핥아먹지요
울기쟁이 우리옵바 꿀꿀 꿀돼지

—「꿀꿀 꿀돼지」 부분[116]

여기 등장하는 아이들에게는 슬픔이 없다. 식민지의 궁핍한 현실 속
에서 살아가기에 늘 애상적이고 우울한 기색이었던 아이들이 등장하지
않는 것이다. 다만 여기 나오는 아이는 먹을 것을 밝히며 짓궂은 행동을
하는 아이며, 그런 아이를 "욕심쟁이, 울기쟁이"라 흉보는 아이다. 여기
에 등장하는 아이들은 이른바 감상주의적 동요들이 간과한 또 다른 현
실의 아이들이다. 계급주의 아동문학의 일선에 있던 신고송은 "자연시
인배, 센치멘탈이스트"이 보여주지 못한 이런 아동상에 호의적인 시선
을 보낸다. 신고송은 이 작품에 나타난 아동상을 두고 "어린이다운 충
동과 감정의 약동이 느껴진다"고 호평을 하였다. 신고송은 윤석중의 이
작품에서 당시 동요시인들이 상투적으로 답습하는 "어른 본위의 개념"
에서 빚어진 '상투성'의 대안을 발견하고자 했던 것이다.

퐁당 퐁당 돌을 던지자
누나 몰래 돌을 던지자.
냇물아 퍼져라 널리멀리 퍼져라.
건너편에 앉아서 물작란하는
우리누나 댕기좀 적셔주어라.

---

116 《조선일보》, 1929. 10. 10.

풍당 풍당 돌을 던지자

누나 몰래 돌을 던지자.

냇물아 퍼져라 퍼질대로 퍼져라.

엄마한테 매맞는 구경좀하게.

우리누나 댕기좀 적셔주어라.

―「풍당퐁당」 전문[117]

앞의 「꿀꿀 꿀돼지」에서처럼 이 작품의 시적 화자인 사내아이와 누나
는 열 살 전후의 어린 남매로 추정된다.[118] 누나는 댕기 머리를 하고 앉
아 냇물에서 나물을 씻는 것이 아니라 '물장난'을 하고 있다. 굳이 말한
다면 '일하는 누나'가 아니라 '놀이하는 누나'다. 시에는 언급이 되어 있
지 않지만, 아마 둘은 티격태격 곧잘 다투기도 하는 그런 사이였을 것이
다. 이런 누나에게라면 사내아이인 시적 화자가 응당 돌멩이를 던지는
장난을 할 만도 하다는 생각이 든다. 아마 모르긴 해도 이 작품에 등장
하는 화자는 누나의 고자질 때문에 엄마에게 크게 혼이 났던 것 같다.
그래서 일종의 '복수'를 하겠다는 마음을 먹지 않았나 싶다. 그런데 그
런 의도를 너무 노골적으로 표출하면 더욱 큰 덤터기를 쓸지 모르니까
최대한 누나 몰래 누나를 골탕먹이는 작전을 세운 것이다. 이 작품 역시
시적 화자인 아이의 짓궂은 마음이 충분히 잘 나타나 있다. 이 또한 당
시 다른 시인들이 쉽게 그리지 못했던 아동상이라 할 수 있다.

---

117 『윤석중 동요집』, 신구서림, 1932, 40쪽.
118 윤석중의 첫 동요집 『윤석중 동요집』에 실려 있는 이 작품은 해방 이후 개작이 이루어진 작품이다.
1연 마지막 "건너편에 앉아서 물작란하는/우리누나 댕기좀 적셔주어라."가 "건너편에 앉아서 나물
을 씻는/우리 누나 손등을 간지러 주어라."로, 2연 끝 "엄마한테 매맞는 구경좀하게./우리누나 댕기
좀 적셔주어라."가 "고운노래 한마디 들려달라고/우리 누나 손등을 간지러 주어라."로 바뀌었다. 즉
개작 뒤의 「풍당풍당」에 등장하는 오누이들이 나이차가 제법 있는 사이라면, 개작 전의 이 동요에
등장하는 오누이는 터울이 얼마 안 지는 사이라는 것을 알 수 있다.

아버지는 나귀타고 장에 가시고,

할머니는 건너 마을 아젓씨 댁에.

고초 먹고 맴 맴

담배 먹고 맴 맴

할머니가 돌색바다 머리에 이고,

쏘불쏘불 산골길로 오실 째까지

고초 먹고 맴 맴

담배 먹고 맴 맴

—「'집 보는 아기' 노래」 부분[119]

　이 작품에서도 역시 "한숨과 슬픔"의 정서는 전혀 발견되지 않는다. 「꿀꿀 꿀돼지」나 「퐁당퐁당」에서처럼 짓궂은 아이는 등장하지 않으나, 이 작품에 나오는 화자 역시 명랑하고 쾌활한 어린이임에는 틀림없다. 어른들이 모두 집을 비운 사이 아이는 "고추 먹고 맴맴, 담배 먹고 맴맴" 소리를 반복하며 '맴돌이 놀이'를 하고 있다. 아이는 혼자 집을 지키고 있어서 심심하다거나 쓸쓸하다거나 하는 처량한 기색을 전혀 보이지 않는다. 윤석중의 동요에는 이처럼 어떤 환경에 처해 있든지 씩씩하고 쾌활한 모습을 하고 있다.

　윤석중은 슬픔을 있는 그대로 드러내거나 슬픈 현실을 더욱 슬프게 과장하여 드러내는 방식을 선호하지 않았다. 윤석중은 슬픈 현실을 드러내면서도, 그런 현실을 살아가는 서민 아동의 이면에 숨어 있는, 현실을 극복하려는 아동의 의지나 생기를 놓치지 않았던 것이다. 이런 면모는 다음과 같은 시에서 뚜렷하게 드러난다.

---

119 『어린이』, 1928. 12, 58쪽.

반찬가가 송첨지하고 왼종일 싸화
환갑진갑 다지낸 할아버지도 목이 쉬고,

달 보고 멍멍 밤 깊도록 멍멍
달밤에 어미잃은 바두기도 목이쉬고,

"누나야 맘마맘마 배 고파 맘마맘마"
젖없이 자란 우지우지 애기도 목이쉬고,

"싸구료 막 싸구료 떠리로 파는구료"
야시보고 돌아온 오빠도 목이쉬고.

가마솥에 부글부글 잘도끓어 콩나물죽.
어서옵쇼 모여옵쇼 목쉰양반 잡수십쇼.

할아버지 한 사발,
오빠 한 주발,
바두기 한 접시,
애기 한 탕기.

멍석만한 보름달 아래
보름달만한 멍석을 피고

옹긋쫑긋 모여앉어 훌– 훌– 잡수십쇼.
따끈따끈 콩나물죽 맛도좋아 콩나물죽.

—「우리집 콩나물죽」 전문[120]

이 작품에는 구체적인 서민 가족이 등장한다. 환갑 진갑 다 지난 할아버지, 젖 없이 자란 애기, 야시장에서 물건을 파는 오빠, 그리고 살림을 맡고 있는 '나'와 달밤에 어미를 잃고 달만 보면 짓는 바둑이가 등장인물이다. 이 가족에는 정작 있어야 할 부모들이 부재한다. 할아버지가 '반찬가게 송영감'과 목이 쉬도록 "왼종일" 싸웠다는 것은 무엇을 의미할까? 환갑진갑 다 지난 노인네가 식구들 저녁 찬거리로 콩나물을 흥정하다 악다구니까지 벌이게 된 일을 표현한 것은 아닐까? 아직 소년인 듯한 오빠 또한 야시장에서 목이 쉴 때까지 떨이로 물건을 팔고 있다. 그는 부모 대신 가족의 생계를 책임지는 소년가장이다. 시적 화자인 나 또한 엄마 없이 자란 동생을 돌보며 살림을 도맡고 있는 처지다. 애기가 "젖없이" 자랐다는 것을 보면 어머니는 아기를 낳자마자 돌아간 것을 짐작할 수 있다. 한마디로 이 가족들은 힘겹고 비극적인 삶을 살고 있는 존재들이다.

빈곤한 가정 살림이니 쌀밥 대신 저녁으로 콩나물죽을 끓일 수밖에 없다. 이런 소재라면 응당 "신세타령 팔자타령"이, "한숨과 슬픔"에 잠긴 시적 화자의 탄식이 나올 법하다. 그러나 반대로 화자의 어조는 오히려 활기에 차 있다. "가마솥에 부글부글 잘도끓어 콩나물죽"이라는 대목은 그 활기를 상징하는 대목이다. "어서옵쇼 모여옵쇼 목쉰양반 잡수십쇼."에서 나타나는 이른바 '~합쇼'체는 등장하는 인물들이 갖는 서민성을 부각시키면서 역시 작품에 어떤 생동감을 부여한다. 각 식구들의 면면과 어울리는 시어로서 "사발, 주발, 접시, 탕기"를 고른 것이나 "멍석만한 보름달 아래/보름달만한 멍석을 피고" 같은 재치가 돋보이는 비유는 작품을 한층 살아나게 한다. 하루 종일 목이 쉴 정도로 각자 힘겨운 일상을 겪어낸 식구들이 보름달 아래 둥글게 모여 앉아 콩나물죽을

120 『윤석중 동요집』, 신구서림, 1932, 78~79쪽.

홀홀 들이키는 모습에서 흡사 가난한 민중들의 카니발적 분위기가 연상된다.

이 작품을 일각에서 주장했던 '어린이들에게만큼은 무거운 현실을 보여주지 말자'는 동심주의 시각으로 이해해서는 곤란하다. 왜냐하면 이 작품은 바로 그 무거운 서민 현실을 등지고 있는 것이 아니라 바로 그 현실 자체에 기반하고 있는 것이기 때문이다. 그럼에도 이 작품은 그 무거운 현실에만 머무르지 않는다. 그 현실의 이면에 숨어 있는 또 다른 시적 진실을 함께 보여주고 있다. 그것은 우리의 삶이란 것이 가난하고 무거운 현실에 늘상 무릎을 꿇고 좌절하지만은 않는다는 진리이다.

이것은 윤석중이 「꿀꿀 꿀돼지」나 「퐁당퐁당」에서 보여주었던 아동관, 즉 식민지 현실을 살아가는 아이들이 늘 슬픔과 한숨에만 젖어 사는 존재가 아니라는 그 세계관과도 맥락이 닿는다. 윤석중은 고단한 식민지 현실을 차마 어린이에게 보여주지 않으려고 노력했던 작가라기보다 애상적인 동요가 읽지 못했던 아동성의 측면, 혹은 슬픔과 탄식으로 점철된 감상주의 동요들이 탐구하지 못했던 생의 이면을 새롭게 드러낸 작가라고도 볼 수 있는 것이다. 이재철의 "이 아동은 일종의 자기기만을 범하고 있는지도 모른다. 콩나물죽을 먹으면서도 가난한 현실을 슬퍼하지 않고 맛있다고 떼 붙이는 것이며, 슬프면서도 즐거운 체하는 것이다. 도무지 이 대부분이 도시적이며 건강하기만 한 아동은 좋아서 깡충깡충 뛸 줄은 알아도, 슬플 때 정말 서럽게 울 줄은 모르는 것이다."[121] 라는 발언은 어쩌면 윤석중이 가지는 이러한 측면을 간과한 발언이라 할 수 있겠다.

우리들은 아슬아슬한

---

121 이재철, 『한국아동문학작가론』, 개문사, 1983, 59쪽.

큰 개천가에 살아요.
할아버지도 아버지도 언니도
떨어지지 않고 크셨대요.

우리들도 큰 개천에
떨어지지 않고 크지요.

―「큰 개천가」 전문[122]

이런 작품에서 그려지는 "아슬아슬한/큰 개천가" 역시 윤석중이 파악한 고단한 아동 현실에 다름 아니다. 그러나 그런 아슬아슬한 현실에도 굴하지 않고 아이들은 씩씩하게 자란다. "우리들"만 그런 것이 아니라 "할아버지도 아버지도 언니도" 다 그렇게 자란 것이다. 이는 "목이 셀 정도로" 고단한 하루의 일상을 지나면서도 "옹긋쫑긋 모여앉아 훌―훌―" 콩나물죽을 들이키며 삶의 고단함과 아픔을 달래는 「우리집 콩나물죽」 속의 서민들의 생명력 바로 그것이라 할 수 있다.

(2) 공상하는 아이

윤석중 작품이 갖는 동심주의 비판에서 빠지지 않고 거론되는 것 가운데 하나는 바로 '공상성'의 문제다. 이오덕은 「시정신과 유희정신」에서 윤석중과 박목월, 김영일의 작품 세계를 함께 논하면서 이런 말을 하고 있다.

어린아이인 척하는 동심주의는 시의 감동을 지적 밑받침이 있는 상상에서

---

122 『노래동산』, 학문사, 1956, 34쪽.

창조하지 않고, 환상과 공상에만 기대는 동화적인 세계에서 찾으려고 한다(이 것은 한국의 많은 공상동화가 지적인 것이나 현실성을 잃어버린 안이한 환상 속에서 만들어지는 것과 같다). 윤석중·박목월의 동요가 다 그러하지만, 김영 일의 초기 동요·동시가 여기에서 벗어나지 못한다.[123]

윤석중의 작품이 보여주는 공상성에 대해 비판적 시각을 갖고 있던 것은 현실주의 계열의 이오덕만이 아니었다. 60년대 이후 감각적 기교 주의 동시운동의 선두에 섰던 박경용은 윤석중을 "초현실적 작가"라 단 언하며 다음과 같이 비판하고 있다.

> 석중은 한마디로 초현실적 작가다. 그의 작가로서의 자세가 확립되던 초기 와 중기의 전반이 민족적 비운에 빠져 있던 때인만큼 그런 상황에서 얻어진 현 실도피의식에 기인한 것은 아닐까? 아니면, 그런 기상도(氣象圖)에서 어린이 만은 정신적으로나마 해방시켜야 하겠다는 하나의 열망에서 빚어진 의식적 몸 부림이었을까? 어쨌든 그의 작품들은 한결같이 현실과는 거리가 먼 꿈 같은 세계가 지배적이다.[124]

박경용은 윤석중이 초현실적 세계를 그릴 수밖에 없었던 것은 "민족 적 비운과 밀접한 관련이 있던 것이 아닌가" 추정하면서 어린이만은 그 런 현실에서 "정신적으로나마 해방시켜야 하겠다"는 생각에서 나온 시 인의 의식적 몸부림의 결과로 이해하려고 한다.[125] 그러나 박경용은 윤 석중의 초현실적 세계 자체를 결코 긍정하지는 않았다. 박경용은 윤석 중의 '초현실적 작가'의 면모가 지나친 비과학성에서 오는 공감 부족을

---

123 이오덕, 『시정신과 유희정신』, 창작과비평사, 1977, 186쪽.
124 박경용, 「윤석중론」, 『아동문학』, 1966. 5, 61쪽.
125 이것은 뒤에 노원호가 "어린이만은 어두운 현실에 눈을 돌리지 않도록" 했다는 해석과 연결된다.

야기하고 있다고 다음과 같이 비판한다.

그의 「달과 공」이라는 작품에는 '보름달로 공치기 한번 했으면' 하는 귀절이
있다. 그런가 하면 「지구 덩이」라는 작품은 호두처럼 생긴 지구 덩이의 껍질을
벗기면 고소한 알맹이가 나오리라는 얘기로 되어 있다. 아무리 동심이지만, 그
런 충격이 일어날 수 있으며, 또한 그런 非科學的인 것에 선뜻 共鳴할 수가 있
는 것일까?[126]

박경용이 언급한 '초현실적'이라는 용어는 이재철에게서 다시 반복된
다. 이재철은 윤석중의 작품을 "기지와 재롱 속의 낙천적 초현실주의"
라 규정하며 윤석중의 작품에서 그려지는 소재는 "그것이 아무리 현실
적으로 부인할 수 없는 비극에서 얻어진 것이라 할지라도, 그것이 결코
슬픈 것으로 반영되지 않았다. 이것은 그가 자신의 작품에서 그리려는
현실세계를 초현실적 안목으로밖에 보고 있지 않았기 때문"이라 지적
한다. 이렇게 "비극적 현실을 있는 그대로 직시"하지 않으려는 태도가
결국 윤석중의 "옵티미즘(Optimism)"을 낳고 있다는 것이다.[127]
박경용이나 이재철이 말한 '초현실적'이란 용어는 지금 우리에게 제
법 낯설다. 이들이 사용한 '초현실적'이란 말은 문맥상 '현실을 초월해
버린'이라는 의미로 이해된다.[128] 그런데 이들의 글보다 훨씬 이전, 즉
1930년에 씌어진 송완순의 글에 이 용어가 나오는 것은 흥미롭다.

---

126 박경용, 위의 글, 62~63쪽. 박경용이 비과학적이어서 선뜻 공명하기 어렵다고 예를 든 두 작품은
다음과 같다. "초생달은,/바람 빠진 공처럼/납작했다가/누가 바람을 넣는지/차차차차 커져서/보름
만 되면/공과 같이 둥글지요.//보름달로/공차기 한번 했으면."(「달과 공」, 『노래동산』, 14쪽.) "지굿
덩이는/호두처럼 생겼다지요.//호두 껍질을 벗겨내면/고소한 알맹이가 나오지요.//지구 껍질을 벗
겨내면/어떠한 세상이 될까요?(「지굿덩이」, 같은 책, 66쪽)

127 이재철, 『한국아동문학작가론』, 개문사, 56~57쪽.

128 '초현실'이라는 용어는 20세기 서양에서 나온 예술사조인 초현실주의(超現實主義, Surrealism)와
는 별 연관성이 없는 용어이다.

尹氏의 取材는 거의가 우리들 凡人으로서는 생각지 못할만큼 奇拔한 것이 만타—하나 또한 그만큼 凡人이 天才보다만흔 이 現實에서 到底히 잇슬 수 업는 그럼으로 想像(더구나 어린이로서)하기도 어려운 말하자면 **超現實的의 童 謠**가 만흠도 숨길 수 업는 事實이니 一例를 들어보면 이러하다.[129]

이렇게 발언하고 송완순이 "超現實的의 童謠"의 실례로 든 것이 바로 다음과 같은 동요다.

안댁에서 사오라신 찌개꾸미를
길에 오다 솔개에게 뺏겼습니다.
굽떠러진 나막신신고 또랑을 넘다
덩어리째 솔개에게 뺏겼습니다.

맨손으로 못가못가 무서워서요.
마님이 무서워서 못간답니다.
심술꿱이 되련님 딱정떼마님
나는나는 못가요 참말못가요.

공장앞에 우두커니 나혼자서서
오빠오빠 나오기만 기다릴때에
까마귀는 울고울고 날은 저물고
반짝반짝 초저녁별이 나왔습니다.

　　　　　　　　　　　—「고기차간 솔개」 전문[130]

---

129 구봉산인(송완순), 「비판자를 비판—자기 변해와 신군 동요관 평」,《조선일보》, 1930. 2. 26.
130《중외일보》, 1928. 11. 8.

이 동요의 시적 주체는 남의 집 살이를 하는 여자 아이다. "안댁 마님"이 심부름을 시켜 고기를 사오는 길에 그만 솔개가 고기를 채가는 바람에 집에도 들어가지 못하고 공장에서 일하는 오빠가 나오기만을 기다리다 날이 저물었다는 내용의 동요다. 이 동요를 놓고 송완순은 다음과 같은 발언을 이어 간다.

이 童謠는 果然 그 表現手法이나 語彙등의 형식에 잇서서는 새로우나 그 內容과 取材에 잇서서는 矛盾이 적어도 세가지 以上은 된다. 其一 은 넷날의 童話에서 나올 現實에서는 잇지도 안흔(나중에는 몰라도)것을 取材하얏스니 솔개가 사람(아모리 어릴지라도)에게 덤비어 그가 가지고 잇는 고기를 빼앗엇다는 이야기는 古代童話에서 밧게 우리는 듯지 못하얏다. 氏는 동화에서 것을 參考삼아서 이러한 奇想을 하얏는지는 몰르나 그러나 내용을 보면 현실의 것을 노래한 모양인즉 현실에 잇서서 이러한 이야기나 실례를 어디서듯고 보앗는가. (…) 童謠라는 것은 듯고보아서 늣긴 實感을 어린이가 노래하는 것이다. 그럴진대 氏의 동요는 일종의 不可思議한 虛僞의 노래이다.[131]

이처럼 송완순은 솔개가 농촌이 아닌 도시로 짐작되는 행길에서 사람이 들고 가는 고기를 과연 채갈 수 있는가 하는 내용상의 사실 문제를 지적한다. 이에 신고송이 "이것은 웬 구박받는 부엌댁이의 현실에 입각한 공상이 안된다는 말이냐."[132]며 반박을 하자, 송완순이 다시 그 말을 받아 윤석중이 동요에 설정한 상황은 "허무맹랑한 기적적 환상"에 가깝다고 맹공을 퍼부었다.[133] 그러나 사실 찌개꾸미를 솔개가 낚아채 갔는가 하는 문제가 이 작품을 읽는데 그렇게 중요한 문제가 되는지는 의문이다. 아동 독자의 처지에서 이 작품을 읽을 때 솔개가 손에 든 고기를

---

131 구봉산인(송완순), 「비판자를 비판-자기 변해와 신군 동요관 평」, 《조선일보》 1930. 2. 26.
132 신고송, 「공정한 비판을 바란다.―「비판자를 비판」을 보고」, 《조선일보》, 1930. 3. 30.

낚아채 간다는 진술이 사실인지 아닌지를 판별하는 데 집중할 것 같지는 않기 때문이다. 그것이 허구인 줄 알지만 그런 일이 벌어질 수도 있겠다고 생각하는 것 또한 작품을 대하는 아이들의 본성일 것이다. 아이들은 이런 허구에서 오히려 극적인 재미를 얻어가질 수도 있다. 아이들은 나아가 솔개는 힘 약한 사람 것을 강탈하는 나쁜 존재의 은유로도 읽을 수 있다고 생각한다.

코르네이 추콥스키(Kornei Cbukovsky)는 『두 살에서 다섯 살까지』에서 아이들에게서 공상의 언어, 허황된 옛이야기를 빼앗고, 현실의 언어, 현실적이고 과학적인 이야기만을 들려주려다 실패한 사례를 보여주며, 어른 본위의 현실주의적 사고가 얼마나 허망한 것인지를 설파한다. 그는 아이들이 말을 익힐 때 보이는 놀라운 재능과, 언어를 쓸 때 나타나는 창의성 그리고 시와 노래를 사랑하고 옛날이야기를 좋아하는 마음을 자세하게 관찰하고 있다. 그는 현실주의자들에 의해 허황한 이야기로

---

133 "윤씨의 ▢동요가 사실이라면 문제는 없으나 나는 아무리 하여도 사실일 것 같지 않다. 군의 말처럼 ▢▢에도 소리개가 있기는 있다. 그러나 병아리는 차가는 예가 있는지 모르지만은 아무리 적어도 사람에게서 고기를 빼앗는다는 말은 사실이 있을 듯 싶지 않다. 나의 사는 곳은 농촌 중에도 상당히 깊은 두메 촌 구석이다. 그리하여 가끔 소리개가 병아리를 차가는 예는 더러있다. 지금 이 졸문을 쓸 때에도 소리개가 빙빙 돌며 날고 있다. 그러나 이제까지 사람—비록 어린 아해라도—손에서 무엇을 빼어갔다는 말은 못 들었다. 아니 소래기는 병아리 외에는 큰 닭도 못 차간다. 차갈 기운도 없는 것 같고 안히운 이야기겠지만 마음도 안 먹는 것 같았고 또 이러한 두메에도 옛날보다 인구가 많아서 불행한 소리개는 병아리 조차 인제는 마음대로 못 차간다. 그러니 아무리 사람이 적어도 농촌보다는 ▢▢하고 많은 ▢▢에서 사람 고기를 빼어갔다는 것을 군은 믿을까? 군, 설령 윤씨 것이 공상적의 것이라 하여도 나의 「달님」도 공상 이라느니보다도 나의 말과 모순되니까 내것이 잘 못이라고 하시었다. 그렇게 생각하면은 그 뿐이다. 그러나 윤씨 것은 어디까지든지 공상을 노래한 것이 아니었다. 그러나 그것은 현실에 있을 수 없음으로 공상도 아니고 허무맹랑한 기적적 환상인 것이다."(구봉학인(송완순), 「개인으로 개인에게—군이야말로 '공정한 비판'을」, 《중외일보》, 1930. 4. 19) 흥미로운 것은 윤석중이 자신의 작품을 비판하는 송완순의 발언을 겨냥해 그것을 반박하는 의미가 담긴 다음과 같은 작품을 발표했다는 점이다. "고기를 사가지고 돌아오는데/솔개가 차갔다고 말햇드니요/거짓말 말아말아 내다안다고/야단인 낫습니다 이를어째요//길까에서 적을파는 늙은마님도/아까아까 그솔개를 보앗겠지만/안방구석 마님이야 돈이나알지/그런솔개 잇슬줄을 알겟습니까//쪼랑을 쌍충쌍충 쥐어넘는데/후루룩 차갓다고 그랫드니요/냉큼나가 그솔개를 잡아오라고/야단이 낫습니다 이를어째요.//길까에서 군밤파는 어린아희도/고기차간 그솔개를 보앗겠지만/사랑구석 되련님야 밥이나알지/그런솔개 잇슬줄을 알겟습니까(2월 26일 아침)"(《조선일보》, 1930. 2. 27) 이 작품에 등장하는 "사랑구석 되련님"은 작품에 등장하는 주인댁 마님의 아들을 지칭한 말이지만, 자신의 작품을 허무맹랑하다고 공박한 송완순을 야유하기 위한 중의적 의미가 담긴 말로도 해석이 된다.

터부시되는 공상이야말로 오히려 아이들에게 현실을 환기시키는 방법이 될 수 있음을 주장한다.[134]

이런 지적에 근거하여 윤석중 작품들을 읽어 보면 그가 이른바 아이들이 바라는 세계, 그들이 공상하는 세계 속에 나오는 어떤 장면들을 포착하려 했다는 것을 느끼게 된다.

딸랑 딸랑 딸랑
햇님 잔등에 딸랑 딸랑 딸랑
가자 가자 가자 불붙었다
모다 함께 손목잡고 가자 가자 가자
서쪽 한울로 불끄러가자

마당 쓰는 할아범
꼬부랑 할머니 비자루 메고
불때는 어멈 집행이 집고
우리 아가 숫갈메고 부지깽이 들고

—「저녁놀」 부분[135]

노을을 보고 '햇님 잔등에 불붙었다'는 감각적인 표현을 쓰고 있는 이 작품은 사실적이라기보다 공상적인 요소를 가지고 있다. 윤석중 동요 속에 나오는 이런 작품 경향을 '비과학적인 것'이라 비판한다면, 아이들이 읽는 동요는 모두 현실적이고 입증 가능한 과학적인 법칙에 의거해야 한다는 허무맹랑한 결론에 도달하고 만다. 윤석중이 작품 속에 발휘하는 공상성은 어디까지나 시적 허용의 문제이며, 그 시적 허용은 어린

134 코르네이 추콥스키, 『두 살에서 다섯 살까지』, 양철북, 2006, 178~215쪽 참조.
135 《조선일보》, 1927. 9. 17.

이 독자를 고려한 일종의 시적 장치라 할 수 있다. 그것은 실제 현실에서 일어날 수 없지만, 만약 그랬으면 어떨까 상상해 보는 것을 좋아하는 아이들을 겨냥한 문학적 장치라 할 수 있는 것이다. 아이들은 실현될 가망이 없는 것을 작품을 통해 마음대로 상상함으로써 현실 생활에서 얻은 억압에서 벗어나는 해방감을 느낄 수 있다.

박경용이 윤석중의 공상성을 두고 "민족적 비운"과 "정신적인 해방"을 연결 지은 것은 이런 의미에서 어느 정도 일리가 있는 설명이다. 그러나 윤석중의 공상성을 모두 "민족적 비운"과 연결 지을 필요가 있는지는 의문이다. 공상성은 어떤 특수한 역사적 상황에서만 발생하기보다 아동 일반이 선천적으로 갖는 본성에 기반하는 것이기 때문이다. 윤석중의 공상성은 바로 그런 아이들의 본성을 탐구하는 과정에서 나온 결과물이라 할 수 있다. 윤석중은 우선 우리 전래동요가 가지고 있는 공상성의 요소를 자신의 작품 안으로 끌어들이려 애썼다.

이애들아 오너라
달따러가자
장대들고 망태메고
뒷동산으로,

뒷동산에 올라가
무등을 타고
장대로 달을 따서
망태에 담자

저건너 순이네는
불을 못켜서

밤이면 바누질도
못한다더라

이애들아 오너라
달을 따다가
순이엄마 방에다가
달아드리자

—「달따러가자」 전문[136]

이 동요에 나오는 "달 따러 가자"는 진술은 윤석중의 독창적 발상이
라기보다 전래동요에 빗지고 있다.[137]

별하나 따서
부러서 망테기 너어서
탱자나무 걸둥 말둥

—「별하나」 전문[138]

전래동요나 민요에 나오는 "별을 따서 망테기에 넣자"는 진술이나
"해따다가" "달따다가" 무엇을 만들자는 진술은 윤석중 동요의 모티브
가 되었다고 할 만하다. '해'나 '달', '별'이라는 천체적 사물은 전래동요
에서도 아이들의 친근한 놀잇감으로 다루어진 것을 볼 수 있다. 굳이 말
한다면 이는 전래동요에 드러나는 공상성이라 할 수 있다. 윤석중은 그
런 공상성의 요소를 이으면서, 3~4연에서 전래동요에서는 다루어지지

---

136 『윤석중 동요집』, 신구서림, 1932, 70~71쪽.
137 이 작품은 1925년 9월 『어린이』지에 실린 윤복진의 「달 따러 가세」와 시적 발상이나 전개가 유사한
  작품이다.
138 『조선구전민요집』, 동경 제일서방, 1933, 77쪽.

않던 구체적 현실을 함께 끌어들인 것이다.[139]

새양쥐 새양쥐,
왜 안자고 나왔나.
화롯불에 묻은 밤,
줄가 하고 나왔지.

새양쥐 새양쥐
왜 저렇게 뿌연가.
밤 한 톨이 탁 튀어,
재를 홈빡 뒤썼지.

새양쥐 새양쥐
어따 머리 감았나.
부엌으로 들어가
뜨물에다 감았지.

새양쥐 새양쥐
밤새도록 뭐 했나.
자는 아기 얼굴로
살살 기어다녔지.

새양쥐 새양쥐

---

139 윤석중은 1939년 『윤석중 동요선』에 이 작품을 재수록할 때 3~4연을 생략해 버리고 만다. 그 정확한 생략 이유를 확인할 길은 없다. 다만 특기할 것은 이 동요에 나타나는 공상성은 공상과 현실의 완전한 분리보다는 결합의 형태로 나타나는 것을 볼 수 있다는 점이다.

왜 또 벌써 나왔나.
세수하나 안하나
구경하러 나왔지.

－「머리 감은 새양쥐」 전문[140]

「달따러 가자」보다 뒤에 나온 이 작품 또한 전래동요가 가지고 있는
공상성과 해학성을 잘 잇고 있다. 이 작품에 나오는 새앙쥐는 전래동요
나 옛이야기에 등장하는 어린이에게 가장 가깝고도 친근한 존재에 다름
아니다. 이처럼 윤석중의 공상성 탐구에 자극을 준 요인을 생각해 보면,
우선 그 앞자리에 전래동요가 위치하는 것을 알 수 있다.

그러나 공상성과 관련하여 윤석중 작품에 외국 아동문학이 끼친 영향
을 또한 무시할 수 없다. 일본 아동문학은 물론 일본을 통해 들여온 서
구 시문학[141] 또한 윤석중의 동요에 영향을 주었다. 윤석중은 두 번째 작
품집인 『잃어버린 댕기』에서 손수 번역한 10편의 번역시를 싣고 있는
바, 이전부터 그는 외국 문학에 대한 남다른 관심이 있었음을 보여준
다.[142] 윤석중의 자신의 회고에서 이런 말을 하고 있다.

---

140 『윤석중 동요선』, 박문서관, 1939, 88~89쪽.
141 1910년대 후반 일본의 아동문학은 눈부신 발전을 보이는데, 그것은 일본의 힘만으로 실현된 것은
아니었다. 그 뒤에는 번역을 통한 서구 시인들과의 접촉이 중요한 요인으로 작용했다. 일본에서의
서구 시문학 수용은 19세기 후반부터 이루어진다. 1880년대 말부터 1910년 전반기까지 『소년단(少
年團)』, 『日本之少年』의 두 잡지가 바이런(Lord Byron), 테니슨(Alfred Tennyson), 워즈워스
(William Wordsworth), 콜리지(S.T. Coleridge), 셸리(P. B. Shelley) 등 19세기 영국 시인들과
미국의 롱펠로우(H. W. Longfellow), 독일의 쉴러(F.von Schiler), 하이네(Heinrich Heine), 프
랑스의 도레(Ch ne Dor) 등을 소개했다. 1910년대 후반에는 『빨간새(赤い鳥)』, 『금배(金の船)』,
『동화(童話)』 등 잡지에서 R. L. 스티븐슨(R. L. Stevenson), W. 델라메아(Walter de la Mare),
L. A. 타데마(L. Alma Tadema) 등 어린이용으로 시를 쓴 영국 시인들을 소개하여 동요를 쓰려는
시인들에게 강한 자극을 주기도 했다. 1920~1930년대 사이에는 세계 각국의 어린이 노래와 시를
선집의 형태로 출간했다. 시라토리 쇼고(白鳥省吾)의 『동요독본』(전 5권), 스티븐슨의 시집 번역,
영어권의 전래동요 '마더 구스(Mother Goose)' 번역 등 총 20종에 달하는 번역시집이 간행되었다.
이 가운데 사이죠 야소(西條八十), 미즈타이 마사루(水谷まさる) 공역인 『세계동요집』(1924)은 영
미, 프랑스를 비롯한 11개국 동요 382편을 수록한 번역시집이었다. 이런 번역 소개 역시 당시 일본
시인들에게 적지 않은 영향을 주었다. (하타나카 케이치(畑中圭一), 「'동요'의 발전을 촉진한 구미
의 시인들」, 『아동문학평론』 7권 1호, 1997, 43쪽에서 재인용.)

인도의 '타고르'(1861-1941)가 동시만을 모아낸 시집에 『초생달』이 있다. 영문으로 된 이 책을 춘원 댁에서 빌어다가 외다시피 했다. 종교적인 뜻이 간직된 시들인데 이 작품들을 알린 뒤 우리나라 동시도 차차 폭이 넓어지고 깊이가 생기게 되었다. 신비스러운 타고르의 시들은 어린이와 어른 사이에 마음의 구름다리를 놓아주는 구실을 하였다.[143]

윤석중은 타고르(Rabindranath Tagore)의 작품들은 "무애 양주동이 『금성』지에, 용아 박용철이 『아이생활』지에 번역해낸 적이 있으나 어린이하고 통할 수 있는 시는 아니었다."며 자신이 번역한 타고르의 시를 으뜸으로 자부하면서, 그 "신비스러운" 시들이 "어린이와 어른 사이에 마음의 구름다리를 놓아주는 구실을 하였다"고 밝히고 있다. 윤석중이 번역해 『잃어버린 댕기』에 실은 타고르 작품은 「종이배」, 「동정(同情)」, 「챔파꽃」 세 편이다.

　　나는요 날마당 종이 배를 접어서

---

142 동요문학의 측면에서 일제시대 행해진 번역작업을 보면 일본의 해외문학 수용에 비한다면 빈약한 수준이기는 하겠으나, 우리 또한 외국 시와의 접촉을 통해 동요의 깊이와 폭을 넓히려 했던 것을 알 수 있다. 1920년대부터 30년대 사이에 이루어졌던 번역작업으로는 1920년대 초반 엄필진이 엮은 『조선동요집』(창문사, 1924)에 여섯 편의 외국 동요가 번역 소개된 것이 최초가 아닌가 한다. 이어 1927년 고장환이 엮은 『세계소년문학집』(박문서관, 1927)에는 58편의 외국 작품들이, 같은 해 문병찬이 엮은 『세계일주동요집』(영창서관)에는 총 104편의 외국 작품이 번역되어 실렸다. 1930년대에는 해외문학파 일원이었던 박용철이 45편이나 되는 아동들을 위한 시를 번역하기도 하였다. 박용철이 번역한 시들은 총 267편이었는데 이는 "우리 번역문학사상 30년대를 장식하는 큰 업적"이라는 평가를 받는다. 이 가운데 45편이 바로 아동을 위한 시였다. 그의 번역시들은 그가 쓴 창작시 74편과 함께 그의 사후 간행된 『박용철전집』(동광당 서점, 1939)에 엮였다. 아동들을 위한 시는 이 시집에서 '색동저고리'라는 부제목으로 따로 엮인 것을 볼 수 있다. (김병철, 『한국근대번역문학사연구』, 을유문화사, 1975, 788~790쪽 참조.) 박목월은 「내가 좋아한 동시」라는 글에서 어릴 때, 감명 깊게 읽었던 것은 주로 『아이생활』에 실리던 "박용철(朴龍喆)씨의 번역을 통한 몇 편의 외국작품"이었음을 밝히고 있다. 여기에는 타고르(Tagore)의 「종이배」, 스티븐슨(R. L. Stevenson)의 동요집 『어떤 아이의 시동산』, 기타하라 하쿠슈(北原白秋)·노구치 우조(野口雨情)의 작품들이 거론된다. 박목월의 말에 따르면 박용철은 "당시 『아이생활』의 독자문예에 선자(選者)이면서 그 지상에 시시로 동시를 번역 발표"했다고 한다. 박목월은 박용철의 번역시 가운데 특히 좋았던 것으로 기타하라 하쿠슈의 작품을 들고 있다. (『아동문학』 2집, 1962. 11, 4~7쪽 참조)
143 윤석중, 『어린이와 한평생』, 범양사출판부, 1985, 144쪽.

흐르는 물우에 하나씩 하나씩 띄워 보낸답니다.

거기다 내 이름하구 나 사는 동네 이름을

먹으루 커 – 다라케 적어서람요.

어느 머 – 언 나라에서 누가 그걸 건저 보구

내가 누구인지를 알엇으면 좋겟어요.

－「종이배」부분[144]

엄마,

내가 엄마 애기가 아니구설랑 초록빛 쬐꼬만 앵무새라면 말야,

그럼 엄만 날 내빼지 못하게끔 쇠사슬루 얽어매 놀테유?

"이런 정칠놈의 새. 밤 – 낮 쇠사슬만 물어 뜯구 있어……." 그러면서 날 막

야단할테유.

－「동정」부분[145]

내가 작란으로 말야요,

잠간 쳄파꽃이 됏다구 하거든요. 그래 내 그 나뭇가지에 높이 달려가지고 바

람에 해죽 해죽 웃으며 새로 핀 잎새 우에서 춤을 춘다면,

날 알어 보시겟어요? 엄마!

엄만 날 부르시겟지오,

"애 아가 어디 있니?"

그럼 난 혼자 웃으면서 못드른척 하구 가만히 있을 테야요.

－「쳄파꽃」부분[146]

144 『잃어버린 댕기』, 계수나무회, 1933, 66쪽.
145 위의 책, 70쪽.
146 같은 책, 72쪽.

윤석중은 이처럼 타고르의 시를 탁월한 우리말 솜씨로 번역해 놓고 있는데, 타고르 작품이 갖는 그 공상성은 우리 창작동요가 구현하지 못한 새로움을 보여준다. 그것은 이국적인 정서가 주는 신비감에서도 오는 것이지만, 아동을 어떤 존재로 볼 것인가 하는 문제와도 밀접하게 관련되어 있다. 타고르의 이 작품들은 어른의 영역과는 구별되는 자리에서 자신들만의 영토를 만들고자 하는 어린이의 모습을 보여주고 있다. 이 작품들에 등장하는 아이들은 자신들이 늘 맞닥뜨리는 억압적 일상을 공상적인 요소를 통하여 새롭게 바라보려 하고 있다. 따라서 이 시에 등장하는 아이들을 '동심주의 프레임'에 섣불리 가두려는 것은 금물이다. 그들은 어른이 보기에 천사같이 착하고 귀엽기만 한 대상이 아니라 어른을 향해 자신의 목소리를 환기하는 '주체로서의' 존재감을 드러내고 있기 때문이다.

윤석중은 타고르의 작품이 갖는 이러한 미덕이 우리 동시의 폭을 넓히고 더 깊어지게 했다고 적고 있다. 그러나 우리 아동문학 풍토에서 타고르가 보여준 어린이상이 얼마나 구현되었는지는 의문이다. 무엇보다 그런 어린이상을 구현하기에는 우리의 현실적 조건은 너무 미비했다. 한마디로 타고르가 구현한 공상성이 침투하기에는 "생의 고통을 맛보고, 그 고통에 눈물짓는 아이들"이 너무 많다고 여기는 것이 우리의 풍토였다. 그래서 공상성은 "생의 고통"이 난무하는 현실에 기반해 그 현실이 주는 억압에 맞서려는 정신과는 무관한 현실도피적 태도로 받아들여진 측면이 있다. 그러나 진정한 공상성이란 애초 현실과 유리된 '별세계'를 그리는 것에 만족하는 것이 아니라 "생의 고통"이 난무하는 현실에서 실현되지 못한 어떤 세계를 재현함으로써 현실의 답답한 지점에 돌파구를 내는 것을 목적으로 삼는다. 그것은 현실도피가 아니라 현실극복의 성격을 의미하는 것이라 봐도 무방하다.

아기가 아기가
가겟집에 가서
"영감님, 영감님,
엄마가 시방
몇 시냐구요."
"넉 점 반이다."

"넉점 반
넉점 반"
아기는 오다가 물 먹는 닭,
한참 서서 구경하고.

"넉점 반
넉점 반"
아기는 오다가 개미 거둥,
한참 앉아 구경하고.

"넉점 반
넉점 반"
아기는 오다가 잠자리 따라
한참 돌아다니고.

"넉점 반
넉점 반"
아기는 오다가
분꽃 따 물고 니나니 나니나

해가 꼴딱 져 돌아왔다.

"엄마

시방 넉점 반이래."

—「넉점 반」 전문[147]

이 작품은 온전한 의미의 공상성이 발휘된 작품도 아니며, 타고르 시에서처럼 아동 스스로 발화 주체가 되어 아동 자신의 목소리를 내고 있는 작품도 아니다. 그러나 어른의 관념이 조성한 현실과 유리된 허황된 작품이라 매도할 수 없는 작품이기도 하다. 윤석중의 이 작품에 등장하는 아이는 어른의 영역과는 구분되는 자신만의 영역 안에서 마음껏 웃으며 노는 존재임을 확인할 수 있다. 이 작품에 등장하는 아이는 유년기 아동이다. 이 아이는 엄마의 심부름으로 옆집 가게에 시간을 물으러 갔다가 집으로 돌아오는 길에 일종의 '놀이 공간'에 들게 된다. 아이는 개미가 줄지어 가는 모습과 닭이 물먹는 모습을 한참이나 들여다보거나 잠자리를 쫓아다니기도 하고 분꽃을 따 물고 노래를 하기도 한다. 아이가 빠져 들어간 이 놀이 공간에서 '넉점 반'이라는 물질적인 시간은 별 의미를 갖지 못한다. 물질적인 시간은 근대가 만들어낸 시간이며, 근대가 규정한 시간이다. 그 시간은 모든 사람들의 일상을 분절해 통제하지만, 그러나 아이가 만들어낸 놀이의 공간만큼은 침범하지 못한다. 윤석중의 미덕은 바로 그러한 시공간에 흠뻑 빠져든 아이를 재현해냈다는 점에 있다. 아이는 자신이 창조해낸 그 시공간 안에서 마음껏 놀기를 즐긴다. 이런 '아이다운 한눈 팔기'는 결국 현실에서 실현되지 못한 어떤 세계를 재현함으로써 현실의 답답한 지점에 돌파구를 내는 공상성의 본

---

147 『어깨동무』, 박문서관, 1940, 83~85쪽.

제3장 윤석중의 문학 세계 249

질과 연결되어 있다.

바람이, 창을 넘어 들어와서, 아기 보는 그림책을 얼른 얼른 넘겼습니다.
"얘, 얘, 그만 보고 나가 놀자."
아기는, 바람을 따라 밖으로 나가서,
온종일 연을 날리고 놀았습니다.

이튿날도 바람은 찾아왔습니다. 이 날은, 창이 꼭 닫혀 있었습니다.
붕붕붕, 문풍지를 울려도, 아무도 열어주지 않았습니다.
바람은, 뒤곁으로 해서, 앞마당으로 해서, 마루 위로 올라갔습니다.
"으응, 미닫이도 닫았네."
마침 미닫이에 조그만 문구멍이 하나 뚫려 있었습니다. 바람은 그리로, 눈을
대고 들여다 보았습니다.
"에그, 이 바람 봐……"
엄마는 얼른 문구멍을 틀어막았습니다.
콜록콜록, 아기 기침 소리가 났습니다.
"아하아, 어저께 감기가 들었구나……"

바람은, 마른 호박 입을 딛고 담을 넘어,
멀리 멀리 가버렸습니다.

—「아기와 바람」 전문[148]

이 작품 역시 대단한 공상적 기법을 발휘한 작품이 아니지만, 현실성
을 잃어버린 안이한 환상 속에서 만들어지는 작품들과 차원을 달리하는

---

[148] 앞의 책, 86~87쪽.

작품이다. 시인의 시적 상상력은 실체 없는 바람의 형상을 친근한 아이들의 동무처럼 인식하도록 하고 있다. 이러한 작품을 우리는 "어린아이인 척하는 동심주의"의 산물로 폄하할 까닭이 없다. 이오덕은 윤석중의 작품들이 "지적 밑받침이 있는 상상에서 창조하지 않고, 환상과 공상에만 기대는 동화적인 세계"의 산물이라 비판한 바 있지만, 적어도 「아기와 바람」은 우리 아동문학이 안고 있는 그런 한계를 넘어서고 있다고 판단된다.

> 장마가 졌다.
> 비가 스무아흐렛 동안
> 내리 왔다.
>
> 호랑이 굴에도 물이 들어,
> 호랑이 두 양주가 떠내려 갔다.
>
> 아범 호랑이는 번개가 되고,
> 어멈 호랑이는 천둥이 되고.
>
> 시방도 비만 오면 야단이다.
> 아범 호랑이는 눈을 부릅뜨고,
> 어멈 호랑이는 으르렁거리고.
>
> ─「호랑이와 천둥 소리」 전문[149]

윤석중 작품 가운데 성공한 시들에는 이처럼 하나의 이야기가 숨어

---

149 『윤석중 동요선』, 박문서관, 1939, 96~97쪽.

있는 것을 느낀다. 그런데 이 이야기는 핍진한 현실의 이야기를 다루고 있는 것에서부터 공상의 세계로 비약하는 것까지 그 진폭이 다양하다. 윤석중 작품에 나타나는 공상성을 초현실적이라 폄하하는 것은 윤석중 작품이 지니는 미덕을 외면한 태도에 지나지 않는 것이라 생각한다. 윤석중 문학에서 보이는 공상성은 한마디로 재미와 풍부한 시적 효과를 겨냥한 것으로 그 바탕에는 일종의 이야기적 요소가 내장되어 있음을 볼 수 있다.

(3) 유년의 아이

윤석중의 작품에 대한 기존의 평가들에서 통념처럼 굳어져 있는 인식 중의 하나는 그의 동시가 이른바 "혀짤배기 동요"와 "짝짜꿍 동요"의 틀을 벗어나지 못했다는 인식이다. '혀짤배기'란 본디 혀가 짧아서 'ㄹ' 받침 소리를 잘 내지 못하는 사람을 일컫는 말인데, "혀짤배기 동요"란 말에서 '혀짤배기'는 이른바 응석이나 투정을 부리는 유년기[150]의 아동을 지칭한다. "짝짜꿍 동요"에서의 '짝짜꿍' 또한 유년 혹은 유아들의 행태에서 비롯된 말이겠다. 윤석중 동요에 붙는 혀짤배기나 짝짜꿍이라는 수식어는 두말 할 것도 없이 모두 부정적인 의미를 내포한 말이라 할 수 있다. 유년의 말법과 행태에 대해 이렇듯 부정적 뉘앙스가 따라 붙게 된 까닭은 무엇일까? 그것은 무엇보다 아동문학의 독자를 '소년'에 한정시키려는 협소한 인식이 자리하고 있기 때문이라 여겨진다. 우리 아동문학은 유년기 아동의 문학적 요구를 충족시키려 애쓰기보다 그것을 배제하거나 무시해 온 측면이 크다. 유년문학이 가지는 중요성에 비추어볼 때 우리 아동문학에는 유년이 향유할 이렇다 할 작품이 없는 것은

---

150 사전적 의미로 유년(기)이란 어린이의 성장과 발달의 한 단계를 지칭하는 말로, 유치원과 초등학교 저학년에 해당하는 시기를 일컫는다.

그런 관습에 기인한 때문이 아닌가 한다.[151] 이런 점에 비추어 볼 때 윤석중 동요는 새삼 각별한 의미를 지닌다고 볼 수 있다.

윤석중 작품의 주종을 이루는 것은 대부분 유년 독자를 겨냥한 작품이다. 그의 동요가 지니는 형식적 특질이나 명랑성, 공상성 등은 사실이 유년독자와 밀접한 관련을 가지고 있다. 윤석중이 유년과 친연성을 가지게 된 이유는 무엇일까? 우선 윤석중의 생애 초기에 닥친 모성 상실을 이유로 들어 볼 수 있겠다. '젖업시 자라난' 그의 성장 배경이 '엄마'와 '아기' 간의 유대 관계에 깊은 관심을 두게 했고, 그것이 유년기 아동의 생활 심리를 그리는 것으로 연결이 되었다는 것이다. 윤석중이 자장가를 스무 편 가까이 지었음을 밝히며 그것은 "내가 나를 재울 때 우러난 노래인지도 모르겠다"고 말하고 있는 데서[152] 드러나듯 그의 내면속에 잠재해 있던 모성콤플렉스의 발현이 그의 '유년 지향'적 요소와 어느 정도 밀접한 관계를 갖는 것은 부정할 수 없는 일일 것이다.

그러나 윤석중의 '유년 지향'은 무엇보다 그가 나고 자란 도시적인 배경과 밀접한 관련을 지닌다고 보는 것이 옳다. 비록 식민지 처지에 놓여 있긴 했으나 20년대에서 30년대로 넘어가는 시점에서 윤석중이 태어나고 자란 서울(경성)은 '근대도시의 생활양식'이 새롭게 구현되는 공간이기도 했다. 이른바 "전통적인 삶의 형태는 급격히 무너져 가고 있었으며, 대중들은 근대도시적 생활양식에 조응되는 형태로 조직되어" 갔다. 도시 환경의 변화뿐만 아니라 사람들의 생활양식, 나아가서는 가치관, 정서, 감각, 세계관까지 변모되는 양상을 보이고 있었다.[153] 그런 변모

---

151 이상금·장영희는 『유아문학론』에서 "연소한 유아의 인격이나 권리가 인정되는 나라일수록 유아를 위한 문학작품도 풍부하다. 아름다운 그림책, 듣기 좋은 이야기책이나 동요책이 많은 나라의 어린이들은 인간으로서의 대접을 받는다"고 전제하며 이런 점에 비추어볼 때 "한국의 실정은 유아을 위한 문학의 빈곤성이 두드러진다"고 지적한 바 있다(『유아문학론』, 교문사, 1986, 65쪽. 참조).

152 "나도 스무편에 가까운 자장 노래를 지어 보았다. 세 살에 어머니가 돌아가신 나는 어머니의 자장자장 소리는 말할 것도 없고, 얼굴 모습조차도 모르는 채 외할머니 댁에서 컸다. 이처럼 외롭게 자란 내가 많은 자장가를 지었다는 것은 어려서 내가 나를 재울 때 우러난 노래인지도 모르겠다(윤석중, 『동요 따라 동시 따라』, 웅진출판, 1988, 140쪽).

양상 가운데 우선 꼽을 것이 바로 가족제도의 변화였다.

전통적인 대가족 중심의 가부장적 질서 속에서 여성과 어린이는 사회의 타자에 불과한 존재였으나 부모와 자녀를 중심으로 하는 새로운 가족 관계가 형성되면서 여성과 어린이가 그 중심에 놓이게 되었다. 여성은 가정에서 '모성의 역할'을 하는 존재로서 중심에 서게 되며, 어린이는 '보호받고 자라야 할' 존재로서 지극한 관심의 대상이 되었다. 이로써 모성으로서 여성과 보호받아야 할 존재로서 아기는 과거보다 더욱 긴밀한 유대 관계를 갖게 되었는데, 도시에서 자란 윤석중은 바로 그런 사회적 변화를 누구보다 빨리 감지할 수 있었다. 도시 출신으로 '유년'에 대한 인식을 누구보다 빨리 할 수 있었던 윤석중은 유년을 위한 문학이 지니는 중요성을 간파하고 그것에 깊은 관심을 기울이기 시작한다.

이처럼 윤석중의 유년에 대한 관심과 그의 문학적 표출로서의 동요는 밀접한 관련을 맺는바, 그의 동요가 전파되어 간 배경에는 유치원과 교회에서 운영하는 주일학교가 중요한 역할을 담당했다.[154] 유치원이라는 공간은 사회적 약자였던 여성과 어린이들이 자신의 목소리를 낼 수 있는 '전복적인' 공간이었다.[155] 당시 유치원 교육은 서구 유아교육의 영향

---

153 이성욱, 『한국 근대문학과 도시문화』, 문학과학사, 2004, 67쪽.

154 초등 유치원의 보급으로 유아들을 돌보는 보모를 양성하는 보육학교가 개설이 되었고, 방정환과 김태오는 중앙보육학교에서 아동문학을 강의했으며, 홍난파, 정순철 등 20년대 창작동요를 선두하는 이들은 보육학교에 개설된 음악과에서 유치원 어린이들이 부르는 동요에 관한 지도법을 가르쳤다. 윤석중 또한 소년시절부터 보육학교 학생들과 교류가 있었던 것 같다. 최정희의 회고에 따르면 윤석중은 고등보통학교 시절 보육학교 학생들의 연극 지도를 하러 다니기도 했었다고 한다. 윤석중이 1932년 상재한 『윤석중 동요집』에서 해외선곡을 담당한 이들이 모두 보육학교 관계자들이었다는 점, 그리고 윤석중이 신구서림에서 이 책을 낼 때 사장인 노익환을 찾아가자 "주일학교 유치원 보모들이 사가지 않겠느냐고 하면서 선선히 맡아주었"(윤석중, 『어린이와 한평생』, 범양사출판부, 1985, 133쪽)다는 것에서도 윤석중 동요가 유치원과 주일학교와 밀접한 관련성이 있음을 알 수 있다.

155 "전통적인 조선 사회에서 여성과 어린이는 사회의 '타자'라는 점을 공유했다. 전통적인 조선사회는 이들을 완전한 인격체로 대하지 않았으며, 성인남성에 봉사하는 또는 그들 앞에서 숨죽여야 하는 존재로 취급하였다. 이런 시대적 배경을 염두에 둔다면 유치원이라는 공간은 사회적 약자였던 여성과 어린이들이 자신의 목소리를 낼 수 있는 '전복적인' 공간이었다. 유치원에서 중심이 되는 인물은 어린이들과 젊은 여교사였다. 이들은 그곳에서 함께 노래하고 춤추고 '깔깔거리며' 웃을 수 있었다." (허지연, 「'이화'가 만든 '고급' 창가집—『유희창가집』을 통해선 본 식민지 경성의 단면」, 『음악학』 12호, 2011, 46쪽.)

으로 노래를 배우는 '창가' 시간과 율동을 하는 '유희' 시간을 운영했었는데, 교재나 노래곡의 선정에 있어 일제 당국의 검열을 받지 않아 비교적 자유롭게 우리말로 된 동요를 가르칠 수 있었다.[156] 주일학교 또한 우리말로 된 "보통학교에서 버림받은 동요"[157]를 전파하는 데 중요한 역할을 했다. 유치원과 주일학교는 동요곡집, 미디어와 함께 일제시대 윤석중 동요를 퍼트린 중요한 기반이었던 것이다.

윤석중이 유년에 대해 깊은 관심을 가지고 있었다는 것은 여러 부면에서 드러난다. 그는 1933년 11월『신여성』지에 발표한「동심잡기(童心雜記)」란 글에서 유치원 원아들에 대한 인격 존중을 주장하기도 하며, 유치원 교육 문제와 관련하여 유치원 관계자와 신문지면에서 논쟁을 벌이기도 했다.[158] 1934년 조선중앙일보에 입사하여 '가정란'에 유년 대상의 '아기차지' 꼭지를 신설해 그 편집을 맡아 보았고, 같은 시기『신가정』,『별건곤』등에 '유치원 동요'라 명명한 유년독자 대상의 동요를 발표하기도 했다. 윤석중은 또한 1935년 1월 4일~5일 이틀 동안 경성보육학교에서 열린 '전국보육자대좌담회'에 조선중앙일보사측 대표 자격으로 참여하여 자신의 의견을 개진하였다.[159] 1936년 조선일보로 자리를 옮긴 뒤에는 비록 창간호에 그치긴 했지만, 유년독자를 대상으로 한

---

156 이상금,『한국근대유치원교육사』, 이화여자대학교 출판부, 1987, 178~180쪽.
157 "우리말 노래를 꺼리는 보통학교(국민학교)에서 버림을 받은 동요는 전파를 타고 각 가정을 파고들었으며 교회마다 있던 주일학교와 유치원 아기네 덕분에 우리 동요는 목숨을 지탱했던 것이다."(윤석중,『어린이와 한평생』, 범양사출판부, 1985, 108쪽.
158 윤석중은 1933년 11월『신여성』에 실린「동심잡기」란 글에서 "아기네를 화푸리 감으로" 여기는 일부 유치원 보모들의 행태와 부모를 기쁘게 한다는 명목으로 "아기네의 감정과 호흡과 리듬을 무시한 노래와 춤으로 그네들을 구속"하는 "스마일링대회", 그리고 소박한 "동요회"에 관심은 전혀 두지 않고, 아이들과 무관한 "음악회" 발표에만 심혈을 기울이는 보육학교의 운영 방식을 꼬집고 있다. 이 글에 대해 갑자(甲子)유치원 교사 유현숙(劉賢淑)이《동아일보》(1933. 12. 26~28)에「'동심잡기'를 읽고」라는 반박의 글을 3회에 걸쳐 발표했다. 이에 다시 윤석중이《동아일보》(1934. 1. 19~23)에「'동심잡기'에 대한 나의 변해」라는 반론을 실었다. 윤석중의 글에서 드러나는바, 유치원 원아들의 인격 존중에 누구보다 확고한 지론을 가지고 있었으며, 동요 작가의 입장에서 우리 동요보다 서양 동요, 일본 동요만을 앞세우는 일부 유치원의 행태에도 불만을 가지고 있었던 것으로 파악된다.

잡지 『유년』을 내기도 했다. 1936년 11월 『동화』지에 아동문인들의 동정을 싣는 기사 내용을 보면 그는 그달 "10일에 동경으로 유학의 길을" 떠날 예정이라 소개되어 있으며, 그곳에서 "근 4년 동안 아동문학과 보육학을 연구할" 것이라 적혀 있다. 결국 그런 유학 계획은 3년 뒤로 미루어지고 전공 또한 신문학으로 바뀌긴 하지만, 애초 그가 유년과 관련한 '보육학'에도 깊은 관심을 두고 있었던 점을 확인할 수 있다. 윤석중은 《조선일보》에 발표된 현덕의 「남생이」를 읽고 그에게 권유하여 《소년조선일보》에 유년동화를 연재하게 하기도 했다. 그는 동요 창작뿐만 아니라 잡지나 신문을 통한 문화 활동에서도 '유년'에 대한 관심을 기울이고 있었던 것이다.

石童 尹石重 군은 조선 아기노래시인의 거벽이다. 그의 노래중에는 전 조선 아기네의 입에 오른 것이 여러 편이다. 그는 지금 二十이 넘은 청년이지마는 그의 속에는 四五세로붙어 十二三세에 이르는 아기네의 맘과 뜻을 겸하여 가졌다. 이른바 동심이란 것이다. 아마도, 또한 원컨대는, 그는 일생에, 그에게 백발이 오고 이가 다 빠져 오므람이 늙은이가 다 될 때까지 이 '어린 맘'을 잃어버리지 아니할 것이다.[160]

이광수가 말한 "四五세로붙어 十二三세에 이르는 아기네"란 지금으로 따지면 유치원에 들어가는 유년부터 초등학교 고학년에 이르는 시기의 아동들을 가리킨다. 이 연령층의 아동들이 지금은 아동문학의 중심

---

159 이상금은 이날 좌담회가 한국유아교육사 및 한국교육사에 기록되어야 할 만큼 큰 의의를 갖는다고 그 의미를 부여한 바 있다. 이 좌담회를 통해 유치원은 1)민주주의 교육의 장임이 확인되었고 2) 민족교육의 장임을 암시했으며 3) 유아교육의 본질적인 문제점이 거론되었고 4) 한국 유치원의 자주 자율적인 성격이 명확하게 나타났다고 밝히고 있다. 윤석중이 근무하던 《조선중앙일보》(1935. 1. 7) 보도에는 토의자 각자의 발언 내용까지 소개할 정도로 좌담회 상황을 상세하게 보도했으며, 《동아일보》(1935. 1. 9~10)에도 이날 좌담회에서 논의되고 결정된 내용이 자세히 보도가 되었다(이상금, 위의 책, 319~329쪽 참조).

160 이광수, 「아기네 노래」, 『윤석중 동요집』, 신구서림, 1932, 8쪽.

독자로서 당연히 자리매김되어 있지만, 당시만 해도 아동문학의 수용
층은 주로 '십오 세 이상의 소년'들에 집중해 있었다. 어린이 독자층은
이른바 도시중산층을 기반으로 하여 형성되는 것이기에 우리는 일본의
『빨간새』의 경우처럼 초등학교 학령기의 아동들을 겨냥하기보다 소년
회·야학·한글강습소 등으로 결집된 십대 소년들을 향할 수밖에 없었
다. 도시중산층 자녀를 기반으로 하는 일본의 아동문학이 10세 이하의
유년문학으로 열리면서 천진한 유희적 생동감을 드러내는 것과는 달리,
동요 창작의 주체와 대상이 십대 중후반 연령대에 걸쳐 있는 우리의 경
우는 작품에서 특히 감상주의의 경향이 두드러졌다. 농촌적 질서가 지
배적인 데다 '일하는 아이들'을 기반으로 하는 일제강점기의 아동문학
은 좀체 유년문학으로 나아가기가 쉽지 않았던 것이다.[161] 이런 조건에
서 '서울내기' 윤석중은 "四五세로붙어 十二三세에 이르는 아기네"의
천진한 세계를 작품을 통해 구현했다.

> 모자야 모자야
> 오, 모자는
> 저기 저 못에 걸려 잘 있다.
>
> 공아 공아
> 오, 공은
> 누나 반짇고리 속에 잘 있다.
>
> 딱지야 딱지야
> 오, 딱지는

---

161 원종찬, 「일제강점기의 동요·동시론」, 『한국아동문학연구』 제20호, 한국아동문학학회, 2011,
73~79쪽.

내 호주머니 속에 잘 있다.

나 잔 동안
다 잘 있다. 다 잘 있다.

—「잠 깰 때」전문[162]

난 밤낮 울언니 입고 난
헌털뱅이 찌께기 옷만 입는답니다.

아, 이 조끼두 그렇죠.
아, 이 바지두 그렇죠.
그리구, 이 책두 언니 다 배우구 난 책이죠.
이 모자두 언니가 작아 못 쓰게 된 모자죠.

어떻게, 언니의 언니가 될 순 없나요?

—「언니의 언니」전문[163]

이 두 편의 작품은 어린이 화자를 흉내낸 어른의 목소리를 완전히 탈
피해 유년기 아동의 심리와 말법에 밀착해 있다. 우선 「잠 깰 때」는 유
년기 아동의 관심사와 행태를 정확하게 반영하고 있다. 잠에서 깬 시적
화자는 자신이 아끼는 세 가지 물건을 하나씩 차례차례 확인한다. 맨 먼
저 못에 걸려 있는 모자를 확인하고, 다음에는 누나 반짇고리에 넣어둔
공을 확인하고, 마지막으로 자기 주머니 속에 들어 있는 딱지를 확인한
다. "모자, 공, 딱지"는 시적 화자 같은 유년의 남자 아이들을 상징하는

---

162 『윤석중 동요선』, 박문서관, 1939, 66~67쪽.
163 『잃어버린 댕기』, 계수나무회, 1933, 30쪽.

친숙한 물건이다. 군이 이야기한다면 이런 물건을 소유하는 아동은 도
시중산층 가정에서 자라나는 아이라야 제격이겠다. '잠'을 자면서 분신
처럼 여겼던 물건들과 잠시 떨어졌던 아이는 잠에서 깨어나 다시 물건
들이 제 자리에 있는가를 하나씩 확인한다. 확인을 다 하고서야 "나 잔
동안/다 잘 있다. 다 잘 있다." 하며 안도감을 표시한다. 「언니의 언니」
는 동생으로 태어난 것 때문에 새 물건 대신 언니가 쓰던 헌 물건을 물
려 쓸 수밖에 없는 답답한 아이의 심정을 토로하며 독자의 공감을 유도
하고 있다. "헌털뱅이 찌께기"같은 시어나 "아, 이 조끼두 그렇죠./아,
이 바지두 그렇죠." 같은 말투에서 유년의 눈높이를 고려한 시인의 언
어 감각이 드러난다. 윤석중 동요가 지니는 장점은 유년의 심리나 행태
를 유년의 말법에 꼭 맞게 그리고 있다는 점이다.

①환한 낮이라도
　두 눈만 감으면
　캄캄한 밤이 되지요.

　캄캄한 밤이라도
　두 눈만 감으면
　낮에 생긴 일이
　환히 다 생각나지요.

－「낮과 밤」전문[164]

②밤 세톨을 굽다가
　제가 태우고

---

164 『어깨동무』, 앞의 책, 30쪽.

울긴 울긴 왜 울어
누가 어쨌나.

깜둥이 밤 삼형제를
제가 만들고
울긴 울긴 왜 울어
누가 어쨌나.

─「밤굽기」부분[165]

③ 우리 아기 조그만
털실 양말에
어느 틈에 구멍이 뽕
뚫렸습니다.

우리 아긴 잠시도
안 앉았지요.
하루에 걷는 것이
십 리 되지요.

─「아기 양말」전문[166]

위 작품들에서 보듯 유년을 대상으로 하는 윤석중 동요는 유년 자신
의 시점만을 사용하지는 않았다. 시적 화자는 유년인 아동 자신으로 등
장하기도 하지만, 유년보다 더 나이를 먹은 소년 아동, 그리고 시인인
어른의 시선으로 다양하게 나타난다. ①은 어린 시적 화자의 목소리를

165 『윤석중 동요집』, 앞의 책, 60쪽.
166 『아침 까치』, 앞의 책, 30쪽.

하고 있으면서, 어린이가 일상에서 느끼는 이치를 낮과 밤의 대조를 통해 명쾌하게 그려내고 있다. ②는 시적 대상보다 조금 더 큰 아동이 응석을 부리는 시적 대상을 흉보는 어조로 되어 있다. 이는 윤석중이 유년 아동을 마냥 귀엽고 예쁘게만 그린 것은 아니라는 것을 보여준다. 전래 동요에도 동무들을 가차 없이 놀리는 내용의 동요가 있는 것처럼 이 작품에서는 자신이 실수를 해놓고도 못난이처럼 우는 동생을 놀리는 내용으로 되어 있다. 슬픔보다 명랑하고 씩씩한 아동상을 즐겨 그린 윤석중의 면모가 드러나는 작품이기도 하다. 이 작품은 유년으로 하여금 웃음을 통해 자신의 못난 짓을 반성하게 하는 노래로서도 의미가 있다. ③은 유년기의 자녀를 바라보는 어른의 시선이 담겨 있다. 한시도 쉬지 않고 움직이며 크는 아기의 모습에도 역시 윤석중이 가지고 있던 아동관이 드러난다. 여기에서도 아기는 '희망'을 상징하는 생동감 있는 존재로 그려진 것이다.

순이하고 남이하고
서로 덤벼 싸웁니다.
"아아니,
누나하구 동생하구 누가 싸우디?"
엄마가 보시고서 꾸중꾸중 하십니다.
"어디 둘 다 혼좀 나봐라……"
엄마는 순이 남매를 다락에다 가두고
떨꺽, 쇠를 채노셨습니다.

순이는 조금도 안무섭습니다.
남이도 조금도 안무섭습니다.

―「다락」전문[167]

이 작품은 한 편의 유년동화를 읽는 것 같은 느낌을 줄 정도로 작품 속에 이야기를 품고 있으면서 또한 간결한 시적 진술이 돋보이는 작품이다. 이 작품에서 역시 드러나듯 윤석중은 어른의 관념으로 유년 아이들을 재단하는 것이 아니라 유년의 심리나 정서를 잘 파악하여 살아 있는 아이들의 모습을 재현해내고 있다. "서로 덤벼 싸우기"까지 했던 남매는 벌로 다락 속에 갇히자 거기서 새로운 놀이세계를 발견해낸다. "조금도 안무섭습니다."라는 시적 진술에는 그 다락 안에서 새로운 놀이를 창조해 놀 준비를 하는 아이들의 표정이 생생하게 드러난다. 즉 윤석중이 구현한 유년의 아동상은 "어른들의 자기만족, 어른 본위의 표현"이라고만 규정하기에는 다양한 측면을 지니고 있으며, "아동들의 의식을 과거에다 매어두어 그 지적 발달뿐 아니라 모든 인간적 성장을 막고 해치는 결과까지 가져온다."[168]는 비판과는 좀 거리가 있는 아이들 특유의 생기와 활력을 보여주고 있다. 윤석중 작품이 구현하고 있는 아이들은 자신의 눈높이에서 주변 사물과 자연에 호기심을 가지고 세상을 마주하며, 자신의 방식대로 상상력을 발휘하여 새로운 놀이 세계를 창조한다. 그들은 비록 어리고 약하지만 어른에게 의존하지 않고 자신에게 주어진 문제를 스스로 해결해 가는 것이다.

(4) 도시의 아이

20년대 중반 이후 전개된 윤석중 작품의 특질로서 우선 손꼽을 수 있는 것은 그의 작품에 드러나는 도시적 감각에서 발현된 생기발랄한 아이들의 모습이라 할 수 있다. 일찍이 윤복진은 한국전쟁 직전에 남긴 짧은 평문에서 윤석중을 "나와 木月과 같은 시골띠기로서는 부러워할 幸

---

167 『초생달』, 앞의 책, 39쪽.
168 이오덕, 앞의 책, 179~180쪽.

運兒"라 지칭하며, 서울 출신인 윤석중의 작품과 시골뜨기인 자신과 박목월의 작품 경향을 이렇게 비교한 바 있다.

석중에 비하여 목월과 나는 그야말로 시골띠기다. 석중처럼 말이 가볍지 못하고, 간드랑하지 못하나, 소박하고 또 꾸밈이 없다. 그 대신 구수하고 무게가 있고 함축성이 있다. 석중은 어렸을 때부터 땡땡전차를 타고 남대문을 돌고 동대문을 돌아 서울장안을 마음껏 구경했다. 나와 목월은 빈 달구지나 탔고 남의 마차뒤에 몰래 매달리면서 꿈속같이 서울 남대문을 보았다. 나와 목월은 입을 열면 경상도 사투리가 항용 튀어 나온다. 전원의 향취가 풍기고 전신에서 흙냄새가 풍긴다.[169]

윤복진은 「석중과 목월과 나」는 "제 각기 우리네 동요문학사상에 이 정표를 하나씩 세웠"지만, 그 가운데서도 윤석중은 "서울사람"으로 "스마트"하고 "어디인지 모르게 귀공자적 품격이 풍긴다"며 윤석중 작품을 "전원의 향취가 풍기고 전신에서 흙냄새가 풍기"는 자신들의 작품 경향과 비교하고 있다.

윤복진은 윤석중 못지 않게 우리 동요문학사에서 빼놓아서 안 될 중요한 시인이다. 윤복진은 박목월과 자신을 "시골띠기"라 칭하면서 서울 내기인 윤석중과의 문학적 차별성을 강조하고 있는바, 윤석중과 이들 두 시인의 시 세계를 비교해 보는 것도 윤석중 문학의 특질을 밝히는 데 유용한 전략이라 본다. 윤복진 말대로 윤석중은 서울 내기로서 시골뜨기인 윤복진과 무엇이 달랐을까?

자야 자야 금자야

---

[169] 윤복진, 「석중과 목월과 나—동요문학사의 하나의 위치」, 『시문학』, 1950. 5.

어깨동무 네 동무
누구 누구 누구고,

그건 물어 뭐하노
어깨동무 내 동무
아무 아무 아무지.

―「자야 자야 금자야」 부분[170]

동무동무 어깨동무
언제든지 같이놀고.

동무동무 어깨동무
어디든지 같이가고.

―「어깨동무 1」 부분[171]

　위의 작품들만을 놓고 보면 어떤 것이 누구의 작품인지를 판별하기가
쉽지 않을 만큼 윤석중과 윤복진 두 시인의 경향이 비슷한 것을 볼 수
있다. 이들 작품 말고도 두 사람의 작품에서 유사한 느낌을 주는 작품을
어렵지 않게 골라낼 수 있다. 가령 비슷한 시기에 쓰여진 윤복진 작품
가운데 「까까집 가는 길」, 「꼬꼬」, 「아야야 할 거야」, 「솔잎 침」 등에서
나타나는 유아어나, 유아의 심리는 윤석중의 「아기잠」, 「사슴아 사슴
아」, 「아기옷」, 「방울」 같은 작품에도 잘 드러나며, 윤복진의 「엄마가
부르는 노래」, 「애기 어르는 노래」, 「걸음마 노래」, 「금박 댕기」, 「애기
신문」, 「전화」, 「가이 두 마리」 등은 윤석중이 『어깨동무』에서 보여준

---

170 『꽃초롱 별초롱』, 위의 책, 13쪽.
171 『어깨동무』, 위의 책, 20쪽.

세계와 흡사함을 알 수 있다. 이뿐만이 아니다. 윤복진의 「방울」, 「딸국질」 같은 작품에서 드러나는 말의 유희, 「할버지 안경」, 「구멍가게」 등에 드러나는 유년의 생활 역시 윤석중이 보여준 세계와 매우 유사함을 알 수 있다.[172] 이들 작품은 이른바 "10세 이상을 대상으로 하는" 생활동시와 감상적인 동요에서는 찾을 수 없었던 유년기 아이들의 천진성과 낙천성이 잘 반영되어 있다. 즉 윤석중과 윤복진은 "식민지 현실에도 훼손되지 않은 원형질로서의 동심, 다시 말해 근대적 가정의 울타리 안에서 세상 물정 모르고 자라나는 천진한 유년"[173]의 모습을 작품 속에 구현하는 시인들이었던 것이다.

그렇다면 윤복진과 윤석중의 결정적인 변별점은 무엇이었을까? 윤복진 스스로도 밝혔듯이 그것은 서울내기와 시골뜨기라는 두 사람의 차이에 연유한다. 이와 관련하여 해방 직후 정지용이 윤석중에 대해 언급한 내용을 살펴보는 것은 유용하다. 정지용은 윤석중의 『초생달』 서평에서 이런 발언을 한 바 있다.

시와 시인이 따로 있는 줄 아는 시골뜨기 고답파들은 먼저 서울 와서 살아라.

서울서 자란 사람이라야만 감정과 理智를 교묘히 농락할 수 있는 기회를 발휘할 수 있는 것이다. 石重 동요에 나오는 아이들은 대개 서울 아이들이요, 무대가 번번이 서울이다.

방공호 나머지도 슬픈 유목장이 될 수 있고 거미줄 서리듯 한 전선 전주를 보고도 好個 자유시인이 될 수 있고 고속도 교통 기관을 용이한 장난감으로 볼 수 있는 것도 모두 서울 아이다. 약고 재빠르고 쾌활한 서울 아이들이 어른의

172 윤석중과 윤복진의 유사성은 해방 이후 시류를 반영해서 쓴 작품들에도 나타난다. 해방 이후 윤복진이 발표한 「무궁화 피고 피고」, 「돌을 돌을 골라내자」, 「새 나라를 세우자」 같은 작품에는 윤석중 작품과의 유사성이 발견된다.
173 원종찬, 앞의 글, 166쪽.

세계를 넉넉히 꾀집어 까짜를 올릴 수도 있는 것이다. 도회 아동도 조선 서울 아이들은 특수한 비애가 있다.[174]

정지용은 윤석중이 가지고 있는 도시적 감각에 대해 일종의 날카로운 통찰을 보여준다. "서울서 자란 사람이라야만 감정과 이지를 교묘히 농락할 수 있는 기회를 발휘할 수 있"을 것이라는 발언에서는 모더니스트로서의 정지용의 면모가 새삼 드러나거니와, 그런 모더니스트의 시선에 비친 윤석중이야말로 서울 출신으로서의 면모를 유감없이 발휘한 동요 시인으로 인식되었던 것이다. 윤복진과 정지용이 지적한 것처럼 윤석중은 서울 토박이로 태어나 도시적 감각 속에 성장한 '도회의 아들'이었다. 그는 식민지 근대일망정 그 초입에 태어나 근대 도시로 탈바꿈하는 서울을 온몸으로 체험한 인물이다. 따라서 그에게는 농촌이나 지방 도시 출신 아동문인들이 따를 수 없는 서울내기로서의 면모가 그대로 드러난다.

책상우에 옷둑이 우습고나야
검은눈은 성내어 뒤쑥거리고
배는 불러 내민쌀 우습고나야

책상우에 옷둑이 우습고나야
술이취해얼골이 쌀애가지고
비틀비틀하는쏠 우습고나야

—「옷둑이」 부분[175]

바닷가 족고만돌

---

174 정지용, 「동요집 『초생달』」, 《현대일보》, 1946. 8. 26.
175 『어린이』, 1925. 4, 35쪽.

어엽버서 주어보면
다른돌이 쏘조와서
작고새것 밧굼니다.

바닷가의 모래밧혜
한이업는 족고만돌
어엽버서 밧구고도
주서들면 실여저요.

―「바닷가에서」 부분[176]

윤석중과 윤복진이 초기에 발표한 이 작품은 두 사람이 추구한 문학
세계의 단면을 명확히 구별해 보여준다. 윤석중의 「옷둑이」에는 어른으
로 대변되는 존재를 신랄하게 조롱하는 서울내기의 당돌함이 엿보이지
만, 윤복진의 「바닷가에서」는 조그맣고 어여쁜 돌을 고르는 시골아이의
순박한 마음이 도드라져 있다. 유년을 겨냥한 동요 작품을 함께 쓴 처지
지만, 윤복진은 윤석중과 다르게 "토속적인 체취가 물씬 하다" 할[177] 만
큼 시골 정서와 농촌적 서정을 주로 다루었다.

산 밑에
조그만
초가집 문에,

문구멍이
송, 송,

---

176 『어린이』, 1926. 6, 50쪽.
177 원종찬, 앞의 책, 165쪽

뚫어져 있네.

—「초가집」 부분[178]

산모롱이 고욤낡에
고욤이 두 개,

새까맣게 익어 가는
고욤이 두 개,

—「고욤」 부분[179]

윤복진의 동요에 나타나는 공간적 배경은 이처럼 지나가는 길손이 드
문 한적한 산골 동네이다. 산골의 "약물"은 "나무꾼 모올래 퐁 퐁 퐁/산
골 중 모올래 퐁 퐁 퐁" 솟을 뿐이며(「약물이 퐁퐁퐁」), "저 건너 갈미봉"
에 외롭게 핀 진달래는 "산모롱이 빙-빙/소리개"도 못볼 만큼 "천길
만길 안개 속에" 가려져 수줍게 피어 있다(「진달래 2」). "쪽도리꽃"은
"허물어진 흙담에서 피"어나고(「쪽도리꽃」), "다풀다풀 망아지"는 들에
서 "엄마 뒤만 조올졸" 따라다닌다(「망아지」). 「영감 영감 야보소 에라
이놈 침줄까」에는 윤석중의 작품에서처럼 짓궂은 아이가 등장하긴 하
지만, 그 공간적 배경이 농촌이라는 점에서 역시 안온하고 따스한 느낌
을 준다. 윤복진의 동요에 나타나는 공간적 배경은 한마디로 "하늘 아
래 첫 동네 산골 동네//문도 담도 없는 착한 동네/구름 속에 사아는 산
골 동네"(「자장자장 자아장」)를 크게 벗어나지 않고 있다.

보리밧 등너머로

---

178 『꽃초롱 별초롱』, 앞의 책, 31쪽.
179 『꽃초롱 별초롱』, 위의 책, 32쪽.

긔차가 달어오네.

길다란 연긔물고
붕붕붕 달어오네.

실푸는 순이아가
돈버러 도라오나.

밧갈든 순이엄마
긔차를 바라보네.

　　　　　　　　　－「긔차가 달어오네」 전문[180]

　윤복진의 이 작품에 드러난 공간적 배경 역시 도시가 아닌 시골이다.
보리밭이 펼쳐진 산등성이 너머로 기차가 달려오고 있다. 기차는 길다
란 연기를 내뿜으며 "붕붕붕" 기적을 울린다. 이렇게 2연까지에는 한적
한 시골 보리밭 사이를 달려오는 기차의 모습이 원경으로 아름답게 묘
사되어 있다. 3연에서부터는 시적 화자의 시점이 기차에서 순이 엄마에
게로 옮겨 간다. 이른바 근경의 묘사다. 그런데 이것은 단순한 풍경 묘
사가 아니라 순이 엄마라는 인물의 심경을 그려 보여준다. 3연 "실 푸
는 순이"라는 대목에서 순이네 집의 내력이 훤히 드러난다. 순이는 어
린 나이에 직공이 되려고 도시로 떠나갔다. 3연의 진술처럼 순이가 돈
을 벌어 고향으로 돌아올 리는 만무하다. 다만 기적을 울리며 달려오는
기차를 보니 엄마는 문득 순이 보고픈 마음이 사무친다. 이 작품은 순이
엄마의 내면을 마치 풍경을 그리듯이 서정적으로 그려 보여주고 있다.

---

180 『어린이』, 1930. 8, 31쪽.

윤석중 작품에 등장하는 기차는 이와는 사뭇 다른 분위기를 갖고 있다.

길을 잃어버릴가봐
철로 위로만 다니지요.
기차는 기차는 바아보.

강을 건늘 땐 무서워서
소릴 뻑뻑 지르지요.
기차는 기차는 바아보.

하아모니카처럼 생겼어도
노래 한마디 못하지요.
기차는 기차는 바아보.

─「기차는 바아보」 전문[181]

윤석중의 이 작품은 이오덕에 의해 "바보형 동시"의 전형으로 특히 많은 비판을 받은 작품이다. 한마디로 이 작품은 유치한 동요적 발상을 퍼뜨린 원흉이라 해도 과언이 아닐 것이다.[182] 그런데 앞서의 정지용의 발언을 곰곰이 되짚어 볼 때, 이 작품을 단순히 현실주의적 관점으로 비판만 해야 할 것인가 의문이 생긴다. 시인은 왜 하필 기차를 바보라 했을까? 기차는 길을 잃어버릴까 봐 철로 위로만 달리고, 다리를 건널 땐 무서워 소리를 지르고, 하모니카처럼 생겼어도 노래 한 마디 못하기 때문이다. 이런 진술은 리얼리즘의 관점에서는 유치하기 짝이 없는 발상일지 모르지만, 유년 아이들의 눈높이에서는 충분히 공감을 얻을 만한

---

181 『초생달』, 앞의 책, 40쪽.
182 이오덕, 앞의 책, 167쪽.

진술이라 생각한다. 유년기 아이들은 자신이 자주 접하는 사물을 의인화하여 친근한 대상으로 삼으려는 속성이 있다. 이 작품에서 시인이 기차라는 대상을 바보라 노래할 수 있었던 것은 그러한 맥락에서 새롭게 이해되어야 할 문제가 아닌가 생각한다. 윤석중은 기차를 단순히 육중한 교통수단으로 생각하고 마는 어른의 관습적 사고에서 벗어나, 기차를 자주 본 아이라면 더러는 한번쯤 품었을지도 모르는 유희적인 생각을 작품으로 구현해 본 것이다. 이 작품에 등장하는 기차는 교통수단으로서의 기차가 아니라 아이들에게 친근한 동무 혹은 장난감처럼 인식되는 기차이다. 즉 윤석중이 기차에 대한 이런 인식을 시로 형상화해낼 수 있었던 것은 "고속도 교통 기관을 용이한 장난감으로" 볼 줄 아는 '서울내기의 시선'이 작동하고 있었기 때문이다. 그러나 시골뜨기인 윤복진에게 기차는 결코 장난감이 될 수 없었다. 그것은 도시로 통하는 문명의 이기이자 한편으로 이별과 이산의 기억을 되뇌게 하는 매개물이었기 때문이다. 그래서 산모롱이를 돌아 서울로 오고가는 기차를 볼 때 윤복진은 방직 공장에 취직하러 간 어린 딸을 생각하는 어머니를 떠올릴 뿐이었다.

우리 집에 늘 오는 마나님,
방물 장사 마나님.
그 마나님, 변덕장이 마나님.

안집 아기 밥 먹는 걸 보고는,
"아이그, 그 애기 참 복성스럽게두 먹네……"
하면서 등을 툭툭 뚜드리더니,
행랑방 아이 먹는 걸 보고는,
"에그 걸신두 들렸다.

한 보름 굶은 놈 같구나……"
아 그러면서 눈을 흘기겠지

―「변덕쟁이 마나님」 전문[183]

　윤복진의 작품에 드러나는 시적 화자들의 면모가 주로 순정하고 순박한
산골 아이의 시선에 머물러 있다면 윤석중의 작품에는 이렇게 부박한 세
태의 인심을 읽을 줄 아는 도시 아이의 시선이 들어 있다. 작품이 발표된
시기를 볼 때,[184] 「변덕쟁이 마나님」은 아무래도 1930년을 전후로 맹위를
떨친 계급주의 아동문학의 영향을 완전히 배제할 수는 없겠는데, 그 점을
감안하더라도 이 작품은 이분법적 도식에 의해 그려진 여타의 계급주의
동요들과 확연한 차별성을 지닌다. 이 시의 화자는 어린이로서 상대에 따
라 표변하는 변덕쟁이 방물장수의 이중성을 의뭉스럽고 날카롭게 드러내
고 있다. 시적 화자는 이른바 현실의 때가 전연 묻지 않은 시골 아이가 아
니라 세상살이의 이면을 제법 헤아릴 줄 아는 눈을 가진 도시 아이의 형상
을 하고 있다. 그런데 여기서 하나 특기할 점은 이런 도시 아이의 형상이
윤석중이 시도한 동극에서도 역시 뚜렷하게 드러나고 있다는 점이다.
　윤석중은 동요시인이기 전에 동화극 「올뱀이의 눈」으로 등단한 동극
작가이기도 했다. 「올뱀이의 눈」은 등장인물의 개성적 면모, 탄탄한 구
성, 분명한 주제의식 등으로 같은 시기 다른 아동극과 차별성을 가지지
만,[185] 특히 그가 1930년을 전후하여 발표한 동요극 「울지마라 갓난아」
시리즈는 가난한 서민 아동을 주인공으로 하여 아동의 눈높이에서 권력
자들을 통쾌하게 조롱하고 있다는 점에서 그의 동요가 보여주는 생기발
랄함과 낙천성, 도시적 감각의 특질들을 잘 보여주고 있다.

183 『잃어버린 댕기』, 앞의 책, 40~41쪽.
184 「변덕쟁이 마나님」은 1933년 나온 동시집 『잃어버린 댕기』에 수록되었다. 씌어진 시기는 1932년 9
　월에서 1933년 3월 사이로 짐작된다.
185 임지연, 「윤석중 아동극 연구」, 인하대 석사논문, 2010, 29쪽.

윤석중의 「울지마라 갓난아」는 애초 홍난파 작곡으로 동요극으로 상연하려 했던 작품이다. 12부까지 기획이 되어 있었다는 작가 자신의 진술이 있는 것으로 보아 윤석중은 집필 이전에 이 동요극본의 전체 구상을 구체적으로 하고 있었던 것으로 생각된다.[186] 그러나 집필 도중에 검열로 인하여 애초 구상대로 작품을 이어 가지 못했으며 작품을 끝내 완결짓지 못한 것으로 보인다. 3부에 해당되는 「선생님 없는 학교」는 총 3회까지 발표했으나 3회치는 전부 삭제 당할 만큼 일제 당국의 견제를 받았다. 우선 눈에 띄는 것이 대립적인 인물의 설정이다. 천대받고 사회적 약자의 위치에 있는 거지 아이들이나 서민 가정의 아이들이 한 편에 있다면 다른 한 편에 되련님, 마님, 송주사, 오참사와 같은 부자와 권세를 누리는 인물들이 등장하고 있다. 그러나 이러한 대립 구도는 당시 계급주의 계열의 작품에서 드러나는 인물의 행동양식과 갈등 해결과는 다른 모습을 보여준다. 애상적인 것보다 명랑쾌활함으로 식민지 현실을 살아가는 아이들을 위로하고자 했던 윤석중은 아동극에서도 경쾌한 재미와 웃음으로 현실을 풍자하고 있다.[187]

가령 동요극 「울지마라 갓난아」시리즈 가운데 2부 「달을 뺏긴 아이들」에는 위에서 예를 든 동요 「공장언니의 추석」이 삽입되어 있다. 「달을 뺏긴 아이들」은 주인공인 거지 아이들이 빌어온 음식을 먹고 있는데, 잘 사는 집 아이들이 몰려와 장난을 하다가 난장판을 만들고 도망가자 거지 아이들이 복수를 결심한다는 줄거리를 갖고 있다. 작품 구성이나 결말은 단조로운 편이지만 작품 중간에 드러나는 대목들 가운데 권

---

186 「울지마나 갓난아」는 본디 일막짜리 12부작으로 기획된 작품이었으나 4부까지 지상에 발표되고 나머지 부분은 발표되지 못하였다. 임지연은 자신의 논문에서 "「울지마나 간난아」가 10부작으로 기획된 작품이었"다고 밝히고 있지만(38쪽), 윤석중이 《동아일보》, 1931. 5. 3일자에 발표한 「울지마라 갓난아」 셋째치 극본 서두에는 "동요극「울지마라 갓난아」는 일막짜리 동요극 열두 편에 나누어 잇습니다. 남저지 아홉편은 기회와 겨를이 잇는대로 잇대여 발표"하겠다고 적어놓은 것을 볼 수 있다. 이를 보면 윤석중은 「울지마라 갓난아」를 총 12부작으로 기획하고 있었음을 알 수 있다.

187 임지연, 앞의 논문, 42쪽.

동요극 「달을 뺏긴 아이들」(2회)
에 수록된 전봉제의 삽화. 일본
순사가 멍석에 앉은 아이들을
내쫓고 있다(《동아일보》, 1930.
11. 28).

위를 가진 어른이나 힘센 존재들에 대한 은근한 조롱과 풍자가 들어 있
어 눈길을 끈다. 거지 아이들이 빌어온 밥을 먹기 위해 행길 가에다 멍
석을 펴고 앉았을 때, 일본 순사 하나가 다가와 호통을 친다. 거지 아이
들은 "모도들 펄쩍 놀래어 도루 눈들을 뜨고, 코가 땅에 닿도록 굽신거
리"면서 "네네네, 갑지오. 그저갑지오. 시그문 밖으로 나갈랍니다." 대
답을 하면서 "발들은 불이나케 띄어" 놓지만 "밤낮 고자리"다. 이윽고
순사가 자리를 뜨자 오히려 이들은 순사 흉을 있는 대로 본다. 권력을
가진 이들이 윽박지를 때, 앞에선 그 시늉을 다 들어주는 척하며 뒤에서
는 오히려 그들을 골려먹는 모습을 연출하는 것이다. 일본 순사를 보내
고 난 아이들의 대사가 재미있다.

오돌이 전에 없는 순사지! 처음 보는 순사야.
빵덕이 강원도 통천에서 요새 갓 올론, **서울길두 잘 모르는 호야 호야래.**[188]

---

188 위의 글.

시골에서 올라온 순사를 놀려먹는 이런 아이들의 형상이야말로 정지용이 말한 "어른의 세계를 넉넉히 꾀집어 까짜를 올릴 수도 있는" 서울 아이들일 것이다. 그러나 정지용이 적절하게 지적하고 있는 바와 같이 윤석중의 작품에는 또한 "조선 서울 아이들"이 겪는 "특수한 비애"가 함께 담겨 있었음을 간과해서도 안 된다.

전차도 안 다니는
꼭두새벽에
걸어서 타박타박
우리 누나는
냉냉냉 차장 노릇
하러 갑니다.

전차도 다 끊어진
깊은 밤중에
걸어서 타박타박
우리 누나는
빈 밥그릇 딸랑딸랑
돌아옵니다.

−「차장 누나」 전문[189]

「차장 누나」는 대구 형식을 취한 단순 소박한 동시로 보이지만, 이 시의 내면을 가만히 들여다보면 이른바 '근대의 생활세계'에 대한 비판적 시각이 은근히 숨겨져 있는 것을 알 수 있다. 누나는 전차 차장이지만

---

189 『어깨동무』, 앞의 책, 76쪽.

꼭두새벽에 걸어서 일터로 가고 퇴근할 때는 빈 밥그릇을 들고 타박타박 걸어서 집에 온다. 이 동시는 문명의 이기 한복판에서 노동을 하고 있지만, 정작 그 이기에서 소외된 근대인의 쓸쓸함을 예리하게 잡아내고 있다.

길ㅅ가에,
방공호가 하나 남아 있었다.
집 없는 사람들이 그 속에서
거적을 쓰고 살고 있었다.

그 속에서 아이 하나가
제비 새끼처럼 내다보며,
지나가는 사람에게 물었다.
"독립은 언제 되나요?"

—「독립」 전문[190]

이오덕은 이 시를 비판하는 자리에서 다음과 같은 발언을 한 적이 있다.

형식면에서 볼 때 여기엔 동요적인 것의 그림자도 안 보인다. 그러면 자유시로서 더욱 발전할 바탕, 곧 내재한 시의 혼이란 것은 어느 정도로 있는 것인가?
섭섭하게도 이 작품엔 그런 것이 보이지 않는다. 내용은 여전히 동요적 발상이다. 8·15 당시 방공호 속에서 거적을 쓰고 살고 있었던 사람은 얼마든지 볼

---

190 『초생달』, 앞의 책, 54쪽.

수 있는 거리의 풍경이었지만, 그 방공호 속에 보이는 아이를 "제비 새끼"라 한 것이라든지, 지나가는 사람에게 "독립은 언제 되나요?"하고 물었다는 것은, 단지 아이들의 모습을 귀엽게만 파악하려고 한 동심적 관념에서 벗어나지 못한 것이다. 내용과 형식이 어긋나는 데서 오는 결과는 아무런 감동도 줄 수 없는, 다만 싱거운 작품으로 만들고 있다.[191]

이오덕은 이처럼 윤석중이 동심적 관념에 빠져 있다고 비판하고 있지만, 이 작품처럼 해방 직후 서울 아이들이 겪는 비애를 곡진하게 그려낸 작품이 있는가 반문하고 싶다. 방공호 속에 거적을 쓰고 살아가는 아이를 "제비 새끼"라고 표현한 것과 지나가는 사람에게 "독립은 언제 되나요?" 묻는 것을 과연 시인이 아이들의 모습을 귀엽게만 파악하려고 한 것으로 보아야 할까? 오히려 헐벗고 굶주린 채 내일에 대한 기약 없이 하루하루를 연명하고 있는 아이에게 '제비 새끼'의 형상만큼 적절한 비유가 더는 없다는 생각이 든다. "독립은 언제 되나요?" 물었던 것 또한 철없는 아이의 귀여운 질문으로 넘길 수만은 없다. 그것은 생존에 위협을 받을 정도로 절박한 처지에 내몰린 아이의 절규로도 읽히기 때문이다. 독립이 되었다고는 하지만 무엇 하나 속 시원하게 해결되는 일이 없는 해방기 어지러운 현실을 방공호 속에서 거적을 쓴 채 살아가는 거지 아이의 모습을 통해 윤석중은 날카롭게 그려내고 있는 것이다. "약고 재빠르고 쾌활한 서울 아이들"의 모습 속에는 이처럼 "특수한 비애"가 숨어 있었다. 쾌활함 뒤에 감추어진 서울 아이들의 그런 비애까지를 볼 줄 아는 윤석중을 정지용은 높이 평가했던 것이다.

이상에서 살펴본바, 일제시대 가창된 동요로는 윤복진은 윤석중과 쌍벽을 이룬 시인이라 할 만하지만, 윤석중에게는 윤복진이 가지고 있지

---

191 이오덕, 『시정신과 유희정신』, 창작과비평사, 1977, 181쪽.

윤석중과 같이 천진한 유년 세계를 동요로 그린 윤복진. 그는 '서울내기' 윤석중에 대한 선망을 가지고 있었다.

못한 서울내기로서의 특질이 있었다. 윤복진은 윤석중과 자신을 비교하는 말에서 자신은 "석중처럼 말이 가볍지 못하고, 간드랑하지는 못하나, 소박하고 꾸밈이 없"고 "구수하고 무게가 있고 함축성이 있"는 점을 은연중 자신의 미덕으로 내세우고 있다. 그러나 사실 윤복진의 그런 발언은 서울내기 윤석중에 대한 시골뜨기로서의 열등감의 다른 표현이 아니었나 생각한다. 윤복진은 윤석중을 "행운아"라고 부를 만큼 서울 태생인 윤석중을 부러워했다. 결국 윤복진은 "기독교 집안의 귀염둥이로 자란 것만으로는 '서울내기' 윤석중에 대한 '시골뜨기'의 뿌리 깊은 열등감"을 온전히 해소하기 힘들었던 것이다.[192]

4. '국민애창동요'로서의 성격과 부성콤플렉스

전술한 바와 같이 1920년대 창작동요의 출발은 자라나는 세대들을 겨냥한 일종의 '국민시가' 혹은 '국민애창동요'의 성격을 띠고 있었다. 윤석중 또한 동요가 "아동의 정신생활을 지도"함으로써 그들이 "완전한 인격자"로 성장하는 데 도움을 주는 것이자 "민족성 계발의 기초"로서 "감격성 많은 국민"을 기르는 "제 2세 국민의 노래"라는 인식을 가지고 있었음이 분명하다. 어떤 의미에서 이런 인식은 윤석중 문학을 이루는

---

192 원종찬, 앞의 글, 166쪽.

근간이라 해도 무방하다. 그는 평생을 골방에 앉아 고독하게 작품을 쓰다 간 사람이라기보다는 어린이 독자 대중과 호흡을 같이 하기 위해 노력한 시인이다. 그는 한 선집을 엮는 자리에서 자신의 노래가 "지나간 날의 어린이와 오늘을 사는 어린이와 앞으로 태어날 어린이에게 눈물과 한숨과 걱정 대신 즐거움과 희망과 꿈을 안겨 주는 마음의 벗"이 되길 기원하며, 그렇게 되어 준다면 "불행한 시대 불행한 나라에 태어나 외롭게 자라서, 고달프게 살아온" 자신에게 "다시없는 자랑거리가 될 것"이라고 말하고 있다.[193] 이런 그의 바람은 어느 정도 성취된 감이 없지 않다. 이미 살펴본 바와 같이 그가 지은 노래의 7할 가까이는 곡이 붙여졌으며 그렇게 곡이 붙여진 다수의 노래들은 세대를 이어 가며 아이들의 입에서 입으로 불렸기 때문이다. 이런 의미에서 그의 동요를 '제2세 국민들의 시가'라 부르는 것은 크게 이상한 일이 아니다. 그렇다면 '국민시가'적 성격을 갖는 윤석중 동요를 "불행한 시대 불행한 나라에 태어나 외롭게 자라서, 고달프게 살아온" 그의 성장 과정에 결부시켜 살펴보는 것은 어떨까?

어린 시절 부모와의 사별 혹은 부모의 부재는 작가의 의식과 무의식에 적잖은 영향을 미친다. 이런 견지에서 작가의 성장과정에 나타나는 부모와의 관계를 살펴보는 것은 그의 문학을 파악하는 데 긴요한 의미를 가진다고 볼 것이다. 특히 우리 아동문학사에 중요한 위치를 차지하는 윤석중은 부모와의 관계에 있어 유별난 성장과정을 겪은 인물이다. 주지하는 바와 같이 두 살 때 그는 어머니를 잃었고, 손위 누이와 함께 외조모의 손에 의해 양육되었다. 그의 아버지는 윤석중이 여덟 살 때 재혼을 하게 되는데, 부자가 각기 떨어져 살게 되는 바람에 윤석중은 아버지를 마치 먼 친척 아저씨처럼 대해야 했다.[194] 윤석중이 유년기를 지나

---

193 윤석중, 『날아라 새들아』, 창작과비평사, 1983, 3~4쪽.
194 윤석중, 『노래가 없고 보면』, 웅진출판, 1988, 14쪽.

소년기에 접어드는 시기에 아버지는 사회주의 운동에 투신해 활동하다가 얼마 뒤에 감옥에 갇히는 신세가 되면서 윤석중은 또 다른 의미에서 아버지 부재를 경험하게 된다. 우리 아동문학 작가 가운데 윤석중처럼 유년기와 소년기에 걸쳐 모성과 부성의 부재와 결핍을 겪은 이도 드물 것이다.

이 자리에서는 윤석중의 생애와 관련하여 그의 작품에는 일종의 '부성콤플렉스'가 작동되고 있음을 밝히고, 이것이 국민애창동요로서의 성격을 지니는 그의 문학과 어떤 연관을 가지는지를 밝혀 보도록 하겠다.

1) 부성콤플렉스[195]와 '조그만 아버지' 되기

융(Carl Gustav Jung)은 인간이 태어나면서 이미 보편적으로 존재하는 무의식적 조건을 가지고 있다고 했는데 이것을 '원형'이라 불렀다. 융이 말한 원형을 아버지에게 적용시키면 그것은 일종의 '아버지상(父性像)'이 될 것이다. 아버지는 원형적 남성상의 가장 강력한 육화라 할 수 있다. 아버지는 말씀과 법을 의미 있게 만드는 권위의 힘을 가진 존재다. 즉 부성 원형은 음양(陰陽) 가운데 양이다. 그것은 인간, 법과 국가, 이성과 정신 그리고 자연의 활력과의 관계를 결정한다. 남자 아이는 언젠가 '스스로 아버지가 되기 위해' 그런 힘들을 내재화해야 한다. 남자 아이에게 이 과정이 순탄하게 진행되지 않으면 여러 가지 문제가 발생한다. 가령 아버지 자신이 부성 원형에 사로잡혀 자신을 신적인 존재로 높이게 되면 자신에게 주어진 책무의 개인적인 차원을 넘어서게 되

---

195 부성콤플렉스라는 개념을 정리하기 위해 참고한 자료는 다음과 같다.
  남경태, 『개념어 사전』(들녘, 2006)
  조셉 칠더즈·게리 헨치 엮음, 황종연 옮김, 『현대문학·문화 비평 용어사전』(문학동네, 1999)
  박신, 「부성콤플렉스의 분석심리학적 이해—아들의 아버지와의 관계를 중심으로」(『심성연구』 19호, 2004, 한국분석심리학회)
  이반 워드 지음, 이수련 옮김, 『정신분석』(김영사, 2001)

어 아들에게 자신의 삶의 태도를 일방적으로 강요하거나 지나치게 간섭하거나, 지나치게 엄하고 완고하거나, 심한 경우 폭력적이기까지 할 정도로 권위주의적인 태도를 보이게 된다. 이런 경우 아들은 내적 권위와 자신감을 얻지 못하여 외적으로는 윗사람을 대할 때 어려움을 느끼고 내적으로는 늘 보상적인 권력 충동을 통해 아버지의 경직성을 타파하고 새로워지려는 욕구를 나타낸다. 반대로 아버지가 책임감이 없고 무관심하고 방임하거나, 무력하고 무능하고 제 역할을 못 하면 아들은 교조주의에 빠져 도덕적 경직성, 권위주의, 강박적 사고나 행동 등의 형태로 나타나거나 아니면 모성적 의존 상태에서 빠져나오지 못해 끊임없이 타인의 도움을 요구하는 상태에 머물러 있게 된다. 아버지는 시시한 존재로 여겨지며 자신이 넘어서야 할 어떤 것으로 경험된다. 그런 경우 무의식에는 오히려 보상적으로 긍정적인 부성상이 배열되어 그것과 동일시할 가능성이 있다.

윤석중이 1929년 발표한 「낮에 나온 반달」은 그가 이른바 '소년문사'이던 시절에 발표한 그의 초기작이면서, 일반에게도 비교적 널리 알려진 작품이다. 이 작품은 명실공히 윤석중의 대표작이라 할 수 있는바, 이 작품에는 윤석중의 무의식 속에 잠재되어 있던 '아버지상'이 그려져 있음을 알 수 있다. 이 작품의 전문을 소개하면 다음과 같다.

낮에 나온 반달은 하얀 반달은
해님이 쓰다 버린 쪽박인가요.
꼬부랑 할머니가 물 길러 갈 때
치마 끈에 달랑달랑 채워 줬으면.

낮에 나온 반달은 하얀 반달은
해님이 신다 버린 신짝인가요.

우리 아기 아장아장 걸음 배울 때
한쪽 발에 딸깍딸깍 신겨 줬으면.

낮에 나온 반달은 하얀 반달은
해님이 빗다 버린 면빗인가요.
우리 누나 방아 찧고 아픈 팔 쉴 때
흩은 머리 곱게 곱게 빗겨 줬으면.

—「낮에 나온 반달」 전문[196]

각 연에 등장하는 세 사람의 면면을 보면 이 동요가 윤석중 자신의 실
제 삶을 그대로 투영하고 있음을 짐작하게 된다. 윤석중은 어머니의 죽
음 이후 누나와 함께 외조모의 손에서 자라게 되는바, 이 시에는 그때의
가족 구성원을 연상시키는 세 인물이 등장하고 있는 것을 볼 수 있다.
우선 1연에 나오는 '꼬부랑 할머니'는 그를 거둔 외할머니에 대응되고,
2연의 '아기'는 시인 자신에 대응되며, 3연의 '방아 찧는 누나'는 그와
두 살 터울이던 누나를 가리키는 것으로 볼 수 있다. 윤석중의 누나는
물론 위 동요에 나오듯 가사 일을 도맡아서 할 만한 나이도 누리지 못하
고 더 어린 나이에 죽었지만, 그래서 더더욱 윤석중의 무의식 속에는 가
사 노동에 힘겨워하는 누나의 이미지가 더욱 강렬하게 자리하고 있었는
지 모른다.

시에 나온 달은 온달이 아니라 반달이다. 그것도 밤에 나온 달이 아니
라 낮에 나온. 별 쓸모가 없는 달, 누구에게도 주목받지 못하는 존재,
있으나마나 한, 있어도 없는 듯 여겨지는 그런 존재이다. 낮에 나온 반
달은 말할 것도 없이 시인 자신을 가리키는 비유라 볼 수 있다. 시인은

---

[196] 『윤석중 동요집』, 앞의 책, 58쪽.

자신을 '낮에 나온 반달'이라 명명한다. 반달은 애초 밤하늘을 밝히는 영웅(또 다른 해님)이 되는 것을 꿈꾸며 태어난 존재이다. 그러나 반달은 시간(운명)을 잘못 타고났음으로 인해서 태어나자마자 불완전한 존재로 전락된다. 그는 낮을 지배하는 강력한 해님의 기세에 눌려 희미한 존재로 머물 수밖에 없다. 그러나 반달은 자신의 처지가 비루하고 불행하다는 것을 탄식하는 데서 멈추지 않는다. 그는 자신이 그 불완전함을 딛고 언젠가 쓸모 있는 존재로 거듭나리라는 의지와 희망을 표명하고 있다.

이 시에서 해님은 누구일까? 과도한 유추일지 모르나 여기서 해는 윤석중의 아버지로 보는 것이 타당하다고 본다. 두 살 때 어머니가 죽은 이후 할머니 손에 맡겨지면서 윤석중은 아버지를 먼 친척 아저씨처럼 대해야만 했다. 윤석중은 새어머니와 사는 아버지를 뵈러 어쩌다 한 번씩 아버지 집을 갔다고 했다. 말하자면 윤석중은 무의식으로라도 자기 자신을 일종의 버림받은 자식으로 생각했을 공산이 없지 않다. 이런 사실로 미루어 볼 때 윤석중의 무의식에 각인된 아버지는 두 가지 모습으로 나타났을 가능성이 있다. 하나는 높고 큰 뜻을 품고 사회를 위해 기꺼이 자신을 헌신하는 영웅으로서의 아버지이며, 하나는 대의를 위해 가족을 희생시키는, 가정에 무책임하고 무관심한 아버지이다. 시인의 무의식 속에는 전자와 후자의 아버지상이 서로 교차하며 '양가감정(ambivalence)'을 만들어내고 있었을 것으로 보인다.

시인의 무의식 속에 내재되어 있던 '양가감정'은 영웅의 모습을 한 아버지(어쩌면 영웅으로 거짓 포장되어 있는 아버지)를 선택하는 대신 가정에 무책임하고 무관심한 아버지상에 더 집착하는 쪽으로 기울기 시작한다. 일종의 나르시시즘이 작동되기 시작하는 것이다. 시인은 해님이 되고 싶지만 해님이 될 수 없다. 자신은 해님에게 버림받은 반달이기 때문이다. 그러므로 그는 해님이 되는 것에 집착하기보다 해님에게 '버림받은 사실'에 집착한다. 이때 부각되는 것은 영웅인 아버지가 아니라 무책임하고 무관심한 아버지에게 버림받은 자신이다.

아버지에게 버림받은 나는 자신을 버린 부정적인 아버지상을 상쇄할 가정적인 아버지를 상정한다. 그것은 버림받은 자신에게 보상을 주는 아버지인 동시에 영웅인 아버지와 자신을 대등한 위치에 놓고 바라보게 하는 새로운 관점을 제공한다. 나는 영웅인 아버지와 대척적인 거리에 있는 가정적인 아버지에 집착함으로써 영웅인 아버지와 동격이 된다. 반달은 할머니와 자신과 누이에게 쪽박과 신짝과 면빗이 되어 줌으로써 작고 소박하지만 자기의 혈육들을 '온전히 건사하는 아버지상'을 스스로 정립한다. 할머니에게는 쪽박으로, 누나에게는 면빗으로 나(아기)에게는 신발로. 쓸모없는 것이 쓸모 있는 것으로 되는 것, 보잘 것 없는 반달이지만 사랑하는 이들에게 요긴한 그 무엇이 되는 것, 이것은 영웅적이기만 한 아버지는 도저히 이룰 수 없는 과업이다. 시인(반달)은 그런 과업을 온전히 수행함으로써 자신을, 자신을 버린 해님과 동등한 위치에 놓게 된다.

결국 「낮에 나온 반달」의 심층에 깔린 무의식은 아버지를 대신해 '조그만 아버지 되기'이다. 조그만 아버지 되기는 단순한 개인이나 가정사의 문제로만 축소되지 않고, 사회나 민족 등 집단의 문제로 확대되어 해석될 여지를 남긴다. 「낮에 나온 반달」은 흔히 '일본의 지배 아래에서 우리 민족이 느낀 상실감을 7·5조의 운율을 담아 표현한 노래'로 널리 인식되어 왔다. 이런 알레고리의 차원으로 이 시를 확대해서 본다면 "낮에 나온 반달"이라는 제목은 '식민지 시기에 태어난' 불행한 존재들을 아우르는 말이며, 그 반달은 사라진 국가(아버지)를 대신해 할머니와 누나(동포)를 돌봐야 하는 조그만 아버지(자라나는 식민지 소년)로도 해석이 가능할 것이다.

2) 조그만 아버지 되기와 '명랑한 아이'와의 연관성

윤석중 작품에 나타나는 이 '조그만 아버지' 되기는 윤석중 작품의 특질이라 할 수 있는 '명랑성'이란 요소와도 상통하는 지점이 있다. 윤석중 작품이 가지고 있는 이 명랑성이라는 특질은 현실주의 관점에서 현실과 유리된 아이의 형상을 대변하는 부정적 요소로서 취급되어 왔다. 그러나 필자는 이 '명랑한 아이상'의 구현이야말로 '조그만 아버지'가 되려는 시인의 무의식을 반영한 결과라 생각한다. 주지하다시피 윤석중은 1920년대 창작동요의 출발기에 작품을 쓰기 시작하였으면서도, 당시 패턴이라 할 수 있는 감상성(感傷性)에 깊이 매몰되지 않았다. 오히려 그의 작품에는 명랑하고 활달한 아이들이 등장한다. 이것은 윤석중과 당대 다른 동요시인들을 구분하는 중요한 표지다. 일찍이 어머니를 잃은 윤석중의 처지에 비추어 볼 때, 당시 창작동요가 표방한 감상성은 그 무엇보다 그의 개인사와 친연성을 가질 수 있는 요소였다. 그러나 그는 초기부터 어머니를 잃은 상실감을 담은 작품을 거의 발표하지 않는다.[197] 그의 동요에는 은연중 '어머니 부재'가 드러나지만, 거기 등장하는 아이의 형상은 쓸쓸하고 어두운 이미지보다 오히려 밝고 명랑한 형상으로 드러난다. 이런 아이의 형상은 곧 '조그만 아버지'가 되려는 시적 화자의 욕망과 밀접한 연관성을 갖는다.

> 아버지는 나귀타고 장에 가시고,
> 할머니는 건너 마을 아젓씨 댁에.
> 고초 먹고 맴 맴

---

[197] 이 시기 어머니의 부재를 소재로 한 윤석중의 작품은 「엄마 생각」(《조선일보》, 1927. 9. 11)이 유일하다. 이 작품에 시인의 개인사를 적용시켜 보면 시인의 내면에 응어리진 '고아의식'의 발로로도 여겨지지만, 이는 당시 우리 동요의 애상적 경향을 따른 결과로도 해석할 수 있다.

담배 먹고 맴 맴

할머니가 돌썩바다 머리에 이고,
쇠불쇠불 산골길로 오실 째까지
고초 먹고 맴 맴
담배 먹고 맴 맴

아버지가 옷감써서 나귀에 실고
짤랑짤랑 고개넘어 오실째까지
고초먹고 맴 맴
담배먹고 맴 맴

―「'집 보는 아기' 노래」 전문[198]

윤석중의 대표작으로 뽑아도 손색이 없는 위 작품에는 할머니, 아버지는 등장하지만 어머니라는 존재에 대한 언급은 없는 것을 볼 수 있다. 아기는 너무나 당연하게 떡을 받아올 할머니와 장에 간 아버지만을 기다릴 뿐이다. 어머니가 부재한 이 집에서 혼자 노는 아기의 형상은 절대 쓸쓸하거나 처량하지 않다. 그는 되레 아이다운 생동감으로 어른(아버지)의 흉내를 내며 놀 뿐이다. 그의 동요에 드러나는 이 명랑한 아이는 앞에서 살펴본 「낮에 나온 반달」의 '조그만 아버지가 되려는 욕망을 가진 아이'와 상통하는 지점이 있다. 즉 위 동요는 「낮에 나온 반달」과는 분위기가 전혀 다른 작품임에 틀림없지만, 이면에 감추어진 시적 화자의 무의식에는 역시 '조그만 아버지 되기'를 염원하는 욕망이 내재되어 있음을 확인하게 된다.

―――――――――

[198] 『어린이』, 1928. 12, 58~59쪽.

엄마 압헤서 짝짝궁
압바 압헤서 짝짝궁
엄마 한숨은 잠자고
압바 주름살 펴저라

들로 나아가 쭈루루
언니 일터로 쭈루루
언니 언니- 왜우루
일하다말고 왜우루

우는 언니는 바아보
웃는 언니는 장-사
바보 언니는 난실혀
장사 언니가 내언니

햇님보면서 짝짝궁
도리도오리 짝짝궁
울든 언니가 웃는다
눈물 씨스며 웃는다

　　　　　　　　　　　　　　　　－「우리 애기 행진곡」 전문[199]

　이 동요의 화자는 아기다. 그러나 그는 부모의 보살핌을 받아야 하는 연약한 존재이기보다, 오히려 노동에 지친 언니를 달래려는 모습으로 나타난다. 언니를 달래려는 이가 부모가 아니라 아기라는 점에서 이 동

199《조선일보》, 1929. 6. 8.

요에 등장하는 '아빠와 엄마'는 보호자로서의 자격을 갖춘 부모이기보다 무능하고 무기력한 존재에 가깝다. 언니는 노동 현장에 나가 일을 하는 소년노동자일 텐데, 그 역시 나약한 모습을 보이고 있다. 이 시에 등장하는 인물 가운데 유일하게 생기 있는 이는 바로 시적 화자인 아기다. 아기는 자신의 특기인 '짝짜꿍'(박수를 치며 주는 춤)을 통해 무기력한 가족들에게 생기를 불어넣고 있다. 이 작품에 드러난 '명랑한 아이' 역시 '조그만 아버지'로서 '아버지'의 임무를 대행하려는 욕망을 갖고 있다.

팔랑팔랑 방패연 우리 옵바연
아버지가 주고가신 연이랍니다.

우리남매 잠재우고 길쩌나시며
만드러 주고가신 연이랍니다.

간들간들 방패연아 춤을추어라
새파란 한울에서 춤을추어라

간밤에 길쩌나신 우리아버지
지금은 어디만큼 가섯슬까요

웃줄웃줄 옵바연아 춤을추어라
아버지좀 보시게 춤을추어라

혼자혼자 길쩌나신 우리아버지
북쪽의 새벽길이 퍽은칩겟네.

―「방패연」전문[200]

위 시에 등장하는 인물은 오빠와 나, 아버지다. 아버지는 "우리 남매"를 남겨두고 북쪽으로 길을 떠난다. 작품에 직접적인 언급은 없지만, 아버지의 새벽길이 일상적이고 단순한 떠남이 아님을 우리는 충분히 짐작해 볼 수 있다.[201] 시적 화자는 그런 먼 길을 떠나는 아버지에게 투정을 부리는 대신, 그 아버지가 안심하고 길을 떠날 수 있게 아버지가 정표로 만들어 준 연을 날리고자 한다. 연이 웃줄웃줄 춤을 추며 나는 것을 보면 아버지가 두고 온 집안 걱정, 어린 남매의 걱정을 덜 하실까 생각하기 때문이다. 이 작품에서 시적 화자는 여자 아이로 등장하지만, 그 아이의 형상이 「낮에 나온 반달」에 등장하는 시적 화자의 또 다른 모습임을 충분히 짐작할 수 있다. 결국 이 시에 등장하는 시적 화자 또한 아버지가 부재하는 집안의 '조그만 아버지'가 되려는 욕망을 가진 존재에 다름 아닌 것이다.

윤석중은 일반에게 알려진 통념과는 다르게 1930년을 전후로 맹위를 떨친 계급주의 아동문학과 친연성이 있는 작품을 여러 편 발표하였다. 동맹파업 전단지를 몰래 돌리는 어린이를 소재로 한 「언니 심부름」도 그 가운데 하나이다.

딸랑, 딸랑, 딸랑.
딸랑, 딸랑, 딸랑.

동맹파업 하고나온 우리 언니가
돌리라는 광고외다, 어서 받읍쇼.

쉬. 쉬.

---

200 《중외일보》, 1928. 11. 10.
201 이 작품은 아버지 윤덕병의 행적과 밀접한 연관을 가지는 작품이라 볼 수 있다.

펴들지 말으세요, 바지속에 넣세요.

저네들이 봤다가는 아니 됩니다.
아니되구 말구요, 야단 나지요.

딸랑, 딸랑, 딸랑.
딸랑, 딸랑, 딸랑.

길거리로 내어쫓긴 당신네 들께
전하라는 편지외다, 어서 받읍쇼.

쉬. 쉬.
떠들지 말으세요, 시치미를 떼세요.

저네들이 알앗다간 아니 됩니다.
아니되구 말구요, 큰일 나지요.

－「언니 심부름」 전문[202]

이 작품은 계급주의 아동문학운동 시기에 씌어진 작품으로 당시 유행의 경향을 따른 측면을 배제하기는 어렵지만,[203] 이들 작품 속에 내재되어 있는 아이의 모습을 살펴볼 때 이것을 단지 상투적이고 단순한 계급의식의 발로에서 나온 형상으로만 치부할 수 있는지 의문이 생긴다. 「언니 심부름」에 등장하는 시적 화자는 소년이다. 이 소년은 동맹파업

202 《동아일보》, 1930. 9. 29.
203 이재복, 「어린이 마음높이에서 찾아낸 발랄한 언어」, 『우리 동요 동시 이야기』, 우리교육, 2004, 210쪽.

에 나선 언니의 부탁으로 지금 언니 동료들에게 삐라를 돌리고 있다. 그런데 이 소년의 형상을 유심히 볼 것 같으면 그가 단순한 심부름꾼의 자리에 머물러 있지 않음을 파악할 수 있다. 그는 언니를 대신하는 또 한 사람의 운동가의 모습이다. 이 작품에도 여전히 언니를 대신하여 '조그만 언니'가 되려는 시적 욕망이 개입되어 있다. 즉 윤석중 작품에 드러나는 대부분의 시적 화자들은 부재하는 아버지나 언니를 대신하여 그 역할을 감당하려는 '명랑하고 씩씩한 아이들'이다.

3) 부성콤플렉스의 소멸과 재생

앞서 살펴본 윤석중의 작품들은 대개 20년대 중반부터 30년대 중반까지 씌어진 작품들이다. 그렇다면 일제 말기나 해방 이후 씌어진 그의 작품들에는 '조그만 아버지상'이 어떻게 구현되었을까? 우선 일제 말기에 씌어진 한 작품을 보기로 한다.

> 아기가 잠드는걸 보고 가려고
> 아빠는 머리맡에 앉아 계시고,
> 아빠가 가시는걸 보고 자려고
> 아기는 말똥말똥 잠을 안자고.
>
> ─「먼길」 전문[204]

이 작품은 해방기에 나온 『초생달』(1946)에 수록되어, 윤석중 작품 가운데 일반에게 비교적 널리 알려진 작품에 속한다. 해방 이후 발간된 작품집에 실려 있어서 자칫 해방 이후에 씌어진 작품으로 오해하기 쉽지

---

[204] 『초생달』, 앞의 책, 49쪽.

만, 이 작품은 사실 태평양 전쟁이 한창이던 1942년 7월 『조광』에 발표되었던 작품이다. 발표 당시 이 작품은 해방 후에 수록된 작품과 다른 모습을 하고 있다. 처음 발표되던 당시의 「먼길」은 다음과 같다.

아기가 잠드는 걸 보고가려고
아빠는 머리맡에 앉어계시고.
아빠가 가시는걸 보고자려고
아기는 말똥말똥 잠을안자고.

"아가아가 울지안치 아빠가 가도"
등을톡톡 두들기며 물어보실 때,
고개를 끄덕끄덕 아가의눈에
눈물이 그렁그렁 고였습니다.

사뿐사뿐 걸어가는 하얀눈길에
끝없이 펼쳐지는 아빠발자욱
아기가 발자욱을 따라갈까봐
얼른지워 버립니다 눈이옵니다.

―「먼길」 전문[205]

해방 후 작품집에 수록된 「먼길」에 드러난 아기의 형상이 앞에서 살펴본 '조그만 아버지상'의 반복에 가깝다면, 태평양 전쟁 시기에 발표된 최초의 「먼길」은 2, 3연의 진술로 말미암아 전혀 다른 아이의 형상이 그려진 것을 볼 수 있다. 이 작품에는 길 떠나는 아버지를 배웅하는 아

---

[205] 『조광』, 1942. 7, 138쪽.

이의 모습이 「'집 보는 아기' 노래」나 「방패연」에 등장하는 아이의 모습과 달리 나약하고 여린 모습으로 등장하는 것을 볼 수 있다. 이 아이는 길 떠나는 아버지 대신에 집을 보는, 이른바 '조그만 아버지'가 되려는 욕망을 가진 아이가 아니라 길 떠나려는 아버지와의 이별을 두려워하는 어린 아기의 모습으로 그려지고 있다. 앞서 살펴본 시들에 나타나는 아이가 집에 남아 아버지 흉내를 내면서 놀거나, 길 떠나는 아버지를 염려하는 아이로 그려진다면 이 아이는 아버지와 분리되는 것을 불안해 하는 아이로 그려지고 있는 것이다. 아버지는 길을 떠났지만, 아이는 조그만 아버지가 되려는 욕망을 갖지 않으며, 대신 눈이 오는 길에 발자국을 내며 사라져 간 아버지 뒤를 따라가려는 욕망을 표출하고 있다. 그러나 아이가 가진 그 욕망은 사뿐사뿐 내리는 눈에 의해 좌절된다.

이 시에 등장하는 아버지는 앞서 살펴본 작품에서 드러난 '길 떠나는 아버지'의 형상을 그대로 반복하고 있지만, 길 떠나는 아버지를 바라보며 아이가 분리 불안을 표출하는 것은 어쩐 일인가? 이 시를 당시 시대상에 견주어 보면 그것은 일종의 출구가 없는 일제 말기를 감내해야 했던 시인의 무의식의 발현은 아닐까 생각한다. 이전 시기 윤석중의 작품에 등장하는 아버지는 비록 길을 떠나는 존재이긴 하지만 언젠가 돌아오리라는 희망을 안겨주던 존재였다. 그래서 아버지가 부재한 그 시간 동안 아이는 집을 보며 조그만 아버지로서 역할을 스스로 자임할 수 있었다. 그러나 이 시에 등장하는 아버지는 돌아올 기약 없이 '먼 길'을 떠나는 존재이다. 아버지는 눈이 쏟아지는 캄캄한 저 밤길로 총총 사라져 간다. 아이는 내심 그 아버지가 남긴 발자국을 따라 아버지 뒤를 따라가고 싶지만 이내 눈이 그 발자국을 지워버려 제 의지와 상관없이 '집을 보는 아이'로 홀로 남겨지는 신세가 된다. 길을 떠나는 아버지는 아이에게 "울지안치" 달래며 '조그만 아버지'로서의 역할을 감당할 것을 기대하고 떠나지만, 아이는 고개를 끄덕끄덕하면서도 눈에는 "눈물이 그렁그렁" 고인다. 이 시에 그려진 아이의 형상을 확대 해석해 본다면 그는 회복할 기미가 엿보이지 않는 일제 말기, 영영 사라져 버릴지도 모르는 아버지(조국)의 처지를 비관적으로 바라보고 있던 시인의 자화상으로 읽힐 여지가 있다. 아버지를 대신해 조그만 아버지가 되려 했던 아이의 욕망은 좌절되고(즉 부성콤플렉스는 소멸되고), 그 아이는 아버지와 이별을 슬퍼하는 작고 초라한 존재로 전락한다.

이런 견지에서 일제 말기에 나타나는 이 아이의 형상이 해방기에 발간된 『초생달』에 재수록 될 때, 조금 다른 형상으로 등장하는 것은 예사롭지 않다. 해방기에 개작의 형태로 수록되는 「먼길」에서는 2, 3연이 생략됨으로써 아버지와 이별하는 것을 불안해하고 슬퍼하는 아이의 모습이 표면적으로 드러나지 않는다. 즉 아버지와의 이별을 슬퍼하는 장면이 생략됨으로써, 이 시에 등장하는 아이는 먼 길을 떠나는 아버지를 배웅하려는 아이의 형상에 머물 뿐이다. "눈물이 그렁그렁"했던 아이는 다만 "말똥말똥"한 눈을 하고 먼 길을 떠나는 아버지를 배웅하려 하고 있다. 전술한 바와 같이 이런 아이의 형상은 앞서 살펴보았던 작품들에서 드러나는 '명랑한 아이'의 형상에 더 가깝다고 볼 수 있다.

새 나라의 어린이는
일찍 일어납니다.
잠꾸러기 없는 나라
우리 나라 좋은 나라.

새 나라의 어린이는
서로 서로 돕습니다.
욕심쟁이 없는 나라

우리 나라 좋은 나라.

—「새 나라의 어린이」 부분²⁰⁶

　해방 직후 씌어진 이 작품에는 좋은 나라를 염원하는 시적 화자의 마음이 잘 드러나 있다. 비유하자면 앞날을 예고할 수 없던 일제 말기에 먼 길을 떠났던 아버지(조국)가 돌아오자 아이는 그 나라를 구성하는 일원으로서 충실한 아들(소국민)이 되길 자처한다. 아버지 대신 '조그만 아버지'가 되려는 욕망을 품었던 아이는, '말씀과 법을 의미 있게 만드는 권위의 힘을 가진 존재'로서의 국가로 상징되는 아버지에 대해 강한 기대를 가지며, 자신 또한 그 아버지에게 헌신하는 아들이 되고자 한다. 그러나 아이가 기대고자 했던 그 아버지는 아이가 신뢰할 수 없는, 무능하고 무책임한 아버지로 곧 자기 정체를 드러낸다. 아버지는 자신의 권위를 발휘하기도 전에 분열(분단)하며, 폭력적인 아버지로 돌변(전쟁)해 오히려 아이(시인 자신)에게 '가족 살해'라는 끔직한 상흔을 안겨준다.[207] 그 상흔은 시인에게 강한 트라우마(trauma)로 작용하며, 이는 시인의 작품 속에 또 다른 양가감정을 불러일으키는 계기가 된다. 시인의 무의식 속에는 국가로 상징되는 무능하고 무책임한 아버지를 넘어서고 싶어 하는 욕망과 그 폭력적이고 권위적인 아버지에 순응하고 싶어 하는 두 개의 욕망이 교차한다.

엄마 앞에서 짝짜꿍
아빠 앞애서 짝짜꿍
엄마 한숨은 잠자고

---

206 『초생달』, 앞의 책, 20쪽.

207 9·28 수복 이후 윤석중 부친과 계모는 우익에 의해 살해되고, 이복 형제 둘은 의용군으로 나가 행방불명되거나 국군으로 징집되어 전사한다. 노경수, 앞의 논문, 110쪽.

아빠 주름살 펴져라

해님보면서 짝짜꿍
도리도리- 짝짜꿍
우리 엄마가 웃는다.
우리 아빠가 웃는다.

-「짝짜꿍」 전문[208]

「우리 애기 행진곡」이 보여주는 이런 변모는 전쟁 이후 변형된 부성 콤플렉스를 상징적으로 보여주는 보기다. 본래 우는 언니를 달래는 내용이 들어 있던 작품은 교과서에 수록이 되면서 2, 3연이 잘려나가게 된다.[209] 이렇게 2, 3연이 잘려나간 동요에서 역시 우리는 어른을 위무하려는 아이를 만날 수 있지만, 일하는 언니 이야기가 사라짐으로써 그 아기는 언니를 달래려던 '조그만 아버지'의 자리에서 내려와 단지 부모 앞에서 재롱을 피우는 보다 작은 역할에 만족하는 처지가 되고 만다. '명랑성'이라는 조건에서는 앞에 소개한 작품과 궤를 같이 하지만, 아버지를 대신한 조그만 아버지 되기의 차원으로 보자면 일종의 퇴행을 보여주고 있는 것이다. 그러나 이런 작품과 대척적인 자리에서 '조그만 아

---

208 문교부 편, 『음악·1』, 국정교과서주식회사, 1967, 6~7쪽.

209 「우리 애기 행진곡」이란 제목으로 《조선일보》(1929. 6. 8)에 발표되었던 작품은 『윤석중 동요집』 (1932)과 선집인 『윤석중 동요선』(1939)에서 「도리 도리 짝짜꿍」이란 제목으로 수록되었다가, 해방기에 출간된 『굴렁쇠』(1948)에서 제목이 「짝짜꿍」으로 바뀌게 된다. 이후 선집인 『윤석중 동요백곡집』(1953), 『한국아동문학전집·4: 윤석중 동요집』(1963), 『윤석중 문학전집·1: 봄 나들이』 (1988)에 묶일 때 계속 「짝짝(자)꿍」이란 제목으로 수록되었다. 특기할 것은 윤석중의 선집에 수록된 「짝짝꿍」은 제목에만 변화가 있었을 뿐, 내용상의 개작은 전혀 이루어지지 않았다는 점이다. 내용상 개작이 이루어진 것은 교과서에서였다. 이 작품은 1차 교육과정 시기인 1958년에 접어들면서 교과서 개편과 함께 「도리 도리 짝짜꿍」이란 제목으로 초등학교 1학년 음악 교과서에 처음 수록되었고, 이어 2차 교육과정 시기인 1967년에 「짝짜꿍」이란 제목으로 다시 교과서에 실리게 되는바, 이들 교과서에는 2, 3연이 생략된 채 실려 있는 것을 볼 수 있다. 음악교과서에 실리게 됨으로써 이 작품은 '가창'의 형태로 더욱 널리 불리게 되지만, 내용상 개작이 됨으로써 작품이 본디 품고 있던 '조그만 아버지상'의 의미는 훨씬 축소되고 퇴색되었다.

버지' 자리를 고수하려는 의도를 강하게 드러낸 작품도 있다.

우리가 자라면 새 나라 일군
손 잡고 나가자 조선의 별아.
오월은 푸르고나 우리들은 자란다.
오늘은 어린이날 우리들 세상.

―「어린이날 노래」 부분[210]

무궁무궁 무궁화, 무궁화는 우리 꽃.
피고지고 또 피어 무궁화라네.
너도 나도 모두 무궁화가 되어
지키자 내 땅, 빛내자 조국.

―「무궁화」 부분[211]

이런 윤석중 작품들은 어떤 '행사'를 기념하거나 어떤 선전을 목적으로 지어진 시들에 가깝긴 하지만, 분단 이후 많은 어린이들의 입에서 입으로 불린 노래라는 점에서 윤석중의 대표작이라 해도 손색이 없는 작품들이다. 이들 작품에 등장하는 "새 나라 일군" 또는 "피고 지고 또 피는 무궁화"로 표상되는 아이들은 모두 국가나 민족이라는 공적 가치를 실현하는 '조그만 아버지'로서의 면모를 강하게 표출하고 있다. 이것은 국가로 상징되는 강한 권위를 가진 아버지가 요구하는 충실한 아들의 모습일 뿐더러 다른 한편으로 그 강한 권위 뒤에 감추어진 무기력한 아버지의 모습을 대신하고자 하는 아이의 모습을 대변하고 있다. 그 속에는 시인의 무의식에서 발현된, 이른바 부정적 아버지상과 대립되는 '조

---

210 『굴렁쇠』, 수선사, 1948, 102쪽.
211 『윤석중 아동문학 독본』, 을유문화사, 1962, 73쪽.

그만 아버지'의 형상이 반복되고 있음을 볼 수있다. 이는 분단 이후 윤석중이 새롭게 가지게 된 면모라기보다 그가 일제시대부터 작품 속에 지니고 있던 부성콤플렉스의 재현이라 보는 것이 타당할 것이다.

윤석중의 작품은 현실과 유리된 세계를 그렸다거나, 그 현실과 무관한 순진무구한 동심을 그렸다고 인식되어 왔다. 그러나 부성콤플렉스의 발현이라는 측면에서 그의 작품을 살펴본다면, 그의 동요야말로 역설적으로 식민지 현실과 분단 현실에 가장 밀착해 있던 문학이 아닌가 생각한다. 아버지의 부재 혹은 부정적 아버지상에서 촉발된 부성콤플렉스는 그의 작품 초기부터 말년에 이르기까지 꾸준히 나타나는바, 그는 부재하는 아버지(잃어버린 국가) 혹은 분열된 아버지(완성되지 않은 국가)를 대신해 '조그만 아버지'가 되기를 열망하는 아이의 모습을 작품 속에 구현해 왔다. '조그만 아버지'는 사회와 국가, 민족이라는 공적 가치를 실현하는 존재로서 의의를 지닌다. 그는 가족을 건사하는 존재일 뿐만 아니라 한 사회, 더 나아가서는 국가와 민족의 장래를, 무능한 아버지 대신책임지는(져야 하는) 존재이다. 이를테면 '명랑하고 씩씩한 아이'상은 조그만 아버지가 자신에게 부과된 무거운 짐을 감당하기 위해 고안한 퍼소나(persona)라 할 수 있는바, 시대적 질곡에 의해 그것은 소멸되거나 때로는 변형을 겪기도 한다. 일제 말기에 드러나는 감상적인 아이의 면모나 분단 이후 드러나는 재롱떠는 아이의 면모는 이른바 '명랑하고 씩씩한' 아이의 굴절된 상이라 하겠다.

결론적으로 윤석중 작품에 드러나는 부성콤플렉스는 완성된 근대국가를 갈망하는 시적 자아의 표출과 밀접한 관련을 맺는다. 주권을 상실한 일제시대부터 분단 이후까지 가창의 형태로 사람들 입에 계속 오르내렸던 윤석중의 동요에는 온전한 국가를 갈망하는 시인의 부성콤플렉스가 중요한 동인으로 작용했다. 결국 부성콤플렉스는 윤석중 동요 속에 내재된 국민애창동요로서의 위상을 확보하는 기반이었던 것이다.

제4장

윤석중의 문학사적 위치

윤석중은 20년대 대두된 소년운동과 어린이문화운동의 출발점에서 자신의 문학적 출발을 시작한 시인이다. 이후 아동문학의 새로운 부흥기라 불리는 2000년대 초반까지 쉼 없이 아동문학의 한 길을 걸었다. 80년 넘게 지속된 그 발걸음은 우리 아동문학사에 중요한 발자취를 남겼으며, 그의 문학이 지니는 영향력은 그가 작고한 지금에도 여전히 건재하다고 할 수 있다. 그의 일생은 윤석중이란 한 개인의 일생만을 의미하는 것이 아니라 우리나라 동요 동시사의 궤적을 가늠하는 중대한 표상이라 할 만하다. 그러나 이런 중요성에 비추어 그의 문학에 대한 평가는 오해와 통념의 굴레를 벗어나지 못했다. 이 논문에서는 윤석중 문학의 의미를 새롭게 정립하기 위하여 그의 생애와 문학적 본령이라 할 동요를 중심으로 그의 문학 세계를 해명하려고 노력하였다.

윤석중은 국권이 상실된 식민지 시기 초입에 태어나 근대 아동문학이 태동하던 1920년대 초반부터 아동문학에 발을 들였다. 특히 그는 소년운동과 근대 아동문학운동의 발상지이자 그 중심지라 할 서울 태생인 까닭에, 어려서부터 그 운동을 주재한 인사들을 가까이서 보고 성장할 수 있었다. 윤석중은 방정환을 비롯한 색동회 동인들과 『어린이』를 발간하던 개벽사의 인사들과 어린 나이부터 친교를 맺었을 뿐 아니라 이광수, 심훈 같은 언론인, 작가들의 그늘에서 문학과 사회 현실에 눈을 떠갔다. 그의 아버지 윤덕병 또한 20년대 초반부터 대두한 사회주의 운동에 깊은 관심을 가지고 민족해방운동에 전념한 인물이었다는 점에서 그의 문학적 생애에 분명 직간접적인 영향을 끼쳤을 것으로 짐작된다.

기왕의 윤석중 평가에서는 부정적인 시각이든 긍정적인 시각이든 그의 작품은 공히 현실과 유리된 지점에서 발아했다는 점을 강조해 왔다. 그러나 윤석중 작품이 현실과의 교섭과 대응의 산물이라는 점을 잊어서는 안 된다. 한일합병 이듬해 태어나 일제 식민지의 삶을 살고, 이어 해방기와 한국전쟁을 겪었으며, 이후 남한의 굴곡진 현대사를 건너오기까지 윤석중의 삶과 문학은 당시 시대 상황과 부단한 상호작용을 해오지 않으면 안 되었음을 주목할 필요가 있다. 이런 의미에서 그의 문학을 단순한 동심주의로 해석하기보다 제2세 국민을 위한 국민시가(동요)의 측면에서 새롭게 해석할 여지가 있다.

윤석중은 다기한 장르와 다방면의 활동을 통하여 그의 문학적 생애를 영위했으나 그의 본령은 어디까지나 '가창'의 형식으로 불리는 동요에 그 핵심이 놓여 있다. 그런데 그의 동요는 우리 동요문학사에 있어 독특한 성격을 지니고 있어 주목된다.

윤석중은 1920년대 대두된 창작동요운동의 제1세대 수용자로서 문학 활동을 시작하지만, 그의 문학은 동시대 다른 동요시인들과 뚜렷하게 구별되는 점을 지니고 있었다. 그는 당시 유행하던 '한숨과 슬픔'의 경향을 위주로 하는 동요의 범람 속에 안주하지 않고 생기발랄한 동심상을 구현하는 데 앞장섰다. 그는 또한 동요가 가지는 정형화된 틀을 깨기 위해 과감한 형식적 실험을 시도하기도 했다. 또한 식민지 현실이라는 특수한 조건에서 배태된 사실성 위주, 소년 위주, 농촌 위주의 문학에서 벗어나 도시적 감각, 유년 지향, 공상성의 요소들에 주목함으로써 오히려 작품의 개성과 동요시인으로서의 입지를 확보한 시인이라 할 수 있다. 윤석중의 이런 문학적 노력에는 서울 출신이라는 그의 태생적 환경이 일정 부분 중요한 요인으로 작용했다고 판단된다. 그는 그 어떤 아동문학 작가보다 서울 중앙문단의 일급 문인들과 교유할 기회가 많았으며, 이는 그의 문학적 성장과 발전을 돕는 계기로 작용했을 공산이 크다. 그의 기질은 농촌을 배경으로 하는 전통 서정이나 낭만적 감상주의에 가까이 있기보다 도시를 배경으로 하는 근대 감각 혹은 모더니스트 기질에 더 근접해 있었다고 파악된다.

윤석중은 방정환 사후 『어린이』 편집에 적극 관여하게 되는데, 그가 계급주의 작가들과 첨예한 대립을 하면서 순수문학의 관점을 지켜 나갔다고 말하는 것은 당시 시대상황을 간과한 발언이다. 그는 1927년부터 대두하기 시작한 계급주의 문학운동에 깊이 관여하지 않았지만, 1930년을 전후로 식민지 조선의 현실을 예리하게 바라보는 위치에 있었으며, 그러한 그의 태도는 그의 초기 작품에 분명히 드러나고 있다. 그가 최초로 내게 되는 『윤석중 동요집』에는 일제의 검열에 의해 수록 예정이던 다섯 편이 삭제되었으며, 수록된 작품 일부에서도 역시 현실참여적인 경향이 농후한 모습이 드러난다. 윤석중은 기쁨사 동인으로 교유했던 신고송, 이원수, 승응순 등과 신흥아동예술연구회를 조직하려고 시도하기도 했는데 이들 동인들이 카프 소속 문인들이었거나 문학의 현실참여를 적극적으로 시도하던 작가들이었다는 점에서 주목을 요한다. 일제의 방해가 없었더라면 윤석중이 주도한 신흥아동예술연구회의 활동은 식민지 현실에 적극 대응하는 아동문학인의 단체로 그 활동의 보폭을 넓혀 갔을 것이라 짐작된다.

윤석중은 방정환 사후 『어린이』지 편집에 참여하며 성인문단과 아동문단 사이의 경계나 좌우파 작가들의 경계를 넘나들며 폭넓은 교유를 했다. 『윤석중 동요집』 발간 이후 윤석중은 갑갑한 동요의 틀을 벗고,

더욱 파격적인 형식의 동시를 지향하게 되는데, 새로운 시 형식에 대한 이런 관심은 당대 일급 문인들과의 교유를 통해 더욱 확대되었을 것으로 짐작된다. 윤석중이 개벽사가 문을 닫게 되어 조선중앙일보로 자리를 옮겼다가 일장기 말소 사건의 여파로 조선일보로 직장을 옮겨 잡지 『소년』을 편집하고, 해방을 맞이해 을유문화사를 발판으로 『소학생』을 꾸려가는 배경에는 그의 이러한 폭넓은 인적 교류가 중요한 동력으로 작용을 했다. 정부 수립 이후 문단 지형의 변화가 새롭게 조성되기 전까지 윤석중은 단순한 우파였다기보다 좌우를 넘나들며 우리 아동문학의 확장과 발전을 꾀한 문인이었다고 할 수 있다. 따라서 일제시대부터 해방기까지의 그의 문학적 행보를 단순히 현실 도피나 순수문학적 관점으로 보는 것은 재고해야 마땅하다.

그는 표면적으로 이념을 앞세우지는 않았지만, 어디까지나 내면 깊숙이 민족이 처한 현실을 고민하는 시인이었고, 이런 고민은 곧 어린이를 위한 아동문학 창작으로 연결되었다. 여기서 한 가지 짚고 넘어갈 것은 문학을 통해 민족 현실을 감당하려했던 윤석중의 배후에는 방정환으로부터 연원되는 어린이 애호 사상이 자리하고 있었다는 사실이다. 윤석중은 자타가 공인한 '방정환의 애제자'로서 일생을 마칠 때까지 자신의 스승이 미처 펼치지 못하고 간 어린이를 위한 문학과 문화운동에 심혈을 기울였다.

윤석중 작품에는 약자인 어린이의 처지에서 그들의 응어리진 마음을 풀어 주기 위해 씌어진 시들이 많으며, 분단의 이데올로기를 거부하고 겨레가 하나됨을 염원하는 마음을 읊은 시들도 여러 편이 있다. 이 역시 그가 방정환의 계승자임을 말해 주는 것인 동시에 내면 깊숙이 민족이 처한 현실을 끊임없이 고민했음을 보여주는 증거이다. 젖먹이 시절에 어머니를 여의고 외할머니 품에서 외롭게 성장했으며, 전쟁으로 인해 육친의 죽음을 겪고 수많은 동료 문인들이 생사를 알 수 없는 구렁텅이로 빠져 들어가는 슬픔을 견뎌야 했던 시인이고 보면 그의 그런 모습은 어쩌면 당연한 귀결이라 하겠다.

주지하다시피 윤석중은 삶의 진정성과 현실의 엄정함을 외면하고 표피적인 언어 재간에만 치중한 시인이라는 오해를 받아왔다. 그러나 그러한 언어 감각이 우리말에 대한 박해가 심하던 일제 강점기에 갈고 닦여진 것이란 점에서 그의 시 작업에 대한 새로운 인식이 필요하다. 또한 이것은 어디까지나 가창을 전제로 한 동요 형식에 대한 고민의 결과임을 새롭게 인식할 필요가 있다. 그의 동요에 드러나는 반복과 대구 형식, 대중성의 요소들 또한 그러한 동요적 특성과 밀접한 연관을 갖는다.

윤석중의 작품 가운데 성공한 시들에는 한결같이 하나의 이야기가 숨어 있는 것을 느낀다. 그런데 이 이야기는 핍진한 현실의 이야기를 다루고 있는 것에서부터 공상의 세계로 비약하는 것까지 그 진폭이 다양하다. 혹자는 윤석중 작품에 나타나는 그러한 공상성을 '초현실적'인 것이라 명명하여 폄하하기도 했는데, 이것은 윤석중의 작품이 지녔던 또 하나의 미덕을 외면한 태도에 지나지 않는 것이라 생각한다. 윤석중 문학에서 엿보이는 공상성은 한마디로 재미와 풍부한 시적 효과를 겨냥한 것으로 그 바탕에는 일종의 극적 요소가 내장되어 있음을 알 수 있다. 이는 우리 아동문학이 타기해야 할 유산이 아니라 적극 끌어안고 탐구해 가야 할 소중한 유산이라 생각한다.

윤석중은 평생을 골방에 앉아 고독하게 작품을 쓰다 간 사람이라기보다는 어린이 독자 대중과 호흡을 같이 하기 위해 노력한 시인이라 할 수 있다. 일제시대 그의 동요는 일본 창가에 대항하는 겨레의 노래로서 그 가치를 지니고 있었으며, 해방기와 6·25전쟁 이후에는 거칠어진 동심을 달래는 역할도 하였다. 그가 지은 노래의 7할 가까이는 곡이 붙여졌으며, 그렇게 곡이 붙여진 다수의 노래들은 어린이들의 입에서 입으로 불려졌다.

그러나 이와 같은 동요시인으로서의 면모가 모두 높은 성취를 이루었다고 말할 수는 없다. 무엇보다 그의 초기 작품에 엿보이던 발랄한 아동상과 동요 형식에 대한 개척 의지가 후기로 갈수록 퇴색되고 약화된 것은 아쉬운 대목이라 할 수 있다. 그는 50년대 이후에도 이솝 우화를 시화하거나 민요를 동요화하는 등 새로운 작업을 꾸준히 시도하긴 하였으나, 초기 작품에서 엿보인 참신함을 능가할 만한 면모를 보여주진 못했다. 그는 후기로 갈수록 새로운 동요 형식을 모색하기보다 정형화된 동요의 틀을 고수하게 되며, 내용상으로도 현실 긍정이나 순응하는 동심상을 반복하는 한계를 낳기도 한다. 무엇보다 60년대 초반 새롭게 대두된 본격 동시운동의 논리에 대응하는 동요의 자질을 새롭게 모색하지 못한 것은 윤석중 동요가 갖는 한계라 하겠다. 70년대 이후로도 윤석중은 동요 동시집을 발간하고, 동화 창작을 하는 등 새로운 모색을 계속 시도하긴 하지만, 일제시대나 해방기, 60년대 초반에 보여준 성취를 능가하는 새로운 모습을 보여주지는 못하였다. 이것은 문학 이외의 활동으로 자신의 활동 범위를 확대해 나간 것도 하나의 원인이겠지만, 무엇보다 시인이 자신의 문학적 명성에 안이하게 편승한 결과가 아닌가 생각한다.

그러나 이러한 한계에도 불구하고 20년대 초반 대두된 창작동요의 물꼬를 새로운 방향으로 틀고, 그것을 60년대 초반까지 줄기차게 이끌어간 시인이라는 점에서 윤석중의 문학사적인 위치는 확연하다. 특히 그가 표방한 명랑성, 공상성, 유년 지향, 도시적 감각은 새로운 세기를 맞이한 우리 아동문학이 아직도 심도 있게 탐색하지 못한 영역이라는 점에서 중요한 의미를 내포하고 있다. 윤석중은 이런 의미에서 과거의 시인이 아니라 아직도 미래에 살고 있는 시인이라 할 수 있다. 그가 보여준 긍정적 성과들을 계승하고 또한 그가 남긴 한계들을 극복하는 것이 우리 아동문학이 넘어야 할 과제다.

제5장
결론

윤석중은 1920년대 초반 태동된 근대 아동문학 초창기에 작품 활동을 시작하여 2003년 작고할 때까지 90평생을 아동문학 활동에 매진했다. 그가 평생 동안 추구해 온 문학 세계는 우리 아동문학사에 중요한 발자취를 남겼다. 필자는 이 논문에서 그동안 제대로 알려지지 않았던 부분들을 보완하여 윤석중의 생애를 재구성하고자 하였으며, 윤석중의 문학을 동심주의라는 단일한 프레임으로 보려 했던 기존의 통념을 보정하고자 하였다. 또한 윤석중의 내면의식을 바탕으로 그의 문학 속에 내재된 국민시가적 요소를 새롭게 조명하고자 하였다.

첫째, 이 논문에서는 그동안 알려져 있지 않았던 부분들을 보완하여 윤석중의 생애를 재구하였다. 생애 부분에서 가장 먼저 살펴본 것은 윤석중의 아버지 윤덕병의 행적이다. 윤덕병은 1920년대 초반부터 사회주의 운동의 일선에서 맹활약을 한 인물로서 윤석중의 문학적 생애에 깊은 영향을 준 인물로 주목할 만하다. 윤석중은 소년운동의 발상지이자 그 중심지라 할 서울 태생인 까닭에, 어려서부터 그 운동을 주재한 인사들을 가까이서 보고 성장할 수 있었다. 본고에서는 심훈, 이광수, 방정환 등 윤석중 문학 출발기에 영향을 끼친 인물들과 윤석중의 관계를 살펴보았다. 또한 1920년대 중반부터의 '기쁨사' 활동과 광주학생운동 여파로 양정고보을 자퇴하며 발표한 「자퇴생의 수기」를 통해 거기에 나타난 그의 학창시절 면모를 밝혔다. 윤석중이 계급주의문학에 맞서 순수문학을 지켜 나가려 했다는 것이 일부에서 아직도 하나의 통설처럼 여겨지고 있는 실정이다. 이것이 당시 상황을 간과한 발언이라는 사실을 1930년대 초반 그가 조직하려한 '신흥아동예술연구회' 자료와 문단 인맥, 그리고 해방기 '조선아동문화협회' 활동을 통해 반박하고자 하였다. 또한 그동안 알려져 있지 않았던 일제 말기 윤석중의 행적을 살핌과 동시에 해방기에 남한 정부 수립 이후 재편되는 문단의 구도 속에서 그가 남한 아동문단의 주류로서 부상하게 되는 과정을 살펴보았다. 이어 6·25전쟁 당시 윤석중의 행적과 전쟁 이후 그가 펼쳐나간 새싹회 사업 활동과 그 의미를 짚어보고, 마지막으로 70년대 이후 그가 시도한 회고록 작성과 동화 창작, 그리고 그의 문학적 결산이라 할 『윤석중전집』이 갖는 의미를 밝혀 보았다.

다음으로 동요는 가창을 전제로 하는 장르라는 관점 아래 윤석중이 표방한 동요시인으로서 면모와 성과들을 살펴보았다. 윤석중은 신문과 잡지는 물론 동요곡집, 음반과 방송, 교과서 등을 통하여 동요를 대중들에게 널리 알렸다. 지금의 동시가 단지 인쇄 매체를 통한 '눈으로 읽는 문학'에 국한된다면 그의 작품은 다양한 매체를 통하여 '가창'의 형태로 독자에게 전달되었다. 이를 통해 윤석중은 대중적으로 널리 알려진 동요시인이 될 수 있었다. 이 과정에서 그가 보여준 시적 노력들은 특기할 만하다. 그는 1920년대 유행하던 7·5조의 정형률을 깨고 새로운 리듬 감각과 시형을 보여주었으며, 이러한 노력은 동화시 형식의 개척이나 번역시에 대한 관심으로 확대되었다. 그는 우리말과 호흡을 다루는 천부적 기술이 있었으며, 그는 이를 통하여 우리 '동요'의 수준을 한 단계 높인 시인이라 할 수 있다.

윤석중에 대한 긍정이든 부정이든 그의 동심주의에 대한 대부분의 논의들은 그가 현실과 유리된 세계를 그려온 것을 강조하는 데 그쳤다. 그러나 이 글에서는 오히려 윤석중이 이전에는 깊이 탐색되지 못했던 아동상을 새롭게 구현했다는 관점에서 그의 동심주의에 접근하려 하였다. 이런 관점에서 윤석중은 우리 아동문학이 간과했거나 간과하고 있는 어린이—명랑한 어린이, 공상하는 어린이, 유년의 어린이, 도시의 어린이—상을 발견하고 그것을 작품 속에 끊임없이 구현하고자 한 시인으로 새롭게 자리매김하였다. 윤석중 문학에 드러나는 명랑한 아동상은 식민지 아동 현실을 다만 감상성으로 치장하려던 관습과 아동을 실체로 파악하지 않고 개념으로만 인식하려던 풍토에 대한 문제 제기의 성격을 지닌다. 윤석중은 또한 초기 동요에서부터 아이들의 일상을 있는 그대로 다루기보다 자유분방한 공상성을 시도했다. 이는 감상성에 안주해 있었거나 전통적인 정서를 답습하려는 경향 혹은 현실성의 구현을 작품의 척도로 삼았던 우리 아동문단 풍토와 뚜렷하게 구별되는 지점이다. 윤석중 문학이 지니는 또 하나의 특질은 유년 지향적 요소다. 우리 아동문학은 그 사회적 여건상 유년기 아동의 문학적 욕구를 충분히 수용하지 못한 측면이 있음에 비추어 볼 때 그의 작품에 드러나는 유년 지향적 요소는 새삼 각별한 의미를 지닌다. 윤석중은 서울 토박이로 태어나 도시적 감각 속에 성장한 '도회의 아들'이었다. 그는 식민지 근대일망정 그 초입에 태어나 근대 도시로 탈바꿈하는 서울을 온몸으로 체험한 인물이다. 따라서 그에게는 농촌이나 지방 도시 출신 아동문인들이 따를 수 없는 도시적 감각을 가지고 있었다고 판단된다.

끝으로 '국민애창동요'로서 윤석중 동요가 갖는 심층적 의미를 탐색해 보려 하였다. 한일병합이라는 특수한 역사의 시기에 태어나 우국적 인사들 틈에서 나고 자라며 민족의식을 키웠던 윤석중의 내면에는 온전한 아버지(완성된 국가)를 갈망하는 부성콤플렉스가 작동하고 있었다.

부성콤플렉스는 '부재하는 아버지'를 대신하려는 시인의 무의식의 발로라 할 수 있는바, 그의 작품 초기에 나타나는 현실 지향이나 저항성은 그것에 연유하며 명랑한 어린이상 또한 일정 부분 그것에 연유한다고 볼 수 있다. 분단 이후에 나타나는 교훈주의 또한 결국 그러한 요소와 밀접한 관련을 맺는다. 즉 그는 근대 국가 완성에 대한 열망을 동요라는 형식으로 표출한 국민시인이라 할 수 있다.

본고는 윤석중의 삶과 문학 전반을 다루느라고 각 시기별·작품집별 성과와 한계를 구체적인 방법론에 입각해 깊이 있게 다루지는 못하였다. 기존의 연구 성과를 단서로 삼아 우리 아동문학의 흐름을 염두에 두면서 종합적인 작가론을 시도한 만큼, 여기에 기초하여 다시 사안별로 꼼꼼한 연구를 진행해 나가야 할 것이다. 이와 관련하여 남는 문제들은 다음과 같다. 첫째, 윤석중 작품이 안고 있는 특질과 개성을 작품의 내재적 분석을 통해 좀더 부각시켜야 한다는 점이다. 둘째, 이를 바탕으로 동시대 작가들과의 비교를 통해 윤석중 작품이 가지고 있는 아동문학사적 위치를 더욱 분명히 자리매김해야 한다는 점이다. 특히 선배 세대라 할 수 있는 윤극영, 정지용, 한정동, 김태오, 정열모 등 동요시인들과 유년문학의 관점에서 동시대 작품 활동을 시작한 윤복진, 신고송, 이원수와의 비교는 물론 30년대의 박목월, 강소천, 해방기의 권태응, 그리고 분단 이후 그와 문학적 계보를 형성하며 영향을 주고받은 시인들과의 비교 검토가 필요하다. 셋째, 윤석중이 흠모하며 본받으려 했던 정지용과의 관계를 좀더 추적할 필요가 있으며, 일본 동요시인들 가운데 도시적 감각에 입각해 작품 활동을 했던 사이조 야소와의 영향 관계를 좀더 살펴볼 필요가 있다. 넷째, 윤석중의 작품은 대개 작곡을 동반하여 노래로 불리게 된 만큼 그의 동요 속에 내재된 노래성과 곡이 가지고 있는 음악적 요소와의 관계를 면밀히 탐색할 필요가 있다. 다섯째, 윤석중은 습작 시절 동인지 『꽃밭』, 『기쁨』을 비롯하여 『어린이』, 『소년중앙』,

『소년조선일보』,『소년』,『주간소학생』,『소학생』,『새싹문학』에 이르기까지 아동문학 잡지 편집자로서의 중요한 역할을 했다. 그가 주관한 이들 지면들을 아동문학사적인 관점에서 좀더 자세히 살필 필요가 있다. 마지막으로 작가의 전기적 고찰에서 그의 가계사와 성장 과정을 살피는 데 꼭 필요한 족보, 호적, 학적부를 입수하지 못했다. 자료의 미비로 채 언급하지 못한 그의 생애를 보완하는 일이 앞으로의 과제다.

참고문헌

1. 자료

《동아일보》《조선일보》《중외일보》《매일신보》《조선중앙일보》《경향신문》
『어린이』『신소년』『아이생활』『개벽』『학생』『동광』『신여성』『별건곤』『신가정』
『삼천리』『동화』『조광』『유년』『소년』『신시대』『半島の光』『자유신문』『서울신
문』『현대일보』『주간소학생』『새동무』『문학』『소학생』『아동문화』『어린이나
라』『소년』『새살림』『사상계』『새싹문학』
『왜정시대 인물 사료』, 한국학중앙연구원 홈페이지 〈한국역대인물종합시스템〉자
료

『윤석중 동요집』, 신구서림, 1932.
『잃어버린 댕기』, 계수나무회, 1933.
『윤석중 동요선』, 박문서관, 1939.
『어깨동무』, 박문서관, 1940.
(번역서)『내가 사랑하는 생활』, 石川武美 저, 주부지우사, 1941.
『초생달』, 박문출판사, 1946.
『굴렁쇠』, 수선사, 1948.
『아침까치』, 산아방, 1950.
윤석중 편, 『내가 겪은 이번 전쟁』, 박문서관, 1952.
『윤석중 동요 백곡집』, 학문사, 1954.
『노래동산』, 학문사 , 1956. 동요집,
『사자와 쥐』, 학급문고간행회, 1956.
『새싹 노래선물』, 새싹회, 1957.
『어린이를 위한 윤석중 시집』, 학급문고간행회, 1960.

『엄마손』, 학급문고간행회, 1960.

『우리민요 시화곡집』, 학급문고간행회, 1961.

(공저)『아동문학의 지도와 감상』, 대한교육연합회, 1961.

피천득 편, 『윤석중 아동문학독본』, 을유문화사, 1962.

『윤석중 동요집』, 민중서관, 1963.

『해바라기 꽃시계』, 계몽사, 1966.

『바람과 연』, 배영사, 1966.

『카네이션은 엄마꽃』, 교학사, 1967.

『작은 일군』, 교학사, 1967.

『꽃길』, 배영사, 1968.

『이웃사촌』, 휘문출판사, 1968.

『세계명작동요동시집』, 계몽사, 1970.

『윤석중 동산』, 계몽사, 1971.

『세계어린이노래 예순곡집』, 교학사, 1971.

『동요 따라 동시 따라』, 창조사, 1971.

『마음의 등불』, 정음사, 1971.

『열손가락 이야기』, 새싹회출판부, 1977.

『윤석중 동요 525곡집』, 세광출판사, 1979.

『엄마하고 나하고』, 서문당, 1979.

『어깨동무 쌍둥이』, 예림당, 1980.

『노래가 하나 가득』, 일지사, 1981.

『달항아리』, 동화출판공사, 1981.

『사람나라 짐승나라』, 일지사, 1982.

『멍청이 명철이』, 가톨릭출판사, 1982.

『날아라 새들아』, 창작과 비평사, 1983.

『어린이와 한 평생』, 범양사 출판부, 1985.

『열두 대문』, 웅진출판사, 1985.

『아기꿈』, 대교문화, 1987.

『새싹의 벗 윤석중 전집』(전 30권), 웅진출판사. 1988.

『여든 살 먹은 아이』, 웅진출판사, 1990.

「한국동요문학소사」, 『예술논문집』 29집, 대한민국예술원, 1990.

『그 얼마나 고마우냐』, 웅진출판사, 1995.

『반갑구나 반가워』, 웅진출판사, 1995.

『깊은 산 속 옹달샘 누가 와서 먹나요』, 예림당, 1999.

2. 국내 논저

1) 단행본

강만길 · 성대경 편, 『한국 사회주의운동 인명사전』, 창작과비평사, 1996.

강진호 외, 『국어 교과서와 국가 이데올르기』, 글누림, 2007.

겨레아동문학연구회 편, 『겨레아동문학선집 · 9~10권』, 보리, 1999.

고　은, 『1950년대』, 청하, 1989.

김근수 편, 『한국 잡지 개관 및 호별 목차집』, 한국학연구소, 1973.

김동인 외, 『한국문단이면사』, 깊은샘, 1983.

김병익, 『한국문단사』, 문학과지성사, 2001.

김봉희 편, 『신고송문학전집』(전 2권), 소명출판, 2008.

김상욱, 『어린이문학의 재발견』, 창비, 2006.

김수경, 『노랫말의 힘, 추억과 상투성의 변주』, 책세상, 2005.

김수현 · 이수정 편, 『한국근대음악기사자료집 · 잡지편 권 9(1941~1945)』, 민속
　　　원, 2008.

김승환, 『해방공간의 현실주의문학 연구』, 일지사, 1991.

김용직, 『한국시와 시단의 형성전개사』, 푸른사상, 2009.

김윤식, 『해방공간의 문학사론』, 서울대학교출판부, 1989.

김윤환, 『한국노동운동사 · 1』, 일조각, 1990.

김이구, 『어린이문학을 보는 시각』, 창비, 2005.

김자연, 『아동문학 이해와 창작의 실제』, 청동거울, 2003.

김정의, 『한국소년운동사』, 민족문화사, 1992.

김종헌, 『동심의 발견과 해방기 동시문학』, 청동거울, 2008.

김준오, 『시론』, 삼지원, 1982.

김종훈, 『어린이말 연구』, 개문사, 1975.

김진균 · 정근식 편, 『근대주체와 식민지 규율권력』, 문학과학사, 1997.

나태주, 『국민학교 시문학 교육』, 대교출판사, 1994.

노경수, 『동심의 근원을 찾아서: 윤석중 연구』, 청어람, 2010.

류광렬, 『기자반세기』, 서문당, 1969.

류덕희 · 고성휘, 『한국동요발달사』, 한성음악출판사, 1996.

몽양여운형선생기념사업회 편, 『몽양학술심포지엄기념자료집―여운형을 말한
다』, 아름다운책, 2007.

문학과비평연구회, 『한국문학권력의 계보』, 한국출판마케팅연구소, 2004.

박경수, 『한국근대민요시연구』, 한국문화사, 1998.

박동혁, 『막사이사이상의 수상자들의 외길 한평생』, 장학사, 1981.

박목월, 『동시교실』, 아데나사, 1957.

_____, 『동시의 세계』, 배영사, 1963.

박민수, 『아동문학의 시학』, 양서원, 1993.

박숙자, 『한국 문학과 개인성』, 소명출판, 2008.

박용철, 『박용철시집』, 동광당서점, 1939.

박찬승, 『한국 근대 정치사상사 연구』, 역사비평사, 1997.

박화성, 『박화성 문학전집 14 · 눈보라의 운하』, 푸른사상, 2004.

박헌호, 『작가의 탄생과 근대문학의 재생산 제도』, 소명출판, 2008.

백창우, 『노래야 너도 잠을 깨렴』, 보리, 2003.

상허학회 편, 『반공주의와 한국문학』, 깊은샘, 2005.

서준섭, 『한국모더니즘 문학 연구』, 일지사, 1988.

소래섭, 『불온한 경성은 명랑하라』, 웅진지식하우스, 2011.

송 영, 『해방 전의 조선 아동문학』, 평양 교육도서출판사, 1956.

신형기, 『해방직후의 문학운동론』, 화다, 1988.

심 훈, 『심훈 문학전집』(전 3권), 탐구당, 1966.

오영식 편, 『해방기 간행도서 총목록, 1945~1950』, 소명출판, 2009.

오현주, 『해방기의 시문학』, 열사람, 1988.

우용제 외, 『근대한국초등교육연구』, 교육과학사, 1998.

원종찬, 『아동문학과 비평정신』, 창작과비평사, 2001.

_____, 『동화와 어린이』, 창비, 2004.

_____, 『한국 아동문학의 쟁점』, 창비, 2010.

유경환, 『한국현대동시론』, 배영사, 1979.

유종호, 『시란 무엇인가』, 민음사, 1995.

윤영천, 『한국의 유민시』, 실천문학사, 1987.

이병담, 『한국 근대 아동의 탄생』, 제인앤시, 2007.

이상금, 『한국근대유치원교육사』, 이화여자대학교 출판부, 1987.

이상금 · 장영희, 『유아문학론』, 교문사, 1986.

이상현, 『아동문학강의』, 일지사, 1987.

이성욱, 『한국 근대문학과 도시문화』, 문학과학사, 2004.

이승하 외, 『한국 현대시문학사』, 소명출판, 2005.

이오덕, 『글짓기 교육의 이론과 실제』, 아인각, 1965.

_____, 『시정신과 유희정신』, 창작과 비평사, 1977.

_____, 『농사꾼 아이들의 노래』, 한길사, 2001.

이유선, 『한국양악백년사』, 음악출판사, 1985.

이원수, 『이원수문학전집 28권 · 아동문학입문』, 웅진출판사, 1984.

이원수 탄생 백주년 기념논문집 준비위원회 편, 『이원수와 아동문학』, 창비, 2010.

이재복, 『우리 동요 동시 이야기』, 우리교육, 2004.

이재철, 『아동문학개론』, 문운당, 1967.

_____, 『한국현대아동문학사』, 일지사, 1978.

이재화, 『한국근대민족해방운동사 · Ⅰ』, 백산서당, 1986.

이진원, 『한국영화음악사연구』, 민속원. 2007.

이향지 편, 『윤극영 전집』(전 2권), 현대문학, 2004.

이현주, 『한국사회주의세력의 형성: 1919~1923』, 일조각, 2003.

임경석, 『1920년대 한국사회주의 운동연구』, 선인, 2006.

을유문화사 편집부 편, 『을유문화사 50년사』, 을유문화사, 1997.

정진숙, 『출판인 정진숙』, 을유문화사, 2007.

정인섭, 『색동회 운동사』, 보진재, 1981.

조은숙, 『한국아동문학의 형성』, 소명출판, 2009.

조진기, 『일제 말기 국책과 체제 순응의 문학』, 소명출판, 2010.

진실화해위원회 편, 『2008년 하반기 조사보고서 · 2권』, 진실 · 화해를 위한 과거
　　　　사정리위원회, 2009.

최덕교, 『한국잡지백년』(전3권), 현암사. 2004.

최지훈, 『동시란 무엇인가』, 민음사, 1992.

최원식, 『한국근대문학을 찾아서』, 인하대 출판부, 1999.

＿＿＿, 『문학의 귀환』, 창작과비평사, 2001.

친일인명사전편찬위원회, 『친일인명사전』(전3권), 민족문제연구소, 2009.

한계전 외, 『한국 현대시론사 연구』, 문학과지성사, 1998.

한수영, 『운율의 탄생』, 아카넷, 2008.

한용희, 『한국동요음악사』, 세광음악출판사, 1989.

＿＿＿, 『창작동요 80년』, 한국음악교육연구회. 2004.

황문평, 『한국대중연예사』, 부루칸모로, 1989.

2) 논문

강승숙, 「동심천사주의의 뿌리—윤석중과 강소천의 문학」, 『아동문학이해와 감
　　　　상』, 겨레아동문학연구회, 1996.

강정규, 신간평 「쓸쓸하고 눈물 나는 스물 네 폭, 그 찰나의 봄꿈; 윤석중.김용철
　　　　『낮에 나온 반달』」, 『창비어린이』 제7호, 2004.

김보람, 「윤석중과 이원수 동시의 대비적 연구」, 제주대 교육대학원, 2002.

김성연, 「이광수의 아동문학 연구」, 『동화와 번역』 제8집, 2004.

김수경, 「근대 창작 동요의 수용과 동심의 재구성」, 『청람어문교육』 제40집.
　　　　2009.

김수라, 「윤석중 문학 연구」, 교원대 교육대학원 석사논문, 2005.

김순아, 「윤석중 동시 연구」, 전남대 대학원 석사논문, 2005.

김윤희, 「한국 근대 유년 동요 · 동시 연구」, 춘천교대 대학원 석사논문, 2012.

김용희, 「윤석중 동요 연구의 두 가지 과제」, 『한국아동문학연구』 제10호, 2004.

김종헌, 「해방기 윤석중 동시 연구」, 『우리 말글』 제28호, 2003.

＿＿＿, 「해방기 동시의 담론 연구」, 대구대 대학원 박사논문, 2005.

＿＿＿, 「윤석중의 당위적 아동」, 『아동문학의 이해와 독서의 실제』, 민속원.

김찬곤, 「동요를 동시의 눈으로 봤을 때」, 『동시마중』, 2010년 7·8월호.

김지예, 「윤석중 동시 연구」, 중앙대 대학원 석사논문, 2004.

노경수, 「윤석중 연구」, 단국대 대학원 박사논문, 2008.

노원호, 「윤석중 연구」, 한국외국어대 교육대학원 석사논문, 1991.

＿＿＿, 「윤석중론: 명쾌한 동심의식과 시적 정서」, 『한국아동문학 작가 작품론·전편』, 서문당, 1991.

＿＿＿, 「동심의식과 시적 변용: 윤석중 동요·동시의 발전과정을 중심으로」, 『한국아동문학연구』 제2호, 1992.

＿＿＿, 「윤석중은 과연 초현실적 낙천주의 시인인가?」, 『한국아동문학연구』 제10호, 2004.

라정미, 「윤석중 동시 연구」, 명지대 대학원 석사논문, 2004.

문선희, 「윤석중 동요 동시 연구」, 경희대 교육대학원 석사논문, 1997.

박경수, 「한국 근대 민요시 연구」, 부산대 대학원 박사논문, 1989.

박경용, 「윤석중론」, 『아동문학』 13집, 배영사, 1966. 5.

박두진, 신간평 「『꽃길』 윤석중 저 서평」, 『월간문학』, 1969. 5.

박세영, 「조선아동문학의 현상과 금후방향」, 『건설기의 조선문학』, 조선문학가동맹, 1946. 6.

박지영, 「1920년대 근대 창작동요의 발흥과 정착과정」, 『상허학보』 18집, 2006.

선안나, 「1950년대 동화·아동소설 연구—반공주의를 중심으로」, 성신여대 대학원 박사논문, 2006.

신지식, 신간평 「『열두 달 이야기』」, 『새싹문학』 9호, 1979. 8.

신현득, 「한국동요문학의 연구」, 단국대 대학원 석사논문, 1982.

＿＿＿, 신간평 「노익장의 숙연한 감동, 윤석중 동요집 『반갑구나 반가워』」, 『아동문학평론』 제21권 1호, 1996.

＿＿＿, 「한국 동시사 연구」, 단국대 대학원 박사논문, 2002.

_____, 「윤석중의 삶과 문학」, 『문학사상』 459호. 2011.

안지아, 「윤석중 동시 연구」, 서울여대 대학원 석사논문, 1995.

염희경, 「윤석중, 전래동요의 해학성을 잇는 세계」, 『한국예술총집 · 문학편 5』, 대한민국예술원, 2002.

_____, 「소파 방정환 연구」, 인하대 대학원 박사논문, 2007.

유경환, 「윤석중론: 정형율 동요에 심은 인본주의」, 『한국예술총집 · 문학편 4』, 대한민국예술원, 1997.

_____, 「한평생 언어로 보석을 만든 시인」, 『한국아동문학』 21호, 2004.

_____, 「우리 동요의 큰 나무」, 『창비어린이』 제4호. 2004.

윤동재, 「윤석중 동요 · 동시의 특징과 의의는 무엇인가」, 『한국아동문학연구』 제10호. 2004.

윤복진, 「석중과 목월과 나」, 『시문학』, 1950. 5.

윤석중 · 원종찬 대담, 「한국아동문학사의 숨은 이야기를 찾아서」, 『아침햇살』 14호, 1998. 7.

원종찬, 「윤석중과 이원수―아동문학의 모더니즘과 리얼리즘」, 『한국아동청소년문학학회 2100년 여름 학술 대회 자료집』, 한국아동청소년문학학회, 2011.

_____, 「일제 시대 동요 · 동시론」, 『한국아동문학연구』, 한국아동문학학회, 2011

이정석, 「윤석중 동요 동시의 해학성 탐구」, 『아동문학평론』 제29권 1호, 2004.

이재철, 「윤석중의 문학」, 『월간문학』, 1971.8.

_____, 「윤석중론」, 『한국아동문학작가론』, 개문사, 1983.

_____, 「윤석중론」, 『아동문학평론』 제8권 2호, 1983.

_____, 「한국아동문학가연구 · 2」, 단국대 『국어학논집』 제11집, 1983.

_____, 「윤석중과 강소천의 동시」, 『한국현대시인연구』, 일지사, 1983.

_____, 신간평 「동심으로 발견한 세상의 아름다움: 『그 얼마나 고마우냐』」, 『아동문학평론』 제19권 2호, 1994.

_____, 「마해송 문학상과 윤석중 문학상의 탄생」, 『아동문학평론』 제30권 2호. 2005.

임경석, 「1922년 상반기 재서울 사회단체들의 분규와 그 성격」, 『성대사림』 25권, 2006.

임성규, 「해방 직후 윤석중 동요의 현실 대응과 작품 세계」, 『아동청소년문학연구』 제2호, 2008.

임영주, 「윤석중 동요 동시 연구」, 경원대 대학원 석사논문, 1992.

임정희, 「윤석중 동시 연구」, 상지대 대학원 석사논문, 2006.

임지연, 「윤석중 아동극 연구」, 인하대 대학원 석사논문, 2010.

장기람, 「윤석중 동시 연구」, 경산대 대학원 석사논문, 1999.

전상숙, 「사회주의 수용양태를 통해본 일제시기 사회주의 운동의 재고찰」, 『동양정치사상사』 제4권 1호, 2005.

진선희, 「석동 윤석중의 동시 연구: 슬픈 웃음과 낙천적 전망」, 한국교원대 『한국어문교육』 15집, 2006.

차보현, 「한국 동요·동시에 대한 일연구: 1945년 이전을 중심으로 」, 건국대 대학원 석사논문, 1969.

최명숙, 「윤석중 동요 연구」, 동덕여대 대학원 석사논문, 1992.

한석윤, 「윤석중 선생을 추모하며」, 『아동문학평론』 제29권 1호, 2004.

허지연, 「'이화'가 만든 '고급' 창가집—『유희창가집』을 통해선 본 식민지 경성의 단면」, 『음악학』 12호, 2011.

3. 국외 논저

노구치 우조오(野口雨情), 『童謠十講』, 金の星出版部, 1923.

뤼스 아모시 · 안 에르슈베르 피에로, 조성애 역, 『상투어』, 동문선, 2001.

박찬호, 안동림 역, 『한국가요사』, 현암사, 1992.

앙리 베르그손, 김진성 역, 『웃음』, 종로서적, 1983.

오오타케 키요미(大竹聖美), 『근대 한·일 아동문화와 문학 관계사』, 청운, 2005.

요꼬스까 카오루(橫須賀薰), 「童心主義と兒童文學」, 박숙경 역, 「동심주의와 아동문학」, 《창비어린이》, 2004년 가을호.

우에노 료, 햇살과 나무꾼 역, 『현대 어린이문학』, 사계절, 2003.

J. 호이징하, 김윤수 역, 『호모 루덴스』, 까치, 1981.

R. L. Brett, 심명호 역, 『공상과 상상력』, 서울대학교 출판부, 1979.

코르네이 추콥스키, 홍한별 역, 『두 살에서 다섯 살까지』, 양철북, 2006.

페리 노들먼, 김서정 역, 『어린이 문학의 즐거움』(전 2권), 시공주니어, 2001.

혼다 마스코(本田和子), 구수진 역, 『20세기는 어린이를 어떻게 보았는가』, 한림
    토이북, 2002.

1. 윤석중 생애 연보

<u>1911년</u> 5월 25일 서울 중구 수표정 13번지에서 파평 윤씨인 아버지 윤덕병과 풍양 조씨인 어머니 조덕희 사이에서 태어남.

<u>1913년</u> 어머니 조덕희가 병으로 돌아감. 수은동 외가에서 외조모의 손에서 자라게 됨.

<u>1919년</u> 아버지 윤덕병이 재혼함.

<u>1920년</u> 누나 윤수명 사망.

<u>1921년</u> 서울 교동공립보통학교에 입학.

<u>1923년</u> 심재영, 설정식과 함께 독서회 '꽃밭사'를 조직함.

<u>1924년</u> 진주 소용수, 합천 이성홍, 마산 이원수, 울산 서덕출, 언양 신고송, 수원 최순애, 대구 윤복진, 원산 이정구, 안변 서이복, 안주의 최경화 등과 자발적인 소년문예단체 '기쁨사'를 창립함. 이후 등사판 잡지 『기쁨』과 회람잡지 『굴렁쇠』를 내며 기쁨사 모임을 이끌어감. 『신소년』에 동요 「봄」 입선.

<u>1925년</u> 두 차례 월반하여 교동보통학교를 4년 만에 졸업하고, 사립 양정고등보통학교에 입학. 박대성, 박홍제, 이기용, 김두형 등과 서울무산소년회 발기에 참여함. 『어린이』에 동요 「오뚜기」 입선, 동극 「올빼미의 눈」이 《동아일보》 1회 신춘문예에 '선외가작'으로 뽑힘. 1925년 11월 『어린이』 부록 '어린이 세상' 꼭지(4면)를 맡아 손수 꾸밈. '개벽사' 편집실을 드나들며, 방정환은 물론 김기전, 차상찬, 이정호, 손정엽 등과 친분을 쌓음. 이해 11월 아버지 윤덕병이 조선공산당 결성에 참여했다는 죄목으로 일경에 검거 투옥됨.

<u>1926년</u> 조선물산장려회가 모집한 '조선물산장려가'에 1등으로 뽑힘. 이 노래가

김영환 작곡으로 대중에게 알려지면서 윤석중이라는 이름을 널리 알리게 되었음. 1926년 『어린이』 10월호에 양정고보 동기인 바이얼린 천재 안병소와 함께 '천재 두 소년'으로 소개됨. 동요 「흐르는 시내」가 윤극영 첫 동요곡집 『반달』에 수록됨. 윤극영이 만든 노래모임 '다알리아회'에 출입하며 윤오영, 윤형모, 임병설 등과 교유.

1927년 심훈과 교유하며 영화에 관심을 갖게 되었고, 영화 소설 「탈춤」을 함께 각색함. 여름방학을 이용하여 언양 신고송, 대구 윤복진과 함께 울산으로 서덕출을 찾아가, 거기서 네 사람의 합작동요 「슬픈 밤」을 지음. 7·5조 형식을 깨트린 「밤 한 톨이 떽떼굴」을 발표.

1928년 심훈과 숭2동(지금의 명륜동 2가)에서 광주 부호 정 아무개의 첩인 진주 기생 출신 김두옥의 사랑채를 빌려 자취를 함. 이웃(숭3동)에 살던 이광수와 교분을 가지기 시작함. 《동아일보》 편집국장이던 이광수는 윤석중이 발표하는 동요에 관심을 가지고 있었으며, 등굣길에 석동(石童)이라는 호를 누가 지어 주었는지 물어보기도 하였음. 석동이란 이름은 문선 공의 실수로 생긴 오식이었으나 이후 윤석중은 이를 자신의 호로 쓰기 시작함. 잡혀간 아버지를 생각하는 동요 「방패연」을 발표함.

1929년 「우리 아기 행진곡」, 「꿀꿀 꿀돼지」 등을 발표. 「꿀꿀 꿀돼지」에 홍난파, 윤극영이 곡을 붙임. 이 동요는 중앙보육 교사 김영제가 무용으로 만들어 유치원에서 불렸으며, 카프 소속이었던 신고송도 이 작품을 동심을 잘 살렸다고 호평함. 광주학생사건과 관련하여 동맹휴학을 결의했던 계획이 좌절되자 실망하여 졸업을 몇 달 앞둔 시점에 《중외일보》에 「자퇴생의 수기」를 발표하며 학교를 스스로 그만둠. 감옥 생활을 하던 아버지 윤덕병이 8월 출소함.

1930년 동경 정칙영어학교에서 영어공부를 하여 동경 제1고등학교에 들어갈 목적으로 일본 동경으로 건너가 조시가야(雜司谷)에 방을 하나 얻어 기거함. 화가 이인성. 이병헌, 무대장치가 김정환과 사귀었으며 근처에 살던 박화성의 집에 찾아가기도 하였음. 외조모가 간간히 생활비를 보내 주었으나 수시로 굶는 일이 많을 만큼 생활의 곤란을 겪음. 동요극 「울지마라 갓난아」를 《동아일보》 이광수에 보내 발표함. 학생시절 지은 「봄맞이」를 오케레코드사에서 문호월 곡·김난영 창법으로 취입함. 생활의 곤란과 외조모의 간곡한 요청으로 일 년을 넘기지 못하고 조선으로 돌아옴.

1931년 『어린이』 8월호에 방정환을 추도하는 동요 「못 가세요 선생님」을 발표. 극예술연구회에 들어 다녔으며, 여류연극인 김복진과 교유.

1932년 7월 20일 우리나라 첫 창작동요집 『윤석중 동요집』(신구서림) 간행. 여기 수록하려 했던 「우리가 크거들랑」 등 5편은 조선총독부 검열에 걸려 삭제를 당함. 신고송, 이원수, 승응순 등과 '신흥아동예술연구회'를 발기했으나 일제 당국의 불허로 창립식도 못 연 채 단체가 유산되는 좌절을 겪음. 『아이생활』 주간 최봉측의 요청으로 독자 작품을 뽑는 일을 맡아 봄.

1933년 '아이동무사' 주최로 백선행기념관에서 '윤석중 동요 발표회'를 개최. 35편 작품을 모아 두 번째 작품집 『잃어버린 댕기』(계수나무회)를 자비 출판으로 냄. 이 작품집에는 윤석중 제1동시집이라는 부제를 붙임. 이 시집에 실린 동화시 다섯 편이 오케레코드사에서 신불출의 낭독으로 음반으로 나옴. JODK(경성방송극)이 조선어방송을 따로 시작하게 되면서 '자작 동시 낭송'을 어린이 시간에 여러 차례 함. 이해 5월 차상찬, 최영주의 권유로 '개벽사' 입사, 『어린이』 편집을 맡음. 『어린이』 6월호에 '입사인사' 글 발표, 독자투고란에 박영종(박목월)의 「통딱딱 통짝짝」을 뽑아 실음.

1934년 5월 『어린이』가 통권 122호로 폐간되면서 《조선중앙일보》 학예부장 이태준의 주선으로 《조선중앙일보》 편집기자로 입사함. '가정란'의 '어린이 차지' 편집을 맡아 보면서, '우리 판'이라는 꼭지를 신설.

1935년 3월 5일 여운형 주례로 충청도 유성 출신 박용실과 신천 온천 호텔에서 결혼식을 올림. 이해 1월 《소년중앙》을 창간했으나 구독자가 늘지 않아 1년이 못 되어 폐간함. 최영주, 박노경 등과 《중앙》 편집을 맡아봄.

1936년 장녀 주화(향빈)가 태어남. 최영주, 정순철, 방운용 등과 망우리에 소파 묘비를 세움. 일장기 말소 사건으로 《조선중앙일보》가 폐간되면서 조선일보사 출판부 이은상 주간의 주선으로 《조선일보》로 자리를 옮김. 『소년』 《소년조선일보》 편집을 맡아보면서 《조선일보》 출판부에서 근무하는

문인들과 교유. 함께 근무한 이들로 주간 이은상, 편집주임 함대훈, 『조
광』 편집장 안석주, 『여성』 편집장 백석, 노자영, 노천명, 계용묵, 김래
성, 최정희, 이석훈 등이 있었으며, 『소년』 편집을 하며 그림을 맡은 정현
웅과도 친분을 쌓음.

1937년 장남 태원이 태어남. 강용률(강소천)과 박영종의 동시를 『소년』《소년조
선일보》에 실음. 《매일신보》에 발표된 현덕의 소년주인공 단편소설 「남
생이」을 읽고 그에게 권유하여 동화와 소년소설을 《소년조선일보》『소
년』에 실음. 또한 이광수, 주요섭, 백신애, 정순철의 창작과 김유정, 채만
식의 연재소설을 실어 아동문학의 문학적 수준을 높이기 위해 노력함.
그림 잡지 『유년』을 사장의 양해만 구해 출판부에서 단독으로 냈다가 업
무국의 반대로 창간호만 내고 종간함. 『유년』 창간호에 자신의 「기러기」
(정현웅 화), 「가을달」(이헌구 요, 이승만 화), 「가재 새끼」(이은상 글,
홍우백 화)를 실음.

1938년 1923년 이후 18년 동안 발표된 작품 가운데 동요 57편, 동화 26편, 동극
3편, 소년 소설 6편을 수록한 『조선아동문학전집』(신선문학전집. 제4권)
을 펴냄.

1939년 개벽사와 조선중앙일보사에서 함께 일하던 최영주가 옮겨간 박문서관에
서 『윤석중 동요선』을 냄. 경성보육 강당에서 '동요생활 15년 기념회'를
개최. 이해 봄 백석, 방종현 등의 주선으로 방응모《조선일보》사장의 계
초장학금(3년)을 받아 일본 유학길에 오름. 마해송이 자신 친구가 강사
로 나가는 동경 조치대학 신문학과에서 공부를 하도록 주선해 주었으며,
동경의 예술가의 마을로 알려진 고찌마찌(麴町) 6번정에 방 네 개짜리
집을 얻어 거처를 마련함. 마해송은 가까운 5번정에 살고 있어 내왕이 잦
았음.

1940년 창씨개명이 시작되면서 성을 '이소야윤(伊蘇野潤)'으로 바꿈. 벨기에 출
신 고라르 신부가 내던 한글 잡지 『빛』(윤석중의 제안으로 그 제호를 『성
가정』로 바꿈)의 편집을 도와가며 이 잡지에 동요를 발표. 자비로 동요집
『어깨동무』를 1천부 한정판으로 냄. 조치대 안에 있는 성당에서 세례를
받고 카톨릭 신자가 됨. 세례명 '요한'.

1941년 12월 8일 일본 진주만 공격으로 태평양전쟁이 발발하면서 『소년』이 폐간을 당함. 부인과 아이들은 임시 귀국하였고, 부인은 셋째 '영선'(정이)을 낳음.

1942년 윤영춘의 소개로 동경 릿쿄대학에 입학을 하려고 와 있던 윤동주를 만남. 성악공부를 하러 온 정순철과 교유. 정순철은 윤석중의 「체전부와 나뭇잎」이라는 동요에 곡을 붙임.

1943년 가족들을 완전히 한국으로 소개시킴. 제5동요집 『새벽달』을 엮기 위해 새로 지은 41편을 갈무리함. 박목월이 머리말을 써주었으나 출간하지 못함. 이 작품집은 해방 이듬해 『초생달』이란 제목으로 박문출판사에서 내게 되었음. 학병 권유 차 일본에 온 이광수, 최남선 등을 만남.

1944년 징용장이 나오자, 사무실로 쓰고 있던 도꾜 조선 YMCA 회관에서 김을한을 만나 징용을 피해 귀국할 의사를 밝힘. 마해송의 도움으로 그의 가족들을 대동해 귀국길에 오름. 경기도 의정부에 있는 방응모 별장, 처가가 있는 부천 소사, 아버지가 있는 충남 서산, 서울박문출판사 사장 노성석의 집을 돌며 기거. 이후 어머니의 묘소가 있는 경기도 시흥군 서면 소하리 가리대에 집을 마련해 가족들과 생활함. 9월 그곳에서 넷째 '원'(차남)을 낳음.

1945년 이해 7월 가족들과 금강산 장안사 부근으로 소개를 해감. 장안사 근처에 집 한 채를 마련해 거처로 삼고, 두 자녀를 장안사 소학교에 입학시킴. 일경의 감시를 피하기 위해 서울로 올라와 있다가 며칠 안 돼서 해방을 맞음. 언론인 임병철과 의기투합해 비어 있는 적산가옥 한 채에 '고려문화사'를 내고 11월 《어린이신문》을 창간함. 그러나 고려문화사가 어린이 사업과는 점차 방향이 멀어지는 기미를 보이자 그곳을 나와 조풍연, 정진숙 등과 '조선아동문화협회'(아협)을 조직해 을유문화사를 세움. 사장민병도, 주간 윤석중, 편집국장 조풍연, 업무국장 정진숙.

1946년 2월 11일 을유문화사에서 『주간소학생』 창간호를 냄. 이 잡지는 47호부터 제호를 『소학생』으로 바꾸어 6·25가 나기까지 총 79호를 발행함. 3월 초순 서울 서대문정 2정목(오궁굴)에 있던 춘수정에서 중국 북경에서 돌아온 정홍교, 서울중앙방송국의 김억과 모여 어린이날 부활을 의논.

한글 보급을 위하여 『우리 한글』 『어린이 한글책』을 발간. 제5동요집 『초생달』을 박문출판사에서 냄. 4월 장안사 부근에 있던 가족을 서울로 올라오게 하여 성북동에 집 한 채를 세내어 기거. 6월 막내아들 혁이 태어나면서 명륜동 4가로 이사함. 이해 처음 치러진 졸업식을 앞두고 윤형모, 박창해 부탁으로 「졸업식 노래」를 지음. 정순철 작곡. '아협'사업의 일환으로 인천창영국교를 시작으로 여러 학교의 교가를 지어주기 시작함.

1947년 명륜동 4가 자신의 집에서 어린이들의 노래모임 '노래동무회'를 시작함. 『아이생활』지 독자란에서 작품을 뽑아준 인연으로 알고 있던 한인현이 노래 지도를 했고, 윤석중 자신이 노랫말을, 윤극영·정순철이 작곡을 맡아봄.

1948년 여섯 번째 동요집이자 두 번째 동요선집인 『굴렁쇠』(수선사)를 냄. 노래책 『노래동무』를 냄.

1949년 휘문중학교 강당에서 열린 '소학생 웅변대회'를 주관함.

1950년 일곱 번째 동요집 『아침 까치』(산아방)를 냄. 한국전쟁이 발발하여 의료기구상을 하던 이웃의 도움으로 파주로 피난을 감. 감시의 눈길을 피해 자주 서울의 사정을 살피러 다님. 서울 수복 이후 충남 서산에 거주하던 아버지 윤덕병과 계모 노경자가 좌익 활동을 한 혐의로 우익에게 살해당함. 을유문화사 임시 사무실을 마련하고 『한국동란의 진상』과 수난의 기록 『나는 이렇게 살았다』를 펴냄.

1951년 국군 심리 작전과 문관(기감)에 임명(3년간 근무)되어 교정일을 봄.

1952년 '윤석중 아동연구소' 이름으로 전쟁을 겪은 아이들의 수기를 엮은 『내가 겪은 이번 전쟁』(박문서관)을 냄. 《조선일보》에 '소국민 차지'란을 신설하여 2년 동안 편집을 맡아봄.

1953년 두 번째 전쟁 수기집 『지붕 없는 학교』(박문서관)를 발간. 휴전 후 충청도 계룡산 근처 진잠에서 피난생활을 하던 가족이 모두 서울로 올라옴.

1954년 동요짓기 30돌 기념으로, 곡조를 붙인 『동요 백곡집』(학문사)을 냄.

1955년 어효선, 윤석연 등과 《소년조선일보》(타블로이드 판 4면 짜리)를 재창간함.

1956년 조풍연, 피천득, 어효선, 홍웅선, 윤형모, 한인권, 안응령 등과 '새싹회'

를 창립. 이솝이야기 222편을 동요로 엮은 『사자와 쥐』(학급문고간행회)와 동요집 『노래동산』(학문사)을 냄. 경운동 천교도당 강당에서 '소파 25년제'를 올림.

1957년 소파상을 제정함. 손대업 곡조를 붙인 동요집 『노래선물』(새싹회)을 냄.

1960년 학급문고간행회에서 동요집 『엄마 손』과 『어린이를 위한 윤석중 시집』을 냄.

1961년 우리 민요에 새 노래말을 지어 붙인 『우리민요시화곡집』(학급문고간행회)을 냄. 동요집 『엄마손』으로 3·1문화상 예술 부문 문학 본상 수상. 상금 일부를 교동보통학교 때의 스승인 맹건호, 소파 미망인 손용엽에 희사함.

1962년 을유문화사에서 기획한 '한국아동문학독본' 시리즈 가운데 제1권인 『방정환 아동문학독본』의 책임편집을 맡아 책을 엮어 냄. 같은 해 『윤석중 아동문학독본』이 피천득의 책임편집으로 나옴.

1963년 민중서관에서 기획한 '한국아동문학전집' 시리즈 가운데 제4권인 『윤석중 동요집』을 냄. 5월 강소천이 별세하자 『현대문학』에 추도문 「소천은 갔다」를 발표.

1964년 계몽사에서 기획한 '세계소년소녀문학전집' 시리즈 가운데 하나인 『한국 동요 동시집』을 엮어 냄. 홍난파기념사업회 이사장(2003년까지)을 맡아 『홍난파 동요 100곡집』에 수록되었으나 분단 이후 금지된 34곡에 새 가사를 붙이는 작업을 함.

1965년 서울교육대학이 제정한 '고마우신 선생님' 상을 받음.

1966년 정홍교와 함께 정부로부터 어린이 선도사업 유공자로 선정되어 문화훈장 국민장을 받음. 동요집 『해바라기 꽃시계』(계몽사), 『바람과 연』(배영사)을 냄.

1967년 한국문인협회 아동문학 분과위원장을 맡음. 세계동요동시집 『작은 일꾼』(교학사), 전래동화 『토끼와 거북』, 동요집 『카네이션은 엄마꽃』(교학사)을 냄.

1968년 정부에서 주는 '한글 공로 표창'을 받음. 동요동시집 『꽃길』을 펴냄. 최남선의 『소년』 창간 60돌을 맞이하여 '소년시의 회갑 잔치'란 의미에서

'새싹회'의 이름으로 전국 일곱 군데 노래비를 세움.

1969년 강원, 제주에 있는 여러 학교를 돌며 교가가 없는 학교에 교가를 지어줌. 유니세프(유엔국제아동긴급구호기구) 기금 마련을 위해 6개 국어로 만들어진 『세계동화동시집』(서독동화출판사)에 동시 「아기와 바람」을 수록.

1971년 회갑기념 그림 동요집 『윤석중 동산』(계몽사), 노래말을 우리말로 지어붙인 『세계 어린이노래 예순곡집』(교학사), 동요 동시 풀이책 『동요따라 동시따라』(창조사)를 내고 회갑 책 잔치를 신문회관에서 개최함. 속담풀이책 『마음의 등불』(정음사)을 냄.

1972년 어린이운동 반세기를 맞아 '다 함께 부를 노래' 30곡을 지어 발표.

1973년 남산 어린이회관 무지개극장에서 새싹어머니회가 마련한 '윤석중 동요 반세기' 행사에 참석함. '새싹문학상'을 제정하여 황베드로 수녀의 동요집 『조약돌 마을』에 첫 회 상을 수여. 외솔회에서 주는 '외솔상'을 받음.

1974년 방송용어심의위원회 위원장, 국제 펜클럽 한국본부 고문을 맡음.

1975년 문교부 국어 심의회 소속 국어 순화 분과 위원회 위원장을 맡음.

1976년 《중앙일보》의 '남기고 싶은 이야기들' 꼭지에 자신의 아동문학 활동을 회고하는 「어린이와 함께 50년」을 5월 3일부터 8월 4일까지 80회에 걸쳐 연재함. 이 글은 1985년 『어린이와 한평생』(범양사출판부)으로 엮어져 출간됨.

1977년 계간 『새싹문학』을 창간했으며 『한글나라』의 주간을 맡음. 첫 창작동화집 『열손가락 이야기』(새싹회)를 냄. 새서울 로타리클럽 회장에 취임.

1978년 필리핀 라몬 막사이사이 재단이 주는 라몬 막사이사이상(언론 문학창작 부문)을 받음. 여기서 받은 상금 2만 달러에 자비를 보탠 1천만원을 기금으로 어린이도서관 설립을 위한 '어린이도서관 마련회'를 발족. 영역 동요집 『넉점 반』이 미국에서 출간됨.

1979년 동요동시집 『엄마하고 나하고』(서문당)를 냄. 한국 방송윤리위원회 위원장을 맡음.

1980년 3월부터 『소년』지(가톨릭출판사 발행)에 창작동화 「멍청이 멍철이」를 연재하기 시작함. 창작동화집 『어깨동무 쌍둥이』(예림당)를 냄. 68명의 작곡가의 곡보를 붙인 『윤석중 동요 525곡집』(525곡이 된 것은 그의 생일인 5월 25일을 기념하기 위한 의도에서 나온 것임)이 세광출판사에서 나옴.

1981년 김녕만의 사진과 서동만의 새 곡을 붙인 『노래가 하나 가득』(일지사)을 새싹의 날(1월 3일)에 맞추어 냄. 그림동화집 『달 항아리』(동화출판공사)를 냄. 초대 방송위원회 위원장을 맡음(84년까지 역임).

1982년 '세계의 아빠와 아기'를 주제로 한 동요 70편을 지어 사진과 함께 《소년한국일보》에 연재하고, 새싹회 주최로 서울과 미국에서 두 달에 걸쳐 사진 동요전을 엶. 동화집 『멍청이 명철이』(가톨릭출판사)를 냄. '세계의 아빠와 아기' 동요 사진전에 선 보인 70편 가운데 「구두병원」 등이 대한민국 문학상 아동문학 부문에 추천되어 본상을 받음.

1983년 창작과 비평사에서 동요선집 『날아라 새들아』를 냄. 대한민국 세종문화상을 받음.

1985년 1월부터 『소년』지에 어린이를 위한 회고록 '새싹의 벗 노래 나그네'를 연재하기 시작함. 네 번째 동화집 『열두 대문』(웅진출판사)을 냄. 『어린이와 한평생』을 출간.

1986년 대한민국예술원 원로회원(아동문학)이 됨.

1987년 동요집 『아기꿈』(대교문화)을 냄. 양정고등학교에서 명예졸업장을 받음.

1988년 웅진출판사에서 『새싹의 벗 윤석중전집』(전 30권, 카세트 8개)을 냄. 세종대학교에서 명예문학박사학위를 받음.

1989년 대한민국 예술원상 수상.

1990년 동요동시집 『여든 살 먹은 아이』(웅진출판사)를 냄. KBS동요대상 수상.

1991년 동요 창작과 보급에 기여한 공으로 한국어린이문화예술원에서 제정한 제1회 '반달동요대상'을 수상함.

1992년 인촌상 수상.

1994년 동요동시집 『그 얼마나 고마우냐』(웅진출판사)를 냄.

1995년 동요동시집 『반갑구나 반가워』(웅진출판사)를 냄. 한국아동진흥회가 제정한 제1회 '대한민국 5·5문화상'을 받음.

1997년 마해송문학비 건립위원회 위원장을 맡음. '어린이가 뽑은 올해의 작가상'을 수상함.

1999년 동요동시집 『깊은 산속 옹달샘 누가 와서 먹나요』(예림당)를 냄.

2000년 아흔 기념 창작문집 『내일도 부르는 노래』(문공사)를 냄.

2003년 12월 9일 노환으로 사망. 대전 국립현충원 국가유공자 묘역에 안장되었
으며, 정부에서는 금관문화훈장을 추서함.

2. 윤석중 작품 연보

발표일	분류	제목	발표지
1924	동요	봄	신소년
1925. 4	동요	옷둑이	어린이
1925. 5.9~5.11	극본	올뱀이의 눈	동아일보
1926. 8. 30	동요	조선물산장려가	조선일보
1926. 12	기행문	눈물의 넷도읍 남한산성	어린이
1927. 2. 26	동요	졸업생 송별가	매일신보
1927. 5.19	동요	뿔업는 사슴	중외일보
1927. 5.19	동요	우산	중외일보
1927. 8.19	동요	해바라기	조선일보
1927. 8.20	동요	봉사꽃	조선일보
1927. 9.11	동요	엄마생각	조선일보
1927. 9.17	동요	저녁놀	조선일보
1927. 9.25	동요	대낮의 바닷가	조선일보
1927. 10. 1	동요	저녁놀(조선일보 발표 작품 개작)	동아일보
1928. 2.11	동화	넷성	중외일보
1928. 2.26	동요	연포농우회가	중외일보
1928. 5	기행문	연주대의 봄을 차저	어린이
1928. 10.2	동요	꾸중을 듣고	중외일보
1928. 10.7	동요	대낮에 생긴 일	중외일보
1928. 10.10	동요	단풍닙	중외일보
1928. 10.10	동요	묶여온 방그이	조선일보
1928. 10.10	동요	단풍잎과 병든 개	조선일보
1928. 11.8	동요	고기차간 솔개	중외일보
1928. 11.10	동요	방패연	중외일보
1928. 12.14	동요	담성한 하늘	조선일보
1928. 12	동요	집보는 아기 노래	어린이
1928. 12	기행문	선물로 드리는 나그네 색상자	어린이
1928	동요	오쑥이	조선동요선집
1928	동요	제비남매	조선동요선집
1928	동요	밤한톨이 셌째굴	조선동요선집
1928	동요	임자업는 모자와 모래성	조선동요선집
1929. 4.7	동요	조선아들 행진곡 1	동아일보
1929. 4.14	동요	조선아들 행진곡 2	동아일보
1929. 4.16	동요	ㄱㄴ부터 배우자	조선일보

1929. 5.18	동화	새로 살자(원제 태양을 삼킨 마당쇠)	조선일보
1929. 5.27	동요	거지행진곡	동아일보
1929. 6.8	동요	우리애기행진곡	조선일보
1929. 6.29	동요	아가씨 반지	조선일보
1929. 8.27	악보	울든언니 웃는다(정순철 곡)	조선일보
1929. 8.28	악보	오뚝이(정순철 곡)	조선일보
1929. 9.2	동요	젊은 수부의 놀애	동아일보
1929. 9	악보	단풍잎(독고선 곡)	어린이
1929. 10.6	동요	엄마업고 둥둥둥	조선일보
1929. 10.10	동요	꿀꿀 꿀돼지	조선일보
1929. 10.11	동요	고향길	조선일보
1929. 10.16	동요	낮에 나온 달님	조선일보
1929. 10.18	동요	강남가는 제비야	조선일보
1929. 10.24	동요	부엌덕이 노래	조선일보
1929. 11.8	동요	떠러진 애기별	조선일보
1929. 11	동요	젊은 뱃사공 노래	학생
1929. 12	악보	굽떠러진 나막신(윤극영 곡)	어린이
1930. 2	학생소설	고드름 장아치	학생
1930. 2.2	동요	밤 세 톨을 굽다가	동아일보
1930. 2.8	악보	휘파람(홍난파 곡)	동아일보
1930. 2.12	동요	헌신짝	동아일보
1930. 2.16	악보	아가야 자장자장(윤극영 곡)	동아일보
1930. 2.22	악보	고추 먹고 담배 먹고(박태준 곡)	동아일보
1930. 2.25	동요	신아리랑곡	동아일보
1930. 2.27	동요	고기차간 그 솔개	조선일보
1930. 2.27	수필	나의 기대는 졸업장이었던가? 자퇴생의 수기 1	중외일보
1930. 3	수필	낮에 나온 반달(홍난파 곡)	학생
1930. 3	악보	빗방울(윤극영 곡)	학생
1930. 3	악보	달마중(홍난파 곡)	학생
1930. 3	악보	해바라기(윤극영 곡)	학생
1930. 3.11	악보	빗방울(윤극영 곡) 악보 재수록	동아일보
1930. 3.12	악보	달마중(홍난파 곡) 악보 재수록	동아일보
1930. 3.13	악보	해바라기(윤극영 곡) 악보 재수록	동아일보
1930. 3.17	악보	꿀꿀 꿀돼지(윤극영 곡)	동아일보
1930. 5.14	악보	누님전상서 2 동요편지	중외일보
1930. 7.22	동요	동요일기	조선일보
1930. 7.26	동요	우리가 일터에서 만날 때까지 정상규 동무에게	조선일보
1930. 8.15	동요	누나야! 헌 옷 도루 가라입고	조선일보

1930. 8.20	동요	목수의 노래	조선일보
1930. 8.22	동요	터다지는 노래	조선일보
1930. 7	악보	바닷가(윤극영 곡)	어린이
1930. 7	동요	두고두고 별르든 날	어린이
1930. 9.29	동요	언니심부름	동아일보
1930. 10.25	동요	숭내쟁이 째쨍이	동아일보
1930. 11.11	동요	양산유치원 놀애	동아일보
1930. 11.27~12.1	극본	달을 뺏긴 아이들(5회 연재)	동아일보
1930. 12.28	동요	반벙어리 놀애	동아일보
1931. 1. 1	시	스무살 노래	동광
1931. 5.3~5.6	극본	선생님 없는 학교(3회 연재, 3회연재분 삭제당함)	동아일보
1931. 8.1~8.12	극본	울지마라 갓난아-바로 그날 생긴 일(10회 연재)	동아일보
1931. 8	동요	못가세요 선생님	어린이
1931. 8	수필	영원히 남기고 가신 두 가지 교훈	어린이
1932. 2.10	악보	신기려 장수(J.W.Elliot 곡)	동아일보
1932. 2.12	악보	고뿔든 아기(작곡자 불명)	동아일보
1932. 2.14	악보	순사와 개(A. Moffat 곡)	동아일보
1932. 2.15	동요	갈대 마나님	동아일보
1932. 2.19	악보	귀먹어리 엿장수(J.W.Elliot 곡)	동아일보
1932. 2.20	악보	고사리 나물(작곡자 불명)	동아일보
1932. 2.23	악보	소(J.W.Elliot 곡)	동아일보
1932. 2.26	악보	방패연(小松耕作 곡)	동아일보
1932. 3.2	악보	우리집 콩나물죽(박태준 곡)	동아일보
1932. 3	악보	자장가(J. Brahms 곡)	신여성
1932. 7	동요	누님전상서	어린이
1932	작품집	윤석중동요집	신구서림
1932. 8.27	수필,동요	아기병실에서, 약 먹일 때 노래	동아일보
1932. 10.8	동시	저 바다	동아일보
1932. 10	악보	단풍잎(윤극영 곡)	아이생활
1932. 10	시	누이를 부른다	만국부인
1932. 11.1	동화시	옥수수 하모니카	동아일보
1932. 11.5	동화시	오줌싸개 시간표	동아일보
1932. 11	동화시	도깨비 열두형제	동광
1932. 12.31	동시	눈섭 세는 밤	동아일보
1933. 1	동시	한 개 두 개 세 개, 담모퉁이	아이생활
1933. 1	동시	엄마 목소리	신가정
1933. 1.1	동시	구구구구 닭 저녁 모이 주며	동아일보
1933. 1.8	동시	외나무다리	동아일보

1933. 2	동요	세계지도	아이생활
1933. 2	동시	철로뚝에서	신생
1933. 3	동시	벼개애기	아이생활
1933. 3.23	가요	봄마지	동아일보
1933. 4	동시	여름, 기러기, 눈사람	신생
1933	작품집	잃어버린 댕기	계수나무회
1933. 7	악보	작별의 노래(최리차드 곡)	신여성
1933. 10	회고	동요집의 회상	삼천리
1933. 11	평론	동심잡기(童心雜記)	신여성
1933. 12	동시	저 바다	별건곤
1933. 12.13	동요	오리 발자욱	동아일보
1934. 1.19~ 1.23	평론	「동심잡기」에 대한 나의 변해-유현숙 씨의 의문과 충고에 답함	동아일보
1934. 1	악보	기러기 글씨(윤극영 곡)	어린이
1934. 1	동시	눈사람	별건곤
1934. 2	악보	한 개 두 개 세 개(윤극영 곡)	어린이
1934. 2	잡문	이과 이야기 사람과 곤충	어린이
1934. 2	잡문	편즙을 마치고	어린이
1934. 2	동시	우체통과 거지(동요집 작품 재수록)	별건곤
1934. 2	동시	겨울	신가정
1934. 2	동요	눈굴리기	신가정
1934. 2 · 3	시	구름과 물결	신여성
1934. 3	동요	풀밭	신가정
1934. 3	동요	주머니	신가정
1934. 3	동요	뜀뛰기	신가정
1934. 3	번역시	종달새와 금붕어	별건곤
1934. 4	동요	냄비맴통	신가정
1934. 4	동요	밤세톨	신가정
1934. 4	동요	양성유치원원가	신가정
1934. 4	번역시	달밤	별건곤
1934. 8	동시	숨박곡질	별건곤
1934. 8	동요	누나얼굴	신가정
1934. 8	동요	세수	신가정
1934. 8	동요	거울	신가정
1934. 9.23	동요	두 줄 동요(심부름, 초생달, 일곱 살) 제3동 요집 『앵두밭』에서라고 명기	동아일보
1934. 10.15	평론	노래를 지으려는 어린 벗에게	조선중앙일보
1935. 4	악보	저녁놀(현제명 곡)	소년중앙

1935. 8.14	동화시	제목 없음('아기차지' 란에 수록)	조선중앙일보
1935. 8.17	동화시	우리 집 신둥이	조선중앙일보
1935. 8.29	동화시	저즌옷	조선중앙일보
1935. 8.31	동화시	애기모자	조선중앙일보
1935. 9.14	동화시	엄마젖	조선중앙일보
1935. 9.17	동화시	푸른집	조선중앙일보
1935. 9.21	동화시	채송화	조선중앙일보
1936. 1	동요	머리감은 새앙쥐	조광
1936. 2	동화	제비와 왕자	조광
1936. 2	동요	눈	동화 창간호
1936. 5.3	잡문	입 꼭 다물고 하낫둘 하낫둘	조선중앙일보
1936. 9	동요	비	신가정
1937. 4	동요	새앙쥐(홍난파 곡)	소년
1937. 5	동요	구월산 달노리	소년
1937. 5	동화시	할멈과 도야지	소년
1937. 7	동시	신	소년
1937. 8	동화시	말안들은 개고리	소년
1937. 9	동요	기러기	유년
1938. 3.1~3.3	번역	임상희(任祥姬)여사 독창 가사	동아일보
1938. 3	동요	빨강비 파랑비	아기네동산
1938. 3	동요	바다로	아기네동산
1938. 3	동요	토끼춤	아기네동산
1938. 4	악보	봄나드리(박태준 곡)	소년
1938. 6	동요	샘(임동혁 곡)	소년
1938. 12	동요	외나무다리	조선아동문학집
1938. 12	동요	머리감은 새앙쥐	조선아동문학집
1938. 12	동요	굴렁쇠	조선아동문학집
1939. 1	동요	눈굴리기(임동혁 곡)	소년
1939. 1	동요	눈받아먹기(임동혁 곡)	소년
1939. 1	동요	얼음(임동혁 곡)	소년
1939. 1	동화	구름과 공	가정지우
1939	작품선집	윤석중 동요선	박문서관
1939. 12. 10	동요	연기와 짱아	조선일보
1939. 4	악보	자장노래(임동혁 곡)	여성
1940. 1	동요	체신부와 나뭇잎	소년
1940. 3	동요	대낮	소년
1940. 3	동요	해질 때	소년
1940. 4	동요	어깨동무	가정지우

1940. 4.7	악보	모래성(박태현 곡)	동아일보
1940. 4.14	악보	산바람 강바람(박태현 곡)	동아일보
1940. 4.21	악보	낮에 나온 반달(박태현 곡)	동아일보
1940. 5	동요	이슬	동아일보
1940. 5. 18	동요	제목없음('애기네판'란에 수록)	동아일보
1940. 6.9	동요	넉점반	동아일보
1940	작품집	어깨동무	박문서관
1940. 7.14	동요	아기잠	동아일보
1940. 11	악보	어깨동무(정순철 곡)	소년
1940. 12	악보	체신부와 나뭇잎(정순철 곡)	소년
1941. 1	수필	동경통신	문장
1941. 1	동요	껌정을 껌정을	신시대
1941. 2	악보	어깨동무(정순철 곡) 재수록	신시대
1941. 2. 23	동요	우물	매일신보
1941. 3	수필	동경통신	문장
1941. 5.5	동요	기차	매일신보
1941. 5.19	동요	별	매일신보
1941. 5.26	동요	수수껵기	매일신보
1941. 6.2	동요	때때신	매일신보
1941. 6.2	동요	어서 노나	매일신보
1941. 6.30	동요	물과 불	매일신보
1941. 6.30	동요	나무와 냇물	매일신보
1941. 7.7	동요	연꽃	매일신보
1941. 7.7	동요	연닙	매일신보
1941. 7.14	동요	다락	매일신보
1941. 7.21	동요	아기와 도토리	매일신보
1941. 8.4	동요	엄마	매일신보
1941. 8.4	동요	그림	매일신보
1941. 10.19	동요	사과 두 개	매일신보
1941. 10.19	동요	길	매일신보
1941. 11	동요	자는 아기	半島の光
1941	번역서	내가 사랑하는 생활(석천무미(石川武美) 저)	주부지우사
1942. 3	동요	서서 자는 말아	半島の光
1942. 3	동요	엄마손	半島の光
1942. 3	동요	사람	半島の光
1942. 3	동요	배 내노코 자는 박	半島の光
1942. 3	동요	길 일흔 아기와 눈	半島の光
1942. 6	동요	아침 햇살	조광

1942. 6	가요	황혼의 노래	조광
1942. 6	동요	배꼽	半島の光
1942. 7	동요	바위와 샘물	신시대
1942. 7	동요	복우물	신시대
1942. 7	동요	자장가	신시대
1942. 7	동요	풍년가	신시대
1942. 7	동요	뱃노래	조광
1942. 7	동요	느트나무	조광
1942. 7	동요	즐거운 이발사	조광
1942. 7	동요	먼길	조광
1942. 7	동요	자장가	조광
1942. 7	동요	즐거워라 우리집	조광
1942. 7	동요	사랑에도 푸른싹이	조광
1942. 7	동요	우리들의 거리	조광
1942. 11	동요	수수께끼	半島の光
1943. 5	동요	노래가 업고보면	半島の光
1943. 5	동요	봄노래	半島の光
1943. 5	동요	사랑	半島の光
1943. 5	동요	이웃사촌	半島の光
1943. 5	동요	늙은 체신부	半島の光
1944. 4.15	수필	동경통신 1-몸뻬와 개성미	매일신보
1944. 4.16	수필	동경통신 2-젊은 동경	매일신보
1944. 4.18	수필	동경통신 3-창평관의 회상	매일신보
1944. 4.19	수필	동경통신 4-반잔술에 정든다	매일신보
1946. 2. 11	동요	우리집 들창	주간소학생
1946. 2. 18	편지	금강산 속에 있는 어린 아들 딸에게	주간소학생
1946. 2. 25	동요	앞으로 앞으로	주간소학생
1946. 3. 5	동요	석수쟁이 아들하고	주간소학생
1946. 4	동요	우리 동무	새동무
1946. 4. 8	동요	껌정을 껌정을	주간소학생
1946. 6. 24	동요	누나 얼굴	주간소학생
1946.	작품집	초생달	박문출판사
1946. 5. 5	칼럼	어린이운동 선구들 생각	자유신문
1946. 7. 22	가요	농촌 계몽의 노래	자유신문
1946. 9. 2	훈화	불소동	주간소학생
1946. 9. 9	훈화	빈 독	주간소학생
1946. 9. 16	훈화	길찾기	주간소학생
1946. 9. 23	훈화	재수	주간소학생

1946. 10. 14	훈화	이웃사촌	주간소학생
1946. 10. 21	훈화	나이박이	주간소학생
1946. 10. 21	악보	운동회노래(박재훈 곡)	주간소학생
1946. 10. 28	훈화	시계	주간소학생
1946. 11.	훈화	세 가지 문제	주간소학생
1946. 11. 5	동요	나의 조국	동아일보
1946. 11. 11	훈화	걱정	주간소학생
1946. 11. 18	훈화	고생	주간소학생
1946. 11. 25	훈화	믿음	주간소학생
1946. 12. 2	훈화	입병	주간소학생
1947. 1	악보	어린이 노래(정순철 곡)	우리들 노래
1947. 1. 9	칼럼	지상테러를 배격하자	경향신문
1947. 1. 12	동요	눈사람	경향신문
1947. 12	동요	자장가	새살림
1947. 3. 24	동요	어깨너머 공부	주간소학생
1947. 4	악보	어린이날 노래(안기영 곡)	소년운동
1947. 5. 1	동요	어린이날 노래(안기영 곡)	주간소학생
1947. 6	악보	졸업식 노래(정순철 곡)	소학생
1947. 6	악보	아협어린이노래(정순철 곡)	소학생
1947. 8	심사평	동요를 뽑고 나서	소학생
1947. 10	동요	밥풀나무	소학생
1947. 11	악보	우리집 들창(윤극영 곡)	소학생
1948. 1	악보	늙은 체신부(윤극영 곡)	소학생
1948. 2	악보	봄노래(윤극영 곡)	소학생
1948. 3	악보	어머니(정순철 곡)	소학생
1948. 4	악보	냇물과 나무(윤극영 곡)	소학생
1948. 4	동요	네발 세발 두발	새살림
1948. 5	악보	자장가(윤극영 곡)	소학생
1948. 6	악보	길조심(윤극영 곡)	소학생
1948. 7	악보	앞으로 앞으로(윤극영 곡)	소학생
1948. 9	악보	우리 동무(윤극영 곡)	소학생
1948. 10	악보	기찻길 옆(윤극영 곡)	소학생
1948	작품선집	굴렁쇠	수선사(재판은 백영사)
1948. 11	동요	엄마	아동문화
1948. 12	악보	맨발(윤극영 곡)	소학생
1948. 12. 31	가요	제야의 노래	자유신문
1949. 2. 13	동요	아침	조선일보

1949. 4	동요	봄	어린이나라
1949. 4. 24	동요	이사간 순이	조선일보
1949. 5	악보	어린이날 노래(안기영 곡)	대한민국공보
			처 주보 제5호
1949. 5. 1	동요	아기잠	경향신문
1949. 7	심사평	제 소리와 남의 소리	소학생
1949. 8	동요	키대보기	소학생문예독본 2학
			년치, 아동예술원
1949. 8	동요	서서 자는 말	소학생문예독본 3학
			년치, 아동예술원
1949. 8	동요	여름	소학생문예독본 4학
			년치, 아동예술원
1949. 8	동요	호랑이와 천둥소리	소학생문예독본 6학
			년치, 아동예술원
1949. 10	화보	하루 일을 마치고	소학생
1950. 1. 1	동요	흰떡 노래	자유신문
1950. 1	훈화	호랑이에게 물려가도 정신만 차려라	소학생
1950. 1	악보	설날	소학생
1950. 1	동요	떼를 지어	어린이나라
1950. 2	동요	아침까치	소학생
1950. 3	악보	손님(윤극영 곡)	소학생
1950. 4	악보	봄비(윤극영 곡)	소학생
1950. 5	좌담	아동문화향상의 길	신천지 46호
1950. 6	악보	가만 가만(윤극영 곡)	소학생
1952. 9	동요	어린이행진곡	소년세계
1952. 12	동시	아침해	소년세계
1952. 12. 14	동요	꽃가게	조선일보
1952. 12. 17	동요	엄마 같은 사람	조선일보
1953. 1. 1	동요	설날	조선일보
1953. 1. 7	동요	메아리	조선일보
1953. 1. 14	동요	어른과 아이	조선일보
1953. 1. 25	동요	징검다리	조선일보
1953. 2. 1	동요	본체만체	조선일보
1953. 2. 11	동요	매화	조선일보
1953. 3. 4	동요	한숨	조선일보
1953. 3. 8	동요	삼월과 그분네	조선일보
1953. 3. 15	동요	삼월삼질	조선일보
1953. 3. 22	동요	딱딱이	조선일보

1953. 4. 5	동요	나무를 심자	조선일보
1953. 5. 6	동요	큰 개천가	조선일보
1954	작품집	윤석중 동요백곡집	학문사
1954. 5. 3	동요	우리들의 오월	조선일보
1954. 11. 29	동요	바다와 나	조선일보
1954. 12. 6	칼럼	어린이와 글짓기	조선일보
1955. 1	동요	아침까치	현대한국아동 문학선집
1955. 1	동요	키대보기	현대한국아동 문학선집
1955. 1	동요	나무를 심자	현대한국아동 문학선집
1955. 1. 1	동요	널뛰기	경향신문
1955. 1. 6	우화	이솝이야기4—양의 세상	동아일보
1955. 2. 20	동요	사슴	경향신문
1955. 4. 23	칼럼	나의 고천문	동아일보
1955. 5. 5	동요	어서 자라서	경향신문
1956. 1	동요	솜이불	소년소녀만세
1956. 3	동요	이른 봄	소년세계
1956	작품집	노래동산	학문사
1956	작품집	사자와 쥐	학급문고간행회
1956. 7	악보	어린이 세계(손대업 곡)	어린이세계
1956. 8	악보	달놀이(손대업 곡)	어린이동산
1956. 12. 3	동요	연과 바람	동아일보
1957. 3	동요	봄눈	어린이동산
1957. 4. 8	동요	기차놀이	동아일보
1957. 8. 9	논문	소년운동의 첫 선언 · 상	경향신문
1957. 8. 10	논문	소년운동의 첫 선언 · 하	경향신문
1957. 11. 25	동요	메아리	동아일보
1957	작품집	노래선물	새싹회출판부
1958. 1	동요	새신	새벗
1958. 3. 24	동요	옹달샘	동아일보
1958. 5. 2	칼럼	어린이에게 놀이터를	동아일보
1958. 6. 16	동요	박꽃	경향신문
1958. 6. 23	동요	새싹의 노래(윤극영 곡)	동아일보
1958. 7. 21	동요	꺾지마라	동아일보
1958. 10	악보	꺾지마라(윤극영 곡)	소년생활
1958. 10	수필	마음의 스승들: 몇몇 인물들의 발자취	보이스카웃

1958. 11. 19	동요	얼어라 꽁꽁	경향신문
1958. 12. 1	동요	살얼음	동아일보
1959. 1. 1	동요	새해 아침	경향신문
1959. 2. 1	동시	시계소리	경향신문
1959. 5. 16	평론	비평의 공정성	동아일보
1959. 7. 23	수필	색동회와 소파묘	조선일보
1959. 8. 4	수필	덕수궁지기	동아일보
1959. 12. 5	수필	×월 ×일	동아일보
1960	작품집	어린이를 위한 윤석중 시집	학급문고간행회
1960	작품집	엄마손	학급문고간행회
1960. 1. 1	동요	머리감은 새앙쥐	조선일보
1960. 2. 7	동요	시곗방	동아일보
1960. 5. 1	수필	민주주의 살리는 일에 앞장선 청소년들	조선일보
1960. 5. 22	동요	자장가(손대업 곡)	동아일보
1960. 6. 26	수필	설마가 사람죽인 6 · 25	조선일보
1960. 7. 17	동요	얼마만큼 자랐나(손대업 곡)	동아일보
1960. 7. 24	수필	쉽게 물리친 더위	조선일보
1960. 8. 18	평론	아동문학의 지양성	동아일보
1960. 9. 21	칼럼	새 나라의 어린이 데모	동아일보
1960. 10. 9	동요	늙은 체신부	조선일보
1960. 11	동시	가을	새벗
1960. 12. 20	대담	폭넓어진 어린이문화, 탈피못한 입시준비 교육(대담자: 이원수)	조선일보
1961. 2	수필	속빵집 문화	현대문학 74호
1961. 5	칼럼	마음의 혁명을 일으키자	새벗
1961. 5. 5	수필	제 자식 역정	동아일보
1961. 6. 7	칼럼	먼저 시험지옥부터 없애자	동아일보
1961. 7	동시	바다의 노래	새벗
1961. 11	수필	깃대꼭지	현대문학 83호
1961. 12	평론	한국아동문학소사	아동문학의 지도와 감상, 대한교육연합회
1961. 12	평론	아동작품의 지도와 감상	아동문학의 지도와 감상, 대한교육연합회
1961. 12	평론	한국아동문학서지	아동문학의 지도와 감상, 대한교육연합회
1961	민요시집	우리민요 시화곡집	학급문고간행회
1962. 1	동요	어린이 매화 타령	새벗
1962. 1. 1	평론	동요 새로운 착상	경향신문

1962. 1. 7	동요	겨울 발소리	동아일보
1962. 5. 4	칼럼	어른부터 거짓 버리자	동아일보
1962. 5. 28	칼럼	문학으로 정치하지 말자	동아일보
1962. 9. 8	동시	사람보다 슬기로운 말	경향신문
1962. 11. 7	칼럼	선후를 따져 보자	동아일보
1962. 12. 8	칼럼	우리 말 식의 자연스러운 대답을 하자	동아일보
1962	작품선집	윤석중 아동문학 독본(피천득 책임편집)	을유문화사
1963	작품선집	한국아동문학전집 . 4 , 윤석중 동요집	민중서관
1963. 1. 1	동요	토끼설	경향신문
1963. 1	회고	아동문학의 선구 소파 선생	현대문학 97호
1963. 1	동시	우리는 흰겨레 흰토끼 겨레	사법행정 4권 1호
1963. 6	추도기	소천은 갔다	현대문학 102호
1963. 6	회고	소천이 걸어온 길	아동문학 5집
1963. 7	교유기	이런 저런 편력	현대문학 103호
1964. 5	동요	오월의 노래	새소년
1964. 12	동요	세계는 하나	새소년
1965. 2	동시	전쟁 속에 피어난 피난동이들	새벗
1965. 2. 14	수필	어린이와 신문	조선일보
1965. 7	칼럼	고운말 · 쉬운말 · 바른말을 쓰자	아동문학 12집
1965. 7	평론	제1회 소천아동문학상 심사 소감	아동문학 12집
1965. 11	동화시	노래 얘기(1) 불러진 여우 배, 은혜 갚은 새앙쥐, 뵈지 않는 눈	국민학교어린이
1966. 1	수필	고운말, 쉬운 말, 바른 말	새벗
1966	작품집	해바라기 꽃시계	계몽사
1966	작품집	바람과 연	배영사
1966. 5	논문	아동문학의 교육적 의의	현대문학 137호
1966. 5	동요	꽃노래	새벗
1966	논문	영원한 어린이의 벗 방정환	인물한국사 · 5
1966	수필	빗나간 말들	지방행정 15권 156호
1967. 1	동시	새해는 큰다	어깨동무
1967. 3	회고	〈나의 어린이운동 44년〉 솥은 검어도 밥은 희다	사상계 167호
1967. 4. 18	칼럼	4 · 19탑은 옮겨져야 한다	조선일보
1967. 6. 25	수필	어린이 눈에 비친 6 · 25	조선일보
1967	작품집	카네이션은 엄마꽃	교학사
1967	작품집	작은 일꾼	교학사
1968	작품집	꽃길	배영사

1968	동요	어린이 애국가	새가정 160호
1968. 1. 23	수필	잊을 수 없는 여인	조선일보
1969. 5	수필	어머니들에게 보내는 편지	가정의 벗 2권 4호
1969. 9	수필	세계는 모두 한 가족	주간소년경향
1971	동요	하늘-어린이날에	새가정 193호
1971	작품집	윤석중 동산	계몽사
1971	작품해설서	동요 따라 동시 따라	창조사
1971	동요집	세계 어린이노래 예순곡집	교학사
1971	속담풀이집	마음의 등불	정음사
1972. 5. 5	칼럼	우리나라 어린이 운동	경향신문
1973	수필	육십 평생 외길에 너무나 벅찬 상	나라사랑 10권
1973. 12	회고	나의 동요 반세기(1)	아동문학 1호
1974. 1	회고	나의 동요 반세기(2)	아동문학 2호
1974	수필	마음의 샘	사목
1974	수필	잊을 수 없는 스승	나라사랑 17권
1974	논문	천도교 소년운동과 그 영향	한국사상12집
1976	평론	윤동주와 권태응	아동문학평론1 권3호
1977	동화집	열손가락 이야기	새싹회출판부
1977. 3	동요	봄눈	새싹문학
1977. 9. 1	수필	제 잘못	동아일보
1978. 2	동요	겨울 발소리	새싹문학
1978. 9	동화	시계병원 아저씨	새싹문학
1979	작품집	윤석중 동요 525곡집	세광출판사
1979	작품집	엄마하고 나하고	서문당
1979. 5	논문	방송이 어린이 정서에 미치는 영향	문예진흥 47호
1980	동화집	어깨동무 쌍동이	예림당
1980. 7	동화	첫눈	새싹문학
1980. 12	동화	자선남비	새싹문학
1981.1. 17	재화	젊어지는 샘물	동아일보
1981	작품집	노래가 하나가득(김녕만 사진)	일지사
1981	그림동화집	달항아리	동화출판공사
1981. 5	동시	비가 옵니다	새싹문학
1981. 9. 7	칼럼	어린나이 그 목숨 왜 끊었는가	동아일보
1982	작품집	사람나라 짐승나라	일지사
1982	동화집	명청이 명철이	가톨릭출판사
1982. 9	동화	물에 젖은 성냥	새싹문학
1983	작품선집	날아라 새들아	창작과비평사

1983	수필	아동문학의 선구 소파 선생	나라사랑 49권
1983. 3	동시	고래	새싹문학
1983. 6	수필	나의 첫 출발	아동문학평론8 권2호
1983. 12	동요	아기예수 나신 날	새싹문학
1984	수필	난파와 우리 나라 동요	나라사랑 52권
1984. 3	동화	맨발선수	새싹문학
1984. 5. 2	수필	오늘의 어린이 오늘의 어버이	동아일보
1984. 6	동화	걸레대장	새싹문학
1985	동화집	열두 대문	웅진출판사
1985. 3	동화	두고 온 꽃밭	새싹문학
1986. 6	동화	우표 한 장	새싹문학
1986. 9	동화	잃어버린 돈	새싹문학
1987	작품집	아기 꿈	대교문화
1988	작품집	새싹의 벗 윤석중 전집(전 30권)	웅진출판사
1988	수필	어른의 스승은 어린이다	샘터 19권 5호
1989	동요	새해 노래	샘터 20권 1호
1990	작품집	여든살 먹은 아이	웅진출판사
1990	수필	동요짓기에 평생 바친 여든 살 난 아이	한국인 9권 8호
1990	칼럼	민족혼 깃든 구전동요 되살립시다	한국인 9권 9호
1990	수필	양심의 소리 외 15편	한국수상록 3권
1990	논문	한국동요문학소사	예술논문집29집
1991	칼럼	가시밭길 열 다섯 돌	아동문학평론 16권 2호
1991	동요	통일연습	한국논단 18권 1호
1991. 5	동시	철새	현대문학 437호
1991. 5	동시	가시	현대문학 437호
1991. 9	동화	아기갈매기	새싹문학
1992	동시	바람	새싹문학
1994	번역집	세계명작동요동시집	계몽사
1994	작품집	그 얼마나 고마우냐	웅진출판사
1995	작품집	반갑구나 반가워	웅진출판사
1997	회고	그날이 어제만 같은데	을유문화사오십년 사, 을유문화사
1997	동화집	달 항아리	금성출판사
1999	회고	아동문학 주변	한국문단이면 사, 깊은샘

1999	작품집	깊은 산속 옹달샘 누가 와서 먹나요	예림당
2001	작품집	윤석중 할아버지와 함께하는 속담여행	아이북
2004	동극집	올빼미의 눈	우리교육
2004	시그림책	넉점반	창비
2004	시그림책	낮에 나온 반달	창비

찾아보기